新 潮 文 庫

月夜に墓地でベルが鳴る

メアリ・H・クラーク
宇佐川晶子訳

新 潮 社

新 潮 文 庫

月夜に墓地でベルが鳴る

メアリ・H・クラーク
宇 佐 川 晶 子 訳

新 潮 社 版

6603

岩波文庫

日本に帰化したイギリス人

ラフカディオ・ハーン
平川祐弘編

岩波書店

月夜に墓地でベルが鳴る

主要登場人物

マギー・ハロウェイ……………ニューヨークで成功している写真家
リーアム・ムーア・ペイン……投資会社経営者。ボストンの名家出身
アール・ベイトマン……………リーアムのいとこ。葬送学研究家
ヌアラ(フィヌアラ)・ムーア…マギーが22年ぶりに再会した元継母
ニール・スティーヴンス………ニューヨークの投資会社取締役
ウィリアム・レーン……………レイサム・マナー責任者。内科医
オディール・レーン……………ウィリアムの妻
マルコム・ノートン……………ヌアラの弁護士。遺産処理のエキスパート
ジャニス・ノートン……………マルコムの妻。レイサム・マナー勤務
バーバラ・ホフマン……………マルコムの秘書
グレタ・シプリー………………レイサム・マナーの住人。ヌアラの親友
ダグラス・ハンセン……………投資アドヴァイザー
ゼルダ・マーキー………………レイサム・マナーの看護婦
チェット・ブラウワー…………ニューポート警察署長
ジム・ハガーティー……………ニューポート警察の刑事
ラーラ・ホーガン………………新任の検死医

謝辞

あなたがたになんてお礼を言ったらよいのやら？……やってみましょう。長年編集を担当してくれているマイケル・コーダと彼の同僚である上級編集者のチャック・アダムズへの感謝はとうてい言葉では言い表せません。物語というのは子供のようなもので、励まされ、助けられ、ゆきとどいた雰囲気の中で導かれてこそ、すくすくと育つもの。今度も、そしてこれまでもずっと……必要欠くべからざるおふたかた……本当にありがとう。

わたしの原稿の多くを校正してくれているジプシー・ダ・サリヴァは、どんなことも見逃さない鋭い目と陽気な忍耐によって聖女の最有力候補でありつづけています。あなたに祝福を、ジプシー。

畏《い》友《ゆう》である作家のジュディス・ケルマンは、わたしにはちんぷんかんぷんのインターネットで、すぐにでも必要だった情報を手にいれてくれました。

株式投資や売買報告書に関するおびただしい質問に豊かな知識で気軽に応じてくださったメリル・リンチの副社長キャサリン・L・フォーメントには感謝してもしきれません。

会議を中断して、一時差し止め命令についての質問に答えてくださった、ニューヨーク・マーカンタイル取引所のR・パトリック・トムソン社長、心から感謝します。

葬儀の慣習がこの物語の一部になったらおもしろそうだと考えたとき、わたしはそれにまつわる興味深い本を何冊か読みました。とりわけ、ドノヴァン・J・オクツ著『慰問の修辞学』、マリアン・バーンズ著『ダウン・トゥ・アース』、メトカーフ・ハンティントン著『死の祝祭』には大変感銘を受けました。

ニューポート警察署は、たびかさなる電話での問い合わせに懇切丁寧にお答えくださいました。署員のみなさんのご好意に感謝すると同時に、警察業務に関する記述が検閲をパスすることを願っています。

そして最後に、わたしの無意識の性癖をあやまたず見抜いてくれた娘のキャロル・ヒギンズ・クラークにありがとうを言いましょう。「慎みのある、という言葉を何度使ったかわかってらっしゃる?……三十二歳の人はそんなことは絶対に言わないわよ……それと同じ名前を過去に十冊の本の中で、別々の登場人物に使っているわ……」

それじゃ、中世の修道院の壁に書かれた言葉を引用させていただきましょう。

「書物は完成した。作家を遊ばせてやろう」

献辞

わたしの出版人兼リテラリー・エージェントであると同時に
とても大切な友達でもある
リスル・ケイドとユージーン・H・ウィニックに

十月八日　火曜日

　マギーは目をあけようとしたが、それには渾身《こんしん》の力をふりしぼらなくてはならなかった。激痛が頭に走った。いったいここはどこだろう？　なにが起きたのだろう？　片手をもちあげたが、身体《からだ》の数インチ上でなにかにぶつかってそれより先へは動かせなかった。

とっさにその障害物を押してみたが、びくともしなかった。これはなんだろう？　サテンのような手触りで、ひんやりしている。

手を横から下へすべりおろすと、表面の手触りが変化した。ひだがついているらしい。キルトだろうか？　ここはベッドかなにか？

もう片方の手を横へ伸ばそうとしたとたん、同じひんやりしたひだ飾りに手のひらがぶつかって、マギーはひるんだ。この狭い囲いの両側には、ひだ飾りがついている。

　左手を動かしたとき、薬指がつれたように感じたのはなんだろう？　親指で薬指をさぐってみると、紐《ひも》か縄のようなものが巻きつけられているのがわかった。でも、なんのために？

次の瞬間、記憶がよみがえった。

マギーは目を見開き、恐怖におののきながら漆黒の闇《やみ》を見つめた。狂ったように思考を働かせて、なにが起きたのかを理解しようとした。彼の気配を感じてふりむいたとたん、なにかが頭にふりおろされたのだ。

あのとき、彼はわたしの上にかがみこみ、こうささやいた。「マギー、ベルを鳴らす者のことでも考えるんだな」それきり記憶は闇に没している。

混乱と恐怖にとらわれたまま、マギーはその言葉の意味をめぐって懸命に頭を働かせた。ふいに答えが浮かびあがった。ああ、なんということ！　ヴィクトリア女王の時代、人々はあやまって息のあるうちに埋葬されることを深く恐れ、土葬の前に必ず指に紐を結ぶのをならわしとしていた。紐は棺《ひつぎ》にあけられた穴をとおって、埋葬場所の地表へ達し、紐のもう一端にはベルがゆわえつけられたという。七日間は見張りが墓を見守り、ベルの鳴る音、すなわち埋葬者がとどのつまりは死んでいなかったしるしに耳をすませる……。

だが耳をすましてくれる見張りがいないのをマギーは知っていた。彼女はひとりきりだった。叫ぼうとしたが、声が出なかった。しゃにむに紐をひき、上のほうでかすかなチリチリという音がしないかと全身を耳にした。しかし静寂があるばかりだった。闇と静寂。

冷静を失ってはならない。意識を集中させなくては。わたしはどうやってここにきたのだろう？　パニックに押しつぶされてはならなかった。でも、どうすればいいの？……どうすれば？……。

そのとき、思い出した。葬式博物館。わたしはあそこへひとりで戻ったのだった。それから調査を開始した。ヌアラが開始した調査を。そこへ彼があらわれ、そして……。

ああ、どうしよう！　わたしは生きたまま埋められてしまったのだ！　マギーは棺の蓋《ふた》をこぶしでたたいた。が、ぶあついサテンの内張りは無情にもその音を吸い込んだ。とうとう彼女は絶叫した。声がしわがれてもう叫べなくなるまで叫んだ。だが、誰もきてはくれなかった。

ベルがある。マギーは力をこめて紐をひっぱった……もう一度……そしてもう一度。きっとベルは鳴っているはずだ。わたしには聞こえなくても、誰かには聞こえる。そうにちがいない！

頭上では満月の光を浴びて、黒々とした真新しい盛り土がかすかに光っていた。盛り土からつきでた管の先で青銅のベルだけが動いている。ベルは前に後に不規則な死の舞踏を踊っていた。ベルのまわりでは、すべてが沈黙していた。ベルには舌がなかった。

九月二十日　金曜日

1

カクテルパーティーはどうも苦手だわ、とマギーはひねくれた気分で考えた。どうしていつもカクテルパーティーに出ると、異星人のような居心地の悪さをおぼえるのだろう。げんに、わたしはすっかり落ち着きをなくしている。でもじつを言うと、すべてのカクテルパーティーがきらいというわけではない。この会場へ着いたとたん、唯一《ゆいいつ》の知り合いにすっぽかされて少々腹をたてているだけなのだ。

マギーは広大な会場内を見まわして、ためいきをついた。リーアム・ムーア・ペインがこのムーア一族の親睦会《しんぼくかい》に招待してくれたとき、わたしなどより、何十人ものいとこたちとの再会を心待ちにしていたことぐらい当然察しているべきだったのだ。リーアムとは彼がたまにボストンからニューヨークへくると思慮深いデートをする仲だったが、今夜の彼は、自力でなんとかやっていくマギーの能力に無限の信頼を置いていることを身をもって示していた。しかたがないわ、マギーは聞き分けよく考えた。これだけ大勢の人間が集まっているのだもの、きっと誰か話し相手が見つかるだろう。

そもそもわたしがここへくる気になったのは、リーアムの口から聞いたムーア一族の話のせいだった、と白ワインをすすりながら、マギーはマンハッタンの東五十二番通りにある《フォーシーズンズ》の混雑したグリルルームを縫うように歩きだした。一族の始祖――というよりは、一族の富を築きあげた人物――は一時期ニューポート社交界の重鎮と言われた故スクワイア・デズモンド・ムーアだった。今夜のパーティーはその偉大なる人物の生誕百十五年を祝う会であり、便宜上、ニューポートではなくニューヨークで開催の運びとなった。

その話をしてくれたとき、リーアムは一族のあまたいるメンバーにまつわるおもしろいエピソードをことこまかにしゃべりながら、直系傍系および元婚姻関係によるものまでひっくるめて、総勢百人以上のムーアの子孫が親睦会に出席する予定だと説明した。そして、ディングル郡（訳注　アイルランド南西部）からやってきた十五歳のある移民の少年が渇望《かつぼう》していたのは、自由になることだけでなく、金持ちになることでもあったという話をしてマギーをおもしろがらせた。言い伝えによれば、自分を乗せた船が自由の女神像の前を通過したとき、スクワイア・ムーアは仲間の三等船客にこう宣言したという。「もうじきおれはあの女を買えるぐらいの金持ちになってみせるぞ。もちろん、政府があれを売る気になればの話だけどな」リーアムは先祖の宣言を、あっぱれなアイルランド訛《なまり》で真似《まね》てみせたのだった。

マギーは会場内を見まわしながら、たしかにサイズも形もさまざまなムーア一族が結集していることを痛感した。八十代とおぼしきふたりの人物がさかんにジェスチャーをまじえて話しこんでいるのが目にはいると、目を細めて、カメラのレンズごしにそのふたりをフレームにおさめるところを想像し、カメラをもってこなかったことを悔やんだ。男の雪のように白い頭髪、女の顔に浮かぶコケティッシュな笑み、ふたりはあきらかに互いの存在を楽しんでいた——カメラがあれば、すばらしい写真が撮れたのに。

「ムーア一族が出ていったあとの《フォーシーズンズ》はもとの静寂を取り戻すのにさぞかし苦労するだろうな」リーアムが突然マギーの横にあらわれ、「楽しんでる？」とつけくわえたあと、返事も待たずに、いとこのひとり、アール・ベイトマンを紹介した。マギーはベイトマンがあからさまな興味を示して悠然と自分を観察しているのに気づいて、おもしろく思った。

マギーの見たところ、この新参者はリーアムと同じく三十代後半のようだった。リーアムより頭ひとつぶん背が低い。ということは、六フィートぎりぎりといったところだろう。細長い顔と考え深そうな表情には学者のような雰囲気があるが、水色の目はどことなく気味の悪い光をたたえている。砂色の髪に浅黒い顔をしたアール・ベイトマンには、リーアムの荒削りな男っぷりのよさは微塵《みじん》もなかった。リーアムの目は水色というより緑だし、黒い髪には灰色のものがちらほらまじって、それがまた魅力的だった。

マギーはベイトマンにおもうぞんぶん眺めさせておいて、やおら片方の眉《まゆ》をつりあげてたずねた。「わたし、合格かしら？」

ベイトマンは狼狽《ろうばい》したようだった。「失礼。名前をおぼえるのが苦手なもので、あなたが誰だったか思い出そうとしていたんですよ。あなたも一族のひとりなんでしょう？」

「いいえ。三代か四代前はわたしの祖先もアイルランド人でしたけれど、この一族とはあいにく関係ありません。どっちみちもうこれ以上、親類は必要なさそうですものね」

「おっしゃるとおり。それにしても、多少なりともあなたぐらいすてきな女性が親類にいないのは残念しごくだな。そのすばらしい青い目、象牙色《ぞうげいろ》の肌、華奢《きゃしゃ》な体格はケルト人特有のものだ。その黒に近い髪は、わが一族の〝黒髪のアイルランド人〟の区分にはいる。彼らの遺伝的体質の一部は、スペインの無敵艦隊の生き残りによる短いながらも重要な訪問の結果なんだ」

「リーアム！　アール！　ああ、神のご慈愛のおかげだ、結局きてみてよかったよ」

ふたりの男はマギーを忘れて回れ右をし、背後から近づいてきた赤ら顔の男を熱狂的に歓迎した。

マギーは肩をすくめた。やれやれ、と思いながら、心の中で会場の片隅にすごすごと後退した。最近読んだある記事が思い出された。社交的な場面で孤独を感じた人々は、自分以上に孤独をもてあましている他人を探しだして、会話をはじめようとやっきになるという。

マギーは苦笑いしながらその戦略をためしてみよう、それでもまだひとりごとから脱出できないようなら、こっそり会場を出て家に帰ろうときめた。そう決心した瞬間、イースト・リヴァーに近い五十六番通りの快適なアパートメントがたまらなく魅力的に思えてきた。本来なら今夜ぐらい自宅で過ごすべきなのだ。彼女は数日前にミラノでの写真撮影から帰国したばかりで、静かな休息の夜を心待ちにしていた。

マギーはちらりと周囲に目をやった。自分の話を聞いてもらおうと声をはりあげていないものは、スクワイアの子孫だろうと義理の親戚《しんせき》だろうと、ただのひとりもいないようだった。

脱出へのカウントダウン開始だわ、と決心したとき、近くで声がした——耳に快い聞きおぼえのある声が、幸福な記憶を不意につついた。マギーはあわててふりかえった。その声の主は、グリルルームのバルコニーへつづく短い階段をのぼっていく途中で足をとめ、下にいる誰かによびかけていた。マギーは目をみはり、次に息をのんだ。頭がおかしくなったのかしら？　あれがヌアラだなんてことがありうるだろうか？　ずいぶん昔のことになるが、その女性の声は、マギーが五歳から十歳までのあいだ継母《けいぼ》となってくれた人の声にそっくりだった。離婚後、マギーの父親は娘がヌアラの名を口にすることさえ許そうとしなかった。

リーアムが別の親戚に声をかけようと通りかかったのに気づいて、マギーは彼の腕をつかんだ。「リーアム、あの階段の上の女性。彼女を知ってる?」

彼は目をしばたたいた。「ああ、あれはヌアラだよ。ぼくの叔父と結婚したんだ。つまり、ぼくの叔母ってことになるんだろうけど、二番めの奥さんだったから、ヌアラを叔母さんと思ったことは一度もなかった。ちょっと変わってるけど、すごくおもしろい女性だよ。どうして?」

マギーは答えるのももどかしくムーア一族の群をぬって歩きだした。階段にたどりついたときには、めあての女性はバルコニーで数人の人々と談笑していた。マギーは階段をのぼりはじめたが、てっぺん近くでたちどまり彼女を観察した。

ヌアラが家を出たとき、あまりにも突然のことだったので、マギーはいつか手紙が届くことを祈っていた。だが手紙は届かず、マギーは継母の沈黙をことのほか悲しんだ。結婚がつづいていた五年のあいだに、マギーはヌアラにすっかりなついていた。実の母親は、マギーが幼児の頃に自動車事故で亡《な》くなっていた。父親の死後、マギーははじめて家族の友人から、父親がヌアラからマギー宛《あ》てに送られてきた手紙をすべて破棄し、贈り物を送り返していたことを知らされた。

マギーは今、生き生きした青い目とやわらかなハニーブロンドの髪をもつ小柄な姿を見つめた。こまかいしわが目についたが、それはヌアラのきれいな顔色をすこしもそこなうものではなかった。見つめるうちに、記憶の数々が胸にあふれた。子供の頃の、おそらくマギーがもっともしあわせだった頃の記憶。

マギーと父親が口喧嘩《くちげんか》をすると、ヌアラはいつもマギーの肩をもってくれた。「オーウェン、お願いですから、彼女はほんの子供なのよ。いちいち叱《しか》るのはよしてちょうだい」ヌアラはいつも言っていた。「オーウェン、子供には誰でもジーンズとTシャツを着る年齢があるのよ……オーウェン、マギーがフィルム三本を使いはたしたからなんだっていうの？　彼女は写真を撮るのが大好きなのよ、それに上手だわ……オーウェン、マギーはただのどろんこ遊びをしているんじゃないわ。泥からなにかを作り出そうとしているのがおわかりにならないのね。後生だから、わたしの絵が好きではなくても、ご自分の娘の創造性は認めてちょうだい」

ヌアラ――いつもとてもきれいで、いつもそれは楽しくて、いつもマギーの質問にとても我慢強く答えてくれた。マギーが芸術を愛し、理解することを学んだのはヌアラからだった。

今夜のヌアラはいかにもヌアラらしく、水色のサテンのカクテルスーツと、それにマッチしたハイヒールという装《よそお》いだった。マギーの記憶にあるヌアラはいつもパステルカラーを身にまとっていた。

父と結婚したときのヌアラは四十代の後半だったわ、マギーは現在のヌアラの年を計算しようとしながら考えた。ヌアラは五年間ダッドと一緒だった。家を出たのは二十二年前のことになる。

今の彼女が七十代半ばになっているとは軽いショックだった。とてもそうは見えなかった。

ふたりの視線がぶつかった。ヌアラは眉を寄せ、ついでいぶかしげな顔になった。ヌアラはマギーに、自分の名前は本当はフィヌアラで、それはある巨人をやっつけた伝説上のケルト人、フィン・マックールにちなんだものなのだと教えてくれたことがあった。マギーの脳裏に、幼い少女の自分がフィ-ヌ-アラと発音しようとはしゃいだ記憶がよみがえった。

「フィ-ヌ-アラ?」今、マギーはためらいがちに言った。

年上の女性の顔に驚愕《きょうがく》が走った。次の瞬間、女性のあげた歓喜の叫びに周囲のざわめきがぴたりとやみ、マギーは気がつくとふたたびやさしい腕に抱きしめられていた。ヌアラはマギーの記憶からずっと消えずにいたあのかすかな香水のかおりをまとっていた。十八になったとき、マギーはその香水がジョイであることを知った。なんとまた今夜にふさわしい香水だろう、とマギーは思った。

「よくあなたを見せて」ヌアラは叫ぶように言うと、腕をほどいてうしろへさがったが、彼女がいなくなってしまうのを恐れるかのように、両手はまだマギーの腕をしっかりつかんでいた。

目がマギーの顔をさぐった。「またあなたに会えるなんて思ってもいなかったわ！ああ、マギー！　あのひどい男はどうしていて、あなたのお父さんは？」

「三年前に亡くなりました」

「まあ、お気の毒に、ダーリン。でもきっと最後までおそろしく頑固だったにちがいないわ」

「扱いやすくはありませんでしたわ」マギーは認めた。

「ダーリン、わたしは彼と結婚していたのよ。おぼえていて？　彼がどんな人だったか知らないわけじゃないわ。いつも殊勝ぶっていて、きむずかしくて、陰気で、怒りっぽくて、つむじ曲がりだった。こんなことあげつらっても無駄ね。あの人は亡くなったんですもの。安らかに眠りたまえ。だけど、それはもう古くさくて、堅苦しくって、ええ、中世のステンドグラスのモデルにだってなれそうだったわ……」

まわりにいる人々がおおっぴらに耳をすましているのに急に気づいて、ヌアラはマギーの腰に腕をまわすと、高らかに言った。「わたしの娘よ！　もちろん産みの親じゃないけれど、そんなことはちっとも重要じゃないわ」

マギーはヌアラもまた目をしばたたいて涙をこらえているのに気づいた。芋を洗うような会場を抜け出して積もる話をしようと、ふたりはそっと外へ出た。マギーはリーアムを見つけることができず、さよならのひとことも言えなかったが、わたしがいないのを残念がることだけはなさそうだ、と判断した。

深まる九月の夕闇《ゆうやみ》の中、マギーとヌアラは腕をくみ、パーク・アヴェニューから五十六番通りに出て西へ曲がり、《イル・ティネッロ》に落ち着いた。キアンティを飲み、ズッキーニの細切りフライをつまみながら、互いのこれまでの人生を語りあった。

マギーの話は簡潔だった。「寄宿学校よ。あなたがいなくなったあと、わたしはそこへ送られたの。そのあとカーネギー・メロンに進み、最後にニューヨーク大学で視覚芸術の修士号を取ったわ。現在は写真家としてまずまずの生活をしているの」

「すばらしいわ。あなたならきっと将来写真家か彫刻家になると、ずっと思っていたのよ」

マギーはほほえんだ。「記憶力がよくていらっしゃるのね。彫刻は大好きだけれど、それはあくまで趣味なの。写真家であるってことは、もっとずっと実際的なことなのよ。正直なところ、自分でもかなり優秀だとうぬぼれているの。一流のクライアントを何人かもっているわ。さあ、今度はあなたの番よ、ヌアラ」

「まだよ。最後まできちんと確認させてちょうだいな」年上の女性はさえぎった。「あなたはニューヨークに住んでいる。好きな仕事をしている。生まれながらにもっていた才能を忠実に開花させた。大きくなったらそうなるだろうと想像していたとおりの美人。この前の誕生日で三十二歳になった。恋愛への関心というのかしら、大切な人というのか、近頃の若い人がなんと呼ぶのか知らないけれど、そちらのほうはどうなの？」

マギーはおなじみの痛みを感じながら、さらりと言った。「三年間結婚していたわ。彼の名前はポールだった。空軍士官学校の卒業生だったの。NASAのプログラムに選抜されてまもなく、訓練飛行中の事故で死んでしまった。それが五年前。そのショックは一生乗り越えられそうにないわ。とにかく、いまだにポールのことを話すのがつらいの」

「まあ、マギー」

ヌアラの声には理解があふれていた。マギーは父親と結婚する前、ヌアラが未亡人だったことを思いだした。

首をふりながらヌアラはつぶやいた。「どうしてそういうことが起きなくちゃならないのかしら？」だが、すぐに彼女の口調はあかるくなった。「注文しましょうか？」

夕食をとりながら、ふたりは二十二年の空白を埋めた。マギーの父親と離婚したあと、ヌアラはニューヨークへ移り住み、ニューポートを訪れたときにティモシー・ムーア――まだティーンエイジャーだった頃、実際につきあっていた相手――と再会して、再婚した。「わたしの三番めにして最後の夫だわね」ヌアラは言った。「文句なしにすばらしい人だったわ。ティムは去年亡《な》くなったの。今でも恋しくてたまらないわ！　彼は裕福なムーア一族のひとりじゃなかったけれど、わたしはニューポートのすてきな住宅地にとてもいい家をもっているし、じゅうぶんな収入があるわ。もちろん、いまでも絵筆は捨てていないのよ。だから、心配はご無用」

しかしマギーはヌアラの顔を一抹の不安がよぎるのを見た。快活で陽気な表情が消えたその瞬間のヌアラは、まさしく年相応に見えた。

「ほんとうにだいじょうぶ、ヌアラ？」マギーはそっとたずねた。「なんだか……心配ごとがありそうよ」

「あら、いいえ、わたしならだいじょうぶ。ただ……いえね、先月七十五歳になったでしょう。数年前、誰かがわたしにこう言ったのよ、六十代になったら、そろそろ友達に別れを告げるようになるし、友達から別れを告げられることもあるが、七十代になったら、別れは日常になる、ってね。信じてね、まったくそのとおりなの。このところ、仲のいい友達をたくさんなくしたのよ。ひとり亡くなるたびに、痛みが深くなるの。ニューポートもちょっとさびしくなってきたけれど、でも、すばらしい施設《レジデンス》があってね――

老人ホームって言葉は大嫌いなのよ——ちかぢかそこへ移り住もうかと考えているの。希望にあう個室にちょうど空きが出たものだから」

やがてウェイターがエスプレッソをつぎにあらわれたとき、ヌアラはせっかちに言った。「マギー、わたしをたずねてきてちょうだい、お願い。ニューヨークからなら車でほんの三時間だわ」

「ぜひ行きたいわ」

「ほんとう？」

「もちろん。こうやってあなたを見つけたんですもの、二度と見失うつもりはないの。それにね、心のどこかにいつもニューポートへ行ってみたい気持ちがあったのよ。写真家のパラダイスなんですもの。実際——」

喉《のど》から手が出るほどほしかった休暇を取るために予定をあけてある来週あたりはどうかしら、と言おうとした矢先、声がふってきた。「ここにくれば見つかると思ったよ」

びっくりしてマギーは目をあげた。テーブルのそばにリーアムといとこのアール・ベイトマンが立っていた。「ぼくにおいてきぼりをくわせたな」リーアムは非難めかして言った。

アールが腰をかがめてヌアラにキスした。「彼をすっぽかすとひどい目にあうよ。それはそうと、お互いにどうして知っているんです？」

「長い話なのよ」ヌアラがにっこりし、「アールもニューポートに住んでいるのよ」とマギーに説明した。「プロヴィデンスのハッチンソン・カレッジで人類学を教えているの」

学者風だと思ったけど、図星だったんだわ、とマギーは思った。

リーアムが近くのテーブルから椅子《いす》をひっぱってきて腰をおろした。「こうなったら、食後の飲み物はどうしたって同席させてもらわなくちゃな」彼はアールに笑いかけた。「アールのことは心配いらないよ。変わり者だが、無害だ。彼の実家は百年以上にわたって葬儀業を営んできたんだ。死者を埋めるのが彼らの仕事でね。ところがアールはそれを掘り返す！ 人食い鬼だよ。その話をメシの種にさえしているんだからな」

みんなが笑うなか、マギーは眉をつりあげた。

「古い葬儀の習慣をテーマに講義をしているんだ」アール・ベイトマンはかすかな笑みをうかべて説明した。「気味悪がる連中もいるが、ぼくはそういうことが大好きでね」

九月二十七日 金曜日

2

日が傾くにつれて強まってきた海風に髪をもみくしゃにされながら、彼はクリフ・ウォークをきびきびと歩いていた。昼間はすばらしく暖かだった太陽も、今は冷たい風に日射《ひざ》しを追い散らされていた。その気温の変化が、彼の気分に反映しているように思われた。

これまでのところ、計画はねらいどおりに運んでいたが、わずか二時間後にヌアラのディナーパーティーを控えた今、ある予感が彼の胸にきざしていた。ヌアラは疑り深くなっていた。このままにしておくと、継娘《ままむすめ》に打ち明けるかもしれない。そうなると、全《すべ》てが白日のもとにさらされかねない。

観光客はまだニューポートを立ち去っていなかった。それどころか、環境保護協会によって維持管理されている由緒《ゆいしょ》ある邸宅の大部分が来春まで閉館される前に一目見ておこうと、日帰りの観光客が群をなして歩きまわっていた。

彼は考えごとにふけりながら、ブレイカーズ館の前で足をとめた。華麗にしてきらびやかな至宝、アメリカの城、金と想像力とあくなき野心が達成しうるものの息を呑《の》むような見本。一八九〇年代初頭、コーネリウス・ヴァンダービルト二世（訳注　米国の海運・鉄道王ヴァンダービルトの三代め）と妻のアリスのために建てられたものだが、それがヴァンダービルト自身によって楽しまれたのはほんの一時期にすぎなかった。一八九五年、発作による四肢の麻痺《まひ》という悲劇に見舞われた彼は、一八九九年にこの世を去っている。

ブレイカーズ館の正面に今しばらくたたずんだまま、彼はにやりとした。そもそも彼にアイデアを吹き込んだのは、ヴァンダービルトの一代記だったのだ。

だが、いつまでもぐずぐずしているわけにはいかなかった。彼は歩調を速めて、地平線を背に見事に保存された石灰岩の外壁とマンサード屋根をうかびあがらせている部屋数百の奢侈《しゃし》をきわめた元オーカーズ・コート、現在のサーヴ・リジャイナ大学の前を通過した。五分後、彼は目的地へ着いた。悪趣味なブレイカーズ館のライバルともいうべきレイサム・マナーは、洗練された上品で荘厳《そうごん》な建物だった。もともとは風変わりなレイサム一族の誇る資産だったが、一族最後のレイサムの代ですっかり荒廃してしまった。廃墟《はいきょ》からよみがえって往年の壮麗さを取り戻した現在は、晩年を華やかに送りたいと願う引退した裕福な人々の施設《レジデンス》となっている。

彼は足をとめてレイサム・マナーの堂々たる純白の大理石の外壁に目をすえた。ウィンドブレイカーの深いポケットに手をいれて、携帯電話を取り出す。すばやくボタンを押し、望みどおりの声が答えるのを聞いて薄笑いをもらした。あとで心配することがひとつ減った。

彼はふたつの言葉を口にした。「今夜は、だめだ」

「それじゃ、いつ？」わずかな間のあと、平静な特徴のない声が問いかえした。

「まだわからん。ほかにやらねばならんことがある」彼の声が鋭くなった。自分の決定に関する質問は許さなかった。

「了解。すみません」

それ以上はなにも言わずに接続を切り、彼はきびすをかえして足早に歩きはじめた。ヌアラのディナーパーティーに出かける支度をする時間だった。

3

ヌアラ・ムーアは陽気な散らかり放題のキッチンで鼻歌をうたいながら、トマトを薄切りにした。その動作はすばやくて自信に満ちていた。遅い午後の太陽は沈みかけており、強風が流しの上の窓をがたがたとゆさぶった。断熱材の薄い奥の壁から、早くもかすかな冷気がしみだしてくるのが感じられる。

それでも、キッチンは暖かく、白と赤の壁紙や、すりへった赤煉瓦色《あかれんがいろ》のリノリウムや、パイン材の棚やキャビネットは、おもわず腰を落ち着けたくなる魅力にあふれていた。

トマトを薄切りにする作業が終わると、今度はたまねぎに手を伸ばした。オイルと酢でマリネにし、オレガノをたっぷり散らしたトマトとオニオンのサラダは、子羊の脚のローストにぴったりの脇役《わきやく》だった。マギーがいまでも子羊が好きでありますように、と指を交差させて祈った。子供の頃、子羊のローストはマギーの好物のひとつだった。聞いてみればよかったかもしれない、とヌアラは思った。でも、マギーをびっくりさせたい気持ちのほうが強かった。すくなくとも、マギーがヴェジタリアンでないことはわかっている——ニューヨークでの再会の夜、彼女は子牛肉を頼んでいた。

大鍋《おおなべ》の熱湯の中では早くもじゃがいもが踊っていた。これがゆであがったら、ざるにあけるのだが、最後の最後までつぶすのは待つつもりだった。オーヴンではビスケットがもうじき焼きあがる。さやいんげんと人参《にんじん》はすべて下ごしらえをすませて、客たちが席につく数分前に蒸しあがるようになっている。

ヌアラは食堂をのぞきこんで、再点検をおこなった。テーブルはセットされていた。今朝まっさきにやったのが、それだった。マギーはわたしの正面、もうひとつのホストの椅子にすわる。象徴的な席順だった。今夜は実の母と娘のように、ふたりで客をもてなすのだ。

ヌアラはドア枠によりかかって、つかのま思いにふけった。この片時も心を去らない不安をついにわかちあう相手がもてたのは、なんという幸運だろう。一日か二日したら、こう言おう。「マギー、あなたに話さなくちゃならない大事なことがあるの。あなたの言ったとおりよ。じつは心配ごとがあるの。わたしの頭がどうかしているのかもしれないし、年寄りの杞憂《きゆう》に過ぎないかもしれないのだけれど……」

マギーの前で疑いをさらけだしたら、どんなにかすっきりするだろう。幼い頃ですら、マギーは分析的思考力にたけた、利口な子だった。「フィーヌーアラ」打ち明けたいことがあると、マギーはそうきりだしたものだ。それがとても大切な話であることをわたしに知らせる彼女なりの方法だったっけ、とヌアラは思い返した。

このパーティーは明日の夜にしたほうがよかったのかもしれない、と考えた。マギーにせめて一息いれるチャンスを与えてあげるべきだったのかも。あらあら、わたしはいつもこれだ――最初に行動、考えるのはあと。

だがマギーのことをさんざんしゃべったあと、ヌアラは友達にマギーをみせびらかしたくなってしまったのだ。それに友達をディナーに招待したときは、マギーはきのうのうちにやってくるはずだった。

ところがきのう、マギーから電話があって、仕事上の問題が起きたので、それが片づくまでもう一日かかりそうだと言ってきた。「アート・ディレクターが神経質なネリーって人で、撮影のことで頭を悩ませているの」とマギーは説明していた。「だから明日のお昼頃まで出発できないのよ。でも、四時か四時半にはそちらへ着いているはずだわ」四時、マギーから電話があった。「ヌアラ、二度ばかり電話をかけたけれど、お話ちゅうだったの。たった今荷造りを終えて、これから車に向かうところよ」

「あなたがきてくれるかぎり、おそくなってもちっともかまわないのよ」

「着替える暇があるように、せめてお客さんたちより前に到着できるといいけれど」

「あらま、そんなこと気にしないでちょうだい。安全運転を心がけてね、あなたがこっちに着くまで、みんなには浴びるほどカクテルを出しておくわ」

「それがいいわ。それじゃ」

その会話を思い出しながら、ヌアラはほほえんだ。マギーがきょうきてくれることになって、ほんとうによかった。今頃はブリッジポートのあたりを走っているはずだ。帰宅途中の通勤者の渋滞にぶつかるだろうが、すくなくとも、もうこちらへ向かっている。ああ、ありがたい、マギーがわたしのところへきてくれる。

さしあたってそれ以上はすることもなかったので、ヌアラは腰をおろして夕方のニュースを見ることにした。客たちがぼつぼつ到着するまで、心身の疲れをほぐしてくれる熱いお風呂《ふろ》にはいる時間もありそうだった。

キッチンを出ようとしたとき、勝手口をたたく音がした。誰だろうと窓からのぞく間もなく、ノブがまわった。一瞬、ヌアラはぎょっとしたが、ドアが開いて訪問者がはいってくると、にこやかに微笑した。

「あらまあ」ヌアラは言った。「いらっしゃい、でもまだパーティーには二時間早いから、長居はできなくてよ」

「長居するつもりはないよ」訪問者は静かに言った。

4

老スクワイアからリーアムの祖母への結婚祝いだった家を売って、母親がフロリダへ引っ越したあと、リーアム・ムーア・ペインはウィロウ・ストリートのコンドミニアムを買っていた。夏のあいだは定期的にそこを利用し、シーズンが終わってヨットを倉庫に保管したあとも、彼は週末になると国際金融の狂乱めいた世界から逃げ出すために、しばしばボストンから足をのばすのが習慣になっていた。

広々とした天井の高い四部屋とナラガンセット湾を見渡せるテラスのついたコンドミ

ニアムは、実家のよりすぐった家具でしつらえられていた。引っ越しぎわに、彼の母親はこう言った。「こういう家具はフロリダじゃ映えないし、どっちみちわたしには愛着がないの。あなたにあげましょう。あなたはお父様似だわ。こういう重苦しい古いものが大好きですものね」

シャワーの下から出てバスタオルを取りながら、リーアムは父親のことを考えた。はたして自分はそれほど父親似だろうか？ 猫の目のように変化する市場での売買に一日従事して帰宅すると、父親はいつもまっすぐ書斎のバーへ行き、ごくドライなごく冷たいマティーニを自分でつくった。ゆっくりそれをすすって、やがて目にみえて緊張がほぐれてくると、二階へあがって風呂にはいり夜のために着替えるのが常だった。

ごしごし身体《からだ》を拭《ふ》きながら、自分と父親がそっくりだという考えにリーアムはわずかに微笑したが、こまかな点では彼らはすこしも似ていなかった。父親のほとんど儀式化した飲酒癖があのままつづいていたら、リーアムは耐えきれなかっただろう。彼は景気づけに軽く飲むほうが好きだった。また、マティーニは風呂の前ではなくあとで飲むほうが好きだった。

十分後、リーアムは書斎のバーに立ってフィンランド産のウォツカを氷をたっぷりいれた冷えた銀製のゴブレットに慎重についで、かきまぜた。それから、ステムの細いグラスにその飲み物をすこしずつ移しかえ、オリーヴのしぼり汁を表面に一、二滴たらし、一瞬の間を置いて期待に満ちたためいきをもらしてから、最初のひとくちをすすった。

「うーん、これだよ」声に出して言った。

八時十分前だった。あと十分でヌアラの家に行くことになっている。車で九分はかかるが、時間に関しては、リーアムは心配しなかった。ヌアラを知っている者なら誰でも、彼女のカクテル・タイムが九時や、ことによるともっと遅くまでつづきかねないことぐらい心得ている。

リーアムは少々休息時間をもうけることにした。ダークブラウンのモロッコ革にくるまれた美しいカウチに沈みこみ、ひとかかえの古い帳簿を模して造ったアンティークのコーヒーテーブルに注意深く両足をのせた。

目を閉じる。ストレスの多い長い一週間だったが、週末はおもしろくなりそうだった。マギーの顔が脳裏にうかんだ。彼女がニューポートにつながりを、しかも、これほど強いつながりをもっていようとは、おどろくべき偶然だった。ヌアラと彼女の関係を知ったとき、リーアムはびっくりした。

マギーが自分にだまって《フォーシーズンズ》のパーティー会場から帰ったと知ったときの自分の動転ぶりをリーアムは思い出した。マギーをほったらかしにした自分に腹をたてながらも、彼女を見つけだして一言謝りたかった。まわりに聞いてまわり、マギーがディナーの前にヌアラと一緒に出ていったことがあきらかになったとき、リーアムはふたりは《イル・ティネッロ》にいると直感したのだった。若い女性にはめずらしく、マギーは利用する店にこだわりをもっていた。

マギー。リーアムはつかのま彼女の美しい顔や知性、全身から発散されるエネルギーを思い浮かべた。

マティーニの最後の一滴をすすると、ためいきとともに快適なカウチから身体を押し上げた。出かける時間だ。フォワイエの鏡で全身を点検し、母親が誕生日に送ってよこした赤と青のエルメスのネクタイがネイヴィブルーのブレザーにそこそこマッチしているのを心に留めた。だがトラッドなストライプのほうがぴたりと決まったかもしれない。肩をすくめて、気にしないことにした。これ以上はぐずぐずしていられない。キーホールダーをつかみ、ドアをしめて鍵《かぎ》をかけると、リーアムはヌアラのディナーパーティーに出発した。

5

アール・ベイトマンはワインのグラスを片手に、カウチにねそべっていた。かたわらのテーブルには読み終えたばかりの本がのっている。ヌアラのディナーパーティーにそなえてそろそろ着替える必要があるのはわかっていたが、この一週間の出来事をあれこれ考えながら、彼は怠惰なひとときを楽しんでいた。

プロヴィデンスからこちらへくる前に、人類学の一〇一のクラスから集めたレポートの採点をすませ、数人の学生がAかBの水準に達しているのを知って、アールはまんざらでもない気分だった。そういう学生たちが相手なら、おもしろい――そしてやりがいのある――学期になりそうだった。

そして今からは、観光客がうじゃうじゃと群がるレストランや、サマーシーズン特有の渋滞から解放されたニューポートの週末を楽しむことができる。

アールの住むスクワイア・ホールは、スクワイア・ムーアがゴードン・ベイトマンと結婚した末娘のために建てた家だった。アールはその両親の家の来客翼棟を住居にしていた。ベイトマン家は四代にわたって葬儀社を経営し、そのためゴードン・ベイトマンはスクワイアから〝食人鬼〟呼ばわりされていた。

スクワイアが七人の子供たちに贈った住居の中で、このスクワイア・ホールはその結婚を快く思わなかったスクワイアの心境を反映してか、きわだって小さかった。彼にかぎったことではないが、スクワイアは死ぬことを恐れ、自分の面前では〝死〟という言葉を口にのぼせることすら禁じていた。その一族の懐《ふところ》へ迎えいれた男が、スクワイアがこの世を去ればもろもろの儀式を取りはからうことになるのは疑いようがなく、よって、ゴードン・ベイトマンはスクワイアにとって禁じられた言葉を絶えず思い出させる苦々しい婿《むこ》だったのである。

これにたいしてゴードン・ベイトマンは、妻を説得して自宅をスクワイア・ホールと名付けるという挙に出た。それは義父へのうわべだけの謝意であり、義父が他の子供たちからはさほどは尊敬されていないことを思い出させるそれとない揶揄《やゆ》でもあった。アールはつねづね自分の名前はスクワイアにたいするもうひとつのあてこすりだと信じていた。というのも、老人はいつも、スクワイアという名前はアイルランドはディングル郡のムーア一族が郷士《スクワイア》の称号をもっていたので、代々その名がつけられたのだという印象を会う人ごとに与えようとつとめていたからだ。ディングルの郷士だかなんだか知らないが、ランクからすれば、伯爵《アール》にはおよぶべくもないではないか。

だがアールにはベイトマン葬儀社を継いで五代めの経営者におさまる意志はなかった。息子の意志が固いとわかると、両親は葬儀社を一私企業に売却してベイトマンの名を存続させ、経営者を雇いいれた。

現在、彼の両親は一年のうち九ヶ月を南カリフォルニアの娘たちの嫁ぎ先近くで過ごしている。留守中は家全体を管理するよう以前からアールをうながしていたが、アールはそれを断って、好みどおりに整えた来客翼棟でもっぱら生活し、書物や人工遺物は埃《ほこり》のつく心配のない全面ガラス張りのキャビネットにしまいこんでいた。来客翼棟からは、大西洋を一望のもとに見渡すこともできた。アールは海のもつかぎりない静寂を意識していた。

静寂。それこそは、おそらく彼がもっとも尊重する言葉だった。

スクワイア・ムーアの子孫たちが一堂に会した騒々しいニューヨークでのパーティーでも、アールは可能なかぎり傍観者に徹して、人々の群をこれ観察につとめた。あまり批判的にならないようにし、彼らの〝これよりすごいことができるか?〟というたぐいの自慢話にはくわわらなかった。親戚《しんせき》連中はどいつもこいつも、いかにうまくやっているかを吹聴《ふいちょう》することしか頭にないらしく、リーアム同様、自分たちのエキセントリックな――そしてときには情け容赦のない――先祖にまつわるありそうもない話で相手を楽しませることに汲々《きゅうきゅう》としていた。

アールは一部の親戚にとって、四代つづいた葬儀屋という父親の経歴が恰好《かっこう》の笑い話の種であることも知っていた。親睦会《しんぼくかい》のパーティーで、彼は親戚のふたりが自分を軽蔑《けいべつ》し、葬儀業者とその職業をさかなに悪意に満ちたジョークを飛ばしているのを耳にしていた。

今、カウチから足をふりおろして立ち上がりながら、こんちくしょう、とアールは思った。八時十分前、行動する時間だった。ヌアラのディナーパーティーに出かけるのはむしろ面倒だったが、いっぽうでは、マギー・ハロウェイがくることへの期待があった。

彼女はじつにチャーミングだ……。

そう、マギーがいれば今夜はきっと退屈しないですむだろう。

6

レイサム・マナー・レジデンスの責任者であるドクター・ウィリアム・レーンが時計を見たのは、五分間でそれが三度めだった。ドクターは妻とともども八時にヌアラ・ムーアの家に行く予定になっていた。今は八時十分前だった。五十代で、大柄な、頭のはげあがったドクター・レーンは、患者の気持ちをなだめる、あたりのいい医者だった——だが、その寛容な態度は三十九歳の妻にまではおよんでいなかった。

「オディール」彼は呼ばわった。「たのむから、さっさとしてくれ」

「すぐ行くわ」息ぎれまじりのうたうような声が、レイサム・マナーのかつての馬車置き場だったところ、すなわち現在の彼らの住居の二階から聞こえてきた。そのすぐあとから、イヤリングをつけながら妻が居間に駆けこんできた。

「ミセス・パターソンに本を読んであげていたのよ」オディールは言った。「どういうことかおわかりでしょ、ウィリアム。ミセス・パターソンはまだここに慣れていないし、息子さんが内緒で彼女の家を売った事実に腹をたてているの」

「そのうち落ち着く」レーンはそっけなく言った。「ほかの入居者《ゲスト》たちも結局はここでの暮らしにしごく満足しているんだ」

「わかってるわ。でも、すぐになじめない場合もあるのよ。新しい入居者《ゲスト》が環境に適応するまでは、やっぱりちょっとした思いやりのあるお世話《TLC》が大切だと言ってるの」オディールは彫刻をほどこした大理石の暖炉の上の鏡にあゆみよった。「わたし、どう？」目のぱっちりしたブロンドの自分にむかって、にっこりした。

「すてきだよ。いつもそうだ」レーンはぶっきらぼうだった。「ヌアラの例の継娘《ままむすめ》についてわかっていることは？」

「今週の月曜にグレタ・シプリーを訪ねてきたとき、ヌアラがあらいざらい話してくれたわ。名前はマギーで、ヌアラは昔彼女のお父さんと結婚していたの。マギーは二週間滞在する予定だわ。ヌアラはすごく喜んでいるみたい。はなればなれになっていた母子が再会したなんて、すてきだと思わない？」

　ドクター・レーンはそれには答えず玄関ドアをあけてから、わきへよった。すてきなご機嫌だこと、オディールはそう思いながら夫の前を通って石段をおり、車のほうへ歩いていった。途中でちょっと立ち止まり、月光を浴びて大理石のファサードを輝かせているレイサム・マナーを眺めた。

オディールはためらいがちに言った。「言い忘れていたけれど、ミセス・ハモンドの様子を見にいったら、ちょっと息をきらしていて顔色が悪かったわ。出かける前に診察したほうがいいんじゃないかしら」

「われわれはすでに遅刻しているんだ」ドクター・レーンはいらだたしげに答えながら車のドアをあけた。「わたしが必要になれば十分で帰ってこられる。しかし絶対に心配ない、ミセス・ハモンドは今夜は死にはしないさ」

7

マルコム・ノートンはその夜がわずらわしかった。銀髪で、背筋のぴしっと伸びた軍人のような姿勢のノートンは、押し出しのいい人物だった。しかしながら、その外観の陰には悩める心がひそんでいた。

三日前にヌアラからの電話で今夜のディナーに招かれ、継娘に会ってほしいと言われたのはショックだった——ディナーへの招待そのものがショックだったのではなく、ヌアラに継娘がいたという予期せぬニュースがショックだったのである。

専門分野をもたずにひとりで働いている弁護士のノートンは、過去数年間に顧客リストが激減したことに気づいていた。ひとつには顧客の高齢化と死亡が原因だが――おかげでノートンは故人の遺産処理にかけてはエキスパートといえるレベルに達していた――積極的な若手弁護士が、彼のなわばりに出現した事実も見逃せなかった。ヌアラ・ムーアは残っている数少ない顧客のひとりであり、ノートンとしては彼女の身辺雑事に関しては知らぬことはひとつもないと考えていた。継娘がいることなど、ヌアラはただの一度も口にしたことがなかった。

しばらく前からマルコム・ノートンはヌアラに自宅を売却して、レイサム・マナーの住人になるよう執拗《しつよう》にうながしていた。最近までヌアラはそれに同意する気配を見せていた。夫のティムが亡《な》くなってから、家の中がさびしくなり、おまけに修繕費がますますかさむようになってきたと認めていた。「屋根を新しくする必要があるのはわかってるの。暖房システムも時代遅れだから、ここを買った人はきっとセントラル・エア・コンディションにしたがるわ」ヌアラは彼にそう言っていた。「売れば二十万ドルにはなるかしら？」

ノートンは慎重に答えていた。「ヌアラ、レイバーデイ以後、ここの不動産市場はそれはもうひどいものなんだ。来年の夏なら、それぐらいで売れるかもしれない。しかし、わたしはきみが安住するところを見たいんだよ。今レイサムに引っ越す用意があるなら、わたしがその値で家を買い取り、基本的な修理を引き受けよう。どうせ金は取り戻せるだろうし、きみは余計な出費をせずにすむ。ティムの保険金と家の売却金があれば、レイサムで最高の個室がもてるはずだし、スイートの一部屋をスタジオにすることも夢じゃないかもしれん」

「いいわね。入居の申請書を書くわ」そのときヌアラはそう言った。そして、彼の頬にキスしたのだ。「あなたはいい友達だわ、マルコム」

「わたしが書類を作成しよう。賢明な決断だよ」

マルコムがヌアラに言わなかったのは、ワシントンのある友人からの情報だった。環境保護法における変更議案の可決が確実になり、それによって、現在、湿地保護条例によって保護されている一部の土地が、開発規制からはずされる見込みが出てきたのである。ヌアラの所有地の右端はまるごとその変更の対象になる。池を排水して、木を二、三本伐《き》り倒せば、海の眺めは俄然《がぜん》すばらしくなるだろう、とマルコムは勝手に想像した。金のある連中はそういう景色をほしがる。そういう土地を買うためなら金に糸目はつけないし、ことによると古い家は壊してしまって、海を眺望できる三倍も大きな邸宅を建てるかもしれない。マルコムの計算によれば、あの土地だけで百万ドルになるはずだった。万事計画どおりに運べば、一、二年のうちに、八十万ドルの利益をあげられることになる。

そうなれば、人生を謳歌《おうか》できるというものだ。土地の売却金がはいったら、妻のジャニスへの離婚手当も払えるし、引退して、バーバラと一緒にフロリダへ移り住むこともできるだろう。

有資格の秘書としてバーバラが働くようになってから、彼の人生はどれだけ変わったことか！　マルコムより七歳若い五十六歳のバーバラは、美しい未亡人だった。子供たちはすでに巣立っているので、バーバラが彼のオフィスに勤めているのはただの暇つぶしだった。しかし、お互いが惹《ひ》かれあっているのがわかるまで長くはかからなかった。彼女にはジャニスにはついぞ感じたことのない、包みこむような温かさがあった。

だが、バーバラは仕事先での情事を楽しむタイプではなかった——それだけは彼女ははっきりさせていた。もしバーバラを望むなら、妻とはきれいに別れなくてはならないだろう。それを可能にするのは金だ、とマルコムはひとりごちた。金さえできれば……。

「ねえ、支度できたの？」

マルコムは顔をあげた。三十五年連れ添った妻が腕組みをして、彼の前に立っていた。

「そっちさえよければ」

帰宅がおくれたマルコムは、帰るなり自分の寝室へ直行していた。朝からジャニスを見たのはこれがはじめてだった。「今日はどんな一日だった？」彼は礼儀正しくたずねた。

「いつもどんな一日をあたしが送ってると思ってるのよ？」ジャニスは嚙《か》みつかんばかりだった。「老人ホームで帳簿つけに明け暮れてるあたしが？　だけどすくなくとも、あたしたちのうちひとりは定期的に給料をもって帰ってくるんですからね」

8

午後七時五十分、カーソン&パーカー投資会社の取締役ニール・スティーヴンスは立ちあがって、伸びをした。世界貿易センター2のオフィスに残っているのは、今もそのうなりが聞こえてくる電気掃除機でホールを清掃中の清掃員たちをのぞくと、彼ひとりだった。

ニールは上級役員として、マンハッタンを一望できる大きな角のオフィスをもっていたが、あいにくと、その景観を味わうゆとりはほとんどなかった。とりわけ、今日は忙しかった。

ここ数日、株式市場は極端に不安定で、C&Pの〝高推薦〟リストにあげられていた一部の株が期待外れの配当を記録していた。手堅い株ばかりで、そのほとんどは優良株でもあるので、株価の急落は今のところたいした問題ではなかった。まずいのは、多数の小口投資家が売り急ぎはじめたことで、ニールと彼のスタッフは焦《あせ》らないようにと説得するのにおおわらわだった。

さて、今日はこのくらいにしておくか、とニールは思った。そろそろ帰ろう。上着はどこかときょろきょろすると、〝商談エリア〟にある椅子《いす》のひとつに投げ出されているのが見つかった。すわり心地のよい椅子がまとまって配置されたその一角は、インテリア・デザイナーの称する〝クライアントとの友好的雰囲気〟をかもしだしていた。

すっかりしわくちゃになった上着を見て顔をしかめながら、彼はそれをひとふりして袖《そで》を通した。ニールは大男だった。年は三十七歳で、週二日の夜のラケットボールを含む規律正しいエクササイズが、筋肉が脂肪に化けるのを見事に防いでいる。努力の結果は明白で、知性を物語る射抜くような茶色の目と、自信をうかがわせる磊落《らいらく》な微笑をもつ彼はすこぶる魅力的な男だった。そして実際、その自信は見かけ倒しではなかった。というのは、同僚や友人たちはニール・スティーヴンスがまったくといっていいほどミスを犯さないことを知っていたからである。

袖をなでおろしながら、今朝は上着をハンガーにかけてくれたアシスタントのトリシュが、彼がランチのあとふたたびそれを放り出したときには、わざとそのまま無視していたのを思い出した。

「あなたのお世話ばっかりしていたら、ほかのアシスタントたちにやっかまれますからね」トリシュはそう言っていた。「それに家では夫の脱ぎちらかすものをさんざん拾い集めて、もううんざりしてるんです。女って、どこまで我慢できるのかしら？」

ニールは思い出し笑いしたが、マギーに電話をかけてニューポートの番号を聞くのを忘れていたのに気づいて、顔をしかめた。ほんの今朝がた、次の週末は母親の誕生日のためにポーツマスへ行こうと決心したばかりだった。ポーツマスからニューポートまでは車でほんの数分だ。マギーは二週間、ニューポートの継母のところに滞在する予定だと話していた。彼はむこうでマギーと会えそうだと期待していたのだ。

ニールとマギーは春もまだ浅い頃、東五十六番通りのアパートメント・ビルから角を曲がったところにある二番街のベーグル・ショップで会ってから、ときどきデートをしていた。偶然会えばいつでもその場でおしゃべりをはじめたし、ある晩は映画館でばったり出くわした。そのときは並んで席にすわり、映画がはねたあとはニアリーのパブまで歩いて夕食をともにした。

最初のうち、ニールはマギーがそうしたデートを自分と同じようにごくさりげなく受け止めている事実を好もしく感じた。マギーの側からは、自分たちふたりを映画好きの友達以上のものとして意識しているような意思表示はまったくなかった。彼女も彼に負けず劣らず、仕事に忙殺されているように思えた。

しかしながら、こうしたときおりのデートが半年つづいたあと、マギーがあいかわらず彼を映画や夕食の楽しい仲間としてしかみなしていない事実は、ニールを悩ませはじめていた。知らず知らず、彼はマギーに会いたい気持ちをつのらせ、彼女に関するすべてを知りたがっている自分に気づいた。ニールは彼女が五年前に夫をなくしたことを知っていた。それはマギーが冷静に口にしたことであり、その口調からは、気持ちの上ではすでに整理がついているように感じられた。しかし最近になってニールはマギーに真剣につきあっている相手がいるのかどうかが気になりだしていた。気になるだけでなく、不安にもなりだしていた。

一瞬考えこんだあと、ニールはマギーが留守番電話にニューポートの電話番号を吹き込んでいったかどうか確認することにした。デスクにひきかえし、彼女の録音されたメッセージに耳をすませた。「もしもし、こちらマギー・ハロウェイ。お電話ありがとう。十月十三日まで留守にします」テープはそこまでだった。あきらかに、マギーはメッセージを受け取る気がなかった。

すばらしい、むっつりと受話器を戻しながら、ニールは窓に歩みよった。眼前には煌々《こうこう》とライトのともったマンハッタンが広がっている。イースト・リヴァーに架かる橋に目を転じたとき、以前、マギーに世界貿易センターの四十二階にオフィスがあると話すと、マギーがウィンドウズ・オン・ザ・ワールドでのカクテルパーティーにはじめて出席したときの話をしたことを思い出した。「ちょうど夕暮れ時だったの。橋がライトアップされたかと思うと、すべてのビルや街灯が輝きだしたのよ。まるでヴィクトリア女王時代の貴婦人がまとっている宝石を見ているようだったわ――ネックレス、ブレスレット、指輪、ティアラまで」

そのときの鮮明なイメージはいまでもニールの心に刻まれていた。もうひとつ心の奥にしまいこまれているイメージがあるが、こちらは彼を悩ませるものだった。三週間前の土曜日、ニールは三十年前のフランス映画『男と女』を見ようとシネマ・ワンにはいった。場内はすいていて、映画が中盤にさしかかった頃、彼はマギーが数列前にひとりですわっているのに気づいた。彼女の隣へ移ろうとしたとき、マギーが泣いているのがわかった。涙が頬をぬらし、片手で口をおさえてすすり泣きを押し殺しながら、マギーの目は夫の死を受け入れることのできない若い未亡人のストーリーを追っていた。

クレジットが出ているすきに、ニールはそそくさと外に出た。マギーに見られたくなかったし、情緒不安定なところを見られたら、マギーのほうも狼狽《ろうばい》するだろうと思ったのだ。

その夜、彼がニアリーの店で友人たちと食事をしていると、マギーがはいってきた。彼女はニールのテーブルで足をとめて挨拶《あいさつ》すると、大きな隅のテーブルにいるグループにくわわった。映画を見ながら、悲嘆にくれる若い未亡人とわが身を重ねあわせていたような先刻の沈んだ様子は、顔にも態度にもまったくうかがえなかった。

くそ！　ニールは思った。マギーはすくなくとも二週間はニューポートにいるというのに、連絡のつけようがないとは。彼女の継母の名前すらまったくわからなかった。

9

あのぴりぴりしたアート・ディレクターを別にすれば、まずまずの一週間だったとふりかえりながら、マギーは一三八号線をおりてニューポートにはいった。今週の写真撮影はどちらも絶好調だったし、とりわけ『ヴォーグ』の写真は出色の出来映えだった。だが、天文学的値段のイヴニングドレスを撮影したときは、ほんのわずかな皺《しわ》もカメラがとらえることを念頭に置いて、細心の注意をはらわなくてはならなかったから、今こうして仕事から解放され、ジーンズとチェックのシャツという恰好《かっこう》でいると、いっそうくつろいだ気分になれた。実際、今夜のヌアラのディナーパーティーに着るつもりでいる青いシルクのブラウスとそれにマッチしたロングスカートをのぞけば、この休暇のために持参した衣類はごくカジュアルなものばかりだった。

きっと楽しい休暇になるわ、とマギーは思った。ニューポートでの誰にも邪魔されない二週間。お互いのこれまでの暮らしを思う存分語りあえる！　マギーは楽しい予想に顔をほころばせた。

リーアムが自分も今夜のヌアラのパーティーに顔を出すと電話でつたえてきたときはびっくりしたが、彼がしょっちゅうニューポートで過ごしていることぐらい気づいていてしかるべきだった。「ボストンからは車で楽に行ける距離だからな」と電話口でも指摘していた。「週末は定期的に出かけているんだ、とくにシーズンオフはね」

「知らなかったわ」

「ぼくにはきみが知らないことがたくさんあるんだよ、マギー。きみがこうしょっちゅう町を留守にしていなければ……」

「そしてあなたがボストンに住んでいなくて、ニューヨークのアパートメントをたえず利用していれば……ね」

マギーはまた顔をほころばせた。自己本位なところはあっても、リーアムは確かに楽しい人だった。赤信号で車をとめたすきに、ちらりと下に置いた地図を見て方向を再確認した。ヌアラの家は伝説に名高いオーシャン・ドライヴからはずれたギャリソン・アヴェニューにあった。「三階から海が見えるのよ」とヌアラは説明していた。「海とわたしのスタジオを見るまでのお楽しみね」

ヌアラは今週三度も電話をかけてきて、計画の変更がないかどうか念をおしていた。

「ほんとうにきてくれるの、マギー？　予定が狂って、わたしをがっかりさせたりしない？」

「絶対だいじょうぶよ」マギーはそう断言してヌアラを安心させていた。だがマギーには気になることがあった。マンハッタンでの夕食の席で、ヌアラの顔をよぎったあの同じ不安が、電話の声にもにじんでいると思ったのは、はたしてわたしの気のせいだったのだろうか？　もっとも、ヌアラはほんの一年前にご主人を亡くしているうえに、ぽつぽつ友達まで失いはじめている。長命であることの悲哀のひとつが、顔や声にあらわれているのだろう。人はみないつかは死ぬのだという意識がヌアラを不安にさせているのだとしても無理はない、とマギーは考えた。

去年『ライフ』のために撮影した老人ホームの住人の顔にそれと同じ表情を見たおぼえがあった。ある女性は残念そうにこう言った。「もう若い時分のわたしをおぼえている人はひとりもいないんだと思うと、むやみに気が沈んじゃってね」

マギーはみぶるいし、車内の温度が急激に低くなっているのに気づいた。エア・コンディションのスイッチを切り、窓を数インチあけて、空気にたちこめる海のしょっぱいにおいを嗅《か》いだ。中西部で育ったから、海には飽きるということがないわ、と思った。

時計を見ると、八時十分前だった。これではほかの客たちが到着する前に、化粧を直して着替えをする時間はほとんどありそうにない。すくなくともヌアラには電話で、出発が遅れたことをつたえておいた。そちらへ着くのは、今頃になるはずだと言っておいた。

ギャリソン・アヴェニューにはいると、目の前に海が見えた。マギーは速度を落とし、水切り勾配《こうばい》のついた板屋根と玄関をとり囲むようなポーチのある、羽目板張りの魅力的な家の前で車をとめた。これがヌアラの家にちがいない。それにしても、暗くて誰もいないように見える。門灯もポーチの明かりもついていないし、正面の窓からたよりない明かりがもれているだけだ。

マギーは車回しに駐車すると、トランクからスーツケースを出すこともせずに、石段を駆けあがった。期待をこめて呼び鈴を鳴らした。中からかすかなチャイムの音が聞こえた。

待ちながら、マギーは鼻をうごめかせた。通りに面した窓があけはなたれており、中から焦《こ》げ臭いにおいがただよってくるような気がする。呼び鈴を何度も鳴らすと、チャイムが家中に反響した。

それでも誰も出てこなければ、足音もしない。なんだかおかしい。不安がつのった。ヌアラはどこにいるのだろう？　一番近くの窓まで歩いていって腰をかがめ、わずかに引かれているレースのフリンジのついたカーテンごしに闇《やみ》の中へ目をこらした。

次の瞬間、口の中がからからになった。かろうじて見えた薄暗い室内は乱雑をきわめていた。引き出しの中身がループ状のカーペットの上にばらまかれ、引き出しそのものはオットマンに倒れかかっている。窓の正面に見える暖炉の両側の飾りだんすは、扉があいて全部中身が見えていた。

たよりない明かりを提供しているのは、マントルピースの上の一対の燭台《しょくだい》だった。暗がりに目がなれてくるにつれて、ひっくりかえったハイヒールが片方、暖炉の前にころがっているのが見分けられた。

あれはなんだろう？　目を細めて身をのりだしたマギーは、自分の見ているのがストッキングに包まれた小さな片足であるのに気づいた。ころがったハイヒールのそばのラヴシートのうしろから、片足が突きだしている。マギーは玄関ドアに駆け戻ってノブをまわそうとしたが、鍵《かぎ》がかかっていた。

やみくもに車に駆けより、自動車電話をひっつかんで九一一を押そうとし、ふと思い出して手をとめた。わたしの電話はニューヨークの市外局番直通だ。でもここはロードアイランド。ヌアラの電話番号は市外局番四〇一ではじまっていた。ふるえる指で、マギーは四〇一―九一一を押した。

相手が出ると、やっとのことで言った。「こちらはニューポートのギャリソン・アヴェニュー一番地。中にはいれないの。誰かが床の上に倒れているのが見えるのよ。ヌアラだと思うわ」

わたしったら、なにをばかなことを言っているんだろう。やめるのよ。マギーは自分に命令した。しかし、配車係の冷静で落ち着いた質問が聞こえてくると、マギーの心は絶対の確信をもって次の言葉を叫んでいた。〝ヌアラが死んでいる〟。

10

ニューポート警察のチェット・ブラウワー署長は、警察の写真係が犯罪現場をカメラにおさめるあいだ、わきに立っていた。彼の管轄《かんかつ》内の住民がむごたらしく殺害されたといういたましい事実――ヌアラ・ムーアは頭部を無数に殴打《おうだ》されていた――のほかに、この事件にはどこかすっきりしないものがあった。

過去数ヶ月間、このあたりで押し込み強盗の発生は一件も報告されていなかった。その手の犯罪は、多くの家が冬を控えて無人となり、テレビやなにやをねらう略奪者どもの恰好の標的になる時期にはじまるものと相場が決まっている。多数の住民がいまだに警報装置を設置していないとはあきれたものだ、とブラウワーは考えた。多数の住民がドアの施錠《せじょう》に無頓着なのにもあきれかえる。

署長は九一一通報にまっさきに応じたパトカーに乗っていた。くだんの家に到着し、ミセス・ムーアの継娘《ままむすめ》と名乗る若い女が正面の窓を指さしたとき、中をのぞきこんだ彼は女が通報したとおりの光景を見てとった。玄関ドアをこじあける前に、ブラウワーとジム・ハガーティー刑事は裏へまわった。指紋をそこなうまいと、ノブには極力手をふれないように慎重にドアをたしかめたところ、意外にも鍵はかかっておらず、彼らは中へふみこんだのだった。

真っ黒焦げになった鍋《なべ》の下では、まだ炎がちらちらしていた。焦げたじゃがいもの刺激臭が、他のもっと喜ばしいにおいを圧倒していた。子羊肉のローストだ、とブラウワー署長は心に留めた。食堂から居間にはいる前に、彼は機械的にレンジの火を消した。

死体のそばまで行ったブラウワーは、背後に継娘のうめき声を聞いてはじめて、彼女があとからついてきていたことを知った。「ああ、ヌアラ、フィーヌーアラ」継娘はそう言うなり、がっくり膝《ひざ》をついて、死体に片手を伸ばしたが、ブラウワーはそれをつかんだ。

「さわっちゃいかん！」

そのとき玄関の呼び鈴が鳴り、ブラウワーは食堂のテーブルが来客用にセットされていたのを思い出した。近づいてくるサイレンが、さらに数台のパトカーが現場へ向かっていることを知らせた。それから数分とたたぬうちに警官たちが継娘と到着したほかの客たちを隣家へ誘導した。全員が、署長から話があるまでは帰らないようにと申しわたされていた。

「署長」

ブラウワーは目をあげた。新米警官のエディー・スーザがそばにきていた。

「待たせてある客たちの一部が落ち着きをなくしはじめているんですが」

思考をめぐらせているとき、あるいはいらだっているときの常で、ブラウワーの額には皺がよっていた。今回、その皺を深まらせたのは、いらだちだった。「あと十分でそっちへ行くと全員に言っておけ」彼は不機嫌に言った。

立ち去る前に、ブラウワーはあらためて家の中を歩きまわった。どこもかしこもひどいありさまだった。三階のスタジオまで荒らされていた。あわてて調べたあとほうりだしたかのように、画材が床に投げ出されていた。引き出しや飾り棚の中身はすべてばらまかれている。殺人を犯したあと、ここまで時間をかけて徹底的に家捜しをする侵入者は滅多にいるもんじゃない、とブラウワーは考えた。家全体の様子からして、長いこと家財に金をかけていなかったこともあきらかだ。だとしたら、盗むようななにがあったのだろう？

二階の三つの寝室も、同様の被害をこうむっていた。そのうちのひとつはさほどひどい状態ではないものの、クロゼットのドアはあけっぱなしで、化粧だんすの引き出しは乱暴にひっぱりだされたままになっている。ベッドカヴァーは折り返されていて、リネン類はあきらかに新品だった。この部屋は継娘のために用意したのだろう、とブラウワーは推測した。

一番大きな寝室の中は、おもちゃ箱をひっくりかえしたようだった。かつてブラウワーが妻にクリスマスに贈ったのと同じようなピンクの革張りの宝石箱の蓋《ふた》があいていた。カエデ材のサイドテーブルの上には、安価な模造品らしいアクセサリーがちらばっている。

ヌアラ・ムーアが高価な宝石をもっていたかどうか、彼女の友人に忘れずに聞いてみようとブラウワーは考えた。

彼はめちゃくちゃにされた被害者の寝室を入念に調べた。これが何者のしわざだろうと、そいつは悪辣《あくらつ》なありふれた泥棒でも、ヤク中の強盗でもない、と判断した。犯人はなにかを捜していたのだ。女の可能性もある、とブラウワーは対象範囲を広げた。ヌアラ・ムーアはどうやら自分の命が危機にさらされているのに気づいていたようだ。状況から見て、被害者は背後から一撃されたとき、外へ逃げようと走っていたように思われた。犯人は男でも——女でもおかしくない。無防備な老婦人を殺すのに、たいした力は必要ない。

ほかにもブラウワーが気づいたことがあった。ヌアラ・ムーアがディナーの準備をしていたのはあきらかであり、したがって、侵入者があらわれたとき、彼女はキッチンにいた可能性が高いということだ。被害者が食堂を走りぬけて逃げようとした形跡から判断して、勝手口のドアからは出られなかったにちがいない。つまり、男か女の犯人は勝手口からはいってきたのだ。こじあけた痕跡《こんせき》がないことからして、ドアには鍵がかかっていなかったに相違ない。もちろん、ミセス・ムーアがみずから侵入者を中へ通したのであれば、話は別だ。勝手口の鍵が一度あけたら、それきりあいたままになるタイプのものなのかどうかあとで点検すること、とブラウワーは心に銘記した。

だがこれでひとまずディナーの客たちと話をする用意ができた。検死医はハガーティー刑事にまかせて、ブラウワー署長は隣家へ急いだ。

11

「いえ、けっこうです」マギーは人差し指でこめかみをおさえたまま言った。十時間前の正午からなにも口にしていないことにぼんやりと気づいたものの、食べ物のことを考えただけで喉《のど》がふさがった。

「お茶の一杯もだめなの、マギー？」

マギーは顔をあげた。ヌアラの隣人であるアーマ・ウッズの思いやりのある、きづかわしげな顔があった。申し出を拒否しつづけるよりは、うなずいて同意をあらわすほうが楽だった。意外にも、マグはこごえた指を温めてくれ、やけどしそうに熱いお茶はおいしかった。

彼らがいるのは、ヌアラの家よりはるかに大きなウッズ家のファミリー・ルームだった。テーブルトップやマントルピースの上に家族の写真がたくさん飾られている——子供たち、孫たちだろう、とマギーは思った。ウッズ夫婦はヌアラと同世代に見えた。

緊張と混乱のただなかにいるにもかかわらず、マギーはディナーに招かれていた客たちを冷静に眺めている自分を意識した。レイサム・マナーの責任者、ドクター・レーン。レイサム・マナーというのは高齢者専用の施設、すなわち老人ホームであるらしい。ドクター・レーンは頭のはげあがった五十がらみの大柄な男性で、心をなだめるやわらかな口調でマギーに悔やみの言葉をかけてきた。ついでに効き目の穏やかな鎮静剤をすすめてくれたが、彼女は断っていた。どれだけ軽い鎮静剤でも、飲めばかならず数日は頭がすっきりしないたちだからだった。

そのドクター・レーンの妻のオディールは目もさめるような美人で、口を開くとそれにつられてお供のように両手が動いた。「ヌアラはほとんど毎日、お友達のグレタ・シプリーをたずねてきていたのよ」誰かれかまわずそう説明しながら、オディールの両手はもっとそばにいらっしゃいよと誘うかのように、ひらひらと動いていた。そのあと、オディールはかぶりをふり、祈るように両手をくみあわせ、「これを知ったら、グレタの胸はきっと悲しみのあまり張り裂けてしまうわ。張り裂けてしまう」と、断固たる口調でくりかえした。

彼女はもう何度もその同じせりふをくりかえしていて、マギーはもう言わないでくれたらいいのにと思っている自分に気づいた。それが通じたかのように、オディールはこうつけくわえた。「それに、ヌアラの絵画教室に参加しているみなさんもさぞかし悲しむわ。みなさん、とても楽しんでいたんですもの。ああ、ほんとに、今この瞬間までそのことを忘れていたわ」

自分の才能をみんなとわかちあうとはいかにもヌアラらしい、とマギーは思った。六歳の誕生日にヌアラがパレットを譲ってくれた記憶がはっきりよみがえった。「すてきな絵の描きかたをあなたに教えてあげましょうね」ヌアラはそう言った。わたしはそっちの才能はさっぱりだったから、ヌアラの期待には添えなかったわ、とマギーは思いかえした。芸術が実感できるようになったのは、粘土をこねるようになってからだった。

暖炉のそばにはマルコム・ノートンが立っていた。彼はさいぜん、ヌアラの弁護士だとマギーに自己紹介していた。端正な顔立ちの男性だが、なんとなくポーズを取っているような胡散《うさん》臭い感じがした。浅薄な——わざとらしいといってもいい——雰囲気がある。その苦悩の表情や、「わたしはヌアラの友人であり、弁護士であり、なんでも打ち明けられる親友でもあったんですよ」と言った言葉からは、自分こそ同情されてしかるべき人間だと思っていることがうかがえた。

でも、わたしがお悔やみを受けるのはすじちがいだわ、とマギーは考えた。なにしろ、ヌアラと再会したのは二十数年ぶりのことで、それまではまったくの音信不通だったのだから。

ノートンの妻のジャニスは声を落としてずっとドクターと話をしていた。口角がさがっているせいで険しい辛辣な顔に見えるが、その点をのぞけば、身体《からだ》つきはスポーツ選手のように贅肉《ぜいにく》がなく、魅力的な女性だった。

そんなことを考えながら、マギーは自分が悲しみのどん底にいるいっぽうで、カメラのファインダーをのぞいているかのように冷静にここにいる人々を観察し、ヌアラの死のショックをやわらげようとしているのを強く意識した。

リーアムといとこのアールは暖炉のそばの一対の椅子《いす》に、間近にむきあってすわっていた。リーアムははいってくるなり、マギーの身体に腕をまわしてこう言っていた。「マギー、なんともおそろしいことになってしまったね」だが、そのあとマギーが精神的にも、肉体的にも、この状況をひとりで乗り越える覚悟でいるのを理解したらしく、彼女と並んでラヴシートにすわることはしなかった。

ラヴシート、マギーは思った。ヌアラの死体が発見されたのも、ラヴシートの陰だった。

アール・ベイトマンは物思いにふけっているかのように、心持ち前かがみになり、両手をくみあわせていた。彼とはムーア一族の親睦会《しんぼくかい》の夜に一度会っただけだったが、アールが人類学者で、葬儀の習慣をテーマに大学で講義をしていることはおぼえていた。

ヌアラは自分の葬儀について誰かに意思表示をしていたのだろうか？ 弁護士のマルコム・ノートンならたぶん知っているだろう。

呼び鈴の音に、全員が顔をあげた。しばらく前に、マギーがそのあとからヌアラの家にはいっていった警察署長が、ファミリー・ルームに姿をあらわした。「おひきとめしてすみませんな、みなさん。わたしの部下数人が今から個別に事情聴取しますから、そのあとはすぐにでもお帰りいただけるでしょう。しかしまずその前に、みなさん全員に二、三おたずねしたいことがあります。ウッズさん、あなたがたご夫婦もここにいてくださるとありがたいですな」

署長の質問は以下のようなごく一般的なものだった。「ミセス・ムーアは勝手口には鍵をかけない習慣でしたか？」

ウッズ夫婦は、ヌアラがいつも勝手口には鍵をかけていなかったこと、玄関の鍵を永遠になくしてしまっても、勝手口からこっそり中にはいれるから心配いらないと、冗談めかしてしゃべっていたことを話した。

署長はミセス・ムーアが最近悩んでいたふしはなかったかどうかとたずねた。彼らは異口同音に、ヌアラはマギーの訪問を心待ちにしており、うれしくて興奮ぎみだったと言った。

マギーはまぶたの裏が熱くなるのを感じた。そして次の瞬間、はっとした。でも、ヌアラはまちがいなく悩んでいたのだ。

「それではみなさん、部下がおひとりずつ二、三の質問をしますから、もう少しだけご辛抱ください。それがすんだらお帰りになって結構です」とブラウワー署長が言ったとき、アーマ・ウッズがおずおずと口をはさんだ。

「ひとつだけ、説明したほうがよさそうなことがあるんですよ。きのう、ヌアラはうちにやってきました。手書きの新しい遺書をもってきて、わたしたちに署名の証人になってもらいたいと言ったんです。公証人のミスター・マーティンにも、ヌアラの頼みで、わたしたちから電話をしました。ミスター・マーティンがきてくれれば、新しい遺書が正式なものとなりますからね。ヌアラはちょっと動揺しているみたいでした。ミスター・ノートンへの家の売却をキャンセルすることになるから、ミスター・ノートンをがっかりさせて申し訳ないって」

アーマ・ウッズはマギーを見た。「ヌアラは遺書の中で、あなたにできるだけ頻繁にレイサム・マナーにいる友達のグレタ・シプリーに電話をするなり、訪問するなりしてほしいと頼んでいるの。いくつかの形見をのぞいて、ヌアラは家と所有物の一切をあなたに遺《のこ》したのよ」

12

九月三十日　月曜日

ヌアラが単なる通りがかりの侵入者によって殺されたという説にマギー・ハロウェイが納得していないのはあきらかだった。葬儀場で彼はそれに気づいていた。死者のためのミサがおこなわれている今、無差別の暴力が今日では数多くの無辜《むこ》の命を奪っているという司祭の話に、不信をこめて首をふっているマギーを、彼は目を細めて見守った。マギーは利口すぎるし、観察力が人並みはずれて鋭い。このままにしておいては危険だ。

しかし、会葬者にまじってセント・メアリーズ教会からぞろぞろと外に出ながら、今後のなりゆきを予想して、彼はみずからをなぐさめた。継母が死んだとあれば、マギーはニューヨークへ帰るしかないし、ヌアラの家は売却されることになるだろう。そして彼女が帰る前にあるオファーをもってマギーの前にあらわれるのが誰か、こちらは了解ずみなのだ。

看護婦につきそわれてミサにあらわれたグレタ・シプリーが、じきに席をはずさざるをえないほど体調を悪化させているのに気づいて、彼はほくそえんだ。マギーはニューポートを去る前に、おそらくグレタ・シプリーを表敬訪問するはずだ。

彼はそわそわとみじろぎした。すくなくともミサはほぼ終わりかけていた。独唱者が〈主よ、わたしはここにいます〉をうたい、棺《ひつぎ》がゆっくりと通路を進みだした。

今から墓地へ行くのは気がすすまなかったが、抜け出すわけにはいかない。あとでもう一度行こう……ひとりで。他の場合と同じく、彼の特別の贈り物はヌアラのためのひそかな記念となるだろう。

最後の安住の地へむけてヌアラにつきそう三十人あまりの人々とともに、彼は教会を出た。その墓地には、ニューポートに長く住んだ著名なカトリック教徒の多くが埋葬されていた。ヌアラの墓は亡夫の墓の隣にあった。大理石の墓石に刻まれた銘はもうじき完了するだろう。ティモシー・ジェイムズ・ムーアの名前、生年月日、死亡日、ヌアラの名前、生年月日はすでに刻印されていた。まもなく、金曜日の日付が加えられる。「安らかに眠れ」の文字はもう刻まれていた。

無理におごそかな表情をたもっているあいだ、最後の祈りの言葉が読みあげられた……司祭はかなり早口になっている、と彼は思った。しかし頭上の黒雲はいまにも大粒の雨を落としてきそうな気配だった。

埋葬式が終わると、アーマ・ウッズが全員を自宅でのお茶に招いた。

断るのはぶしつけだし、マギー・ハロウェイがいつ帰る予定なのかを正確につきとめるいいチャンスだ。帰れマギー、と彼は思った。ここにいてもトラブルに巻き込まれるだけだ。

一時間後、飲み物やサンドイッチを手に人々が三々五々集まって、おしゃべりしているとき、アーマ・ウッズがマギーにむかって、清掃サーヴィスがヌアラの家をすっかり片づけていったから、警察の指紋採取のよごれもきれいさっぱり消えたはずだと話しているのを小耳にはさんで、彼は愕然《がくぜん》とした。

「だからもういつでも住めるわよ、マギー」ミセス・ウッズはそう言った。「でも、ほんとうにあそこにいて気にならない？　よかったら、ずっとうちに泊まってもらってもいいのよ」

彼はめだたぬようにそばへ移動して、耳をそばだてた。ふたりに背をむけたとき、マギーが言った。「いいえ、ヌアラの家にいるのはいっこうに平気ですわ。二週間泊まる予定でしたから、そうするつもりです。そのあいだに、家の中のものをすっかりよりわけて、それにもちろん、ヌアラの頼みどおり、レイサム・マナーにグレタ・シプリーをたずねてみます」

マギーがさらにこう言ったとき、彼は全身をこわばらせた。「ミセス・ウッズ、なにからなにまでほんとうにご親切に。感謝してもしきれないほどですわ。ひとつだけお願いがあります。ヌアラが例の手書きの遺書をもってきたという木曜の朝のことですけれど、おかしいと思われませんでした？　つまり、そんなに性急に、あなたがたに証人になってもらいたがったうえ、公証人の同席まで望んだなんて、びっくりなさいませんでした？」

ミセス・ウッズが答えるまでのあいだ、彼には永遠がすぎたように思えた。彼女の返事は慎重だった。「そりゃね、不思議だとは思ったわ。はじめは衝動的な思いつきじゃないかと思ったの。ヌアラはティムに死なれてからとてもさびしそうで、あなたを見つけて有頂天になっていたから。でも、ヌアラが亡《な》くなってからずっと考えていたんだけれど、あの遺書は単なる思いつきで書いたものじゃないような気がするのよ。ヌアラはまるでなにかおそろしいことが自分の身に起きるのを予知していたみたいだったわ」

彼はさりげなく暖炉のほうへ移動して、そこにいたグループにまぎれこんだ。彼らの発言に適当にあいづちをうちながら、頭はめまぐるしく働いていた。マギーはグレタ・シプリーを訪ねるつもりだ。グレタはどこまで知っているだろう？　どこまで疑っているだろう？　なにか手を打たなくてはならない。計画を頓挫《とんざ》させてなるものか。

グレタ。容体がよくないのははっきりしている。今日、彼女が教会から人手を借りて出ていったのは全員が目撃している。たとえグレタが急死したとしても、友達の死のショックが致命的な心臓発作の引き金になったのだと誰もが信じるだろう。むろん予期せぬことにはちがいないが、青天の霹靂《へきれき》ではないはずだ。

悪いな、グレタ、と彼は思った。

13

グレタ・シプリーがあらたに修復されてレイサム・マナー・レジデンスとして生まれかわったレイサム館の歓迎会に招待されたのは、まだ比較的若い六十八歳のときだった。引退した人々のためにオープンしたばかりのその新しい施設《レジデンス》では、申し込みを受け付け中だった。

グレタはそこで見たすべてが気に入った。華やかなサロンや大理石とクリスタルの食堂をふくむ壮麗な一階。娘時代の記憶に残る巨大な宴会テーブルは、小さめのいくつものテーブルに取ってかわられていた。深々とした革張りの椅子や陽気な暖炉をそなえた美しい図書室は見る者の心を惹《ひ》きつけたし、テレビ室となるこぢんまりした客間は気のおけない仲間同士の夕べを連想させた。

グレタはそこでの規則にも賛同した。社交タイムは午後五時にサロンではじまり、六時には夕食になる。入居者《ゲスト》たちが夜にそなえて着替えを求められることにも、彼女は気をよくした。まるでカントリークラブで食事をするかのようだ。グレタは、不作法な装《よそお》いの人間を一瞥《いちべつ》しただけで顔色なからしめることのできる厳格な祖母によって育てられていた。夕食にふさわしい恰好《かっこう》をする気のない入居者は私室で食事を提供されることになっていた。

長期的な看護が必要になった場合のためのセクションも設置されていた。

入居費が高額であることはいうまでもなかった。最低でも、バス、トイレつきの広々としたワンルームが二十万ドル、最高額は五十万ドルの二寝室のスイートで、こちらはレジデンスの中に四戸設けられていた。入居者は一生、購入した個室をフルに独占使用できるいっぽうで、死亡した場合は、所有権は自動的にレジデンスに戻る。つまり、レジデンス側は次なる申請者に空いた個室をあらためて売却できるという仕組みだった。入居者は月二千ドルのメンテナンス料をも払うわけだが、もちろんそれは社会保障制度によって一部負担されていた。

購入した個室内のしつらえは入居者に一任されていたが、どんな家具をもちこんでもいいということではなく、スタッフが容認したものにかぎられていた。モデルルームとして公開されていたスタジオ式個室も、普通の個室も快適そのもので、その洗練された趣味のよさたるや非のうちどころがなかった。

夫に先立たれて間がなく、独り暮らしに不安をいだいていたグレタは、喜んでオークル・ポイントにある自宅を売ってレイサム・マナーに移り住み、よい決断をしたと満足していた。最初の入居者のひとりとして、グレタはとびきりセンスのいいスタジオ式個室を確保することができた。広々としたスタジオ式個室はアルコーヴ部分が生活空間になっており、彼女がなによりも大切にしている家具類もひとつのこらずおさめることができた。なににもましてすばらしいのは、ドアをしめていても、夜はひとりではないという安堵《あんど》感《かん》が得られることだった。レジデンス内にはつねに警備員がいるし、勤務中の看護婦がおり、必要とあらば助けを呼ぶベルもある。

グレタは入居者の大部分とのつきあいを楽しみ、気に入らない相手とは距離を保ってきた。昔からの友達であるヌアラ・ムーアとの交流もつづけた。ふたりはしばしば一緒にランチにでかけ、グレタの願いでヌアラはレジデンスで週二回絵画教室を開くまでになった。

ティモシー・ムーアの死後、グレタはヌアラにレジデンスへ越してくるよう働きかけてきた。ヌアラがためらったあげく、自分は独り暮らしでもだいじょうぶだし、第一、絵を描くスタジオなしでは生きていけないと主張したとき、グレタは、それなら二寝室のスイートのうちのひとつがあいたときのために、せめて申請だけでもしておくべきだとヌアラをせっついた。いつ心境の変化がおきないともかぎらないのだから。そうこうするうちに、じつは弁護士からも同じことをするようすすめられているのだと認めて、ヌアラはついに同意したのだった。

でも、彼女がここへ越してくることはもうない、グレタはほとんど手をつけていないディナーのトレイを前に、安楽椅子にすわったまま悲しく考えた。

その日ヌアラの葬儀に参列したとき、軽い発作を起こしたことでグレタはいまだに動転していた。朝のうちは、加減は別に悪くなかった。ゆっくり時間をかけて、ほどよい量の朝食をたべていれば、あんな発作など起こさずにすんだにちがいない、と彼女は判断した。

今病気になるわけにはいかなかった。とりわけ、なるべく活動的でありたいと願っている今は。忙しくしていることだけが、苦悩をやわらげる唯一《ゆいいつ》の方法なのだ。それは彼女が人生から得た教訓だった。それが簡単ではないのもわかっていた。陽気なヌアラの存在が恋しくてたまらなくなるだろう。

ヌアラの継娘《ままむすめ》のマギー・ハロウェイがたずねてくれると知って、グレタは心強く思っていた。今日、教会でのミサがはじまる前に、マギーは自己紹介したあとでこう言っていた。「ミセス・シプリー、いずれお邪魔してもかまわないでしょうか。あなたがヌアラの一番のお友達でいらしたのは存じてます。わたしの友達にもなっていただきたいんです」

ドアに軽いノックがあった。

問題の発生を疑う理由がないかぎり、スタッフは招かれた場合以外入居者の部屋にはいってはならないきまりになっている。グレタはその規則が気に入っていた。しかしながら、マーキー看護婦はそのきまりごとを理解していないようだった。ドアに鍵《かぎ》がかかっていないからといって、いつでも勝手に看護婦が出入りしていいということにはならないのだから。入居者の中にはでしゃばりな看護婦を好む人もいるらしいが、グレタはそうではなかった。

案の定、グレタがノックに答えないうちに、マーキー看護婦が力強い顔立ちにプロの微笑をまとわりつかせて、大股《おおまた》にはいってきた。「今夜のわたしたちの調子はどうでしょうね、ミセス・シプリー？」大声でたずねながらやってきて、膝《ひざ》当《あ》てクッションに軽くお尻《しり》をのせ、不快なほどグレタの顔に顔を近づけた。

「わたくしはとても元気よ、ミス・マーキー。あなたもでしょう」

決まり文句の〝わたしたち〟は、いつもグレタをいらいらさせた。何度か口でもそう言ったのだが、この女にそれをあらためる意志がまったくないことだけはあきらかだった。だったら、そんなことを気にしてどうなるというの？グレタは自問した。そのときにわかに心臓の鼓動が早まりはじめた。

「教会で軽い発作を起こしたと聞いて……」

そうすれば激しい動悸《どうき》をとめられるかのように、グレタは片手で胸をおさえた。

「ミセス・シプリー、どうしました？　だいじょうぶですか？」

グレタは手首をつかまれるのを感じた。

はじまったときと同じように、不意に動悸がおさまった。グレタはやっとのことで言った。「まあ待ってちょうだい。わたくしならだいじょうぶ。ちょっと息切れしただけ、それだけのことよ」

「横になって目をつぶってください。ドクター・レーンを呼んできます」マーキー看護婦の顔は、いまや数インチと離れていなかった。グレタは本能的に顔をそむけた。

十分後、ベッドで枕《まくら》によりかかった状態で、グレタはさっきの軽い発作はすっかりよくなったと医師に請けあった。だがあとになって、弱い鎮静剤の助けでうとうとしながらも、グレタはつい二週間前に、このレジデンスに入居後まもなく、思いがけない心臓発作で死亡したコンスタンス・ラインランダーのぞっとするような記憶を追い払うことができなかった。

最初がコンスタンス、次がヌアラ。祖母が雇っていた家政婦の口癖が思い出された。〝死は三度やってくるんですよ〟。どうかわたしが三人めになりませんように。グレタは眠りの中へ漂っていきながらそう祈った。

14

いいえ、あれは悪夢ではない。実際に起きたことなのだ。信じられないことに今は自分のものとなったヌアラの家のキッチンに立って、マギーはこの数日のあいだに起きた出来事をまぎれもない現実としてようやく認識しはじめていた。

三時にリーアムがウッズ家のゲストルームからここまでマギーの荷物を運ぶのを手伝ってくれた。彼は石段の上に荷物を置くと、こうたずねた。「どの寝室を使うつもりか決めてある？」

「いいえ」

「マギー、今にも倒れそうな顔をしてるぞ。本気でここに滞在したいのか？ あんまりさえてるアイデアじゃないと思うけど」

「いいのよ」しばらくだまりこんだあと、マギーはそう答えていた。「ここに滞在したいの」

リーアムが帰ったあと、やかんを火にかけながら、マギーは言い争いをしないリーアムの一番の長所をありがたく思い返した。

それ以上反論するかわりに、リーアムはただこう言ったのだった。「それじゃ、うるさく言わないよ。だがたのむからしばらく休んでくれ。荷物をほどいたり、ヌアラのものをよりわけたりするのは、もうすこししたってからにするんだ」

「今夜はよすわ」

「明日電話するよ」

ドアの前でリーアムは片腕を彼女にまわし、親しみをこめてぎゅっと腕に力をこめたあと、帰っていった。

不意に激しい疲労に襲われ、やっとのことで足を交互に踏み出しながら玄関と勝手口の鍵をかけたあと、マギーは階段をのぼった。三つある寝室をちらりと見ただけで、ヌアラが二番めに大きい寝室を自分のために用意してくれていたのがわかった。シンプルなしつらえで、カエデ材のダブルベッドと鏡つきのドレッサー、ナイトテーブルと揺り椅子があるほかは身の回り品はひとつも見あたらない。ドレッサーの上の古めかしい琺《ほう》瑯《ろう》びきのトレイには、化粧用具一式――櫛《くし》、ブラシ、鏡、ボタンかけ、爪《つめ》やすり――が並んでいる。

荷物をその部屋にひきずりこむと、マギーはスカートとセーターを脱いでお気に入りのローブをまとい、上掛けの下にもぐりこんだ。

それからほぼ三時間後にめざめ、一杯の紅茶を飲んだ今、マギーはようやく頭がすっきりしはじめていた。ヌアラの死のショックを乗り越えたような気にさえなっていた。

でも、悲しみはまた別の話だ、と思った。それだけは永久に消えない。

四日間ではじめて、彼女はふと空腹をおぼえた。冷蔵庫をあけると、食料が詰まっていた。卵、ミルク、ジュース、ローストチキン、パン、それに自家製のチキンスープの容器。きっとミセス・ウッズが気をきかせてくれたのだろう。

マギーはチキンを薄切りにし、ほんのちょっぴりマヨネーズを使って、チキンサンドイッチを作りはじめた。

テーブルに心地よくくつろいで、さあ食べようとしたとき、勝手口にノックがあってマギーを飛び上がらせた。あわてて身体《からだ》をねじって立ち上がったとき、ノブがまわった。

全身に緊張が走り、彼女は身構えた。

ドアの上半分を占める楕円《だえんけい》形の窓にアール・ベイトマンの顔があらわれ、マギーは安堵のあえぎをもらした。

ブラウワー署長の説によると、ヌアラはこのキッチンにいるとき勝手口から侵入した賊に不意を襲われていた。そのことと、それがかきたてたイメージに動揺しつつマギーは勝手口へいそいだ。

ドアをあけていいものかどうかためらう気持ちもあったが、とりあえずは自分の身を案じるよりも困惑のほうが強く、鍵をあけてベイトマンを通した。

ベイトマンと聞いてマギーが連想する、どこかうわの空の教授といった顔つきが今はこの三日間の中で特にきわだっていた。

「マギー、おどろかせてすまなかった」アール・ベイトマンは言った。「今からまたプロヴィデンスへ行くところなんだが、車に乗ったとき、ふと、きみがこのドアに鍵をかけていないんじゃないかと気になったんでね。ヌアラはここの鍵をかけない習慣だったからな。リーアムに聞いたら、午後ここできみと別れたが、そのあときみは休むつもりだったようだと言ったもんだから、余計心配になった。無断で中へはいるつもりだったわけじゃない。通りがかりに点検して、もし鍵がかかっていなかったら、ぼくが鍵をかけておこうと思ったんだ。悪かった。玄関からじゃ、きみがまだ起きているようには見えなかったんだ」

「電話ぐらいしてくださってもよかったんじゃないかしら」

「車に電話をつけるのはどうも気がすすまないんだ。すまなかった。ボーイスカウトごっこがうまかったためしがなくてね。おまけに夕食の邪魔をしてしまったようだ」

「いいのよ。ただのサンドイッチだったの。なにかいかが？」

「いいや、結構。もう行くよ。マギー、きみにたいするヌアラの気持ちを知っているから思うんだが、きみとヌアラの関係はずいぶん特別なものだったんだな」

「ちょっと忠告してよければ、偉大なる研究者ダークハイムの死の問題をめぐる言葉に注意するといい。彼はこう書いている。〝悲しみは喜びのように、意識から意識へと飛び移るときに高まり、増幅される〟」

「なにがおっしゃりたいの？」マギーは静かにたずねた。

「うんざりさせてしまったらしいね。一番したくないことがそれなんだ。ぼくが言わんとしたのは、きみには苦悩を自分ひとりの胸にしまいこむ癖があるんじゃないかということだ。こういうときには、もっと胸襟《きょうきん》を開いたほうが楽になる。つまり、きみの友達になりたいということだよ」

アールはドアをあけた。「金曜の午後にはこっちへ戻ってくる。頼むからドアには二重に鍵をかけてくれ」

アール・ベイトマンは出ていった。マギーはいそいで鍵をかけ、椅子にぐったりすわりこんだ。突然キッチンがこわいほどに静まりかえり、気がつくと身体がふるえていた。予告もなしにあらわれてこっそり鍵をあけようとしておきながら、よくもわたしに感謝してもらえるなんて虫のいいことが考えられるものだわ。

「ええ、特別だったわ」

マギーは立ちあがると、足音をしのばせて食堂を小走りに横切り、暗い正面の部屋にはいって、窓の前に膝をつき、カーテンのフリルの下から外をのぞいた。

ベイトマンが小道から通りへ出ていくのが見えた。

車にたどりついてドアをあけると、ベイトマンはふりかえってじっと家を見つめた。暗い家の中が外から見えるはずがないのに、ベイトマンはマギーに見られているのを知っているか、感じているようだった。

車回しの端のトーチライトが彼のそばに光を投げていた。マギーが見ていると、ベイトマンはその光の中へひょいとはいり、あきらかに彼女にむかって大きく別れの手をふった。姿は見えなくても、わたしがここにいるのを知っているんだわ、とマギーは思った。

十月一日 火曜日

15

午前八時に電話が鳴ったとき、ロバート・スティーヴンスは右手でコーヒーカップをしっかりつかんだまま、左手を受話器にのばした。

彼の「おはよう」がいささかそっけないことを、彼の妻は四十三年間おもしろく思ってきた。ドロレス・スティーヴンスは夫が早朝の電話を好ましく思っていないのを知っていた。

「八時まで待てる電話なら、九時まででも待てる」が夫の口癖だった。

こうした早朝の電話をかけてくるのは、ほとんどがロバートが税理事務を引き受けている高齢のクライアントだった。彼とドロレスは三年前に引退するつもりでポーツマスへ移ってきたのだが、ロバートは、彼の表現によれば〝二、三の厳選されたクライアント〟の仕事を引き受けることによって現役にとどまることにした。そして半年とたたぬうちに、ふたたび多忙な日々を送るようになっていた。

かすかないらだちがたちまち声から消えて、ロバートは言った。「ニールか、どうした？」

「ニールなの！」ドロレスは叫んだそばから、心配そうな口調でつぶやいた。「いやだわ、この週末は都合がつかないなんて言い出すんじゃないでしょうね」

夫は手をふって妻をだまらせた。「天候か？　申しぶんない。これ以上の好天は望めんほどだ。ボートはまだ水からひきあげていないよ。木曜日にこられる？　すばらしい。お母さんが喜ぶだろう。受話器を奪いとらんばかりだ。お母さんがどんなにじりじりしているかわかるだろう。結構。クラブに電話して二時のティーオフを予約しておこう」

電話をかわったドロレスの耳に、一人息子のおもしろがっている声がとびこんできた。

「今朝はだいぶせっかちになっているみたいだね」

「ええそうよ。会うのが待ち遠しいわ。こられるようでほんとによかった。日曜までいられるんでしょう、ニール？」

「もちろん。楽しみにしてるよ。もう切らないと。父さんにあの〝おはよう〟は〝地獄に落ちろ〟に聞こえると言っておいてよ。コーヒーの最初の一杯をまだ飲みおえていなかったってわけだ、だろう？」

「あたりよ。それじゃね、ディア」

ニール・スティーヴンスの両親は顔を見合わせた。ドロレスはためいきをもらした。

「ニューヨークからこちらへ引っ越して残念なのは、ニールにたまにしか会えないことね」

彼女の夫は立ち上がって、レンジに近づき、二杯めのコーヒーをついだ。「わたしの口調がきむずかしげだったと言ってたか？」

「ええまあね」

ロバート・スティーヴンスは苦笑した。「まあ、朝っぱらからそうにこやかにもできんさ。しかし、今のはローラ・アーリントンからの電話じゃないかと思ったんだ。ローラはすっかり度を失っている。ひっきりなしに電話をかけてくるんだよ」

ドロレスはその先を待った。

「大枚をはたいた株の投資に失敗してね、いいカモにされているんじゃないかと不安をつのらせている」

「そうなの？」

「そのようだ。うわべは信頼できそうな情報に踊らされたんだよ。株のブローカーに説得されて、マイクロソフトが株を買い取ると噂《うわさ》された小さなハイテク会社に投資したんだ。大儲《おおもう》けができると思いこんで、一株五ドルで十万株買った」

「五十万ドルも！　それで今はどのくらいなの？」

「問題の株は取引中止になっているんだ。昨日の時点で売れたとしても、せいぜい一株八十セントがいいところだろう。そんな大金を失ったら、ローラは生活できなくなる。投資する前に、一言わたしに相談してくれたらよかったんだ」

「彼女はレイサム・マナー・レジデンスに入居することを考えているんじゃなかった？」

「そうなんだ。そのための金だったんだよ。それが全財産だったんだ。ローラの子供たちは彼女がレイサム・マナーに入居するのを望んでいたんだが、このブローカーが投資に成功すればレイサムに住めるだけじゃなく、子供たちにも金を残せるとたきつけたのさ」

「そのブローカーがしたことは違法じゃないの？」

「残念だが、ちがうんだ。倫理に反することではあっても、おそらく法にはふれない。いずれにしろ、その件はニールと話しあってみる。彼がきてくれるのをわたしがことに喜んでいるのは、そのためなんだ」

ロバート・スティーヴンスはナラガンセット湾を見おろす大きな窓に歩みよった。息子と同じく、彼もがっしりしたスポーツマンタイプだった。若い頃は砂色だった髪は、六十八歳の今は白くなっていた。

湾の水は穏やかで、湖のように動かなかった。家の裏手から水際《みずぎわ》までなだらかに下降する草地は、ヴェルヴェットのような緑を失いはじめていた。カエデの木々は早くもオレンジ色、茜色《あかねいろ》、バーガンディー色に色づきはじめている。

「美しい、平和そのものだ」ロバートは首をふった。「ここからわずか六マイルのところに住む女性が自宅で殺されたとは、にわかに信じられん」

彼はふりむいて妻を見た。銀髪を頭のてっぺんにまとめ、手をかけなくてもじゅうぶんに美しい容姿はいまだに華奢《きゃしゃ》でふんわりしていた。「ドロレス」彼の口調が急にきびしくなった。「わたしがいないときは、ずっと警報装置を作動させておくんだ」

「わかってますよ」彼女はにこやかに同意した。実を言うと、ドロレスはその殺人事件に自分が激しく動揺したことも、新聞の生々しい記事を読んだあと、玄関と裏口の鍵《かぎ》を点検し、例によって、鍵がかかっていなかったことを発見したことも、夫に悟られたくなかった。

16

ドクター・ウィリアム・レーンはマギー・ハロウェイの面会の依頼をあまり快く思わなかった。昼食の席での妻のとりとめもないノンストップのおしゃべりと、レイサム・マナーの責任者として要求される、増えつづけるいっぽうの各種書式を埋める作業の遅れ、このふたつによるいらだちは、このうえさらに三十分を失うのかと思っただけで、いっそう深まった。面会に同意したのが今になって悔やまれた。マギー・ハロウェイがどうして面会の必要があると思っているのか、見当もつかなかった。ヌアラ・ムーアは結局、レジデンスへ移り住むという最終書類にサインをしなかったのだから、なおさらだった。ヌアラは入居にそなえてあらゆる書類に記入をすませ、健康診断を受けた。逡巡《しゅんじゅん》を見せはじめたときには、レーンみずからが空きの出たスイートのふたつめの寝室の絨毯《じゅうたん》や家具を撤去させて、わざわざヌアラのイーゼルや絵の具類やキャビネットがそこに楽におさまることまで示して見せた。それなのに、そのあとヌアラは電話をかけてきて、今後も今の家に暮らすことにしたと言ったのだった。

なぜあんなに急に心変わりしたのか不思議だった。ヌアラは申しぶんのない候補者に思えた。よもや、ゆくすえは継娘《ままむすめ》が同居してくれると空想して、彼女の居場所を確保するために、自宅を手放すのを断念したのではあるまい。

ばかばかしい！　レーンは小声で毒づいた。キャリアをつんで成功した魅力的な若い女が、何十年も会っていなかった継母と母子ごっこをするためにニューポートへかけつけてきたりするものか。マギー・ハロウェイは今頃あの家の修理にかかる作業や費用をはじきだして、売却を決めているだろう、とレーンは想像した。しかるに、そのいっぽうで、ここへのこのこやってきて、わたしの時間、下見にくる他の候補者のために、あのスイートを元通りにする時間を奪いとろうとしている。プレスティージ・レジデンス株式会社の管理課は、空き室の存在は容認しないという姿勢を明確にしていた。

だが、不安が胸にわだかまっていた。ヌアラが入居を取り消した陰には、なにかほかの理由があったのだろうか？　もしそうだとしたら、彼女はそれを継娘にうちあけただろうか？　それはどんなことだろう？　レーンは思いをめぐらせた。マギー・ハロウェイが会いにくるのは、結局そう悪いことではないのかもしれなかった。

オフィスのドアが開き、レーンは仕事から顔をあげた。妻のオディールが例によってノックもせずにふらりとはいってきた。それは彼を激昂《げっこう》させる彼女の習慣だった。あいにくゼルダ・マーキー看護婦にも共通する習慣だ。じっさい、それについてはなんとか手を打たなくてはならなかった。マーキー看護婦の、呼ばれもしないのに勝手にドアをあける習慣については、ミセス・シプリーからも苦情が出ていた。

予想どおり、オディールは彼のうるさそうな顔つきを無視して、しゃべりだした。

「ウィリアム、ミセス・シプリーはあまり具合がよくないんじゃないかしら。あなたも知ってるように、昨日の葬儀のミサのあと軽い発作を起こしているし、ゆうべもめまいを起こしたのよ。しばらくは経過観察のために看護セクションにはいったほうがいいんじゃない？」

「ミセス・シプリーについては、わたしがじゅうぶん注意をはらうつもりだ」ドクター・レーンはぶっきらぼうに言った。「いいかね、われわれ夫婦のあいだでは、医学の学位をもっているのはこのわたしなんだよ。おまえは看護学校中退だ」

　レーンはそれが愚かしい言いぐさなのを知っていたし、このあとどうなるかわかっていたから、たちまち後悔した。

「まあ、ウィリアム、ひどいわ」オディールは叫んだ。「看護は職業で、わたしは自分がそれに向いていないと気づいただけのことよ。きっとあなたやほかの人たちのほうが看護婦向きなんでしょうよ」くちびるがふるえた。「だけどプレスティージ・レジデンス株式会社があなたをこの仕事向きだと考えたのは、ひとえにわたしのおかげだってこと、おぼえておいたほうがいいんじゃなくて」

　彼らは一瞬無言でにらみあった。それからいつものようにオディールが先に折れた。

「ああ、ウィリアム、わたしが悪かったわ。あなたがここの入居者《ゲスト》全員にどれだけ心を砕いているかはわたしが知ってるわ。ただ、あなたを助けたいだけなのよ。またなにかあったら、今度こそあなたはおしまいなんじゃないかと心配なの」

　オディールはデスクに近づいて、レーンにしなだれかかった。彼の手をつかんで自分の顔に押しあて、頬と顎《あご》を愛撫《あいぶ》するように動かした。

　レーンはためいきをついた。オディールはくだらない女だった――〝おつむが軽い〟と彼の祖母なら切り捨てただろう。だが美人ではある。十八年前、魅力的な――しかもかなり年下の――女が自分と結婚してくれると確信したとき、レーンは自分ほどの果報者はいないと思ったものだ。それにオディールは彼の身を気遣ってくれる。入居者の部屋へしょっちゅうこびへつらうように顔を出すことも、大部分の者には喜ばれていた。ときどきうんざりさせられることはあっても、オディールは裏表のない女だった。それはおおいに評価できる。グレタ・シプリーのように、少数の入居者はオディールのことを愚かでいらだたしいと思っており、レーンに言わせればそれなどミセス・シプリーの知性の証明にほかならないのだが、ここレイサム・マナーにおいてオディールが彼の頼みの綱であることは疑問の余地がなかった。

レーンは自分になにが期待されているか知っていた。内心のあきらめは微塵《みじん》も見せずに、立ちあがって妻に両腕をまわし、ささやいた。「おまえがいなかったら、わたしはどうしたらいいんだ？」

秘書がインターコムを鳴らしたときはほっとした。「ミス・ハロウェイがお見えです」

「おまえはもう行きなさい、オディール」レーンはそう言って、自分も同席してはどうかという妻のおきまりの問いかけをさえぎった。

めずらしく彼女は言い争わずに、主廊下に通じる彼のスイートの無印のドアから出ていった。

17

きのう夕方近くに三時間も眠ったせいで、マギーは真夜中になってもさっぱり眠くならなかった。とうぶん寝るのはあきらめて、もう一度一階におり、小さな居間でニューポートの〝田舎家〟に関する本を見つけた。そのうちの数冊にはイラストが満載されていた。

それらをもってベッドにはいり、背中に枕《まくら》をあてがって、二時間近く読みふけった。その結果、ユニフォーム姿のメイドにレイサム・マナーへ通され、メイドが彼女の到着をドクター・レーンに知らせるべく電話をかけたときには、マギーはある程度の知識をもって周囲の環境を眺めることができた。

この大邸宅は一九〇〇年に、ヴァンダービルト家のブレイカーズ館を悪趣味な財産の誇示にほかならないと考えたアーネスト・レイサムが、それへの露骨なあてつけとして建てたものだった。ふたつの邸宅のレイアウトはほぼ同一だが、レイサム館のほうが面積においては暮らしやすい広さだった。それでも玄関ホールは圧倒されるほど大きいが、ブレイカーズ館の〝グレート・ホール・オブ・エントリー〟にくらべれば三分の一の広さである。壁はサテンウッド材——フランスの都市カン産出の石灰岩ではなく——で、階段は、ブレイカーズ館の自慢の種であった大理石とは異なり、ふんだんに彫刻をほどこしたマホガニー材であり、床段には真紅の絨毯が敷き詰められている。

左手のドアはしまっていたが、マギーはそこが食堂なのを知っていた。

みるからに居心地のよさそうな右手の、もとは音楽室だったという部屋には、モスグリーンの花模様の布張りの快適そうな椅子《いす》やそれにマッチしたハソック（訳注　足をのせたり腰かけたりする厚くて固いクッション）が置かれている。ルイ十五世時代風のマントルピースは、これまでに見たどの写真よりも格段にすばらしかった。天井まで達する暖炉上部の装飾的な彫刻をほどこした部分には、ギリシャ風の人物や、小さな天使や、パイナップルやブドウがぎっしりひしめき、なめらかな中央部分にレンブラント派の油絵がかけられている。

これこそ本物の美だわ、と思いながら、マギーは『ニューズメイカー』誌に依頼されて内密に撮影した老人ホームの、口では言えないほどみすぼらしい内装と心の中で比較した。

彼女は突然、メイドに話しかけられているのに気づいた。「まあ、ごめんなさい。見とれてしまって聞こえなかったわ」

メイドは黒い目とオリーヴ色の肌の魅力的な娘だった。「きれいですよね？」彼女は言った。「ここで働いているだけでうれしいんです。じゃ、ドクター・レーンのところへお連れします」

ドクター・レーンのオフィスは邸宅の奥に並ぶひとつづきのオフィスの中で、一番大きかった。マホガニーのドアが残りのオフィスとの差を感じさせる。メイドについて絨毯敷きの廊下を歩きながら、あけっぱなしのオフィスの中をちらりとのぞきこんだマギーは、みおぼえのある顔に気づいた——ヌアラの弁護士の妻、ジャニス・ノートンがデスクのむこうにすわっていた。

あの人がここで働いているとは知らなかった、とマギーは思った。でも、考えてみればわたしは誰のこともろくすっぽ知らないのだ。

視線がぶつかり、マギーはばつの悪さを感じずにいられなかった。ヌアラが自宅の売却をキャンセルしたことをミセス・ウッズが公表したとき、マギーはマルコム・ノートンの顔に苦々しげな失望の色が浮かんだのを見逃していなかった。だがノートンはその後も、昨日の葬儀でも丁重な態度をくずさなかったし、ヌアラの家をどうするかについて話しあいたいとほのめかしていた。

マギーはミセス・ノートンに軽く会釈《えしやく》をして、隅のオフィスまでメイドについていった。

メイドがノックをして待ち、どうぞという声を聞いてマギーのためにドアをあけ、一歩さがってマギーを通すと、ドアをしめた。

ドクター・レーンが立ちあがり、デスクをまわって進みでてきた。あたたかみのある笑みをうかべているが、マギーは医者の専門的な目で観察されているような気がした。ドクター・レーンの挨拶《あいさつ》は、そんな印象が気のせいばかりではなかったことをあらわしていた。

「ミズ・ハロウェイ、いや、マギーと呼んでいいかな、すこしは休息できたようでよかった。きのうは大変な一日でしたからね」

「ヌアラを愛していた全員にとって、つらい日だったことは確かですわ」マギーは静かに言った。「でも、ミセス・シプリーのことがほんとうに心配なんです。今朝のお加減はどうなんですか？」

「昨夜また軽い発作を起こしましたがね、さきほど診察したときは、ごく元気そうでしたよ。あなたの訪問を心待ちにしています」

「今朝、電話でお話ししたとき、墓地まで車で連れていってもらえないかと頼まれましたの。問題ないでしょうか？」

レーンはデスクの前の革張りの椅子を示した。「おかけください」彼は自分の椅子に戻った。「数日は様子を見てほしいところだが、ミセス・シプリーがいったんなにかをしようと決心すると……その、なにをもってしてもそれを変えることはできなくてね。きのうの軽い発作はどちらも、ヌアラの死に動転したためだとわたしは考えています。

ふたりはとても仲がよかったんですよ。ヌアラは絵画教室が終わると、ミセス・シプリーのスタジオ式個室に寄って、ゴシップに花を咲かせながらワインを一、二杯のむのが習慣でした。ふたりの女学生みたいだとわたしは言ってやりましたがね、しかし率直なところ、それが彼女たち双方にとっても、いい気分転換だったんです。もうそんなこともできなくなって、ミセス・シプリーはさぞかし落胆しているでしょう」

レーンは思い出してほほえんだ。「ヌアラは一度わたしに、もし頭を殴られて、そのあと年齢を聞かれたら、二十二歳だと真顔で答える、と言ってましたよ。精神的には、本当に二十二の頃のままだとね」

レーンはすぐに自分の失言に気づいて、愕然《がくぜん》とした。「これは申しわけないことを言ってしまいました。まったくうかつだった」

〝頭を殴られたら〟。マギーは複雑な気持ちだったが、医師ははたからみても気の毒なほど狼狽《ろうばい》していた。「謝ったりなさらないでください。おっしゃるとおりですわ。ヌアラの精神年齢は本当に二十二ぐらいでしたもの」一瞬ためらってから、マギーは思い切って本題にはいった。「先生、どうしてもお聞きしたいことがひとつあるんです。ヌアラはなにか悩み事があると先生に打ち明けませんでしたか？　つまり、健康上の問題はなかったんでしょうか？」

ドクター・レーンは首をふった。「いや、健康面ではなにも。ヌアラは誰にも邪魔されない生活を放棄することになるのではないかと、そのことでずいぶん迷っていたようですな。あのまま元気でいたら、いずれはここへくる決意を固めたでしょう。予備の寝室がある大きな個室だと比較的費用が高いので、ずっとその点を気にしていたが、自分でも言っていたように、ヌアラには仕事ができて、仕事が済んだらドアをしめてしまえるスタジオがどうしても必要だったんです」彼はいったん言葉を切った。「ヌアラは言っていましたよ、生まれつきちょっとだらしないのは承知の上だけれど、わたしのスタジオは昔から統一されたカオスの現場なのよ、とね」

「それじゃ、ヌアラが家の売却をキャンセルしたり、あわてて新しい遺書を書いたりしたのは、たんに土壇場《どたんば》でパニックにかられただけのことだと思っていらっしゃるんですね？」

「そうです」ドクター・レーンは立ちあがった。「アンジェラにミセス・シプリーのところへお連れするよう言いましょう。墓地へ行くなら、どうかくれぐれもミセス・シプリーをよく見ていてください。すこしでも頭が混乱しているような様子が見えたら、ただちに引き返してください。なんといっても入居者《ゲスト》のご家族は入居者の命をわれわれに託しているんですからな、われわれもその責任は非常に真剣に受けとめているんですよ」

18

マルコム・ノートンはテムズ・ストリートのオフィスにすわって、今日一日の予定表をじっと見ていた。二時の約束がキャンセルになったせいで、今、予定表は完全に空白だった。引きうけていたところで、たいした金にはならなかっただろう――若い主婦がたちの悪い犬に嚙《か》まれたと隣人を訴えているだけなのだから。ところがくだんの犬については以前にも苦情が申したてられていた――やはり嚙まれそうになった別の隣人が箒《ほうき》で撃退するという騒ぎがあったのだ。ましてや今回はゲートが不注意にもあけっぱなしになっていて、犬が好き勝手に外へ出られるようになっていたため、保険会社が熱心に示談にもちこもうとするのははじめからわかりきったことだった。

問題は、それが単純すぎる事例だったということだ。若い主婦はキャンセルの電話をかけてきたとき、保険会社が満足のいく決着をつけてくれたと言っていた。要するに、おれは三、四千ドルをふいにしたということだ、とノートンは陰気に考えた。

ヌアラ・ムーアが死の二十四時間足らず前に、自宅を彼に売るという約束をひそかに反故《ほご》にしていたとわかったときの、胸の悪くなるようなショックが今でもノートンにとりついていた。おかげで自宅を抵当に入れて二十万ドルもの金を借りた意味がなくなってしまった。

抵当権証書に連帯保証人として署名をするよう妻のジャニスの同意をとりつけるのは並大抵のことではなく、ついに彼はしかたなく、湿地保護条例が近々変更される予定であることや、ヌアラ・ムーアの土地を転売して得られるはずの儲《もう》けについてまでジャニスにしゃべってしまっていた。

「いいか」ジャニスを納得させようと、彼はこう言ったのだ。「おまえはあの老人ホームで働くのにほとほと嫌気がさしている。おれが毎日愚痴を聞かされているのは神だってご存じだ。これは完全に合法的な売却なんだ。あの家をほうっておく手はない。考えられる最悪のシナリオは新しい湿地制定法が議会を通らないってことだが、そんなことは絶対ありえない。仮にそうなったとしても、ヌアラの家を新たに抵当にいれて、修理し、三十五万で売ればいいんだ」

「第二の抵当というわけ」ジャニスは皮肉っぽくそう言った。「へーおどろいた、あなたもたいした策略家ね。じゃ、わたしは仕事を辞めるわ。で、湿地保護条例の変更が通ったあと得た富でなにをしようっていうの？」

いうまでもなくそれは、ノートンが答えるつもりのない質問だった。売却が完了するまでは。しかしむろん今はそれも夢と消えた。事情が変わらないかぎり。金曜の夜、帰宅したあと浴びせられたジャニスの罵倒《ばとう》が今でも聞こえるようだった。「これでわたしたちは二十万ドルの借金プラスそのための経費までかかえこんだってことよ。さっさと銀行へ行って清算してきたらどうなの。この家を失うのはまっぴらですからね」

「失うものか」時が万事解決してくれることを祈りつつ、ノートンは言った。「マギー・ハロウェイにはもう会いたいと言ってある。家の話であることぐらい見当がつくだろう。継母《ままはは》が殺された家にあの女が住みたがると思うか？ ミズ・ハロウェイは可能なかぎり早くニューポートを逃げ出すだろう。おれが長年通常料金すら請求しないで、ヌアラとティム・ムーアの大きな助けとなってきたことを指摘してやるさ。来週には、あの家を売ることに同意するだろう」

同意しなければならないのだ、とノートンはむっつりとひとりごちた。それがこの窮地を脱する唯一《ゆいいつ》の方法だった。

インターコムが鳴った。彼は受話器をとりあげた。「なんだね、バーバラ」堅苦しい声で言った。彼女が外のオフィスにいるときは、絶対に親しげな口調で話しかけないよう、ノートンは細心の注意をはらっていた。ほかの人間がはいってこないともかぎらない。

今日の声の調子からして、バーバラがひとりなのはあきらかだった。「マルコム、ちょっとお話しできるかしら？」彼女が言ったのはそれだけだったが、ノートンは即座に胸騒ぎをおぼえた。

数秒後、バーバラは両手を膝《ひざ》の上でくみ、彼の正面にすわっていたが、その美しいはしばみ色の目は彼を見ようとしなかった。「マルコム、どう切り出せばいいのかわからないから、単刀直入に言うわ。ここにはもういられないの。最近、自分がけがらわしく思えてならないのよ」ためらってから、こうつけくわえた。「こんなにあなたを愛していても、あなたには奥さんがいるという事実からは、逃げられないわ」

「ジャニスと一緒にいるわたしを見ただろう。わたしたち夫婦の関係はわかっているじゃないか」

「でも、彼女があなたの奥さんであることに変わりはないわ。こうしたほうがいいのよ、信じて。二ヶ月ばかり、ヴェイルにいる娘のところへ行くわ。そして、帰ってきたら、別の職を見つけるつもりよ」

「バーバラ、こんなふうにいきなり出ていくなんてむちゃくちゃだ」ノートンはふいにパニックにかられて、懇願した。

バーバラは悲しそうにほほえんだ。「今すぐにじゃないわ。そんなことはしないわ。あと一週間はここにいます」

「ジャニスとはそれまでに別れる、約束する。たのむからいてくれ！　きみを行かせるわけにはいかないんだ」

きみをひきとめるためにこれだけのことをやってしまったんだ、いまさら元には戻れない！　ノートンは絶望的に考えた。

19

グレタ・シプリーを車に乗せて出発したあと、マギーは花屋に寄って花を買った。墓地へむかう途中、グレタはヌアラとの友情をふりかえりつつ、さまざまな思い出話を披露した。

「わたくしたちが十六ぐらいのとき、ヌアラのご両親は数年間ここにコテッジを借りていたの。彼女はそりゃもうかわいくておもしろい女の子だったわ。あの頃のわたくしたちはなにをするにも一緒だったの。ヌアラには大勢の崇拝者がいたのよ。ええ、ティム・ムーアもしょっちゅうヌアラのそばをうろうろしていたわ。やがてお父さんのロンドン転勤にともなって、ヌアラも引っ越していき、転校したの。結婚したことは、その後人づてに聞いたわ。しまいにはお互いに音信不通になってしまってね、そのことはいつもわたくしの後悔の種だったわ」

マギーはニューポートのセント・メアリーズ墓地にいたる静かな通りにはいった。

「どうやってまたおつきあいがはじまったんですか?」

「あれはちょうど二十一年前のことよ。ある日電話が鳴ったの。誰かが旧姓グレタ・カーライルはいらっしゃいますか、とたずねたのよ。聞きおぼえのある声だとは思ったんだけれど、とっさには思い出せなかったの。わたくしがグレタ・カーライル・シプリーですと言うと、ヌアラが電話のむこうでわーっと叫んだの、〝よかったじゃない、グレット。カーター・シプリーをつかまえたのね!〟」

マギーはみんなの口からヌアラの声を聞いているような気がした。ミセス・ウッズが遺書の話をしたときも、ドクター・レーンが二十二歳の気分だといったヌアラの感想を思いおこしたときも、そして今、マギー自身が二週間たらず前に経験したような温かい再会の思い出を語るミセス・シプリーの口からも。

車内は暖かだったが、マギーはみぶるいした。ヌアラのことを考えると、きまって同じ疑問が頭に去来した。キッチンのドアははじめから鍵《かぎ》があいていたのだろうか、それとも、知っている誰か——信頼している誰か——を入れるためにヌアラみずからが鍵をあけたのか?

〈聖域〉という言葉が浮かんだ。家はそこに住む人々に聖域を提供すべきなのだ。ヌアラは命乞《いのちご》いをしただろうか?　つづけさまに頭に加えられた強打をヌアラはどのくらいのあいだ感じていたのだろう?　ブラウワー署長は、ヌアラを殺した犯人はなにかをさがしていたようだと語っていた。そして、それを見つけられなかったようだ、とも。

「……そんなわけで、わたくしたちは別れたあとのお互いの消息をたどりあって、たちまち親友同士に戻ったの」グレタはつづけた。「ヌアラは若くしてご主人をなくしたことや、その後再婚したこと、その二度めの結婚がひどいまちがいだったことを話してくれたわ。むろん、あなたをのぞいてね。結婚はもうこりごりだから、また性懲《しょうこ》りもなく結婚しようとしたら、きっと地獄に氷が張るわと言ってたけれど、その頃にはティムも奥さんをなくしていてね、やがてふたりはデートをするようになったの。ある朝、ヌアラが電話してきて、こう言ったのよ、〝グレット、アイススケートに行かない？　地獄に氷が張ったのよ〟。彼女とティムは婚約したわ。あんなに幸せそうな彼女は見たことがなかったわね」

ふたりは墓地のゲートに到着した。両腕を広げた石灰岩の天使が、彼女たちを迎えた。

「ヌアラのお墓は左手の丘の上よ」ミセス・シプリーは言った。「でも、もちろんご存じだわね。きのうここにいたんですもの」

きのう、とマギーは思った。ほんとうにあれはわずかきのうのことだったのだろうか？

車を丘の頂上にとめ、グレタ・シプリーのわきの下にしっかり手をさしこんで、マギーはヌアラの墓に通じる小道を歩いた。地面はすでにならされて、新しい芝土がまかれていた。濃い緑の草が時間を超越したようなおだやかな雰囲気をかもしだし、聞こえてくる音といえば、そばのカエデの色づいた葉をふきぬける風のささやきだけだ。「ヌアラはあの大木が大好きだったの。そのときがきたら、ミセス・シプリーはどうにか笑顔をつくって花をそなえた。強烈な日射《ひざ》しで肌がだいなしにならないように日陰がたっぷりほしいのよ、と言っていたわ」

小さく笑いながら、ひきあげようとしたとき、グレタがためらった。「わたしのほかのお友達のお墓にもちょっと寄りたいとお願いしたら、あつかましすぎるかしらね？　彼女たちのためにもすこしお花をとっておいたのよ。ふたりはこのセント・メアリーズに眠っているの。あとの三人はトリニティーよ。この道はまっすぐトリニティーにつづいているの。ふたつの墓地はならんでいて、ふたつを隔てる北のゲートはいつも日中はあいているわ」

五つの墓に詣《もう》でるのに長くはかからなかった。最後の墓石には、こう刻まれていた。「コンスタンス・ヴァン・シックル・ラインランダー」マギーは死亡年月日がつい二週間前であるのに気づいた。

「親しいお友達だったんですか？」

「ヌアラほどではなかったけれど、コンスタンスもレイサム・マナーに住んでいたから、よくおつきあいしていたの」グレタはちょっと口をつぐんだ。「それはもう突然の死だったのよ」そう言ってからマギーのほうをむき、ほほえんだ。「そろそろ引き上げたほうがよさそうね。ちょっと疲れたようだわ。大切な人をたくさん失うのはずいぶんつらいことなのよ」

「わかりますわ」マギーは年配の女性の身体《からだ》に腕をまわし、そのかぼそさをあらためて実感した。

レジデンスまでの二十分のドライヴの途中、グレタ・シプリーはうとうとしていた。レイサム・マナーに着くと、彼女は目をあけてすまなさそうに言った。「昔はこれでも元気いっぱいだったのよ。うちの家族はみんなそうだったわ。祖母は九十になってもまだ矍鑠《かくしゃく》としていたしね。あんまりあちこち行ったせいね」

マギーがつきそって中にはいると、グレタはためらいがちに言った。「マギー、ニューヨークへ帰る前にもう一度会いにきてもらえないかしら。いつ帰る予定なの？」きっぱりした返事にマギーはわれながらおどろいた。「わたし、二週間は滞在するつもりでした。ですから予定どおり二週間いるつもりなんです。週末前にお電話しますから、お目にかかる日を決めましょう」

ヌアラの家に戻り、やかんを火にかけてはじめて、マギーはなにか心にひっかかることがあるのに気づいた。グレタ・シプリーと、今日の墓参には、どこかしら気になるものがあった。なにかおかしなことが。だが、なんだろう？

20

リーアム・ムーア・ペインのオフィスはボストンコモン（訳注　ボストン市の中心にある公園）を見おろす位置にあった。証券会社を辞めて自分で投資会社をはじめてから、リーアムは仕事に忙殺されていた。退社した彼についてきた高名なクライアントたちは、期待にたがわぬリーアムの綿密で親身な指導を得て、今や彼に全幅の信頼を置いていた。

早朝の電話は迷惑だろうと、十一時になってようやくかけた電話にマギーは出なかった。失望したリーアムは、その後、一時間おきに秘書に電話させ、ミズ・ハロウェイが電話に出たという喜ばしい知らせをやっと聞いたのは、すでに四時になろうというときだった。

「マギー、やれやれだ」リーアムはすぐに口をつぐんだ。「この音はやかんが鳴ってるのかな？」

「ええ、ちょっと待ってね、リーアム。お茶をいれようとしていたところなの」

マギーがふたたび電話に出ると、彼は言った。「ニューヨークに帰る決心をしたんだろうね。その家じゃ神経が休まらないのは無理もないからね」

「戸締まりには気をくばっているわ」マギーはそう言ったあと、ほとんど間を置かずにつけくわえた。「リーアム、電話してくれてよかったわ。聞きたいことがあるの。きのう、わたしの荷物をここへ運んでくれたあと、アールにわたしの話をしたの？」

リーアムの眉《まゆ》がつりあがった。「しなかったよ。どうして？」

マギーはアールが突然勝手口に姿をあらわしたことを話した。

「きみに知らせもしないで、ただ鍵の点検をしにきたっていうのかい？　冗談だろう」

「いいえ、冗談なんかじゃないわ。正直なところ、ぞっとしちゃった。ここにひとりでいるだけでびくびくしていたところへ、あんなふうにいきなりあらわれるんですもの……おまけに彼ったら〝悲しみは喜びのように意識から意識へと飛び移る〟なんて、なにかの引用をはじめたのよ。気味が悪かったわ」

「それはあいつのお気に入りの引用のひとつなんだ。講義をするときはかならずそれをもちだすらしい。ぼくもいつもぎくりとさせられるよ」リーアムは一拍おいてから、ためいきをついた。「マギー、アールはいとこだし、ぼくは彼が好きだが、確かに少々変わり者でね、死というものにとりつかれているんだ。きみのところへ立ち寄ったことだが、ぼくから意見しておこうか？」

「いいの。そこまでしなくてもいいわ。でも錠前屋を呼んですべてのドアにデッドボルト（訳注　ノブや鍵をまわすことで動く錠前用の差し金）をつけてもらうつもりよ」

「身勝手すぎる期待かもしれないが、それはひょっとすると、まだしばらくニューポートにいるということかな？」

「最初の計画どおり、すくなくとも二週間はね」

「金曜にそっちへ行くつもりなんだ。夕食を一緒にどう？」

「いいわね」

「マギー、錠前屋は今日中に呼ぶんだよ、いいね？」

「明日の朝、いの一番に呼ぶわ」

「いいだろう。明日電話する」

リーアムはゆっくり受話器を置いた。過剰な警告はしたくなかったが、アールのことをどこまでマギーに話すべきだろう、と考えた。しかし……。

たしかにそれは考慮しなければならない問題だった。

21

五時十五分前、ジャニス・ノートンはレイサム・マナー・レジデンスの自分のオフィスのデスクに鍵をかけた。習慣で、引き出しのひとつひとつの取っ手をひっぱって、あかないかどうか確認した。ウィリアム・レーンにもこの防衛手段をとるだけの用心深さがあればよかったものを、と彼女は皮肉っぽく考えた。

レーンのアシスタントのアイリーン・バーンズは毎日二時までしか働かなかった。二時以降はジャニスが帳簿係とアシスタントを兼任している。誰にもとがめられずにレーンのオフィスにはいれる特権がこの数年来、有益きわまりない結果を生んでいるのを思いかえして、ジャニスはほくそえんだ。今しがたさらにふたつのファイルからめあての情報をコピーしたところだったが、そろそろ引きあげたほうがよさそうな気がした。予感というやつかもしれない。

彼女は肩をすくめた。とにかく、やってのけた。コピーはブリーフケースの中にあり、オリジナルは本来あるべきレーンのデスクにおさまっている。いまさらびくびくするのはばかげている。

ヌアラ・ムーアが土壇場《どたんば》で書き換えた遺書のことをアーマ・ウッズがみんなに話したとき、夫の顔がまぎれもないショックにゆがんだのを思い出して、ジャニスはひそかな満足に目をほそめた。あれ以来金を返して自宅を抵当からはずせとねちねちと夫をいじめるのが痛快でたまらない。

マルコムにそれができないのはむろんわかっていた。彼は破れた夢の中を永遠にさまようさだめなのだ。夫がそういう情けない男であることを認めるまでにずいぶん月日を無駄にしてしまったが、レイサムでの仕事が目を開かせてくれた。ここには上流出身ではない入居者《ゲスト》もいるにはいるが、それでも彼らはことわざに言う銀のスプーンをくわえて生まれてきた人々（訳注　金持ちの家に生まれることをさす）だった。一日たりとも金の心配などしたことのない連中なのだ。あとはマルコムのような人間、すなわちメイフラワー号以前の貴族、それも、ヨーロッパの皇族にまでさかのぼることのできる名門で、自分たちがどこぞのまぬけな公国の皇太子の九代めの末裔《まつえい》だかなんだかであることを情熱的に自慢するいわば名家の出身者だ。

しかしながら、レイサムの名門出身者はある非常に重要な点でマルコムとは異なっていた。彼らは家系図にいつまでもすがりついてはいなかった。行動し、みずからの富を築き上げるか、もしくは富をもつ相手と結婚したのだ。

だがマルコムはちがった、とジャニスは思った。ああ、ハンサムで礼儀正しく、優雅で育ちのいいマルコムはでくのぼうだったのだ！　結婚したとき、ジャニスは女友達の羨望《せんぼう》の的だった――アン・エヴェレットをのぞいては。あの日、ヨットクラブの化粧室で、ジャニスはアンがマルコムのことを〝究極のケン人形〟（訳注　ケンはおなじみバービー人形のボーイフレンド。見てくればかりのからっぽな男という意味）とこきおろすのを盗み聞きした。

その言葉は彼女の心に焼きついた。というのも、人生最良の日であるはずのそのときですら、渦巻く数ヤードのサテンのドレスでお姫様のように着飾った彼女は、それが事実であることに気づいていたからだ。別の表現をするなら、ジャニスは王子ならぬカエルをつかんでしまったのである。以来三十数年、彼女はカエルと結婚したのに、王子と結婚したふりをしつづけてきた。なんと無益な日々だったことだろう！

クライアントやクライアントになりそうな人々のために親密な夕食の席をもうけ、そのあげくどうなったかといえば、儲《もう》けになりそうな話はほかの弁護士にとられ、マルコムははした金を拾うばかり。いまでは、そのはした金すらはいってこない。

そしてお次がこれ以上はないような侮辱。別れたほうがよほどましだとわかっていながら、何年もなけなしの威厳にしがみついて夫についてきたというのに、マルコムは秘書にうつつを抜かして、わたしをのけ者にしようとたくらんでいるのだ！

マルコムがわたしが思い描いていた通りの結婚相手でさえあったなら、ジャニスはそう思いながら椅子《いす》をうしろにひき、立ちあがってこった肩をほぐした。せめてマルコムが当人が思っているような男でさえあったなら！　そうすれば、わたしはほんとうの王子を夫にできただろうに。

スカートの両わきをなでたとき、ジャニスはスリムなウェストとほっそりしたヒップの感触にささやかな喜びをあじわった。結婚当初、マルコムは彼女を長い首としなやかな脚と形のいいくるぶしをもつ、細身のサラブレッドにたとえたものだった。美しいサラブレッドだ、と彼は言い添えた。

たしかに若い頃のジャニスは美人だった。それが今はどうだろう、彼女はうらめしげに考えた。

すくなくとも身体のラインはまだ見事だった。定期的にスパに出かけたり、金持ちの友人たちとゴルフ三昧《ざんまい》の日々を送っているからではない。とんでもない。妻としての人生は働きどおしだった──最初は不動産仲介人として、この五年間はこのレジデンスの帳簿係として。

不動産仲介をしていた頃、現金が必要なばかりに人々が捨て値で手放す所有地を、喉《のど》から手が出るほどほしいと思ったことをジャニスは思い返した。「お金さえあれば……」何度そう思ったことか。

でも、今のわたしには金がある。支配権はわたしにある。マルコムは手がかりさえつかんでいない。

もう二度とこんなところへはこなくてすむ！　ジャニスは有頂天で考えた。オフィスにまで使われているスターク社の絨毯《じゅうたん》やブロケード織りのカーテンともおさらばだ。美しいかもしれないが、所詮《しょせん》ここは老人ホーム──神の待合室──だった。そして五十四歳のジャニスはみずから入居者候補となる年齢にむかって驀進《ばくしん》していた。そんなことになる前に、さっさと出ていってやる。

電話が鳴った。受話器を取る前に、あたりを見まわし、背後からしのびよってくる者がいないかどうかたしかめた。

「ジャニス・ノートン」受話器を口もとに近づけて、きびしい口調で言った。

それは彼女が期待していた電話だった。彼は挨拶《あいさつ》するような手間はかけなかった。

「いやはや、親愛なるマルコムの読みも今度だけはあたっていた」彼は言った。「例の湿地保護条例はまちがいなく認可される。あの所有地は一財産の値打ちがあるぞ」

ジャニスは笑った。「それじゃ、マギー・ハロウェイに代案をつきつける頃合いじゃないの？」

22

リーアムからの電話を切ったあと、マギーはキッチン・テーブルにむかって紅茶をすすり、食器棚の中にあったクッキーをつまんだ。

クッキーの箱の中身はほとんど減っておらず、ごく最近あけられたばかりのようだった。ほんの数日前の夜、ヌアラはここにすわって紅茶をすすり、クッキーを食べながらディナーパーティーのメニューを考えたのだろうか、と思った。マギーは電話機のわきに買い物リストがあるのを見つけていた。子羊の脚、さやいんげん、人参《にんじん》、りんご、ぶどう、新じゃがいも、ビスケットの素。その次にヌアラらしいなぐり書き。「なにか忘れてる。お店の中をよく見ること」そして肝心のリストを置いたまま買い物に行ってしまったらしい。

思いがけなくもこうしてヌアラの家にいると、彼女が帰ってくるような気がした。長年ヌアラと一緒にここで暮らしていたような錯覚をおぼえた。

しばらく前、マギーは居間にあったアルバムをぱらぱらとめくってみた。父親と離婚したあくる年にはティモシー・ムーアと一緒のヌアラの写真が貼《は》られていた。

別の小さなアルバムには、ヌアラがマギーの人生の一部だった五年間に撮ったマギー自身の写真がぎっしり貼ってあり、最後の数ページには、その五年間にマギーがヌアラに書いたメモが残らずセロテープで留めてあった。

一番おしまいのページにただはさんであったのは、ヌアラと父親の結婚式当日に撮影されたヌアラと父親とマギーの写真だった。マギーは母親ができたうれしさに満面の笑みをたたえている。ヌアラの表情は単純に幸福そうだった。けれども父親の口もとの微笑は疑わしげにこわばっていた。なんてお父さんらしいのだろう。

父は胸襟《きょうきん》を開こうとしなかったにちがいない、とマギーは思った。父は母に夢中だったらしいが、母は亡《な》くなり、すばらしいヌアラがきた。父の口うるさい小言に耐えきれなくなってヌアラがついに家を出たとき、父は大きなものを失ったのだ。

そしてわたしも。当時をふりかえりながらマギーはカップとソーサーを皿洗い機にいれた。そのなにげない行為が、もうひとつの記憶である父親のいらだった声を思い出させた。「ヌアラ、流しに皿を積み上げないで、テーブルからじかに皿洗い機にいれたらどうなんだ？」

はじめのうちこそヌアラは万事に段取りが悪い自分を陽気に笑っていたが、しばらくするとこう言うようになった。「ねえ、オーウェン、わたしがこれをやったのは三日ぶりじゃないの」

そして、ときにはわっと泣きだすこともあり、わたしはヌアラのあとを追いかけて彼女に抱きついたものだった、とマギーは悲しく思いかえした。

四時半だった。流しの上の窓から家の横手にそびえる美しいオークの木が見える。枝をかりこまなくちゃ、とマギーは思った。ひどい嵐《あらし》にでもなれば、あの枯れ枝が折れて屋根に落ちてくるわ。彼女は両手を拭《ふ》いて、顔をそむけた。でも、なぜそんなことを気にするの？　わたしはここに住むわけではない。遺品を整頓《せいとん》して、使える衣類や家具はバザー用によりわけよう。今からはじめれば、ニューヨークへ帰る日までには終わるはずだ。もちろんいくつかのものは形見にとっておくつもりだが、大半は処分することになりそうだった。遺言が検認されたあとは、家を〝居抜きで〟売ることになるだろう。でも、できるだけからっぽに近い状態にしておきたい。赤の他人がヌアラの家の中を歩きまわり、浅薄な感想をもらすのは聞きたくなかった。

まずヌアラのスタジオからはじめた。

三時間後、べとつく埃《ほこり》をかぶったカウンターの上を片づけ、戸棚にぎゅうぎゅう詰めになっていたごわごわの絵筆だの、ひからびた油絵の具のチューブだの、ぼろきれ、小さなイーゼルなどを整頓すると、スタジオの隅にはタグをつけたゴミ袋がずらりとならんだ。

手をつけたばかりとはいえ、それだけの量を片づけたせいで、室内はかなりすっきりした。ブラウワー署長がここは徹底的に荒らされていたと言っていたのを思い出した。あきらかに清掃業者は、ありったけのものを戸棚に押し込んだあと、しまいきれなかったものをカウンタートップに置き去りにし、それ以上きれいにする手間はかけていなかった。その結果が、最初にマギーが目にした乱雑ぶりだった。

けれども部屋そのものはとても印象的だった。この家唯一《ゆいいつ》の大規模な改築部分と思われる床から天井まで達する窓からは、すばらしい北からの光がはいるにちがいない。彫刻道具をもっていらっしゃいとマギーをうながしたとき、ヌアラはそのうち作業台にぴったりの長い折り畳み式テーブルを見つけてくるわといっていた。使いそうもないと思ったものの、ヌアラを喜ばせたくて、マギーは五十ポンドの粘土入り容器とともに、粘土製作に必要な枠組み数個と、モデリングのための道具類を持参していた。

マギーはふと手をとめて考えた。あのテーブルの上で、ヌアラの頭部を製作できるんじゃないかしら。参考にする最近の写真ならここにいくらでもある。参考にして、といわんばかりに。ここで製作に励めば、ヌアラの顔を永久に心に刻み込めそうな気がした。グレタを訪ねることと、家の整頓をのぞけば、とりたてて計画らしい計画もない。日曜から先もまだ一週間はここにいるのだから、予定があるほうが暇をもてあまさずにすむし、ヌアラ以上にふさわしい対象があるだろうか？

レイサム・マナーを訪れ、グレタ・シプリーと一緒に過ごしたことによって、ヌアラが不安をかかえているように思えたのは、たんに、家を売ってレジデンスへ移るという生活の激変にたいする軽い動揺にすぎなかったのだとマギーは確信するようになっていた。ほかにヌアラを悩ませていたことがあるとは思えない。すくなくとも、わたしの見たかぎりでは。

マギーはためいきをついた。よくわからない。でも、もしあれがゆきずりの強盗だったなら、ヌアラを殺してから室内を漁《あさ》るというのは危険すぎはしなかっただろうか？ここにいたら誰だって料理のにおいに気づいたはずだし、テーブルに来客の用意があるのを見落とすわけがない。家じゅう荒らしまわっているあいだに誰かくるのではないかとびくびくするのが道理だろう。ディナーが八時に予定されていて、わたしがぎりぎりまで到着しそうもないと犯人があらかじめ知っていたのでもないかぎり。

いいえ、むしろ恰好《かっこう》の時間帯だったのかもしれない、とマギーは考えた。ディナーの計画を知っていた人物にとっては、たしかに恰好の時間帯だっただろう――ことによると、犯人は招待客のひとりでさえあったのかもしれない。

「ヌアラはゆきずりの泥棒に殺されたんじゃないわ」マギーは声に出して言った。ディナーにくることになっていた人々を頭に思い描いた。わたしは彼らについてなにを知っているだろう？　ほとんどなにも知らないに等しい。

リーアム以外は。彼はマギーが知っている唯一の招待客だった。彼がいたからこそ、わたしはヌアラに再会できた。マギーはそのことに深く感謝していた。リーアムがいとこのアールの訪問に憤慨してくれたのもうれしかった。アールがここにあらわれたときは、ほんとうにぞっとした。

今度リーアムと話をしたら、マルコムとジャニス・ノートンのことを聞いてみよう。今朝、レイサム・マナーでほんの一瞬会釈《えしゃく》したときですら、あのジャニスという女性はどことなく不快げだった。怒っているように見えた。ヌアラが家の売却を取り消したせいだろうか？　マギーは首をかしげた。でもニューポートにはほかにもこことよく似たような条件の家がいくらでもあるはずだ。そんなことが理由とは思えない。

マギーはトレッスルテーブルに歩みよって、腰をおろした。組んでいる両手をふと見おろしたとき、それが粘土の感触を求めてむずむずしているのに気づいた。なにかを徹底的に考えようとするとき、彼女はいつも粘土をいじった。そうするときまって答えが見つかったり、なんらかの解決策を思いつくことができるのだ。

きょう無意識のうちに気づいたなにかが、マギーを悩ませていた。心のどこかに記憶されているのに、今はどうしても思い出せないなにか。いったいなんだろう？ マギーは朝起きてからの一日の行動を逐一たどってみた。レイサム・マナーの一階をざっと眺めたこと、ドクター・レーンとの面会、グレタ・シプリーと車で墓地へ行ったこと。

墓地だわ！ マギーはすわりなおした。それだ！ わたしたちが最後に行ったお墓、二週間前に亡くなったラインランダーという女性のお墓で、わたしはなにかに気づいたのだ。

でも、なんだったかしら？ いくら考えてみても、どうしてもわからなかった。

あしたの朝、もう一度墓地へ行って見てみよう、と決心した。カメラをもっていこう。それがなんなのかよくわからなくても、写真を撮るのだ。現像してみれば、わたしの意識をつついているものの正体があきらかになるかもしれない。

長い一日だった。マギーはお風呂《ふろ》にはいってから、スクランブルド・エッグを作り、そのあとベッドでニューポートに関する本をもうすこし読むことにした。

階下へおりる途中、ヌアラの寝室で電話が鳴っているのに気づいた。いそいで寝室に駆け込んで受話器を取ったが、カチリと無情に切れる音がした。

誰だか知らないけれど、たぶんわたしのもしもしという声が聞こえなかったのだろう。でもかまわないわ、と思った。今話したい相手などひとりもいなかった。

寝室のクロゼットのドアがあけっぱなしになっていて、廊下の明かりでヌアラが《フォーシーズンズ》の親睦会《しんぼくかい》のパーティーで着ていた水色のカクテルスーツが中に吊《つる》してあるのが見えた。ぞんざいに片づけられたかのように、ハンガーにでれんとかかっている。

スーツは高価なものだった。そのままにしておいたら、型くずれしてしまうかもしれないと、マギーはクロゼットに近づいてスーツをきちんとかけなおそうとした。

生地のしわをのばしているとき、なにかが床に落ちたようなやわらかなゴンという音が聞こえた。クロゼットの床に無造作におしこめられたブーツや靴のすきまをのぞきこんだが、落ちたものを今すぐ見つけるのは無理なようだった。

マギーはクロゼットのドアをしめて寝室を出ると、浴室へむかった。ニューヨークのアパートメントでは楽しいひとりの夜も、たよりない鍵《かぎ》と、部屋の隅が薄闇《うすやみ》に溶けているこの家、殺人が——それも、おそらくはヌアラが友人と考えていた誰かによる——あったこの家では心細いだけだった。

23

アール・ベイトマンははじめから火曜日の夜にニューポートまで行くつもりでいたわけではなかった。金曜日の講義の下準備をしているときに、実例をあげて説明するには、ベイトマン葬儀社の敷地内の博物館に保管しているスライドが必要だと気づいたのである。アールの祖父のそのまた祖父が興《おこ》したベイトマン葬儀社はヴィクトリア朝風の細長い建物で、十年前に母屋《おもや》とその敷地から地所ともども分割されていた。

おもてむき、博物館は個人的なもので、一般公開はされていない。書面で見学を申し入れた場合のみ入館を許され、そうした一握りの訪問者にはアールが個人的につきそって館内めぐりをする。親戚《しんせき》は〝死の谷〟――彼らはアールの小さな博物館をそう呼んでいた――の話になると判で押したように愚弄《ぐろう》をこめてアールをからかったが、そんなときのアールは歴史的に見て死の儀式を尊重しない文化圏はこの地球上に存在しないと、いたって冷ややかに反撃した。

何年も前からアールは死に関する資料を大量に収集していた。スライドや映画。録音された葬送歌。ギリシャの叙事詩。天国へ迎えられようとしているリンカーン大統領の神格化された絵や印刷物。タージマハールやピラミッドのミニチュア。真鍮《しんちゅう》でふちどりした硬材製の素朴な墓。アメリカン・インディアンの火葬用の薪。現代の棺《ひつぎ》。太鼓のレプリカ。巻き貝、傘、剣。あぶみが裏返った騎手のいない馬の像。あらゆる時代の喪服の見本。

「喪服」は今回彼が予定している講義のテーマで、生徒である読書グループの面々は、死の儀式についての雑多な書物をめぐる討論を終えたばかりだった。博物館にあるコスチュームのスライドを見せるには、いいチャンスだった。

視覚に訴える講義は理解力を深めるのに役立つと、一三八号線を走ってニューポート・ブリッジにさしかかりながらアールは考えた。去年までは、喪服をテーマにした講義で使っていたのは、『エミリー・ポーストのエチケット・ガイド』一九五二年版の抜粋だった。葬儀にエナメル革の靴はきわめて不適切であるとするその内容を強調するために、アールは子供のメアリー・ジェーン（訳注　エナメルでストラップのついた少女用の靴）から婦人用パンプス、紳士用の蝶《ちょう》型リボンのついた夜会靴にいたるまで、さまざまなエナメル革の靴の写真を用意し、奇抜な効果があったと自負していた。

しかし今ほしいのは講義のしめくくりにする新たなひねりだった。「将来の世代が、赤いミニスカートの未亡人や、ジーンズに革ジャンパーの遺族の絵を見たら、なんと言うでしょうか？　われわれが過去の衣服を見て、そこに意味を読みとろうとするように、彼らもそういう服装から社会的、文化的習慣の重要性を読みとるのではないでしょうか？　もしそうなら、彼らの話し合いを盗み聞きするチャンスに恵まれたいと思いませんか？」

なかなかいいぞ。ビーラワン村の風習を説明すると、生徒たちがきまって見せる不安そうな反応もこれですこしはやわらぐだろう。ビーラワン村では、死者の魂は死後ただちにさまよいはじめ、愛する者にまで敵意をむけると信じられているため、夫や妻に死なれた者はぼろをまとうきまりになっている。ぼろは苦しみと深い嘆きのシンボルなのだろう。

博物館に着いて、めあてのスライドを集めているときも、アールの頭にはそのことがひっかかっていた。死んだヌアラと生き残ったマギーのあいだには、妙な緊張が感じられる。マギーに敵意をもつ者がいる。彼女に警告しなければならない。

ヌアラの電話番号は暗記していたので、アールは博物館の事務所のうすぐらい明かりの中でダイヤルをまわした。切ろうとしたとき、マギーの息せききった声が耳に飛び込んできた。だが結局アールはなにもしゃべらないまま受話器を置いた。

警告などしたらかえって怪しまれかねないし、頭がおかしいと彼女に思われるのは心外だった。

「ぼくは狂っちゃいない」声に出して言ったあと、アールは笑い声をたてた。「変人ですらないさ」

十月二日　水曜日

24

いつもなら、ニール・スティーヴンスは株式市場の刻々と変化する状況に全神経を集中することができた。彼のクライアントは企業も個人もニールの正確な読みと、趨勢《すうせい》を見分ける確かな目に絶大な信頼をよせていた。ところがマギーと連絡が取れなくなってから五日間、気がつくと集中すべきときにぼんやりしていることが増え、その反動なのか、アシスタントのトリシュにたいしてやたらに厳しい態度を取った。

たまりかねたトリシュはいらだちもあらわに、もうたくさん、といわんばかりに片手をあげ、次のように発言することによってニールの痛いところをついた。「あなたみたいな男性がそんなに不機嫌になるなんて、理由はひとつしかありませんわね。ついにどなたかいい方があらわれたのに、色よい返事がもらえない、そうでしょう。〝現実の世界へようこそ〟と言いたいところですけど、ほんとうのことを言えば、お気の毒ですわ。

ですから、やたらにがみがみ叱《しか》られても大目に見てさしあげるよう努力します」
力なく、「ここは誰のおかげでもっているんだ？」とつぶやいたあと、ニールは自分の専用オフィスに退却し、あらためてマギーの継母の名前をもとめて記憶の糸をたぐった。

気分がむしゃくしゃしていたせいで、午前中にやってきた長年のクライアントであるローレンスとフランセスのヴァン・ヒラリー夫妻にもいつになくぶっきらぼうになってしまった。

ニールの認識するところ、お気に入りのひとつであるシャネルのスーツを着たフランセスは、〝友好的クライアントとの談笑場所〟にある、革張りで丈の低い重厚な安楽椅《い》子《す》のはじに背筋をのばして優雅に腰をおろすと、あるディナーパーティーで聞いた石油採掘の株に関する最新情報をしゃべりだした。話が細部におよぶにつれて、目の輝きが増してきた。

「その会社の本拠地はテキサスにあるのだけれど、中国が西側に門戸を開いてからは、ずっと一流の技師たちを中国へ送り込んでいたのだそうよ」フランセスは熱っぽく説明した。

中国だと！　ニールは幻滅したが、椅子に背をもたせ、礼儀正しく誠意をもって耳を傾けようとした。フランセスの話を引き継いで、今度はローレンスが中国における今後の政治的安定や、公害への関心、汲《く》み上げを待っている油井《ゆせい》、そしてもちろん、そこから生じる富についていて興奮気味にとうとうと弁じたてた。

頭の中ですばやく計算しながら、ニールは夫妻が運用可能な資産のざっと四分の三をその石油採掘株に投資すると言っているのに気づいて狼狽《ろうばい》した。

「そら、これが趣意書だ」ローレンス・ヴァン・ヒラリーが最後に書類をニールのほうへ押しだした。

光沢のあるフォルダーを手に取って見てみると、果たして予測したとおりの内容だった。ページの一番下に、ほとんど読みとれないほど小さな活字で、住居をのぞいて最低五十万ドルの資産を有する者だけが参加を認められるという意味の但《ただ》し書きがしるされている。

ニールは咳払《せきばら》いした。「オーケイ、フランセスとローレンス、あなたがたはぼくの助言にお金を払ってくださってます。おふたりほど心の広い交渉相手はいません。すでにお子さんがたやお孫さんがたには多額の現金、一族の合資会社への慈善金の寄付もされているし、不動産信託やお孫さんむけの信託、財形貯蓄もしていらっしゃる。しかし、だからといってご自分たちのために残したものを、こんな実体のない投資で失っちゃだめですよ。あまりにもリスクが大きすぎる。あえて申しあげれば、こうしたいわゆる石油採掘なんかより、ご自宅のガレージにある車のオイルもれのほうがずっと可能性としては多いはずだ。ぼくにはこんないい加減な取引はとうていできません。どうか資産をどぶに捨てるような真似《まね》はしないでください」

一瞬の沈黙を、夫のほうを向いたフランセスがこう言って破った。「ねえあなた、忘れずに車の点検をさせるよう、わたしにおっしゃってね」

ローレンス・ヴァン・ヒラリーは首をふってから、あきらめのためいきをついた。「ありがとう、ニール。年老いた愚か者以上の愚か者はおらんな」

静かなノックがあって、トリシュがコーヒーのトレイを運んできた。「ニールはあいかわらず例のエドセルの株を売りつけようとしていますの、ミスター・ヴァン・ヒラリー？」

「いや、たった今、わたしがそいつを買おうとしたら制止されたよ、トリシュ。そのコーヒー、いいにおいだ」

ヴァン・ヒラリー夫妻の投資の明細一覧表《ポートフォリオ》にある二、三の項目について話しあったあと、話題は夫妻が目下検討中のある決断のことになった。

「われわれはそろって七十八歳だ」ローレンスは愛情をこめて妻をちらりと見ながら言った。「健康そのものに見えるだろうが、数年前なら楽にできたことが、今ではあきらかに困難になりつつある……近くに住んでいる子供たちはひとりもおらん。グリニッジの家は維持に金がかかるし、追い打ちをかけるように、長年世話をしてくれた家政婦がつい最近引退してしまってな。だからニューイングランドのどこかに高齢者対象の共同体をさがそうかと真剣に考慮しているんだよ。冬にはまだ当分フロリダへ行くつもりだが、土地家屋の責任から解放されるのも悪くなかろう」

「ニューイングランドのどこですか？」ニールはたずねた。

「ケープあたりかな。もしくはニューポートか。海のそばに住みたいんだ」

「それでしたら、この週末におふたりのために下見ができそうですよ」ニールは父親の所得税の管理をしている数人の老婦人がニューポートのレイサム・マナー・レジデンスへ移り住み、そこでの生活に大満足していることを手短かに語った。

帰りぎわ、フランセス・ヴァン・ヒラリーはニールの頰にキスした。「中国のランプのための石油の投資、やめたわ、約束するわ。ニューポートのその施設についてあなたの意見を聞かせてね」

「もちろん」あしただ、ニールは思った。あした、自分はニューポートにいるし、マギーにばったり出くわさないともかぎらない。

まず無理だな！　頭のうしろで皮肉な声がささやいた。

しばらくして、名案がひらめいた。ある晩、マギーとニアリーの店で夕食をともにしていたとき、ジミー・ニアリーとマギーが彼女ののびのびになっているニューポート行きについて話をしていたのを思い出したのだ。マギーがジミーに継母の名前を言うと、ジミーはそれは古代ケルト人のすばらしい名前のひとつだとかなんとか言っていた。ジミーならおぼえているにちがいない。

ニールはすっかり気分をよくして、一日の仕事を完了させようと腰をすえた。今夜はニアリーの店で晩飯をくい、それから帰宅して荷造りをしよう。あしたは北へ出発だ。

その夜の八時、ほたて貝のソテーとマッシュド・ポテトで満ち足りた夕食を終わらせようとしていたところへ、ジミー・ニアリーがやってきてテーブルにすわった。祈るような気持ちで、ニールはマギーの継母の名前をおぼえているかどうかジミーにたずねた。

「うーん」ジミーは言った。「ちょっと待ってくれ。すてきな名前でね。あれは、ええっと」ジミーの天使のような顔が、ひとつのことに考えを集中させようとするあまりくしゃくしゃになった。「ニーヴ……サイオバン……ミーヴェ……クロワッサ……ちがう、こんなんじゃない。たしか――たしか――そうだ、思い出したぞ！　フィヌアラだ！　ケルト語で〝美しい人〟って意味なんだ。マギーはその女性はヌアラで通っていると言ってた」

「すくなくとも、それが出発点だ。きみにキスしたいくらいだよ、ジミー」ニールは熱っぽく言った。

ジミーの顔にぎょっとした表情がうかんだ。「冗談はよそうや！」彼は言った。

25

熟睡できるとは思っていなかったのに、やわらかなケワタガモの羽毛のキルトにくるまり、ガチョウの羽毛の枕《まくら》に頭をうめると、それっきり主寝室の電話が九時半に鳴るまで、マギーは一度も目をさまさなかった。

数日ぶりに頭もすっきりし、さわやかな気分で、いそいで電話に出る途中、カーテンの隙間《すきま》からあかるい日射《ひざ》しが室内にさしこんでいるのに気づくゆとりさえあった。

かけてきたのはグレタ・シプリーだった。わびるような口調で、グレタはしゃべりだした。「マギー、きのうのお礼を言いたかったのよ。わたくしにはとても意味のあることだったわ。それからね、気にそまないなら遠慮せずに断ってほしいのだけれど、ヌアラがここに遺《のこ》していった絵の道具を引き取りたいと言っていたでしょう、それで……ここではかわりばんこにお客様をひとり夕食に招いていいことになっているのよ。あなたに予定がないようなら、今夜どうかしらと思ったの」

「なんの予定もありませんし、ご一緒できたら楽しいと思いますわ」マギーは心から言った。そのとき、ふいにある考えが、心象風景のように脳裏にうかんだ。墓地。ミセス・ラインランダーの墓。それとも？　あそこできのう、なにかがわたしの注意をとらえた。でもなんだったのだろう？　もう一度行ってみなければ。ミセス・ラインランダーの墓に気になるなにかがあったような気がする。でもそれがわたしの勘違いだったら、花を供えたお墓を最初から全部まわってみなくてはならない。

「ミセス・シプリー」マギーは言った。「ここにいるあいだに、今とりかかっているプロジェクトのために、ニューポート周辺の写真を撮るつもりなんです。不気味に聞こえるかもしれませんが、セント・メアリーズとトリニティーの静謐《せいひつ》で古びた雰囲気は、わたしの目的にぴったりなんです。きのう、わたしたちがお花をそなえたお墓の中には、うしろの景色がすばらしいところがありましたね。もう一度行ってみようと思いますの。お詣《まい》りしたのはどのお墓だったか、教えてくださいますか？」

その場しのぎのこの口実が見えすいた嘘《うそ》に聞こえませんように、とマギーは祈った。でも、わたしがある計画に取りかかっているのは嘘ではないわ。

しかしグレタ・シプリーはマギーの要請を妙だとは思わなかったようだ。「ええ、美しい場所ですものねえ。もちろん、お教えできますよ。ペンと紙はあるの？」

「手元にあります」ヌアラは電話の横にメモ用紙とペンを置いていた。

三分後、マギーはそれぞれの区画の名前だけでなく方角まで書き留めていた。これでお墓の場所はつきとめられる。なにを見つけようというのか、それがわかりさえしたら。

受話器を置くと、マギーは伸びをし、めざめのプロセスを完了させるためにすばやくシャワーをあびることにした。夜の温かいお風呂《ふろ》は眠りを誘い、朝の冷たいシャワーは眠気をふきとばしてくれる。四百年前に生まれなくてよかったと思った。エリザベス女王一世に関する本の中で目にとまった文章が、頭にうかんだ。「女王は必要であるとないとにかかわらず、月に一度だけ風呂をおつかいになる」

美しいかぎつめ状の脚のついたバスタブにあきらかにあとから取り付けられたと思われるシャワーヘッドから、針のように鋭い水がふんだんに噴き出した。シェニール織りのローブにくるまり、濡《ぬ》れたままの髪をタオルでつつんで一階におり、軽い朝食を用意するとそれをもって二階の寝室にあがった。ゆっくり食事をして、ついでに着替えもすませてしまおう。

ヌアラとの休暇のためにもってきた普段着は、残念なことに、ここでの二週間の滞在にはそぐわなかった。きょうの午後にはブティックかなにかを見つけて、スカートを一、二枚とブラウスかセーターを二枚ばかり買わなくてはならない。レイサム・マナーではどちらかというと、ややあらたまった装《よそお》いが好まれるようだし、金曜の夜にはリーアムとディナーの約束がある。つまり、ドレスアップの必要あり、ということだ。これまでニューヨークでリーアムとディナーに出かけた経験からすると、彼が選ぶのはきまって超高級レストランだった。

　ブラインドをあげ、正面の窓をあけると、暖かいそよ風がはいってきた。きのうの冷たいじめじめした天気のあと、ニューポートは絵のように美しい初秋の天候に移行しつつあるらしい。きょうはぶあつい上着は必要なさそうだ、とマギーは判断した。彼女が選んだのは白いTシャツにジーンズ、ブルーのプルオーヴァーにスニーカーという恰好《かっこう》だった。

　着替えがすむと、たんすの上にかかった鏡の前にたたずんで、自分をよく見た。ヌアラのために流した涙の痕跡《こんせき》はもうなかった。充血していた目はもとの澄んだ輝きを取り戻していた。ブルー。サファイア・ブルー。出会った最初の夜、ポールは彼女の目をそう表現した。もう大昔のことのような気がする。マギーはケイ・コーラーの花嫁付添人だった。そしてポールは花婿《はなむこ》付添人だったのだ。

　ワシントンに近いメリーランドのチェヴィー・チェイス・カントリークラブで、リハーサルのディナーがおこなわれた。ポールは彼女の隣にすわった。わたしたち、一晩中語りあかしたわ、マギーは思い出しながらそう思った。それから結婚式のあと、ふたりで文字通りすべてのダンスをおどった。彼の腕の中にいると、ふいにふるさとにいるような気がした。

　あの頃、わたしたちはそろって二十三になったばかりだった。ポールは空軍士官学校で学び、わたしはニューヨーク大学で修士課程を終えたばかりだった。なんて美しいカップルだろうと誰もが言ってくれたっけ、とマギーはふりかえった。コントラストの妙だった。ポールは色白でブロンドの直毛、目はアイスブルーで、彼に言わせれば、フィンランド人である祖母から受け継いだ北欧系の顔立ちをしていた。わたしは黒髪のケルト系。

夫の死後五年間、マギーはポールの好きだったヘアスタイルを固持していた。だが去年とうとう三インチ髪を切り、今は襟足にやっと届く長さだったが、短くしたおかげで豊かな天然のカールが生きてきた。手間もかからなくなり、マギーにとってはそれがなによりだった。

ほかにもポールは、マギーがマスカラとごく薄い色の口紅しかつけないことが気に入っていた。今は、すくなくとも華やかな場へはもっと洗練された化粧をして行くようにしている。

どうして今になってこんなことをいろいろ考えているのかしら？　外出の準備をしながらマギーは自問し、ふと気づいた。わたしはヌアラに話しているつもりなのだ。これらはみな、ポールと会ってから数年間のことばかりで、わたしはそういう話をヌアラとしたかったのだ。若い頃ご主人に先立たれたヌアラなら、きっとわたしの気持ちを理解してくれただろう。

今頃ヌアラは天国で、墓地へ行く理由をマギーに気づかせてくださいと、お気に入りの聖人たちに無言の祈りを捧《ささ》げているかもしれない。マギーはそんなことを考えながら、朝食のトレイを一階のキッチンへ運んだ。

三分後、ショルダーバッグの中身を点検したあと、ドアに二重に鍵《かぎ》をかけ、車のトランクからニコンと撮影機材を取り出して、マギーは墓地へむかった。

26

ミセス・エリノア・ロビンソン・チャンドラーはドクター・ウィリアム・レーンとの約束の時間である十時半ぴったりにレイサム・マナー・レジデンスに到着した。申しぶんのない責任者であり、レジデンス専属の内科医であることを印象づける魅力あふれたうやうやしい態度で、レーンは上品な客を迎えた。彼はミセス・チャンドラーの氏育ちをそらでおぼえていた。チャンドラーという姓はロードアイランドの津々浦々にまで知れわたっていた。ミセス・チャンドラーの祖母は一八九〇年代、ニューポートの社交界が全盛をきわめた時期に、社交界の華とうたわれた女性のひとりだった。ミセス・チャンドラーが入居してくれれば、レジデンスにとってまたとない宣伝になろうし、彼女の友人たちの中から将来の入居者《ゲスト》が出てくるのもおおいにありうることだった。

もっとも、彼女の資産記録は、じつに見事であるいっぽうで、ややあてはずれの感がなきにしもあらずだった。大所帯を支えるために、ミセス・チャンドラーが莫大《ばくだい》な金を費やしたことはあきらかだった。七十六歳の彼女は地球の繁栄の一翼をになうべく、自分の取り分を、四人の子供、十四人の孫、七人の曾孫《ひまご》のために使い切ろうとしていた。子孫の数がさらにふえるであろうことは疑いの余地がない。

しかし、名門の出とあれば、ヌアラ・ムーアのために確保していた最上階の個室への入居約束をとりつけることも不可能ではないだろう、とレーンは考えた。彼女が最高のものに慣れているのはあきらかだった。

ミセス・チャンドラーはベージュのニットのスーツにローヒールのパンプスという服装だった。それに釣り合う一連の真珠のネックレス、小粒の真珠のイヤリング、金の結婚指輪、細い金の時計。つけている宝石といえばそれだけだが、どの品も極上品だった。真っ白な髪にふちどられた古典的な顔立ちは、品のいい控えめな表情をうかべている。レーンは質問されているのがほかならぬ自分のほうであることを痛感した。

「これがほんの予備的面談であることはむろんわかっておいででしょうね」ミセス・チャンドラーはそう言っていた。「いかに魅力的であろうとも、こういうところに入居することになるかどうかはまるでわかりませんのよ。これまで拝見したところでは、この由緒《ゆいしょ》ある屋敷の改築の趣味は大変結構ですけれどね」

真のほめ言葉とは、サー・ヒューバートからの賞賛だけさ（訳注　イギリスの劇作家トマス・モートンの作品より）、とレーンは内心で皮肉ったが、にこやかにほほえんで言った。「恐縮です」もしここにオディールがいたら、ミセス・チャンドラーからそのようなおほめの言葉をいただけるとは身にあまる光栄だとかなんとか、おおげさにしゃべりたてるだろう。

「一番上の娘がサンタフェに住んでおりましてね、そちらにぜひ住んでくれとせがまれておりますの」ミセス・チャンドラーはつづけた。

でもそっちへは行きたくないんだろう？　そう思うと、レーンは急に気分がすっきりした。「いうまでもなく、こちらに長年暮らしておいでになれば、まったく異なる環境での生活はなかなかなじめないものですよ」彼は同調するように言った。「当レジデンスの入居者の実に多くの方々も、一、二週間ご家族のもとで過ごされると、レイサム・マナーの静かで快適な生活に戻れてほっとしたとおっしゃいますからね」

「そうでしょうとも」ミセス・チャンドラーの口調はとらえどころがなかった。「いくつか空きがあるんでしょうね？」

「実はもっとも望ましい個室のひとつが入居可能になったばかりです」

「そこにはどなたが入居していらしたの？」

「ミセス・コンスタンス・ヴァン・シックル・ラインランダーです」

「ああ、そうだったわね。コニーはだいぶ悪かったようだから」

「残念なことに、そのとおりです」レーンはヌアラ・ムーアの名前は出さなかった。ヌアラの絵画スタジオのためにからにした部屋については、スイートを全面改装しているところだと言い抜けることにした。

彼らはエレベーターで三階へあがった。ミセス・チャンドラーは長いこと海をみおろすテラスに立っていた。「すてきね」彼女はうなずいた。「ですけど、このスイートの入居料は五十万ドルなんでしょう？」

「おっしゃるとおりです」

「でも、そんなにお金を使うつもりはありませんの。ここを拝見したら、ほかのところも見たくなったわ」

値切るつもりだな、ドクター・レーンはそう思い、そのような駆け引きはまったくの無駄だと言ってやりたい衝動をおさえなくてはならなかった。値引きはいっさいしないこと、それがプレスティージ・レジデンスの鉄則だった。さもないと、特別取引という噂《うわさ》がそれにあずかれなかった人々のあいだに広まって、不公平感が生じることになる。

一番小さいの、中ぐらいの、一番大きな一寝室の個室。ミセス・チャンドラーはそれらの空き室を見たそばからはねつけた。「みなだめね。どうやらわたくしたちはお互いの時間を浪費しているようですわ」

彼らは二階にいた。ドクター・レーンがふりかえると、足の手術から回復しつつあるミセス・プリチャードと腕をくんで、オディールがこちらへ歩いてくるところだった。オディールは彼らにほほえみかけたが、立ちどまることはせず、レーンは胸をなでおろした。オディールでも首をつっこむべきでないかどうかの判断がつくこともあるらしい、と思った。

二階のデスクにはマーキー看護婦がすわっていた。彼女はプロフェッショナル然としたあかるい笑顔で彼らを見あげた。レーンはマーキーを叱責《しっせき》したくてむずむずした。今朝、ミセス・シプリーからプライヴァシー確保のためにドアにデッドボルトを取り付けるつもりだと聞かされたばかりだった。「あの女は閉じたドアを自分への挑戦だと見なしているんですよ」とミセス・シプリーはがみがみ言った。

彼らはミセス・シプリーのスタジオ式個室の前を通った。メイドが清掃を終えたところで、大きなドアがあけっぱなしになっていた。ミセス・チャンドラーはちらりと中をのぞいて立ちどまった。「まあ、これはすてきだわ」感に堪えぬようにそう言うと、ルネッサンス様式の暖炉をもつ、大きなアルコーヴ風の居間をしみじみと眺めた。

「おはいりになってはいかがです」ドクター・レーンはうながした。「ミセス・シプリーは気になさいませんよ。今は美容室に行っておいでです」

「じゃ、ちょっとだけ。侵入者のような気分だわ」ミセス・チャンドラーは寝室と、壁の三面の外に広がるすばらしい海の眺めに見入った。「一番大きなスイートよりもこちらのほうがいいような気がするわ。こういうのはいかほどなのかしら？」

「三十五万ドルです」

「それならお払いしてよ。これと同じような空き室はないの？　もちろん、そのお値段で」

「今はありません」ドクター・レーンはそう言ってからつけたした。「しかし申請用紙に記入なさったらいかがです？」と、ミセス・チャンドラーにほほえみかけた。「いつか入居者としてぜひお迎えしたいものです」

27

ダグラス・ハンセンは、ランチに注文したエンダイヴの蒸し煮にほたて貝をのせた料理を見るからに楽しんでいる白髪まじりの七十代の女性、コーラ・ゲイバールにテーブルごしに愛想よくほほえみかけた。

話好きだな、とハンセンは思った。あの手この手で水をむけないことにはなにひとつしゃべろうとしないタイプとは好対照だ。ミセス・ゲイバールは太陽にむかうひまわりのように彼に心を開いており、この調子だと、エスプレッソが出る頃には、まずまちがいなく彼女の信頼を勝ち取れそうだった。

〝みんなのお気に入りの甥《おい》〟とは、こうした女性たちのひとりがハンセンを称して言った言葉だが、それこそ彼が相手に与えたい印象だった。彼女たちが絶えて久しく味わっていなかったちょっとした好意の数々をさりげなく示すやさしくて思いやりのある三十歳。

この《ブーシャール》のような食通好みの高級レストランか、あるいはうまいロブスターとすばらしい眺めが楽しめる《チャートハウス》のような店でのうちとけたおしゃべりと昼食。食事のあと、デザートを注文した相手にはキャンディーの箱、大昔の恋愛を打ち明けた相手には花束、そして夫を亡《な》くしてまだ間がなく、亡くなった主人とは長い散歩をするのが日課だったと語った相手には、オーシャン・ドライヴを腕を組んでのそぞろ歩き。ダグラス・ハンセンはやりかたを心得ていた。

こうした女性たちが例外なく頭がよく、なかには狡猾《こうかつ》なタイプさえいることをハンセンは肝に銘じていた。彼が女性たちにうるさくすすめる株は、慎重な投資家でも将来性を認めざるをえないような種類のものだった。事実、ある株は実際に高値がついて、ハンセンは大損をしたことがある。しかしそれも結局は彼のプラスに働いた。なぜかというと、強引な売り込みの最後のひと押しに、プロヴィデンス在住のミセス・アルバータ・ダウニングに電話で自分の信用度をたずねるようすすめるのがハンセンのおきまりの手口だからで、ミセス・ダウニングは確実にハンセンの専門知識を高く評価するからなのだ。

「ミセス・ダウニングは十万ドルを投資して、一週間で三十万ドルも儲《もう》けたんですよ」クライアントになりそうな女たちにハンセンはそう言うことができた。それは掛け値なしの事実だった。じつを言えば、その株価は土壇場《どたんば》で作為的につりあげられ、ミセス・ダウニングはハンセンの忠告にさからって売りを命じたために大儲けをし、いっぽうのハンセンは計算外の損失をこうむった。おかげでミセス・ダウニングに払う利益分の金を調達しなければならなかったのは事実だが、それとひきかえに、ハンセンは誠実で優秀というお墨付きを得たというわけである。

コーラ・ゲイバールはランチの最後の一口を舌鼓《したつづみ》をうちながら食べ終えた。「とてもおいしかったわ」彼女はグラスにつがれたシャルドネをすすった。ハンセンはボトルで注文したかったのだが、ミセス・ゲイバールが昼食にはグラス一杯が限界だと譲らなかったのだ。

ハンセンは皿にナイフを置き、その隣に、ヨーロッパ風にフォークを注意深く伏せて置いた。

コーラ・ゲイバールはためいきをもらした。「主人もいつもそういうふうに銀器をお皿に置いていたわ。あなたもヨーロッパで教育を受けたの？」

「大学一年のときはソルボンヌで過ごしました」ハンセンは計算しつくしたさりげなさで答えた。

「まあ、すてき！」ミセス・ゲイバールはそう叫ぶなり、流暢《りゅうちょう》なフランス語でしゃべりだし、ダグラスは必死についていこうとした。

すぐに彼はほほえみながら片手をあげた。「フランス語の読み書きは苦労しないんですが、むこうにいたのはなにしろ十一年も前ですから、いささか会話能力は錆《さ》びついてしまっているんですよ。英語《アン・アングレーズ・シル・ヴ・プレ》でお願いします」

声をあわせて笑いながらも、ハンセンのアンテナは動いていた。ミセス・ゲイバールはおれをためしているのだろうか？　彼の仕立てのいいツイードの上着や総体的な見てくれのよさについて、ミセス・ゲイバールは、孫息子をふくめ、どの若者もまるでキャンプ旅行から帰ったばかりのような恰好をしている時代に、あなたのような人はめずらしいとほめていた。本当はおれのようなタイプはお見通しだという意味なのだろうか？じつはおれがウィリアムズ大学やウォートン・スクール・オブ・ビジネスの卒業ではないことに気づいているのだろうか？

ハンセンはブロンドで貴族的な細身の外見が好印象を与えることを心得ていた。メリル・リンチとソロモン・ブラザーズの両方で初歩的仕事にありついたのもこの見栄《みば》えのよさのおかげだったのだが、あいにくどちらも半年ともたなかった。

しかし、ミセス・ゲイバールの次の言葉はハンセンを安堵《あんど》させた。「わたしは保守的すぎたと思うのよ」彼女は愚痴をこぼした。「孫たちがもっとたくさん色のあせたジーンズを買えるようにと、かなりのお金を信託にしたの。そのせいで、自分のためのお金はあまり残っていないわ。高齢者専用の施設に移ることを考えていたんだけれど――そう思って、つい最近レイサム・マナーを見てきたのよ――いまあるお金だけじゃ、レイサムの狭い個室を買うのが精一杯でしょ。でもこれまでの暮らしで広いところに慣れてしまっているから困っているの」いったん言葉を切ったあと、ミセス・ゲイバールは真正面からハンセンを見つめた。「だから、あなたの推薦する株に三十万ドル投資してみてもいいかもしれないと思っているのよ」

ハンセンは気持ちを顔に出さないよう努めたが、それは並大抵のことではなかった。彼女が口にした金額は、彼の期待をはるかにうわまわっていた。

「長年つきあいのある会計士はもちろん反対しているけれど、彼は時代遅れじゃないかという気がしてきたわ。彼のことご存じかしら? ロバート・スティーヴンスよ。ポーツマスに住んでいるの」

むろん知っていた。ロバート・スティーヴンスはミセス・アーリントンの税務処理を手がけており、彼女はハンセンが薦めたハイテク会社への投資で多額の金を失っていた。

「でもわたしがロバートにお金を払っているのは、税金の面倒をみてもらうためであって、わたしの人生の舵取《かじと》りをしてもらうためじゃないんですものね」ミセス・ゲイバールはつづけた。「だから、彼とは相談せずに債券を現金化するつもりだし、あなたに大儲けさせてもらうつもりよ。さあ、決心をしたんだから、二杯めのワインをいただくわ」

午後のまぶしい太陽がレストランを金色のぬくもりに浸すなか、彼らは乾杯しあった。

28

マギーはセント・メアリーズとトリニティーの両墓地でほぼ二時間をすごした。写真に撮りたいと思ったいくつかの墓では埋葬がおこなわれていたため、どの場合も参列者たちが立ち去るまでカメラは取り出さなかった。

美しく晴れた暖かな日とは裏腹に探索は寒々しいものだったが、マギーは我慢して、グレタ・シプリーと一緒に訪れた墓をかたっぱしから再訪問して、あらゆるアングルからシャッターをきった。

マギーの意識をしきりにつついているのは、きのう訪れたミセス・ラインランダーの墓になにか奇妙なものがあったような気がする、ということだった。そのため、きのうミセス・シプリーとふたりでたどったルートとは逆に、まずラインランダー家の墓からスタートして最後にヌアラの墓を訪れた。

この最後の場所にいたとき、八つか九つぐらいの女の子があらわれてなかなか立ち去ろうとせず、マギーのやることをじっと見ていた。

一巻きのフィルムをすべて使いはたしてしまうと、マギーは女の子のほうをむいて言った。「ハイ、わたしはマギーよ。あなたは?」

「マリアンヌ。どうしてここで写真を撮ってるの?」

「あのね、わたしは写真家で、特別なあるプロジェクトを計画中なの。それで、ここが撮影場所なのよ」

「あたしのおじいちゃんのお墓も撮りたい?　すぐそこよ」少女は左手を指さした。丈の高い墓石のかたわらに、数人の女性が立っているのが見えた。

「ううん、その必要はないと思うわ。それにきょうの分はもう終わったの。でもありがとう。それから、おじいさまのこと、残念だったわね」

「きょうはおじいちゃんの三回忌なの。おじいちゃんは八十二でまた結婚したのよ。あの女がおじいちゃんを食い尽くしたんだってママが言ってるの」

マギーは笑いたくなるのをこらえた。「そういうことはときどきあるようね」

「ダッドはおばあちゃんとの五十年のあと、おじいちゃんはすくなくとも二年は楽しい思いをしたんだって言ってたわ。おじいちゃんが結婚した女の人には、今は新しいボーイフレンドがいるのよ。ダッドが、そいつもあと二年でおだぶつだって」

マギーは笑った。「あなたのダッドはきっとおもしろい人なのね」

「そうよ。オーケイ、もう行かなくちゃ。ママが手をふってるもの。じゃあね」

ヌアラが喜びそうな会話だったわ、と思いながらマギーは自問した。わたしはなにを捜しているのだろう？　グレタ・シプリーがきのう置いた花ははやくもしおれはじめていたが、それをのぞけば、ヌアラの墓も他の墓とすこしもちがわないように見えた。それでも、マギーは念のために、もう一巻きフィルムを費やして写真を撮った。

午後はまたたくまにすぎた。助手席に置いた地図とにらめっこしながら、マギーはニューポートの中心街まで車を走らせた。プロの写真家として現像もみずからおこなうのが好きだったから、ドラッグストアにフィルムをあずけるのは不本意だったが、実際問題としてそうするよりほかになかった。現像焼き付けのための道具など持参していなかった。たった二週間の旅行にはおおげさすぎると思ったからだ。翌日仕上げという約束を確認したあと、マギーは《ブリック・アレイ・パブ》でハンバーガーとコークの軽食をとり、テムズ・ストリートのブティックでカウルネックのセーター二枚――一枚は白、一枚は黒――とロングスカート二着、それにクリーム色の細身の上着とそれにあうスラックスを買うことができた。手持ちの服と組み合わせてもいいし、これだけそろえておけば、ニューポートでの残り十日間になにがあっても間に合うだろう。それに、気に入ったものばかりだった。

ニューポートは他の町にはない魅力がある。オーシャン・ドライヴからヌアラの家に引き返しながらマギーはそう思った。

いいえ、わたしの家だ、いまだに信じられない気持ちで彼女は訂正した。マルコム・ノートンがヌアラの同意を得てこの家を購入するつもりでいたことはわかっていた。彼はわたしと話がしたいと言っていた。いうまでもなく、家の話だろう。わたしはほんとうに売りたいのだろうか？　マギーは自分の胸に聞いてみた。ゆうべなら「たぶん」と言っただろう。でも、この島にしかないすばらしい海や、趣のあるすてきな町をふくめて考えると、気持ちは揺れ動いた。

よそう。今この場で決心しなければならないのなら、わたしは売らない。

29

四時半、ゼルダ・マーキー看護婦は義務から解放され、指示通りドクター・ウィリアム・レーンのオフィスへ報告に行った。今から叱責されることになるのも、その理由も、彼女は知っていた。グレタ・シプリーが彼女のことで文句を言ったのだ。マーキー看護婦は覚悟をきめた。

デスクの向こうから渋い顔で自分を見ているドクター・レーンを、マーキー看護婦は心の中で軽蔑《けいべつ》した。なにさ、えらそうに。はしかと水疱瘡《みずぼうそう》の区別もつかないくせに。心筋梗塞《こうそく》と心不全のちがいもわからないにきまっている。

顔をしかめてはいるが、額に噴き出た汗の粒を見れば、ドクター・レーンがこの面談にいかに居心地の悪い思いをしているかは一目瞭然《りょうぜん》だった。攻撃は最良の防御であることを心得ている彼女は、すこしドクター・レーンの気持ちを楽にしてやることにした。

「先生」マーキー看護婦は切り出した。「先生がなんとおっしゃるつもりかよくわかってます。ノックもせずにずかずかとはいってくると、ミセス・シプリーが不服をもらされたんでしょう。じつは、ミセス・シプリーはこのところ睡眠時間が極端に増えています。この二、三週間は少々異常なほどで、ちょっと心配していました。たぶん友達の相次ぐ死にたいするたんなる情緒的な反応でしょう。でも、断言しますが、わたしが呼ばれもしないのにドアをあけるのは、何度ノックをしても応答がないときだけです」

口を開く前にレーンの目にかすかな不安が浮かんだことにマーキー看護婦は気づいた。

「ではこうしたらどうだね、ミス・マーキー、ミセス・シプリーがしかるべき時間をおいても応答しない場合は、すこしだけドアをあけ外から呼びかけるんだ。実際、ミセス・シプリーはこのことで相当興奮しているんだ。わたしとしては問題が深刻化しないうちに芽をつみとっておきたい」

「お言葉ですが、ドクター・レーン、二日前の夜、ミセス・シプリーがあの発作を起こしたさい、わたしが部屋の中にいなかったら、大変なことになっていたかもしれないんですよ」

「発作はすぐにおさまったし、結局はなんでもなかったんだ。きみの気遣いはありがたいが、こういう苦情があっては困る。お互い理解しあえたかね、ミス・マーキー？」

「もちろんです、先生」

「ミセス・シプリーは今夜のディナーに出席するつもりか？」

「はい、出席なさるどころかお客様を招いておいでですよ。ミセス・ムーアの継娘のミス・ハロウェイです。先生の奥様にそうおっしゃってました。ミス・ハロウェイはここにいるあいだにミセス・ムーアの絵の道具を回収していくつもりのようです」

「なるほど。ご苦労だった、ミス・マーキー」

彼女が立ち去るやいなや、レーンは受話器をつかんで自宅にいる妻に電話をかけた。

妻が出ると、嚙《か》みつかんばかりに言った。「マギー・ハロウェイが今夜ここへディナーにあらわれるとどうしてわたしに言わなかった？」

「言わなかったからって、どんなちがいがあるっていうの？」オディールは困惑した口調でたずねた。

「ちがいは――」レーンは口をつぐんで、大きく息を吸った。言わぬが花ということもある。「ディナーに出席する客のことはなんでも知っておきたいんだ。ひとつには、彼らを迎えるときにそこにいたいからな」

「わかっているわ、あなた。今夜はわたしたちもレジデンスでお食事するように手配しておいたの。ミセス・シプリーにお客様とわたしたちのテーブルにご一緒なさいませんとたずねたら、そっけなく断られちゃったわ。でも、談話タイムにきっとマギー・ハロウェイとおしゃべりするチャンスがあるわ」

「そうだな」もっと言いたいことがあるのに気が変わったかのように、レーンはしばらくだまりこんでからつけくわえた。「あと十分で家に着く」

「そうね、着替えをしてさっぱりしたいなら、そうしたほうがいいわ」オディールのふるえるような笑い声にレーンは歯ぎしりした。

「なんといっても、ダーリン」オディールはこうつづけた。「ディナーには見苦しくない服装で出席すべしというルールがあるからには、責任者とその妻が身をもって示すべきだとわたしは思うのよ。そうでしょ?」

30

アール・ベイトマンはハッチンソン・カレッジのキャンパスにちっぽけなアパートメントをもっていた。プロヴィデンスの静かな地区に位置する教養学科だけの小規模なカレッジは、講義のためのリサーチをおこなうには理想的な場所だった。同じ地区にあるよりハイレベルな大学の陰に隠れているものの、ハッチンソンの水準はけっして低くなく、アールの人類学の授業は名物と考えられていた。

「人類学とは起源と、肉体的文化的発展と、人種的特性と、社会習慣、人類の信仰を扱う科学である」アールはいつもこうした言葉を学生たちにおぼえさせることによって、新学期をスタートさせた。繰り返し好んで語るように、多くの同僚と彼のちがいは、アールが人間や文化に関する真の知識は死の儀式の研究にはじまると考えていることだった。

それこそは彼を惹《ひ》きつけてやまぬテーマだった。話し手として引く手あまたになりつつある事実が物語るように、彼の聴衆にとっても死は興味ある話題のようだった。事実、いくつかの講演事務局から、一年先、半年先の昼食会や夕食会で講演をしてもらいたいと、気前のいい講演料を提示した依頼の手紙が届いていた。

アールはそういう手紙にいたく満足していた。「わたしどもは先生は死の問題にさえおもしろみをもたせておられる、と理解しております」これが、定期的に受け取る依頼書の典型だった。依頼側の提示額はやりがいのあるものでもあった。そのような契約を結んださいの料金は、いまや三千ドルプラス経費といったところで、申し込みの数たるやさばききれないほどだった。

毎週水曜日、アールの最後の授業は午後二時で終わる。きょうは午後いっぱいかけて、ある婦人クラブでする予定のスピーチに磨きをかけ、郵便物に返事を書くつもりでいた。アールは最近受け取った一通の手紙に魅了され、今では寝てもさめてもそのことで頭がいっぱいだった。

あるケーブルテレビ局が三十分のシリーズ番組を製作することになり、ついては死の文化的側面をとりあげてほしいのだが、じゅうぶんな資料をおもちだろうかと問い合わせてきたのである。報酬はたいしたことはなさそうだが、テレビ局側はこれまで同様のテレビ出演をした司会進行役にとって、それがいかに大きなメリットとなったかを指摘していた。

じゅうぶんな資料だって？ アールはコーヒーテーブルに足をのせながら皮肉っぽく

考えた。もちろん、資料ならじゅうぶんすぎるほどある。たとえばデスマスクだ。それをテーマにしたことはまだ一度もなかった。エジプト人や古代ローマ人はデスマスクをもっていたし、フィレンツェ人は十四世紀末にデスマスクをつくっている。現存するジョージ・ワシントンのデスマスクは穏やかで高貴ですらある顔が永遠に停止していて、出来の悪い木の入れ歯が生涯彼を苦しめ、その容貌《ようぼう》をそこねていたことなど微塵《みじん》も感じられず、それに気づく者も滅多にいない。

スピーチの秘訣《ひけつ》は常に話の中に人間の好奇心という要素を注入することだった。そうすれば、論じられる人々は死の興味の対象ではなく、共感できる仲間となる。

今夜のスピーチのテーマから次々にアイデアが浮かんで、アールは使えそうな話題をいろいろ思いついた。いうまでもなく今夜はさまざまな時代の喪服について話す予定だ。調査の結果、あのエチケット・ブックは資料の宝庫であることが判明していた。

エチケット・ブックの中から引用するつもりでいるのは、著者のエミリー・ポーストが半世紀も昔に提言したこと、たとえば、遺族をびっくりさせないように玄関の呼び鈴の舌は布でくるむべしとか、悔やみ状には〝死んだ〟〝死〟〝殺された〟といった言葉を使用するべからずとかの貴重な助言だった。

舌か！　ヴィクトリア朝時代の人々は生きながら埋葬されることを恐れ、棺《ひつぎ》の中の人物がじつは死んでいなかった場合にベルを鳴らせるようにと、棺に通気孔をあけてそこに紐《ひも》や針金を通し、その先にベルをゆわえつけて墓の上にぶらさげたという。しかしアールはその話題にだけは二度とふれるつもりはなかった。

番組の依頼が何本あろうと、資料不足になることだけはないとアールは絶対の自信をもっていた。おれはいまに有名人になるぞ、と彼は夢想した。一族のジョークの種であるこのアールが、やつら全員をぎゃふんと言わせてやるのだ——無秩序《いや》でさわがしい親《しん》戚《せき》連中、人を騙《だま》すことで富への野望を達成した強欲な盗人《ぬすっと》野郎の卑しむべき子孫どもめ。

アールは心臓がどきどきしはじめるのを感じて、自分をいましめた。あいつらのことなど考えるな！　スピーチと、ケーブルテレビのためにあたためているテーマに集中しろ。思案中のテーマはもうひとつあった。あれなら絶対受けるにちがいない。

だがその前にまず……一杯やろう。一杯だけ、と自分に約束し、ダイニングキッチンでかなりドライなマティーニを作った。最初のひとくちをすすりながら、人間は親しい者が死ぬ直前に、しばしば不吉な胸騒ぎをおぼえるという事実を心の中で反芻《はんすう》した。ふたたび腰をおろして眼鏡をはずし、目をごしごしこすって、のけぞらせた頭をベッドにもなるカウチによりかからせた。

親しい者……彼は声に出して言った。「マギー・ハロウェイとはそれほど親しいわけではないが、それを言うなら、彼女自身、誰ともあまり親しくないような気がする。たぶん、だからぼくが胸騒ぎをおぼえたんだろう。マギーはもうじき死ぬにちがいない。

先週、ヌアラはあと数時間しか生きられないとぼくが確信したように」

三時間後、聴衆の熱烈な拍手にこたえて、アール・ベイトマンはテーマとはいささか不似合いなほど晴れやかな笑みをうかべてスピーチを開始した。「われわれはそれを話題にしたがりませんが、みないつかは死ぬのです。その日が延期されることもあります。臨床学的には死んだ人が生き返ったという話は、誰でも聞いたことがあるでしょう。しかし、たいていは神々が語り、聖書の預言書にあるように〝灰を灰に、塵《ちり》を塵に帰す〟ことですべては完結します」

アールはここで間を置いて、聴衆が自分の言葉についてくるのを待った。マギーの顔が脳裏一杯にひろがった――黒いふわふわした髪に囲まれた小さく精巧な顔立ち、その中でひときわ目立つあの美しい苦痛をたたえたブルーの瞳《ひとみ》……。

すくなくとも、もうすぐマギーは苦しまなくてすむようになるのだ、と彼は自分をなぐさめた。

31

きのうマギーを中へ通してくれた声のやさしいメイドのアンジェラが、ヌアラの画材が保管されている収納用のクロゼットを見せてくれた。いかにもヌアラらしいわ、マギーは愛情をこめて思った。画材は棚の上にでたらめに積み重ねられていた。だがアンジェラが手伝ってくれたおかげで、たいした手間もかからずそれらを段ボール箱につめ、そのあとは、厨房《ちゅうぼう》の助手の手を借りて、首尾よく車に積み込むことができた。

「ミセス・シプリーがお部屋でお待ちですよ」メイドは言った。「そろそろご案内しましょう」

「ありがとう」

若いメイドは一瞬ためらって、広々とした娯楽室を見まわした。「ミセス・ムーアがここで絵画教室を開くと、みなさんとても楽しんでいました。ほとんどの方はまっすぐな線もろくに引けませんでしたけど、そんなことは問題じゃなかったんです。ちょうど二週間前、ミセス・ムーアは授業の前に、第二次世界大戦のスローガンを思い出してくださいってみなさんにおっしゃったんです。そこらじゅうにべたべた貼《は》られていたポスターに書いてあったようなことでいいんですよって。その日の早い時間にはすっかり動転していらしたにもかかわらず、ミセス・シプリーも参加していらっしゃいましたわ」

「動転していたって、どうしてなの？」

「同じその日の早朝に、ミセス・ラインランダーが亡《な》くなられたんです。おふたりは仲良しでした。とにかく、わたしは画材を配るお手伝いをしていたんですけど、みなさん色々なスローガンを描いていらっしゃいました。たとえば、〝彼らを飛ばせつづけよう〟、これはミセス・ムーアがスケッチなさったものですけど――飛行機の後方で旗が飛んでいる絵柄なんです――みんなが真似《まね》ていましたわ。それから誰かがこんなスローガンはどうかと言いました。〝ぺちゃくちゃしゃべるな。くちゃくちゃガムを嚙め〟」

「それがスローガン？」マギーはおもわず大声で言った。

「ええ。みんな笑いましたけど、ミセス・ムーアの説明によれば、スパイに聞かれちゃ困るから、いっさい口をきくなというスローガンで、国防産業の工場で働いていた人々にとっては、真面目《まじめ》な警告だったんだそうですよ。とっても活気のある授業でした」アンジェラはなつかしそうにほほえんだ。「それがミセス・ムーアの最後の授業でした。わたしたちみんな、さびしく思っています。あら、もうミセス・シプリーのところへお連れしないと」

マギーを見たときのグレタ・シプリーの温かい笑顔も、目の下や口のまわりのくすみを隠すことはできなかった。立ちあがりしな、ミセス・シプリーが椅子《いす》のアームに手をついて身体《からだ》をささえなくてはならなかったことに、マギーはいやでも気づいた。ずいぶん疲れているようで、ついきのうの矍鑠《かくしゃく》たる様子が嘘《うそ》のようにやつれていた。

「マギー、とってもすてきよ、あなた。それに、いきなりだったのに、ほんとうによくきてくださったわ」ミセス・シプリーは言った。「同じテーブルにつくのはそりゃもう愉快な人たちだから、きっと楽しいはずよ。みんなに合流する前に、ふたりで食前酒をいただこうかしらと思っていたの」

「それはいいですわね」マギーは賛成した。

「シェリーがお好きだといいけれど。あいにくそれしかないのよ」

「大好きですわ」

言われたわけでもないのに、アンジェラはサイドボードに近づいてデキャンターから琥珀色《こはくいろ》の液体をアンティークのクリスタル・グラスにつぐと、ふたりにわたした。それから静かに部屋を出ていった。

「あのお嬢さんはかけがえのない存在なの」ミセス・シプリーは言った。「他の職員には思いつきもしないような、些細《ささい》なことによく気がつくのよ。職員の訓練がゆきとどいていないってわけじゃないのよ」彼女はあわててつけくわえた。「でも、アンジェラは特別なの。ところで、ヌアラの画材はもう引き取ったの？」

「ええ。アンジェラが手伝ってくれたんです。見学していたヌアラの授業のひとこまも話してくれましたわ。みなさんがポスターを描いたという授業のもようを」

グレタ・シプリーはほほえんだ。「ヌアラったらほんとうにいたずらだったのよ！その授業のあと、わたくしとふたりでここへ引き上げてきたとき、ヌアラはわたくしの絵を取り上げると――もちろんお話にならないくらい下手な絵だったわ――それにちょっと筆を加えたの。ごらんになるといいわ。あの二番めの引き出しにはいっているから」彼女はソファのとなりのテーブルを指さした。

マギーは指示された引き出しをあけて、厚みのある画用紙を取り出した。見たとたん、ふいに寒気に襲われた。ミセス・シプリーのスケッチはヘルメットをかぶった民間人労働者が列車かバスの中で別の民間人に話しかけている絵のようだった。彼らの背後で黒いマントに帽子をかぶった陰気な顔つきの人影があきらかに聞き耳をたてている。

ヌアラはそのふたりの労働者の顔を自分の顔とグレタ・シプリーの顔にしていた。そして細い目となみはずれて大きな耳をもつ看護婦の姿が、そのスパイに重ねられている。

「これはここにいる誰かをあらわしているんですか？」マギーはたずねた。

ミセス・シプリーは笑った。「ええ、そうよ。あのこわいマーキー看護婦。もっとも、あの日これを見たときは、マーキー看護婦がうろうろのぞいてまわっているのをからっているだけだと思っていたわ。でも、今は確信がもてないの」

「どうしてですか？」マギーはすばやくたずねた。

「わからないわ。わたくしがちょっと空想をたくましくしているだけかもしれないしね。ほら、年老いた女というのはときどきそうなるのよ。さあ、そろそろ下へおりたほうがよさそうだわ」

グランド・サロンはすばらしく魅力的な部屋で、デザイン、調度品ともに高級感にあふれていた。あちこちに腰をおろした人品卑しからぬ高齢者たちの上品な声がざわめきとなって室内を満たしていた。マギーの見るところ、彼らの年齢は六十代後半から八十代後半かと思われたが、グレタが小声で教えてくれたところによれば、すっきり伸びた背筋と生き生きした黒い目の、ヴェルヴェットのスーツ姿の魅力あふれる女性は九十四をすぎているとのことだった。

「レティシア・ベインブリッジよ」グレタが耳打ちした。「六年前、彼女がここへきたとき、四十万ドルも払ったなんてどうかしていると陰口をたたかれたらしいの。でも彼女は、お金は上手に使うのがうちの血筋だと答えたのよ。そして、もちろん彼女が正しかったことは時が証明したわ。レティシアはわたくしたちのテーブルなの。きっと楽しめてよ」

職員があたりまえのように入居者《ゲスト》たちにお酒を出しているでしょう？」ミセス・シプリーはつづけた。「ほとんどの入居者はドクターからグラス一杯のワインかカクテルならかまわないとお墨付きをもらっているの。それがだめな人たちにはペリエかソフトドリンクが運ばれるのよ」

数々の入念な計画がこの場所をつくりあげたんだわ、とマギーは思った。ヌアラがここに住むことを本気で検討していたのもうなずける。元気でいれば、ヌアラはきっと申請書を再提出したはずだとドクター・レーンが言っていたのを思い出した。

　ちらりとまわりを見ると、ドクター・レーンとその妻が近づいてくるところだった。オディール・レーンが着ているあかるい青緑のシルクのシャツとそれにマッチしたロングスカートは、マギーが買い物をしたブティックで目にしたものだった。これまでほかの機会にミセス・レーンを見たときは――ヌアラが死んだ夜と葬儀の日――マギーはあまり彼女に注目していなかった。だが、こうしてあらためて見ると、オディールはじつに美しい女性だった。

　頭がはげあがり、肥満ぎみだとはいえ、よく見ればドクター・レーンも魅力的な男性だった。物腰も上品であたたかみがある。そばまでくると、ドクター・レーンはマギーの手を取って口もとへもっていき、ヨーロッパ風にくちびるがふれる直前でとめた。

「これはよくおいでくださいました」その口調には真心がこもっていた。「わずか一日のうちに、すっかり元気になられたようだ。あなたはじつに強い女性なんですな」

「まあ、あなたったら、いつもそんなに堅苦しくしていなくちゃいけないの？」オディール・レーンが口をはさんだ。「マギー、いらっしゃい。ここをどうお思いになる？」

と、優雅な室内を示す身振りで片手をふった。

「わたしが撮影したことのあるいくつかの施設にくらべると、天国ですわ」

「どうして老人ホームの写真を撮ることになったんです？」ドクター・レーンがたずねた。

「ある雑誌の仕事だったんです」

「ここを〝シュート〟したくなったら――撮影のことをそう言うんでしたな？――いつでもどうぞ」

「おぼえておきますわ」

「あなたがいらっしゃることを知ったときは、ぜひわたしたちのテーブルにすわっていただきたいと思ったの」オディール・レーンはそう言ってからためいきをついた。「でも、ミセス・シプリーが首をたてにふってくださらないのよ。あなたには彼女のお友達と一緒に彼女のいつものテーブルにすわっていただくんだと主張なさってね」オディールはグレタ・シプリーにむかって指をふりながら、ふるえるような高い声で言った。

「きかんきさん」

マギーはミセス・シプリーの口がぴんと張るのを見た。「マギー」グレタは唐突に言った。「わたしのほかのお友達に会ってちょうだい」

数分後、やわらかなチャイムが鳴って、ディナーの支度ができたことを知らせた。

グレタ・シプリーに腕をとられて一緒に食堂へ廊下を歩きながら、マギーはグレタの身体にはっきりとふるえが走るのを気づかないわけにいかなかった。

「ミセス・シプリー、ほんとうにお加減は悪くありませんの？」

「いいえ、ちっとも。あなたがきてくださってうれしいだけよ。あなたがまたヌアラの人生に戻ってきたとき、彼女がどうしてあんなに喜んで興奮していたのか、よくわかるわ」

食堂にはテーブルが十卓あり、それぞれに八人分の食器が並べられていた。「おや、今夜はリモージュの食器と白いリネンだわね」ミセス・シプリーは満足そうだった。「ここで使用される食器の中には、ちょっと凝りすぎていて、わたくしの好みに合わないものもあるのよ」

ここもまた美しい部屋だこと、マギーは思った。この邸宅についての資料によれば、この部屋にもともとあった宴会用テーブルには六十人がすわれたという。

「邸宅が改装されて一新されたとき、カーテン類はホワイトハウスの国賓食堂のカーテンと同じものにしたのよ」席につきながら、ミセス・シプリーが言った。「さあ、マギー、ディナーをご一緒する方々よ」

マギーはグレタ・シプリーの右にすわった。となりの女性はレティシア・ベインブリッジで、彼女のおしゃべりから会話がはじまった。「なんてきれいな方なの。グレタから聞いたんですけれど、お独りなんですってね。どなたか特別な方がいらっしゃるのかしら？」

「いいえ」おなじみの痛みを感じながら、マギーは微笑した。

「よかった」ミセス・ベインブリッジは断定的に言った。「あなたに紹介したい孫息子がいるのよ。ティーンエイジャーだった頃は、なんだか目立たない子だと思っていたのよ、長髪にギターかなにかかかえてね。ほんとにまったく！　でも三十五歳の今は、誰もがうらやむような男性よ。自分で会社を経営していて、コンピューターでなにか重要なことをしているの」

「仲人《なこうど》レティシア」誰かがからかって、笑った。

「その孫息子には会ったことがあるの。気にしないほうがいいわ」グレタ・シプリーはマギーにささやいてから、普通の口調に戻ってほかの面々にマギーを紹介した——女性が三人、男性がふたり。「バックリー夫妻とクレンショー夫妻をわたくしたちのテーブルに誘うのには苦労したわ」グレタは言った。「こういう場所につきものの問題のひとつは、女の展示館みたいになってしまうことなの。だから男性の会話を獲得するのは至難のわざなのよ」

テーブルを囲んだ人々はおもしろくて活気にあふれていた。マギーは、なぜヌアラはここに住むことをあんなに急にやめてしまったのだろうと自問しつづけた。わたしが家を必要としていると思ったから気を変えたというのはどう考えてもつじつまが合わない。ヌアラは父がわたしにすこしだけれどお金を遺《のこ》してくれたことを知っていたし、わたしは自活もしている。だったら、なぜなのだろう?

レティシア・ベインブリッジの楽しい人柄は、若かりし頃のニューポートの話になると、ひときわ活気をおびた。「当時は英国びいきの人がいっぱいいたのよ」彼女はそう言いながら、ためいきをついた。「母親たちはこぞって娘を英国貴族に嫁がせたがったの。かわいそうなコンスエロ・ヴァンダービルト——彼女のお母さんときたら、マルバラ公爵《こうしゃく》と結婚しないなら自殺するとまで言って娘を脅したんですからね。ついに彼女は母親の希望どおりに結婚し、二十年間我慢したの。そのあと離婚して、知的なフランス人のジャック・バルサンと再婚し、とうとう幸せをつかんだというわけ。

それにあのひどいスクワイア・ムーアがいたわね。彼が名もない生まれだということは誰しも知っていたけれど、彼の話だと、ブライアン・バロウの直系の子孫ということになるんだからあきれてしまうわ。でも、あの人にもなにがしかの魅力はあったわ。それに嘘の爵位もね。だからもちろん損な結婚はしなかったわ。それに、わたしは思うのよ、おちぶれた貴族がアメリカの女性相続人と結婚するのと、貧乏なメイフラワー号の末裔《まつえい》が自力で財産を築いた百万長者と結婚するのと、たいしたちがいはないんじゃないかとね。ちがう点といえば、スクワイアの神はお金であって、それを貯《た》めるためなら、彼がなにをするのもいとわなかったということね。そしてなげかわしいことに、その特徴は彼の子孫の多くに遺伝しているわ」

脚の手術から回復中のアンナ・プリチャードが冗談まじりにこんなことを言ったのは、デザートを食べているときだった。「グレタ、今朝わたしがミセス・レーンと一緒に歩いていたとき、誰を見たと思う？ エリノア・チャンドラーよ。彼女、ドクター・レーンと一緒だったわ。もちろん、わたしには気づかなかったから、わたしも声はかけなかったの。でもね、彼女、あなたの部屋にほれぼれ見入ってたわよ。メイドが掃除を終えたばかりだったせいで、ドアがあけっぱなしになっていたの」

「エリノア・チャンドラーね」レティシア・ベインブリッジが思案げに言った。「彼女はうちの娘と同級だったの。わたしのまちがいでなければ、かなり押しのつよい人よ。ここに住もうと思っているのかしら？」

「さあどうかしら」ミセス・プリチャードは言った。

「でも、彼女がきょろきょろしていた理由はそれしかないんじゃないかしら。グレタ、あなた鍵《かぎ》を取り替えたほうがいいわよ。エリノアがあなたの部屋をほしがったら、あなたを追い出すくらいなんとも思わないでしょうからね」

「やらせてみましょうよ」グレタ・シプリーは心地よさそうに笑った。

帰りぎわ、ミセス・シプリーはマギーを玄関まで送ると言い張った。

「どうか休んでいらしてください。お疲れのようですもの」

「いいのよ。明日は食事は部屋まで運ばせて、だらしなくすごすから」

「じゃ、明日お電話します。ちゃんと今おっしゃったとおりになさっているかどうか確認させてください」

マギーは老女のやわらかな、ほとんど透き通るような頬にキスして言った。「またあした」

十月三日 木曜日

32

ヌアラ・ムーアが自宅で他殺死体となって発見されてから六日がたつうちに、チェット・ブラウワー警察署長が最初にいだいた直感は、すくなくとも彼の中では確信に変わっていた。あれは泥棒がいきがかり上犯した殺人ではないと、いまやブラウワーは絶対の自信をもっていた。犯人はミセス・ムーアを知っていた者、それもおそらくは彼女が信用していた者でなければならない。しかし、何者だろう？ 動機は？ ブラウワーは自問した。

そうした疑問点はジム・ハガーティー刑事と声にだして徹底的につめていくのがブラウワーの習慣だった。木曜の朝、ブラウワーはハガーティーをオフィスへ呼び、状況を一から検討した。

「ミセス・ムーアは勝手口には鍵をかけていなかったのかもしれん。だとしたら、誰でも中へはいれたはずだ。いっぽう、顔見知りの何者かのために彼女がみずからあけたとも考えられる。いずれにしても、無理に押し入った痕跡《こんせき》はなかった」

ジム・ハガーティーは十五年間にわたってブラウワーの下で仕事をしてきた。自分の役割は反応を見るための共鳴板のようなものだと心得ていたから、自分なりの意見はあっても、すぐに口に出すような真似《まね》はしなかった。一度、偶然耳にした隣人のジム・ハガーティー評を彼は忘れなかった。「ジムは見たところはまるで食料品店の店員みたいだが、なかなかどうして考えることは警官そのものだ」

それがほめ言葉のたぐいであるのをハガーティーは知っていた。また、それが必ずしも不当な発言ではないこともわかっていた——眼鏡をかけた彼の温和な容貌《ようぼう》は、ハリウッドの配役担当責任者が思い描くスーパーコップのイメージとはほど遠かったからだ。

しかし、その警官らしからぬ雰囲気は、ときに彼の有利に働いた。穏やかな物腰はしばしばまわりの人々の気分を和らげ、人々は緊張をゆるめて臆《おく》することなくしゃべった。

「犯人はミセス・ムーアの顔見知りだったという仮説にもとづいて話をすすめよう」ブラウワーは額に思考のしわをよせて、先をつづけた。「となると、ニューポート中のほぼ全員が容疑者リストにのることになる。ミセス・ムーアは誰からも好かれていたし、地域社会に溶けこんでいた。一番最近ではレイサム・マナーとかいうあの場所で絵画教室を開いていたしな」

レイサム・マナーにしろなんにしろ、ハガーティーはボスがあのたぐいの施設を快く思っていないのを知っていた。元手が取れるほど長生きできるかどうかもわからないのに、高齢者が大金を投じて高級老人専用施設に住もうという考えが、気に入らないらしい。だがハガーティー自身はそれはひがみだと思っていた。なぜなら、ブラウワーはかれこれ二十年近く義母と同居しており、義母が娘婿《むすめむこ》の家の来客用寝室に厄介になるのではなく、贅沢《ぜいたく》な施設で晩年を送れるような金持ちであったら、もろもろのわずらわしさとは無縁でいられるはずだからだ。

「しかしミセス・ムーアを殺したのが何者であるにせよ、そいつはディナーパーティーの用意ができているのに気づいたはずなのに、家中を荒らしまわっている。その点からすると、行きずりの犯行とも考えられる」ブラウワーが思案げに言った。

「なにせテーブルがセットされて――」言いかけてハガーティーはあわてて口をつぐんだ。いらぬ口をきいてしまった。

ブラウワーのしかめ面《つら》がひどくなった。「今それを言おうとしてたとこだ。つまり犯人はいつなんどき来客があるかもしれないのに、ちっとも心配していなかったということになる。いや、ことによるとこれは、金曜の夜おれたちがミセス・ムーアの隣人宅で話をしたディナーの客たちのひとりが犯人とも考えられるな。あるいは、これはあまりありそうもないが、客のひとりではないが、客たちの到着時刻を知っていたかだ」

ブラウワーはいったん口を閉じて、またしゃべりだした。「客たち全員をよく洗ってみる頃合いだ。先入観は捨てろ。彼らについて知っていることは忘れて、ゼロからはじめるんだ」彼は椅子《いす》に背をもたせた。「どう思う、ジム？」

ハガーティーは慎重に切り出した。「署長、署長がそういうふうに考えるんじゃないかという気がしたんです。わたしが暇つぶしに人間ウォッチングをするのが好きなことはご存じでしょう。だからそっちの方向ですでにちょっと観察をしてみました。いくつか興味深いことがわかりましたよ」

ブラウワーは好奇心をそそられたように部下を見た。「つづけろ」

「ミセス・ウッズが遺言の内容が変わったことと、ミセス・ムーアの家の売却が取り消しになったことをしゃべったときの、あのいばりくさったはったり屋のマルコム・ノートンの顔、署長も見たでしょう」

「見たとも。おれなら激しい怒りとショックと失望の表情と表現するね」

「ノートンの弁護士業がすっかり先細りなのは今や周知の事実です。犬に嚙《か》まれたとか、ピックアップ・トラックや中古車を奪いあうようなケチな離婚問題の依頼がせいぜいなんですよ。だから彼がミセス・ムーアの家を買い取るのに必要な大金をどこから調達したのかと不思議に思ったんです。ノートンは秘書のバーバラ・ホフマンて女と浮気をしているらしいって噂《うわさ》もありましてね」

「ほほう。で、金はどこで調達したんだ？」ブラウワーは聞いた。

「ノートン自身の自宅を抵当に入れることによってです。自宅はたぶんやっこさんの最大の資産でしょう。唯一《ゆいいつ》の資産ですよ。かみさんを丸め込んで共同署名させてます」

「女房のほうは亭主に愛人がいるのを知ってるのか？」

「わたしの思うところでは、あの女はなにひとつ見逃しませんよ」

「それじゃなんで女房はたったひとつの共有資産を危険にさらすような真似をしたんだ？」

「わたしもそこが知りたいんです。それでホプキンズ不動産の人間と話をして、意見を聞いてみたんですよ。ノートンがムーアの家に二十万ドル払うつもりだと知って、不動産屋は仰天してました。彼らによれば、あの家は全面的な大改装が必要なんです」

「ノートンの愛人が金持ちなのか？」

「いえ。わたしにつきとめられたのは、バーバラ・ホフマンは善良な未亡人で、女手ひとつで子供たちを育てて大学まで出してやったということと、つましい銀行預金をもっているということだけです」ハガーティーは次の質問をされないうちに、言葉をついだ。「わたしの女房のいとこがその銀行の出納係でしてね。ホフマンは一ヶ月に二度、預金口座に五十ドル振り込んでいるだけです」

「それじゃノートンはなんであの家がほしいんだ？　敷地内に石油でも埋蔵されてるの

か？」

「そうだとしても、ノートンはそれには指一本ふれられませんよ。海側のあのあたりは、湿地帯に認定されています。ミセス・ムーアの敷地内で家を建てられる面積はごくかぎられているんです。したがって、家はあれ以上大きくできないし、最上階へのぼらないかぎり、海も見えません」

「ノートンと話をしたほうがよさそうだな」

「かみさんとも話したほうがいいですよ、署長。わたしがつかんだ情報からすると、あれは相当抜け目のない女です。甘い汁がたっぷり吸える理由でもないかぎり、自宅が抵当に入れられるのをあの女が黙って見ているわけがありません」

「よし。捜査開始には願ってもない相手だ」ブラウワーは立ち上がった。「ところで、マギー・ハロウェイに関する素性調査をおまえが見たかどうか知らんが、彼女はシロのようだ。父親が小金を遺したらしいし、本人は写真家としてえらく成功しているようだから、金はたっぷりはいってくる。ハロウェイに金銭がらみの動機はない。さらに、ニューヨークを出発した時間については、ハロウェイが事実を述べていることも疑問の余地がない。アパートメントのドアマンが時刻を立証した」

「マギー・ハロウェイとちょっと話をしたいんですが」ハガーティーは申してでた。「ミセス・ムーアの電話料金の明細によると、彼女は殺される前の一週間に六回もマギーに電話をしています。ディナーに招待していた連中についてしゃべったかもしれないし、なんらかの手がかりになることが出てくるかもしれません」

ハガーティーはいったん口をつぐんでからまた言った。「それにしても署長、ヌアラ・ムーアを殺した犯人はなにを求めてあの家を荒らしまわったんでしょうかね。そいつが気になってしょうがないんですよ。それこそこの犯罪を解く鍵です、まちがいありません」

33

マギーは早起きしたが、十一時になるまで待ってグレタ・シプリーに電話をかけた。ゆうべ会ったときのグレタの衰弱ぶりが心配でたまらず、一晩ぐっすり眠れたようにと祈っていた。電話には応答がなかった。たぶん気分がよくなって、一階におりていったんだわ、とマギーは自分に言い聞かせた。

十五分後、電話が鳴った。ドクター・レーンからだった。

「マギー、悲しい知らせがあるんだ」ドクターは言った。「今朝は起こさないでほしいとミセス・シプリーに頼まれていたんだが、一時間前にマーキー看護婦がとりあえず様子をみるべきだと判断してね。ミセス・シプリーは就寝中に亡《な》くなっていた」

電話のあと、マギーは長いあいだすわりこんでいた。悲嘆のあまり感情が麻痺《まひ》していたが、気分がすぐれない原因をつきとめるために医師の——外部の医師の——意見をあおぐようにと、ミセス・シプリーを説得しなかった自分自身に怒りを感じてもいた。ドクター・レーンの話では、状況から見て心臓麻痺にちがいないとのことだった。ゆうべはずっと気分がよくなかったにちがいない。

最初がヌアラ。今度はグレタ・シプリー。親友同士だったふたりの女性が、一週間のうちにそろって帰らぬ人になってしまった。ヌアラがふたたび自分の人生を彩《いろど》ってくれることをあんなにも喜び、あんなにもはしゃいでいたグレタ。そのグレタがこんなふうに突然いってしまうなんて……。

ヌアラがはじめて容器入りの粘土をくれたときのことを思った。マギーはほんの六つだったが、ヌアラはマギーに芸術的才能があるとしたら、それは画家としての才能ではないことを見抜いていた。「あなたはレンブラントじゃないわね」ヌアラは笑いながらそう言ったものだ。「でも、あのへんてこな紙粘土で遊んでいるあなたを見ただけで、ピンときたのよ……」

ヌアラはマギーがかわいがっているミニチュア・プードルのポーギーの写真を彼女の

前にたてかけて、指示した。「彼をつくってごらんなさい」それがはじまりだった。以来、マギーは彫刻との蜜月《みつげつ》を楽しんできた。彫刻は芸術的意欲を高めてくれただけでなく充実感も与えてくれたが、その反面、マギーは自分にとっての彫刻はあくまで趣味にすぎないことを早々と悟っていた。さいわい、写真にも関心があり、そちらのほうでは本物の才能に恵まれていることがわかって、写真家としてキャリアを積んできたが、彫刻への情熱は衰えたことがなかった。

ヌアラのくれたあの粘土にはじめて両手を置いたときの胸の高まりは今でも忘れない。涙こそこぼさなかったが、泣きたいような気持ちでマギーは三階まで階段をのぼった。幼かったわたしは不器用で、思いどおりに粘土をあつかえなかったけれども、粘土をさわると脳から指先へとなにかがつたわっていくことだけはよくわかった。

グレタ・シプリーの死を聞いた今、マギーはそれが現実とはいまだに思えないまま、粘土のかたまりに両手をつっこみたい衝動を感じていた。それはセラピーのようなものだった。考える機会を与えてくれ、次になにをすればよいのか教えてくれるものでもあった。

ヌアラの胸像に取りかかったものの、今、マギーの頭を占めているのはグレタ・シプリーの顔だった。

考えてみれば、ゆうべのグレタはひどく顔色が悪かった。立ちあがるときには、椅子に手をついて身体《からだ》を支えていたし、グランド・サロンからディナーが用意された食堂まで歩いていくときは、わたしの腕にすがっていた。めっきり衰えた様子で、あしたは一日ベッドにいるつもりだと言っていた。認めようとはしなかったが、やはり気分がすぐれなかったのだ。それに、ふたりで墓地へ出かけた日、グレタは死を待たされすぎているような、エネルギーを使い尽くしてしまったような気がすると話していた。ダッドのときと同じだわ、とマギーはふりかえって考えた。父の友人たちから聞いた話によると、父は疲労を訴えて、予定していた友人たちとのディナーを欠席し、早々とベッドにひきあげていた。そして二度と目をさまさなかった。心臓麻痺だった。ドクター・レーンのグレタにたいする診断とまったく同じだった。

むなしい、とマギーは思った。言いようのないむなしさがこみあげてきた。今はなにをしても無駄だ。なんのインスピレーションも湧《わ》かない。粘土ですらも役に立ってはくれなかった。

なんてことだろう。またお葬式とは。グレタ・シプリーには子供がいなかったから、参列するのはほとんど友人になるだろう。

葬式。その言葉がマギーの記憶をゆさぶった。墓地で撮った写真を思い出した。今ごろは現像されて焼き付けも完了しているにちがいない。取りにいって調べなくては。でも、なにを調べるの？　マギーは首をふった。まだ答えはつかんでいないが、写真の中に答えがあることを彼女は信じて疑わなかった。

フィルムをあずけたのはテムズ・ストリートのドラッグストアだった。駐車したあと、ついきのうドラッグストアのすこし先のブティックで、ゆうべのグレタとのディナーのために服を買ったことを思い返した。一週間たらず前には、胸をおどらせてニューポートのヌアラの家までドライヴしてきた。それなのに、どちらの女性ももうこの世にはいない。ふたりの死にはなにかつながりがあるのだろうか？ マギーは自問した。

ドラッグストアの奥の写真カウンターで、プリントの詰まったふくらんだ袋が待っていた。

店員が勘定書を見て目をあげた。「全部の引き伸ばしを頼んだんですか、ミズ・ハロウェイ？」

「ええ、そうよ」

マギーはその場で袋をあけたい衝動をおさえた。家に戻ったら、まっすぐ三階のスタジオへ行って、注意深くプリントを調べよう。

ところが家に着くと、ＢＭＷの最新モデルが車回しからバックで出てくるところだった。ドライヴァーは三十歳ぐらいの男で、あわててマギーの車が通れるようにわきによった。男はそのあと通りに駐車して、マギーが車のドアをあけたときには車回しを歩いて近づいてきていた。

なんの用かしら？　マギーは不審に思った。服装はきちんとしているし、裕福そうな雰囲気をただよわせている。そのせいか、危険を感じることはなかったものの、男の積極的な様子がわずらわしかった。

「ミス・ハロウェイ」男は言った。「いきなり申しわけありません。わたしはダグラス・ハンセンです。電話をさしあげるつもりだったんですが、あなたの電話番号は登録されていないんですね。それで、きょうはニューポートで約束があったものですから、通りがかりに立ち寄ってメモを残していこうと思ったんですよ。ドアにはさんであります」

ハンセンはポケットに手をいれて、マギーに名刺をわたした。ダグラス・ハンセン、投資アドヴァイザー。住所はプロヴィデンスになっていた。

「ミセス・ムーアが亡くなられたことはクライアントのひとりから聞きました。よく存じあげていたわけじゃありませんが、何度かお目にかかったことがあるんですよ。心からお悔やみ申しあげます。ついでですが、この家を売るおつもりがあるのかどうかお聞きしたかったんです」

「それはどうも、ミスター・ハンセン、でも、まだなにも決めておりませんの」マギーは静かに言った。

「わたしが直接お目にかかってお話ししたいと思った理由はですね、もし売ることをお決めになったなら、不動産屋に仲介を依頼するのをちょっと待っていただきたいからなんですよ。じつはわたしのクライアントが、このお宅の購入に関心をもっているんです。娘さんがちかぢか離婚する予定で、その決意をご主人につたえ次第、すぐこちらへ引っ越すつもりなので、家を捜しているんですよ。このお宅は相当手直しが必要ですが、わたしのクライアントである女性にはそれだけの金銭的余裕がたっぷりあるんです。その方の名前を申しあげたら、あなたもきっとご存じだと思いますよ」

「それはどうかしら。ニューポートの方はあまりよく知りませんから」

「それじゃ、よく知られているお名前だと言っておきましょう。わたしを仲介役にと望まれたのもそのせいなんですよ。人に知られないことがきわめて重要なんです」

「この家を売る権利がわたしにあるとどうしてご存じなの？」マギーはたずねた。

ハンセンはにっこりした。「ミス・ハロウェイ、ニューポートは小さな町なんです。ミセス・ムーアにはお友達が大勢いらっしゃった。その何人かはわたしのクライアントでもあるんですよ」

わたしが話しあいに応じるのを期待しているんだわ、とマギーは思った。でもわたしにはそんなつもりはない。代わってマギーはあたりさわりのない口調で言った。「申しましたように、まだなにも決めていないんです。でも、わざわざどうも。名刺はちょうだいしておきますわ」くるりと背をむけると、家のほうへ歩きだした。

「わたしのクライアントが二十五万ドルお支払いする用意があることをつけくわえさせてください。ミセス・ムーアが考えておられた額より、ずっと高いはずですよ」

「ずいぶんいろいろご存じのようですね、ミスター・ハンセン。ニューポートはよっぽど小さな町なんでしょう。お心づかい感謝しますわ。売ると決めたらご連絡します」あらためてマギーは背中をむけた。

「もうひとつだけ、ミス・ハロウェイ。このオファーについては他言無用に願いますよ。さもないと、わたしのクライアントの正体をめぐって揣摩憶測《しまおくそく》がとびかって、彼女の娘さんが大いに迷惑することになりますから」

「ご心配にはおよびません。内輪の問題を他人と話しあう習慣はありません。失礼します、ミスター・ハンセン」さっさと歩きだした。だがどうやら相手はなおも追いすがるつもりらしかった。「そりゃまた大変な量の写真ですね」仕方なくふりかえったマギーの小脇《こわき》にかかえこまれている袋をハンセンはそれとなく示して言った。「あなたは商業写真家でいらっしゃるそうですね。そういう方にとって、このあたりはさだめし夢の国でしょうな」

今度という今度は返事もせずに、そっけなくうなずくと、すたすたとポーチを横切り玄関にたどりついた。

ハンセンが言っていたメモがドアノブの横に押し込んであった。マギーはそれを抜き取って、読まずに鍵《かぎ》を鍵穴にさしこんだ。居間の窓から外に目をやると、ダグラス・ハンセンが車で走りさるのが見えた。急にひどくばかばかしくなってきた。

わたしったら、自分の影にもおびえはじめているんじゃないのかしら？　あわててここに逃げ込んだりして、あの男はわたしを内心ばかにしたにちがいない。でも、彼のオファーは無視できない。もしも売ろうと決めたらの話だけれど、あの金額はマルコム・ノートンがヌアラに申し出た額より五万ドルも多い。ミセス・ウッズがわたしたちに遺書の話をしたとき、ノートンがあんなに狼狽《ろうばい》していたのも無理はないわ――彼は相場より安く買いたたくつもりだったのだ。

マギーはまっすぐ三階のスタジオに行って、プリントの詰まった袋をあけた。ヌアラの墓と、グレタ・シプリーがそこに供えたすでにしおれはじめた花束の写真がまっさきに目に飛びこんできて、マギーの心をさらにかき乱した。

34

両親の家の車回しに車を乗り入れながら、ニール・スティーヴンスは両側にならぶ木々の葉が金色や琥珀色《こはくいろ》、バーガンディー色、深紅など秋の色に染まっているのに見入った。

停車位置まで進んで、今度は家のまわりに咲き乱れる秋の草花にも感嘆した。父親の新しい趣味は庭いじりで、四季ごとに新しい花々が庭を彩っていた。

車をおりもしないうちに、母親が家の横手のドアをぱっとあけて駆けだしてきた。ニールは外に出たとたん、母親に抱きしめられた。母親はそのあと腕を伸ばしてニールの髪をなでつけた。それは彼が子供の頃から慣れ親しんでいる親愛のジェスチャーだった。

「ああ、ニール、ほんとうによくきたわね！」母親は叫んだ。

父親がそのうしろから姿を見せた。息子に会えてうれしそうに微笑しているが、父親の挨拶《あいさつ》はもっと控えめだった。「おそいぞ、おい。あと三十分でティーオフの時間だ。お母さんがサンドイッチを用意している」

「しまった、クラブを忘れた」そう言ったとたん、父親が愕然《がくぜん》とするのを見て、ニールはふざけたのを後悔した。「ごめん、父さん、冗談だよ」

「おまけにつまらん。ハリー・スコットにわざわざ時間を交換してもらったんだぞ。十八ホールまわるつもりなら、二時にはゴルフ場に着いていないと無理だからな。夕食はクラブで取ろう」彼はニールの肩をぎゅっとつかんだ。「よくきてくれた」

ゴルフコースの後半の九ホールをはじめる頃になってやっと、ニールの父親は電話口でもらした話題をもちだしてきた。「わたしが税務処理を引き受けている老婦人のひとりが、今にも神経衰弱になりそうなんだよ。プロヴィデンスの若い男の口車に乗せられて、信用のおけない株に投資したせいで、老後のために蓄えておいた金を失ってしまったんだ。おまえにも話したことのある例の豪華な高齢者施設にはいる予定が狂ってしまったというわけだよ」

ニールは父親のショットをじっと見てから、キャディーがもっているゴルフバッグからクラブを選んだ。慎重にボールを置いて大きくスウィングし、ボールが宙高く飛んで池をこえ、十番ホールのグリーンに着地すると、満足げにうなずいた。

「前より腕をあげたな」父親がほめた。「だがアイアンを使ったわたしのほうが距離は伸ばしたぞ」

ふたりはしゃべりながら次のホールへ歩いた。「父さん、その女性に関する今の話だけど、近頃はその手の話ばかり耳にはいってくるんだ」ニールは言った。「つい先日も、ぼくが十年来投資のアドヴァイスをしているある夫婦が興奮しきってやってきて、これまでお目にかかったことがないほどばかばかしくて、話にならないような計画のひとつに退職金の大半をつぎこみたいと言いだしたんだ。さいわい、思いとどまらせることができたけどね。どうやら、その女性は誰にも事前に相談しなかったみたいだな、ちがう？」

「わたしに相談しなかったのはたしかだ」

「で、その株は証券取引所経由なの、それとも店頭株？」

「上場株だったんだ」

「すると、短期間に高騰《こうとう》したあと、石ころよろしく急降下したわけだ。現在は紙屑《かみくず》同然」

「そんなところだな」

「〝カモは一分ごとに生まれる〟って表現を聞いたことがあるでしょう？　市場ではなぜかそれが三十秒ごとになるんだ。言い換えると、うまい話を聞かされると、日頃は聡《そう》明《めい》しごくな人々がころっとだまされるんだよ」

「この場合はなんらかのとてつもない圧力がくわえられたような気がしてならん。ともかく、彼女と話をしてくれるとありがたい。名前はローラ・アーリントンだ。一緒に彼女の各種有価証券のポートフォリオを調べれば、残った財産を増やす手だてを見つけられるかもしれん。おまえの話をしたら、ぜひ相談したいと言っていた」

「いいとも、父さん。手遅れじゃないといいけどね」

六時半、ディナーのために着替えた彼らは裏のポーチにすわってカクテルをすすりながら、ナラガンセット湾を眺めていた。

「すてきだよ、ママ」ニールは愛情をこめて言った。

「母さんは昔から美人だったんだ。そして四十三年にわたってわたしから受けた愛情豊かな心遣いによって、ますます美しさに磨きがかかったというわけだ」父親が言った。妻と息子のきょとんとした顔に笑いが広がるのを見て、彼は言葉をついだ。「ふたりともなにをにやにやしているんだ？」

「わたしがあなたにかいがいしく仕えたこともお忘れにならないようにね」ドロレス・スティーヴンスはすまして答えた。

「ニール、八月にここへ連れてきたあの女性とまだ会っているのか？」父親はたずねた。

「誰だったっけ？」ニールはつかのま考えこんだ。「そうそう、ジーナだ。いや、じつはもう会っていないんだ」マギーのことをたずねるのにいいチャンスのように思えた。「ときどきデートしている女性がニューポートに住むお継母《かあ》さんをたずねて二週間こっちへきているんだよ。マギー・ハロウェイというんだ。ところがあいにく、彼女がニューヨークを発《た》つ前にそのお継母さんの家の電話番号を聞きそびれちゃってね」

「そのお継母さまの名前はなんておっしゃるの？」母親が聞いた。

「ラストネームは知らないんだが、ファーストネームが変わっているんだ。フィヌアラ。ケルト語らしいよ」

「なんだか聞きおぼえがあるわ」ドロレス・スティーヴンスは記憶をたどりながらゆっ

くり言った。「そうお思いにならない、ロバート？」

「いや、知らんな、はじめて聞く名だ」

「へんね。つい最近その名前を耳にしたような気がするのよ」ドロレスは考えこんだ。

「まあいいわ、そのうち思い出すでしょう」

電話が鳴った。ドロレスが立ち上がった。

「長電話はいかんぞ」ロバート・スティーヴンスが妻に釘《くぎ》をさした。「あと十分したら出かけなけりゃならないんだ」

だが電話はロバートにだった。「ローラ・アーリントンからよ」ドロレスはコードレス電話を夫にわたしながら言った。「ひどく動揺しているみたいなの」

ロバート・スティーヴンスはしばらく相手の話に耳を傾けてから、なだめるような声で話しかけた。「ローラ、そんなに心配ばかりしていては今に病気になってしまうよ。じつは息子のニールがこっちへきているんだ。あなたの話をしたら、明日の午前中に一緒にすべてを検討してくれるそうだ。さあ、落ち着くんだ、いいね」

35

週末をひかえたアール・ベイトマンの最後の授業は、午後一時に終わっていた。そのあと彼はキャンパスにあるアパートメントに数時間こもって、論文の採点をした。そろそろニューポートへ出かけようというとき、電話が鳴った。

いとこのリーアムがボストンからかけてきたのだった。意外だった。いとこ同士とはいえ、彼とはほとんど共通点がない。なんの用だろう？　アールは首をかしげた。

リーアムのあたりさわりのない会話にアールは一本調子で応じた。ケーブルテレビのシリーズのことが舌の先まで出かかったが、話したところでどうせまた一族のジョークの種にされてしまうのがオチだと思って、やめておいた。それよりも一杯一緒にやらないかとリーアムを招待して、ごく最近講演の謝礼にもらった三千ドルの小切手を、リーアムが絶対に見落とすはずのない引き出しつきの大机の上に置いておくのはどうだろう。うん、悪くない。

ところがリーアムの話が要点に近づくにつれ、アールは次第に腹がたってきた。週末ニューポートへ行くつもりなら、マギー・ハロウェイの家には立ち寄るなというのである。先日の訪問がマギーを動揺させてしまったのだという。

「なんでだ？」アールはいらだちをつのらせながら、吐き出すように聞いた。

「なあ、アール、きみは人の心が分析できるはずだろう。ぼくはマギーと知り合って一年になるが、彼女はすばらしい女性だよ——実際、ぼくにとってどれだけ特別な女性であるか、早く彼女に気づいてほしいと思っているんだ。しかし請け合ってもいいが、マギーは男の肩で泣くタイプじゃない。自制心があるんだ。不幸だからといって、みずから命を絶つようなきみ好みの古くさくて愚かな女じゃないんだ」

「ぼくの講義のテーマは部族の風習だ、古くさくて愚かな女じゃない」アールは声をこわばらせた。「それに彼女の家に立ち寄ったのは、彼女がヌアラみたいにうっかりドアの鍵をあけたままにしているんじゃないかと、本気で心配したからだ」

リーアムの口調が一変してなだめる調子になった。「アール、ぼくの言い方がまずかったよ。要するにぼくが言おうとしているのは、マギーはあの気の毒なヌアラとはちがって、ごく現実的なタイプだということさ。注意なんて余計なお世話なんだ、それが脅威を与えるようなものならなおさらだ。なあ、それよりこの週末に一杯やろうじゃないか」

「いいよ」リーアムの鼻先に小切手をつきつけてやる。「明日の六時頃うちにきてくれ」

「明日は都合が悪いな。マギーと夕食の約束がある。土曜日はどうだい？」

「オーケイ。じゃあな」

すると結局リーアムのやつはマギー・ハロウェイに関心があるってわけか、アールは受話器を置きながら考えた。《フォーシーズンズ》でのパーティーでマギーをひとりぼっちにしたあの態度からは、とうてい予想できないことだった。しかしあれがリーアムなのだ。だが、ひとつだけ確かなことがある。もし、この自分が一年間マギーとつきあっていたとしたら、もっと彼女に気を配っていたことだろう。

ふたたびアールは妙な気持ちにとらわれた。先週ヌアラを見たときに感じたのと同じ気持ち、マギー・ハロウェイに危険が迫っているような、なにかよからぬことが起きそうな気持ちがした。

アールが生まれてはじめてそういう一種の予知能力を意識したのは、十六のときだった。当時彼は入院中で、盲腸の手術後の回復期にあった。ある日の午後、親友のテッドがセーリングに行く途中、見舞いにきた。

なぜかわからぬままアールはテッドがヨットに乗るのを引き留めたいと思ったが、ばかげているような気がして結局なにも言わなかった。午後中、斧《おの》が落ちるのを待っているような気分でいたことは今も忘れられない。

二日後、テッドのヨットが漂流しているのが発見された。原因をめぐる仮説はいくらでもあったが、真相はわからずじまいだった。

もちろんアールは事故についても、自分が親友に警告をしなかったことについても、口をつぐんでいた。他にも不吉な予感をおぼえたことはいくらでもあったが、今ではそういうことは考えないようにしている。

五分後、アールはニューポートへの三十六マイルのドライヴに出発した。四時半に町の小さな店に寄って食料品を買い、そこでグレタ・シプリー死亡のニュースを聞いた。「レイサム・マナーに移る前は、よくここで買い物をしていたんだよ」老店主のアーネスト・ウィンターは無念そうに言った。「すばらしいご婦人だった」

「ぼくの両親はグレタの友人だったんですよ」アールは言った。「具合でも悪かったんですか？」

「なんでもこの二週間ばかりは、体調がよくなかったらしいね。仲のよかった友達ふたりを最近あいついでなくしたんだ。ひとりはレイサム・マナーの住人で、次が殺されたミセス・ムーアだよ。それがこたえたんだろう。ままあることだよ。自分でも妙なことをおぼえているもんだと思うが、数年前に、ミセス・シプリーは〝死は三度やってくる〟って言い回しがあるのよと話してくれたことがあってね。まるでそれが当たったみたいじゃないか。なんだかぞっとするよ」

アールは買い物の詰まった袋をもちあげ、これも講義で使えそうな話だと考えた。この表現にもやっぱり心理学的な根拠があるのだろうか？　グレタ・シプリーは親しい友人をあいついで失った。彼女の心の奥のなにかがその友人たちに呼びかけたのだろうか？――待って！　わたしもすぐ行くわ、とかなんとか。

今日だけでふたつも新しい講義用の話題ができた。アールはさっき新聞で、イギリスに新手のスーパーマーケットが開店するという記事を読んだばかりだった。なんでもそのスーパーでは葬儀に必要な衣装や装具——棺《ひつぎ》、その裏張り、死衣、花、参列者名簿、必要ならお墓まで——を一切合財遺族が選ぶことができるため、仲介者や葬儀屋に頼まずにすむというのである。

実家が葬儀ビジネスから手をひいたのは賢明だったな、と思いつつ、アールはミスター・ウィンターにさよならを言った。しかしミセス・ラインランダーの葬儀とヌアラの葬儀はどちらもベイトマン葬儀社の新しい経営者が引き受けていたし、グレタ・シプリーの葬儀も同じと見てまずまちがいないだろう。グレタ・シプリーの夫の最期《さいご》の世話をあれこれ焼いたのはアールの父親だったから、ベイトマン葬儀社がその妻であるミセス・シプリーの葬儀をとりおこなうのは当然だった。

商売繁盛《はんじょう》だな、アールは悲しげにそう思った。

36

支配人のジョンのあとからヨットクラブの食堂にはいっていきながら、ロバート・スティーヴンスは立ちどまって妻をふりかえった。「ごらん、ドロレス、コーラ・ゲイバールがいる。彼女のテーブルに寄って、挨拶《あいさつ》してこようじゃないか。この前話をしたときは、少々コーラにそっけなくしてしまったんだ。例のくだらんベンチャー計画のひとつのために債券を現金化するなんて言うものだから、すっかり頭に血がのぼってしまってね、どういう事情なのかたずねようともせずに、そんなことはやめたほうがいいとしか言わなかったんだよ」

　あいかわらず如才ないな、ニールは内心そう思いながら、おとなしく両親のうしろからレストランを横切りはじめたが、父親が支配人のジョンに一言声をかけなかったことにも気がついた。おかげで支配人はスティーヴンス一家が途中から消えてしまったのにも気づかずに、窓際《まどぎわ》のテーブルへいそいそと向かっていた。

「コーラ、あなたに謝らないとならんな」ロバート・スティーヴンスは屈託のない口調で話しかけた。「だがその前に、息子のニールを紹介させてくれ」

「こんにちは、ロバート。ドロレス、ご機嫌いかが?」コーラ・ゲイバールは生き生きした温かな目で興味深そうにニールを見あげた。「お父様はいつもあなたの自慢話をなさっているのよ。カーソン&パーカーのニューヨーク・オフィスの取締役なんですってね。お目にかかれてうれしいわ」

「そうなんです、はじめまして。父がぼくを自慢してくれているとはうれしいですね。生まれてこのかた父には批判されっぱなしなんですよ」

「わかるわ。わたしもロバートにはいつも叱《しか》られっぱなし。ロバート、謝ってくださる必要はないわ。わたしはあなたに意見を求め、あなたはそれを与えただけですもの」

「それならよかった。自分のクライアントがまたひとり、リスクの高い投資をして無一文になったなんて聞きたくはないからね」

「この件なら心配ご無用よ」コーラ・ゲイバールは答えた。

「ロバート、かわいそうなジョンがわたしたちのテーブルでメニューを片手に待っているわ」ニールの母親がせきたてた。

店内を縫うように進みながら、ミセス・ゲイバールが心配にはおよばないと言ったときの口調に父は気づかなかったのだろうか、とニールは首をかしげた。彼女が父親の忠告を聞かなかったのはあきらかだとニールは思った。

食事をすませてコーヒーでくつろいでいるところへ、スコット夫妻が挨拶にやってきた。

「ニール、ハリーに一言お礼を言うべきだぞ」ロバート・スティーヴンスは息子を紹介がてら言った。「ハリーはきょう、われわれとティーオフの時間を交換してくれたんだ」

「なんでもないさ」ハリー・スコットは答えた。「家内のリンが昼間はボストンにいたんでね、どっちみちディナーはおそくするつもりだったんだ」

ずんぐりして陽気な顔つきのハリーの妻が口をはさんだ。「ドロレス、環境保護協会のためにここで開かれた昼食会で、グレタ・シプリーに会ったことをおぼえていて？　たしか三年前のことだったと思うわ。わたしたちと同じテーブルだったのよ」

「ええ、とても感じのいい方だったわね。どうして？」

「昨夜亡《な》くなったのよ。眠っているあいだのことだったらしいの」

「お気の毒に」

「わたし、悔やんでも悔やみきれないわ」リン・スコットは痛恨の表情で先をつづけた。「彼女が最近たてつづけに仲のよい友達をふたりも亡くしたと聞いて、電話をかけるつもりでいたのに、まだかけていなかったの。その友達のひとりは、先週の金曜日に自宅で殺された女性なのよ。あの事件のことはきっとあなたも新聞で読んだでしょう。ニューヨークからきた継娘が死体を発見したのよ」

「ニューヨークからきた継娘だって！」ニールは思わず大声を出した。

母親が興奮ぎみにニールをさえぎった。「それであの名前におぼえがあったんだわ。新聞に出ていたのよ。フィヌアラって。ニール、殺されたのはその女性だったんだわ」

自宅に帰ると、ロバート・スティーヴンスはニールをガレージへ連れていった。きちんと束ねられた新聞がリサイクル用に置いてあった。「あれは二十八日付けの土曜日の新聞に出ていた。まちがいなくあの山の中にある」

「わたしがすぐにあの名前を思い出せなかったのは、記事にはヌアラ・ムーアと出ていたせいだったんだわ」母親が口をそえた。「完全なファーストネームは記事の終わりのほうに出ていたのよ」

二分後、ニールはこみあげる失望とともにヌアラ・ムーア死亡の記事を読んでいた。目を通しながら、彼の脳裏には、継母とふたたびめぐりあえたことや、継母を訪ねる計画をたてたことを話してくれたときの、マギーのしあわせそうな顔がひっきりなしに浮かんできた。

「ヌアラは最高にしあわせな五年間の子供時代をわたしに与えてくれた人なの」マギーはそう言っていた。ああ、マギー、かわいそうに。ニールは考えた。今、彼女はどこにいるのだろう？　もうニューヨークへ帰ってしまったのだろうか？　彼はすぐにマンハッタンのアパートメントに電話をしてみたが、留守番電話のメッセージは変わっていなかった——十三日まで留守にします。

新聞にはヌアラ・ムーアの自宅の住所が出ていたが、番号案内に電話をすると、その電話はリストに載っていないとの返事だった。

「ちくしょう！」ニールは受話器を力まかせに置きながら、悪態をついた。

「ニール」母親が静かに言った。「もう十一時十五分前よ。その若い女性がその家にしろどこか他の場所にしろ、まだニューポートにいるとしても、彼女を捜すのにふさわしい時間じゃないわ。朝になったら、その家まで行ってごらんなさい。彼女がそこにいなかったら、警察をあたってみたらいいのよ。犯罪捜査がおこなわれているんだし、死体の発見者はその女性なんだから、警察がかならず居場所を知っているはずだわ」

「母さんの言うことを聞いたほうがいい」父親が息子をたしなめた。「さあ、おまえも疲れただろう。そろそろ休んだほうがいいぞ」

「そうだね、忠告ありがとう」ニールは母親にキスし、父親の腕に軽くふれて、寝室に通じる廊下をしょんぼりと歩いていった。

ドロレス・スティーヴンスは息子が話の聞こえないところまで行ってしまうまで待ってから、そっと夫に言った。「ニールはやっと心から気にかかる女性にめぐりあえたようだわね」

37

あれほど気になってしかたがなかったというのに、引き伸ばした写真の一枚一枚をいくら丹念に調べても、マギーはなにひとつ発見できなかった。

写真はどれもみな同じに見え、同じものを映しだしているように見えた。初秋のせいでまだヴェルヴェットのような緑を保っている芝。例外はヌアラの墓のまわりだけで、そこの芝には芝土が点々と落ちている。

芝土。なぜかその言葉がマギーの注意を喚起した。ミセス・ラインランダーの墓も新しい芝土でおおわれているにちがいない。彼女が亡くなったのはわずか二週間前なのだから。

マギーは拡大鏡を手にコンスタンス・ラインランダーの墓のすべての写真をあらためて隅々まで調べた。だが目にとまったのは、墓石の基礎部分にぽつんと見える小さな穴だけだった。穴というより、小石かなにかをどけたあとのくぼみのようだ。どけたのがどこの誰だったにせよ、土をたいらにならす手間をかけなかったらしい。

マギーはもう一度ヌアラの墓石の一番よく撮れているクローズアップを見た。芝土は墓石の基礎部分まできれいにならされている。だが別の写真を見ると、グレタ・シプリーが二日前に供えた花束のすぐうしろに、まちがいなくなにかが——小石だろうか？——写っている。それがなんだかわからないが、埋葬後の土のふるいかたが杜撰《ずさん》だったせいで、小石かなにかがまじっているだけなのだろうか？　それとも、管理上の目印かなにかだろうか？　なんだか光っているように見える……。

他の四つの墓の写真を調べたが、目を引くようなものはまったく見あたらなかった。ついに根負けして、マギーは写真の束をトレッスルテーブルの片隅に置き、彫刻の枠組みと粘土の容器のほうへ手を伸ばした。

家の中で見つけたヌアラの近影を手本に彫刻を開始した。それからの数時間、ナイフを手に没頭するうちに、大きな丸い目と長くて濃いまつげをもったヌアラの小さな美しい顔がすこしずつできてきた。目や口や首のまわりに皺《しわ》をいれ、肩を前すぼみにさせて、巧みに年齢をとりいれていく。

完成したら、自分が心から愛したヌアラの顔の特徴——他人の目にはただの愛くるしい顔としか見えないが、実は不屈の魂と陽気な精神が隠れている——がうまくつかめているはずだった。

オディール・レーンのような愛くるしい顔、そう思った瞬間、わずか二十四時間足らず前、そのオディールがグレタ・シプリーにむかって指をふりうごかしたことを思い出してたじろいだ。「きかんきさん」彼女はそう言ったのだった。

後かたづけに取りかかり、ゆうべ一緒にテーブルを囲んだ人々のことを考えた。彼らはどんなにか気落ちしているだろう。みんなあんなにもグレタとのディナーを楽しんでいたのに、彼女はもうこの世にいない。あまりにも急な最期だった。

マギーは時計を見て、下におりた。九時だった。ミセス・ベインブリッジに電話をするには遅すぎるというほどではないわ、と考えた。

レティシア・ベインブリッジは最初の呼び出し音で電話に出た。「まあ、マギー、わたしたちみんなうちひしがれているのよ。この二、三週間、グレタは元気がなかったけれど、それ以前はとても元気だったの。血圧が高くて心臓のお薬を飲んでいたのは知っていたけれど、それはもう何年も前からのことで、一度だって問題はなかったわ」

「ほんとうに短い間でしたけれど、わたしもグレタが大好きでした」マギーは心から言った。「みなさんがどんなお気持ちでいらっしゃるかよくわかりますわ。どういうお葬式になるのかご存じですか？」

「ええ。ベイトマン葬儀社が取り仕切っているわ。わたしたち、みんな最後はあそこでお世話になるみたい。ミサはトリニティー監督教会で土曜の朝十一時からで、埋葬はトリニティー墓地でおこなわれる予定よ。グレタの残した指示にしたがって、遺体とのお別れはベイトマン葬儀場で九時から十時半までのあいだだけとなっているわ」

「遅れずに行きます」マギーは約束した。「グレタにはご家族はおありだったんですか？」

「いとこが数人ね。彼らがくるんじゃないかしら。有価証券と遺品をいとこたちに遺《のこ》したのはたしかだから、葬儀に参列するぐらいの敬意は表すべきでしょう」レティシア・ベインブリッジはいったん口をつぐんでから、こうつけくわえた。「マギー、頭にこびりついて離れないことがあるんだけれど、なんだかわかる？　ゆうべ、わたしったらグレタにむかって、もしエリノア・チャンドラーがグレタの部屋を見ていたとしたら、鍵《かぎ》をつけかえたほうがいいなんて言ってしまったのよ。文字通り、それが彼女にたいする最後の言葉だったの」

「でも、グレタはそう聞いておもしろがっていらしたわ」マギーは反論した。「そんなことでご自分を責めたりなさらないで」

「あら、そうじゃないのよ。賭《か》けてもいいけれど、他の誰が順番待ちリストにのっていようと、これであの部屋はまちがいなくエリノア・チャンドラーのものになるわ」

おそい時間に夕食をとるのが得意になってきたわ、マギーはそう思いながらやかんを火にかけ、卵をフライパンに落とし、パンをトースターにいれた――それも、あまり食欲をそそらない夕食をね、と心の中でつけくわえた。すくなくとも明日の夜はリーアムがおいしい食事をご馳走《ちそう》してくれる。

きっと楽しいひとときがすごせるだろう。いつもびっくりするほど愉快な人だから。月曜の夜の予期せぬ訪問について、アール・ベイトマンに話をしてくれただろうか。そうであってほしいとマギーは思った。

それ以上キッチンにいたくなかったので、トレイに食事をのせて居間へ運んだ。一週間足らず前ヌアラが命を落としたのはほかならぬその居間だったが、マギーはこの部屋がヌアラにとっては心地よく幸福な場所だったことを理解しはじめていた。

暖炉の背面と側面は煤《すす》で黒ずんでいた。炉辺のふいごや火箸《ひばし》はだいぶくたびれて、頻繁に使われていたことがうかがえた。ニューイングランドの寒い夜、ここに火が燃えさかっている様子が目に見えるようだった。

書棚にあふれかえる本は、どれを取ってもおもしろそうなタイトルばかりだった。なじみぶかい本も多く、それ以外のものも、暇があれば読んでみたかった。写真のアルバムにはすでに残らず目を通していた――ティム・ムーアと並んでいるヌアラの無数のスナップは、ふたりが互いの存在を楽しんでいたなによりの証拠だった。

壁にはもっと大きな額入りのティムとヌアラの写真――友達とボートに乗っているところやピクニックをしているところ、あらたまったディナーの席でのふたりなど、休暇中の写真がたくさん掛けてある。

クッションつきの深々としたクラブチェアはたぶんティム専用の椅子《いす》だったのだ、とマギーは考えた。読書に熱中するときも、おしゃべりをするときも、テレビを見るときも、マギーの記憶にあるヌアラは、いつもカウチの背もたれとアームレストのあいだの隅で子猫のように丸くなっていた。

レイサム・マナーに引っ越すことが重荷になってきたとしても無理はない気がした。長年幸福な時をすごしてきたこの家を去るのは、ヌアラにとって身を切られる思いだったことだろう。

だが、あきらかにヌアラはレイサム・マナーに移り住むことを検討していた。ムーア一族の親睦会《しんぼくかい》のパーティーでばったり出くわして夕食をともにしたあの最初の夜、ヌアラはレジデンスのこれはと思う個室がちょうど空いたところだと言っていた。

どの部屋のことだろう？　そのことは一度も話しあわずじまいだった。

マギーはふいに両手がふるえているのに気づいた。彼女は用心深くティーカップをソーサーに戻した。まさか、グレタ・シプリーの友達のコンスタンス・ラインランダーの部屋だったのではないだろうか？

38

彼が望むのはすこしばかりの静けさだけだったが、ドクター・ウィリアム・レーンはそれが叶《かな》わぬ願いなのを知っていた。オディールが今にも回りだしそうなコマのように、満を持してタイミングをはかっていた。レーンは目をとじてベッドに横たわり、せめて妻がいまいましい明かりだけでも消してくれるようにと神に願った。しかし、明かりを消すどころかオディールは化粧テーブルの前にすわって、髪にブラシをあてながら、とめどなくしゃべりだした。

「このところすごくつらい日がつづくわ、ねえ？　グレタ・シプリーは全員に愛されていたし、彼女はここが創立されたときからのメンバーのひとりでもあったのよ。わかるでしょ、グレタ・シプリーとコニー・ラインランダーは長いこと、この施設のもっとも気だてのいいご婦人のふたりだったってこと。ミセス・ラインランダーは八十三だったけど、とてもお元気だったわ——それが、なんのまえぶれもなく、急に具合が悪くなって。ある程度の年齢になると、ああいうことって起きるものなのね。多機能不全っていうの？　肉体が機能しなくなるのね」

オディールは夫が返事をしないのにも気づかぬ様子だった。返事のあるなしなどどうでもよかったのだ。とにかくオディールは先をつづけた。「そりゃね、マーキー看護婦はミセス・シプリーが月曜の夜に起こしたあの軽い発作のことを心配してたわよ。今朝もわたしに、きのうそのことでもう一度あなたに話をしたと言ってたわ」

「あの発作の直後にわたしはミセス・シプリーを診察したんだ」ドクター・レーンは疲れた口調で言った。「警戒しなければならないような原因はなかった。マーキー看護婦があの発作をもちだしたのは、ミセス・シプリーの部屋にノックもせずにはいっていった事実を正当化するためにすぎん」

「ええ、もちろんそうよね、お医者さまはあなたですもの」

突然あることに気づいて、ドクター・レーンの目がぱっとあいた。「オディール、わたしの患者についてマーキー看護婦と話しあうのはやめてもらいたいね」鋭く言った。

その口調にも素知らぬ顔で、オディールはつづけた。「あの新しい検死医はずいぶん若いじゃない？　なんて名前だったかしら、ラーラ・ホーガンだった？　わたしドクター・ジョンソンが引退したなんて知らなかったわ」

「一日付けで引退したんだ。火曜日のことだ」

「検死医を職業にえらぶ人の気が知れないわ、とりわけ、あんな魅力的な若い女性が検死医になるなんてね。だけど、彼女は自分の仕事を心得ているようね」

「仕事の内容を知らなければ、検死医に任命されるわけがなかろう」レーンは嫌味たっぷりに答えた。「彼女が警察に同行していたのは、たまたま近くにいて、このレジデンスのレイアウトを見たかったからにすぎんさ。ミセス・シプリーの病歴について意欲満々で質問していた。さあ、オディール、これで話が終わりなら、わたしは本気で睡眠を取らなけりゃならんのだ」

「まあ、ダーリン、ごめんなさい。あなたがどれだけ疲れているか、今日がどんなに大変な日だったか、わかっていたのに」オディールはブラシを置いて、ローブを脱いだ。

妻の寝支度を見ながら、相変わらず魅力たっぷりだ、とウィリアム・レーンは思った。十八年の結婚生活で、彼はフリルのついていない寝間着を着ている妻を見たためしがなかった。ひところ、妻のそんな姿は彼を魅了した。だがもうなにも感じない――何年も前から。

オディールがベッドにはいると、やっと明かりが消えた。しかしウィリアム・レーンはもう眠くなかった。例によって、オディールが彼の神経をさかなでするようなことを言っていた。

あの若い検死医はお人好《ひとよ》しの年寄りだったドクター・ジョンソンとはちがっていた。ドクター・ジョンソンはペンをひとふりするだけで、いつもろくに見もせずに死亡証明書に承認のサインをいれていた。油断は禁物だぞ、レーンは自分をいましめた。今後はもっと慎重にやらなければならない。

十月四日　金曜日

39

金曜の朝最初に目ざめたとき、マギーが目をこじあけて時計を見ると、まだ六時だった。たっぷり眠った気分だったが、まだ起きる気にはなれなかったので、ふたたび目を閉じた。三十分ほどしてから不穏な眠りに落ち、いやな夢をつづけさまに見て、それがすっかり消えた頃に再度目がさめると、七時半になっていた。

起きあがるとなんとなく頭が重く、すっきりしないので、朝食をすませたら散歩に出ることにした。オーシャン・ドライヴをきびきび歩けば、気分もよくなるだろう。今朝はもう一度墓地まで出かけなくてはならないのだから、体調を整えておく必要がある。それにあしたはトリニティー墓地でミセス・シプリーの埋葬式がおこなわれる、と内なる声が思い出させた。このときはじめてマギーは、グレタ・シプリーが埋葬されるのが、今から出かける予定の墓地であることに気づいたが、だからといって、予定を変える気にはならなかった。なにがなんでも今日中にふたつの墓地へ行ってみなくては気がすまない。昨夜、さんざん時間をかけて写真の山を調べたあと、ヌアラの墓の写真に発見した光っているものの正体をつきとめたくて気もそぞろだった。

シャワーを浴びてジーンズとセーターに着替え、ジュースとコーヒーの手っ取り早い朝食をすませてから出発した。マギーはすぐに、散歩にきてよかったと思った。初秋の朝はすばらしかった。空にのぼった太陽は輝いていたが、海からはひんやりした風が吹いてきて、上着があるのがありがたかった。波の砕ける爽快《そうかい》な音、潮と海の生き物の独特のにおいが空中を満たしていた。

この場所に恋してしまいそうだわ、とマギーは思った。ヌアラは少女時代、ここで夏を過ごしたのだ。引っ越したあとは、どんなにかここが懐《なつ》かしかったことだろう。

一マイルほど歩いたあと、回れ右をして今きた道を引き返した。見あげると、ヌアラの家——わたしの家だわ——の三階が道路からちらりと見えた。全部が見えないのは、まわりに木が多すぎるせいだ。切り倒すか、せめて枝を払う必要がある。敷地の奥からは目を奪う海の景色がのぞめるのに、あそこに家を建てなかったのはなぜだろう。環境上の規制でもあるのかしら？

散歩を終えたあとも、その疑問が意識にひっかかっていた。よく調べてみる必要がある、と思った。ヌアラが話してくれたところでは、ティム・ムーアがこの土地を買ったのはすくなくとも五十年前だった。それ以来、建築物の規制はまったく変わっていないのだろうか？

家に戻ると、マギーはそそくさとコーヒーをもう一杯だけ飲んでから、九時にふたたび家を出た。墓地訪問を終わらせてしまいたかった。

40

九時十五分すぎ、ニール・スティーヴンスは〈ムーア〉と名前が描かれた郵便受けの前で車をとめた。外に出て歩道を歩いてポーチにつくと、呼び鈴を鳴らした。返事はなかった。覗《のぞ》き屋になったような気分で窓のところへ歩いていった。ブラインドが半分しかおりていなかったため、居間らしき部屋の中がよく見えた。

マギー・ハロウェイがここにいるという具体的な痕跡《こんせき》以外に、自分がなにを捜しているのかもわからないまま、ニールは裏へまわってキッチンのドアの小窓から中をのぞきこんだ。レンジにコーヒーポットがのっていて、流しの横にはカップとソーサー、それにジュースのグラスが伏せられていた。しかし、それらがあそこにあるのは数日前からなのか、それともほんの数分前からだろうか？

ついに彼はだめでもともとだと決心して、隣家へ行ってマギーを見かけた人がいないかどうか聞いてみることにした。最初の二軒は留守だった。三軒めの家では、六十代のなかばと思われる感じのいい夫婦が戸口にあらわれた。呼び鈴を鳴らしたわけを早口に説明しながら、ニールは幸運をひきあてたことを悟った。

アーマとジョン・ウッズと自己紹介したその夫婦は、ヌアラ・ムーアの死と葬儀のこと、マギーがヌアラの家に滞在していることを教えてくれた。「先週の土曜日、わたしたちは娘のところへ行くつもりだったんだけれど、ヌアラの葬儀が終わるまでは行かなかったんですよ」ミセス・ウッズが説明した。「だからゆうべおそく帰ってきたばかりでね。マギーがここにいるのは確かですよ。帰ってきてからまだ話はしていないけど、今朝散歩している彼女を見かけましたからね」

「それに十五分ばかり前に、マギーが車でうちの前を通るのを見たよ」ジョン・ウッズが進んでそう言った。

ウッズ夫婦は中でコーヒーでもどうかとニールを誘い、事件当夜の話をした。

「マギーはすばらしい女性だわ」アーマ・ウッズはためいきまじりに言った。「ヌアラを失ったことで、彼女がどんなに悲しい思いをしているか、わたしにはよくわかるんですよ。でもね、マギーはいつまでもふさぎこんでいるタイプじゃないわ。苦しみは心の奥にとじこめているのよ」

マギー、ニールは思った。きみのためにここにいられたら、どんなにかよかったのに。ウッズ夫婦は今朝マギーがどこへ行ったのかも、どのくらいたてば帰ってくるのかも知らなかった。

電話をくれるようメモを残していこう、とニールは決心した。ほかにできることはない。だが、そのとき彼はあることを思いついた。五分後に車を出したとき、ニールはドアにマギー宛《あ》てのメモを残していた。そしてポケットにはマギーの電話番号をしるした紙も後生大事にしまっていた。

41

ヌアラの墓の写真を撮っている理由をいぶかしそうにたずねた子供のことを思い出して、マギーは花屋の前で車をとめ、これから調べる予定の墓に供える秋の花束を買った。前回と同様、いったんセント・メアリーズ墓地の入り口をくぐると、穏やかな天使の像と塵《ちり》一つなく管理された無数の区画が平和と不滅の雰囲気をかもしだしているように思われた。マギーは左にハンドルを切って、ヌアラの墓に通じる曲がりくねった坂道を進んでいった。

車からおりたとき、近くの砂利道で草むしりをしている作業員がじっと自分を見ているのを感じた。墓地で暴力スリに襲われたという話が一瞬頭に浮かんだが、不安はすぐに消えた。そのあたりにはほかにも数人の作業員がいた。だが間近に他人がいるという事実を考えると、花をもってきてよかったとあらためて思った。これなら、墓を調べているようには見えないだろう。区画のわきにしゃがみこみ、花束を半分にわけて、墓石の前に花を一本ずつ置いた。

火曜日にグレタ・シプリーが供えてくれた花束はすでに取り除かれていた。なにかが金属のように光っていた正確な場所を確認しようと、マギーは持参したスナップをすばやく眺めた。

さがしていたものは湿った土に深く埋まっていたから、写真をもってきたのは幸運だった。写真がなければそう簡単には見つからなかっただろう。だがそれはまちがいなくそこにあった。

こっそり横目で見ると、さっきの作業員が露骨にこちらを見ているのがわかった。前かがみにひざまずき、頭をたれて十字を切ってから、彼女は組み合わせた両手を地面に落とした。祈りの姿勢を保ったまま、指先で芝土にふれ、まわりの土を掻《か》いてそれを掘り出した。

そのまましばらく様子をうかがった。もう一度あたりをちらりと見ると、作業員はこちらに背中をむけていた。一度の動作で物体をひっぱりあげ、あわせた手のひらのあいだに急いで隠した。そのとき、くぐもったベルの音が聞こえた。

ベル？　マギーは不審に思った。いったいどういうわけで、どこの誰がヌアラの墓にベルを埋めたのだろう？　作業員の耳にもベルの音は聞こえたにちがいなかった。彼女は立ちあがると、足早に車にひきかえした。

ベルは残りの花束の上にのせた。詮索《せんさく》好きな作業員の視線にそれ以上さらされたくなくて、マギーはゆっくりと次の目的地である第二の墓の方角へ車をすすめた。近くの袋小路に駐車して、あたりを見まわした。人影は見あたらなかった。

車の窓をあけ、ベルをそっとつまんで外に突きだした。こびりついている泥をはらったあと、手の中でひっくりかえし、音がしないように指先で舌をおさえて、調べた。

ベルは高さが約三インチ、意外なほど重量があり、基部を縁取る花綱模様がなければ、昔、学校で子供たちを教室へ呼び入れるときに使った鐘に似ていなくもなかった。舌もずっしり重かった。おさえている指を離せば、かなり大きな音を出すことはまちがいなかった。

車の窓をしめ、車の床のそばでベルをもってふってみた。陰鬱《いんうつ》な、それでいて澄んだ音色が車内にひびいた。

『ダニー・フィッシャーの石』だわ、とマギーは思った。それは父親の書斎にあった数ある書物のうちの一冊の題名だった。子供の頃、その題名の意味をたずねたところ、それはユダヤ教の言い伝えのひとつで、友人や親戚《しんせき》の墓を訪れる者は、みな訪問のしるしとして石をそこに置くのだ、と父親が説明してくれた。

このベルにもそれと同じような意味があるのかしら？　マギーは考えた。ベルを取ってきたのがなにかとんでもない間違いだったような気がして、彼女はベルが見えないように車のシートの下に押しこめた。それから、残りの花束からまたすこし選び、今から訪れる墓のスナップを片手にグレタ・シプリーの他の友人たちの墓へむかった。

最後に訪れたのはミセス・ラインランダーの墓だった。墓石の下に近い芝土の裂け目がもっとも鮮明に写っているのが、この墓の写真だった。残っていた花を湿った芝の上に供えながら、指先でさぐるとへこんだ箇所があった。

考える必要があったが、邪魔がはいりそうな家に戻る気にはなれなかった。かわりにマギーは町の中心部へ車を走らせ、一軒の簡易食堂を見つけて、トーストしたブルーベリー・マフィンとコーヒーを注文した。

嚙《か》みごたえのあるマフィンと濃いコーヒーが、墓地で味わった押しつぶされるような不安を追いはらってくれ、マギーは空腹だったことを実感した。

ヌアラの思い出がまたひとつ、記憶によみがえった。マギーが十歳のときだった。おちゃめなミニチュア・プードルのポーギーが、カウチに寝そべってうたたねしていたヌアラの上にとびのった。ヌアラの金切り声を聞いて、マギーが部屋にとびこむと、ヌアラは笑いながらこう言った。「ごめんなさいね、ハニー。わたしったら、なんでこんなにびくびくしているのかしら。きっと誰かがわたしのお墓の上を歩いているんだわ」

マギーはなんでも知りたがる年齢だったので、そのあとヌアラはその表現が古いアイルランドの言い回しであることや、いつか自分の埋葬される場所を誰かが歩いているという意味であることを説明しなければならなかった。

きょうわたしが発見したのは、きっと簡単に説明のつくことなのだ、とマギーは考えた。訪れた六つの埋葬区画のうち、ヌアラのをふくめた四つの墓石の基礎部分にベルがあり、四つのベルは重さも大きさもまったく同一だった。ミセス・ラインランダーの墓石のそばの地面には、ベルが取り去られたような痕跡があった。したがって、この奇妙な贈り物――それがほんとうに贈り物ならばだが――を受け取っていないグレタ・シプリーの友達はひとりだけということになる。

コーヒーを飲み干し、ウェイトレスのにこやかなお代わりの申し出を首をふってことわった瞬間、ある名前がふと浮かんだ。ミセス・ベインブリッジ！グレタ・シプリーのように、ミセス・ベインブリッジはレイサム・マナーがオープンしたときからの住人だった。ミセス・ベインブリッジならこの六人の女性のことを知っているにちがいない。

車に戻ると、マギーは自動車電話でレティシア・ベインブリッジに電話をかけた。彼女は自室にいた。

「すぐにいらっしゃいな」ミセス・ベインブリッジはマギーに言った。「ぜひ会いたいわ。今朝はちょっと憂鬱な気分だったのよ」

「これからうかがいます」マギーは答えた。

電話を切ると、シートの下に手を伸ばしてヌアラの墓からもってきたベルをつかみ、ショルダーバッグにしまいこんだ。

縁石から車を発進させたとき、マギーは思わずみぶるいした。金属のベルは冷たくじっとりと湿っていた。

42

それはマルコム・ノートンの人生のうちでもっとも長い一週間だった。ヌアラ・ムーアが家の売却を取り消したショックにつづいて、ヴェイルに住む娘のところへ長期間滞在するというバーバラの宣言が、彼を無気力にし、狼狽《ろうばい》させていた。

なんとしてでもあの家を手にいれなければならない！　湿地保護条例の変更について、ジャニスにしゃべったのはとんだ失敗だった。抵当権書類に必要なジャニスのサインなど、いっそのこと偽造してしまえばよかったのだ。ノートンは進退きわまっていた。

そんなわけで、金曜日の朝バーバラがブラウワー署長からの電話をつないだとき、ノートンの額に汗が噴き出した。心を落ち着かせ、陽気な声が出せるようになるまで、彼は少々手間取った。

「おはよう、署長。調子はどうだね？」ノートンはにこやかな口調に聞こえるように努力した。

ブラウワー署長はあきらかに軽口をたたく気分ではなかった。「上々です。きょう、そっちへうかがってちょっと話がしたいんですがね」

なんの話を？　つかのまノートンは狂ったように頭を働かせたが、温かな声で言った。「いいとも。だが警告しておくが、警官の舞踏会の切符ならもう買ったよ」自分の耳にすら、その苦しまぎれの冗談はしらじらしくひびいた。

「いつなら暇なんです？」ブラウワーはぶっきらぼうに言い返した。

ノートンはどのくらい自分が暇か明確にするつもりはなかった。「十一時から一時までは休み時間だから、そのあいだならかまわんよ」

「では十一時に」

有無を言わさぬカチリという音を聞いたあとも、しばらくノートンは手の中の受話器を神経質に見つめていたが、ようやくそれを架台におろした。

ドアに軽いノックがあって、バーバラが首をつっこんだ。「マルコム、なにかあったの？」

「なにもありゃしないよ。署長はただ話がしたいだけだ。先週の金曜の夜となにか関係のあることだろう、わたしに思いつくのはそれしかない」

「あら、もちろんそうね。殺人があったんですもの。そのときは重要に思えなかったことでも、なにか思い出したことがないかどうか、親しい友達に聞いてまわるのが警察の普通の手順だわ。それに、当然あなたとジャニスはミセス・ムーアのディナーパーティーに行ったわけだし」

〝あなたとジャニス〟。マルコムは眉《まゆ》をひそめた。この言い方はわたしがジャニスと法的に別れる行動をいまだに起こしていないことにたいする、いやがらせだろうか？　いやちがう。妻とちがって、バーバラはたくさんの意味を隠しもった言葉遊びはしなかった。バーバラの娘婿《むすめむこ》はニューヨークの地区検事補だった。その男がかかえている事件についてしゃべるのを聞いたことがあるのだろう。おまけにテレビや映画が警察の捜査方法をくわしく披露していることはいうまでもない。

彼女はドアをふたたびしめようとした。「バーバラ」ノートンは嘆願口調になっていた。「もうすこしわたしに時間をくれ。いま、わたしのもとを去らないでくれ」

バーバラの返事はガチャリとドアを閉めることだけだった。

ブラウワーは十一時きっかりにやってきた。彼はノートンのデスクの正面にあるアームチェアに背筋をのばしてすわり、いきなり要点にはいった。

「ミスター・ノートン、あなたは殺人のあった夜、ヌアラ・ムーアの家に八時に行く予定でしたね？」

「そうだ。妻とわたしが着いたのは八時十分すぎ頃だった。きみも現場にちょうど着いたところだった。知ってのとおり、われわれはヌアラの隣人のウッズ夫婦の家で待つよう指示された」

「あの夜、オフィスを出たのは何時でした？」ブラウワーは聞いた。

ノートンの眉がつりあがった。彼は一瞬考えこんだ。「いつもの時間だ……いや、ちょっとおそかったな。六時十五分前くらいだった。オフィスの外に終業の札を出してから、ファイルをここへもちこんで、メッセージをチェックした」

「ここからまっすぐ帰宅したんですか？」

「そういうわけじゃない。バーバラ……秘書のミセス・ホフマンがその日は風邪で休んでいたんだ。週末に調べる必要のあるファイルを、彼女が前日自宅に持ち帰っていたので、彼女の家に立ち寄って、それを受け取った」

「それにどのくらいかかったんです？」

ノートンはすこし考えた。「彼女はミドルタウンに住んでいる。観光客のせいで交通量が多かったから、片道二十分ばかりかかっただろう」

「すると、自宅には六時半頃着いたわけですな」

「実際には、もうちょっとあとだった。七時に近かったと思うね」

じつはノートンが自宅に着いたのは七時十五分だった。彼はその時刻をはっきりおぼえていた。ノートンは心中ひそかに自分を呪《のろ》った。アーマ・ウッズがヌアラの遺書についてのニュースを伝えたとき、あなたの顔には開いた本のように心の内があらわれていたと、ジャニスは言っていた。「誰かを殺してやりたいような顔をしていたわよ」ジャニスは悦に入った顔でそう言ったのだ。「なにかが思い通りにいかないと顔に出ちゃうんだから、人をだますなんてあなたには無理な注文ね」

そんなわけで、今朝のノートンは、売却が取り消しになったと知って自分が示した反応にたいし、ブラウワーがどんな質問をしてもいいように答えを準備していた。感情を顔に出すような真似《まね》は二度としないつもりだったし、ブラウワーが予定されていた売却について微に入り細に入りおびただしい質問をしたときは、状況を徹底的に考えぬいておいてよかったと思った。

「きっとがっかりしたでしょうな」ブラウワーは思案げだった。「しかし、町の不動産屋はどこもヌアラ・ムーアの家のような物件をかかえていて、なんとか買ってもらおうと四苦八苦していますよ」

つまり、どうしてあの家がほしいのかと暗にたずねているのか？　とノートンは考えた。

「単に心を奪われたという理由で、人が家をほしがることもありますがね。家が〝わたしを買って、わたしはあなたの家よ〟と言っているというわけです」署長はつづけた。

ノートンは先を待った。

「あなたと奥さんはあの家にぞっこんだったんでしょう」ブラウワーはあてずっぽうを言った。「あれを買うために、なんでも自宅を抵当にいれたそうですな」

今、ブラウワーは椅子《いす》にもたれて目をなかば閉じ、指先をくみあわせていた。

「どうしてもある家を手に入れたいと思った場合、誰だって親戚かなにかの出現でそれが叶《かな》わぬ夢となれば、憤慨するでしょう。それをはばむ方法はひとつしかない。親戚の出現をくいとめるか、それが無理なら、親戚が家の所有者に影響をおよぼさない方法を見つけることとです」

ブラウワーは立ちあがった。「お目にかかれてよかったですよ、ミスター・ノートン。

それじゃ、失礼する前に秘書のミセス・ホフマンとちょっと話をしてもかまいませんか？」

バーバラ・ホフマンは感情を偽ることが苦手だった。先週の金曜日は風邪を口実に自宅にひきこもっていたが、実際は、自分の置かれた立場をよく考えるための静かな一日がほしかっただけだった。良心がとがめたので、彼女は一束のファイルを自宅に持ち帰り、それを片づけるつもりでいた。別れる決意をマルコムに伝えるならば、ファイルを整頓《せいとん》しておくべきだと思ったのだ。

ノートンは偶然にも、彼女が決意を固める後押しをすることになった。ほとんど自宅にはきたことがなかったのに、金曜の夜、彼はおもいがけず彼女の様子を見に立ち寄った。もちろん、ノートンはバーバラの隣人のドーラ・ホルトが訪れていることなど知らなかった。バーバラがドアをあけたとき、ノートンはキスをしようと身をかがめ、彼女のこばむような目に気づいてあとずさった。

「まあ、ミスター・ノートン」バーバラはあわててでまかせを言った。「例のムーアの契約書なら用意してあります」

バーバラはノートンをドーラ・ホルトに紹介したあと、あたふたとファイルをめくって一部を抜き出し、彼にわたしてみせた。だが、彼女は隣人の目に浮かんだ詮索の色と、わけ知りげな笑みを見逃さなかった。そしてその瞬間、バーバラはこれ以上こんな関係には耐えられないと感じたのだ。

今、ブラウワー署長とむきあってすわりながら、バーバラ・ホフマンはどぎまぎしながら、雇い主が自宅に訪ねてきた理由について下手な言い訳をしていた。

「すると、ミスター・ノートンがいたのはものの数分だったんですな？」

バーバラはすこし緊張をゆるめた。すくなくとも、その点なら正直になれた。「はい、ファイルをもって、すぐに帰りました」

「なんのファイルだったんですか、ミセス・ホフマン？」

バーバラはまた嘘《うそ》をつかなければならなかった。「あ、あの……ムーアの契約書についてのファイルでした」自分のうしろめたそうな口調を彼女はひそかに呪った。

「もうひとつだけ。ミスター・ノートンがあなたの家に着いたのは、何時でしたか？」

「六時すこしすぎだったと思います」バーバラは正直に答えた。

ブラウワーは立ちあがって、彼女のデスクのインターコムにむかって顎《あご》をしゃくった。

「ミスター・ノートンに、わたしがもうちょっと時間を割いてほしがっていると伝えてもらえませんか」

弁護士のオフィスにひきかえすと、ブラウワー署長は単刀直入に言った。「ミスター・

ノートン、先週の金曜日の夜、ミセス・ホフマンの自宅で受け取ったファイルは、ミセス・ムーアの不動産取引完了に関するファイルだったそうですな。完了が予定されていたのは、正確にはいつだったんです？」

「月曜の朝十一時ですよ」ノートンは答えた。「すべて整っているかどうか確認したかったんです」

「あなたは購入者だったわけだが、ミセス・ムーアにはあなたとは別の代理弁護士がいたわけではありませんな？　これはいささか異例のことじゃないですか？」

「そうでもないでしょう。しかし、実際には、それはミセス・ムーアの考えだったんです。ヌアラは別の弁護士を介入させるのはまったく不必要なことだと思っていました。わたしは適正価格を提示していたし、ヌアラへの金は支払い保証小切手でわたす予定でしたからね。しかも、彼女が望むなら、家を売却したあとの一年間はひきつづきあそこに住む権利もあったんです」

ブラウワー署長は数秒間マルコム・ノートンをじっと見つめていたが、ついに腰をあげながらこう言った。「あともうひとつだけお聞きします、ミスター・ノートン。ミセス・ホフマンの家からあなたの自宅まで二十分以上もかかるわけがない。六時半すこしすぎには、あなたは自宅に戻れたはずだ。しかるに、あなたは帰宅したのは七時近かったと言われる。ほかにどこかへ行ったんですか？」

「いや。帰宅時間を勘違いしたんでしょう」

どういうわけでこんなことをあれこれ聞くんだ？　ノートンはいぶかしんだ。なにを疑っているんだ？

43

ニール・スティーヴンスがポーツマスに帰ったとき、彼の母親は息子の顔つきから、ニューヨークからきた若い女性とは会えなかったのだとすぐに察した。

「さっきはトースト一枚しか食べていかなかったでしょう」彼女は息子に思い出させた。「朝食を用意するわ。なんといっても、あなたの世話を焼くチャンスはもうめったにないんですからね」

ニールはキッチン・テーブルの椅子にすわりこんだ。「父さんの世話はフルタイムの仕事なんじゃないの」

「ええそうよ。でも、好きでやっているの」

「父さんは？」

「オフィスにいるわ。ゆうべ、わたしたちがテーブルに寄って挨拶《あいさつ》したあのコーラ・ゲイバールが電話をかけてきてね、お父様に相談事があると言ってきたのよ」

「ふうん」ニールは母親が目の前に置いたナイフやフォークをいじりながら、うわの空で答えた。

ドロレスは手をとめてふりかえり、息子を見た。「そういうふうに食器をいじりだすなんて、心配事がある証拠ね」

「ああ。先週の金曜日にちゃんとマギーに電話していたら、彼女の電話番号もわかっていただろうし、電話もできて、なにがどうなっているのかわかっていたはずなんだ。そして彼女を助けてあげられたはずなんだよ」ニールはいったん黙りこんでから、先をつづけた。「母さんは知らないことだが、マギーは継母と一緒にすごす今度のチャンスを待ちこがれていたんだ。本人に会っても想像できないだろうけど、マギーはかなり不幸な生い立ちの女性なんだよ」

ワッフルとベーコンを食べながら、ニールはマギーについて知っているすべてを母親に語った。彼が言わなかったのは、その程度のことしか知らない自分自身に憤《いきどお》りをおぼえているということだった。

「すばらしい女性みたいね」ドロレス・スティーヴンスは言った。「会いたいわ。でも、いいこと、自分を責めるのはやめなくちゃ。彼女はニューポートに滞在しているんだし、あなたはメモを残してきたし、もう彼女の電話番号も知っているんですもの。きっと今日中に連絡が取れるか、あちらから連絡があるかだわ。だからすこしはゆっくりなさい」

「わかってる。ただ、彼女がぼくを必要としていたときに、そばにいてあげられなかったことが何度もあって、自分が情けないだけなんだ」

「拘束されるのがいやだった、そういうこと?」

ニールはフォークを置いた。「そういう言い方はフェアじゃないよ」

「そうかしら? ねえ、ニール、あなたの世代の成功した若い男性の多くが二十代で結婚しなかったのは、自分なら女性とのつきあいに永遠に不自由しないと判断したからなのよ。そういう男性の中には複数の女性との交際をえらぶ人もいるわ――拘束されるのが本当にきらいなのね。でも、大人になるべき時期がよくわからない人もいるのよ。あなたは今ずいぶん心配しているようだけれど、以前は拘束されたくなかったから認めようとしなかっただけで、本当はマギー・ハロウェイのことがずっと気になっていたんじゃないの」

ニールは長いこと母親を見つめていた。「すごいのは父さんのほうだと思っていたよ」

ドロレス・スティーヴンスは腕組みをして微笑した。「わたしのおばあさまお気に入りのせりふがあるのよ。〝夫が家族の頭なら、妻は首というところだね〟」ドロレスは一呼吸置いた。「〝でも、頭を動かすのは首なんだよ〟」

ニールのあっけにとられた顔つきを見て、ドロレスは笑った。「信用してちょうだい。その南部らしい格言に賛成なわけじゃないわ。敵味方にわかれているわけじゃあるまいし、夫と妻は平等だというのがわたしの考えよ。でもときには、うちのように、見かけは必ずしも事実ではないこともあるの。あなたのお父様が些細《ささい》なことに騒いだり、不満をもらしたりするのは、お父様なりの気遣いの示しかたなのよ。わたしは最初のデートのときから、それに気づいていたわ」

「噂《うわさ》をすれば影だ」父親がオフィスから小道を歩いてくるのを窓ごしに見つけて、ニールはつぶやいた。

母親はちらりと外を見た。「あらま、コーラを連れてくるわ。彼女、動転しているみたいね」

父親とコーラ・ゲイバールがキッチン・テーブルに合流してまもなく、ニールはコーラが動転しているわけを理解した。水曜日に彼女は株のブローカーの熱心な推薦に従って、そのブローカーを通じ、あるベンチャー株に投資するために債券を売却し、契約にゴーサインを出していた。

「ゆうべは眠れなかったわ」ミセス・ゲイバールは言った。「だって、ロバートがクラブで、自分のクライアントがまたひとり無一文になったなんて聞きたくないと言ったあと……あれはわたしのことだったんじゃないかといやな予感がして、自分がとんでもない間違いをしてしまったんだとふいに気づいたの」

「そのブローカーに電話して、株の購入を取り消したんですか？」ニールは聞いた。

「ええ。それがわたしのやった唯一《ゆいいつ》の知的行為かもしれないわ。というより、取り消そうとしたと言うべきかしらね——もう手遅れだと言われたの」声が尻《しり》つぼみになって、くちびるがわななないた。「おまけに、それ以来彼はオフィスにいないのよ」

「いったいどういう株なんです？」ニールは問いただした。

「情報はある」父親が口をはさんだ。

ニールは趣意書とデータ表に目を通した。予想以上のひどさだった。彼は自分のオフィスに電話をかけ、上級投資スタッフのひとりにつなぐようトリシュに指示した。「きのう、一株九ドルで五万株買ったんでしたね」とミセス・ゲイバールに念を押した。「きょう、それがどうなっているのか調べてみましょう」

投資スタッフに状況をかいつまんで説明し、相手の言葉に耳を傾けてから、ふたたびミセス・ゲイバールのほうをむいた。「現在、一株七ドルです。売りの指示を出しているところです」

コーラ・ゲイバールはうなずいて同意を示した。

ニールはひきつづき受話器をにぎったまま、「今後も情報をたのむ」と命令した。受話器を置いたとき、彼は言った。「数日前、あなたが株を買われた会社がジョンソン＆

ジョンソンに買収されたという噂が流れました。しかし残念ながら、それが噂どまりであることは確実です――要するに、株価を意図的にあおるための噂だったんですよ。心中お察しします、ミセス・ゲイバール。すくなくとも元金の大部分は救えるはずです。取引が成立したらすぐに同僚が電話をくれるでしょう」

「腹がたってならんのは」ロバート・スティーヴンスがうなるように言った。「これがローラ・アーリントンをそそのかして、ろくでもない会社に投資させ、彼女の貯金をすっからかんにしたのと同じブローカーだということだ」

「とてもいい人に思えたのよ」コーラ・ゲイバールは言った。「それにわたしの債券についてもそりゃもう詳しくて、たとえ非課税でも、収益があれば申告はしなくちゃならないんだと説明していたわ。インフレのために、購買力を失っている債券もあるとも言っていたの」

その説明がニールの注意をひいた。「そこまで詳しかったというのは、あなたがご自分の債券についてしゃべったということじゃないんですか」と、鋭くたずねた。

「でもわたしは一言だってしゃべらなかったのよ。彼が電話でランチに誘ってきたときも、投資の話なら興味はないと説明したわ。そうしたら、自分のクライアントの――ミセス・ダウニングのケースについて話したのよ。ミセス・ダウニングは大勢の老人がもっているのと似たような債券をもっていて、彼のおかげで一財産築いたんですって。そのあとよ、彼がまさにわたしがもっている債券のことを口にしたのは」

「そのミセス・ダウニングとは何者なんです？」ニールはたずねた。

「あら、彼女のことなら誰でも知っているわ。プロヴィデンスの保守勢力の中心人物よ。わたしは彼女に電話までしたわ。そうしたら、ダグラス・ハンセンを手放しでほめちぎったの」

「なるほど。それでも、どういう男なのか調べてみたいですね」ニールは言った。「われわれの業界には不要な男のような気がしますよ」

電話が鳴った。

マギーだ、ニールは思った。マギーであってくれ。

あいにく、投資会社の同僚からだった。ニールは耳を傾けてから、コーラ・ゲイバールを見た。「七ドルで株を手放しました。運がよかったと思ってください。噂によれば、ジョンソン&ジョンソンは問題の会社を吸収する意図はないという声明を出すようですね。その噂が事実かどうかはともかく、それだけで株価急落の材料になりますよ」

コーラ・ゲイバールが帰ったあと、ロバート・スティーヴンスは愛情をこめて息子を見た。「おまえがいてくれてよかったよ、ニール。コーラは頭もいいし、寛大な心の持ち主なんだが、他人を容易に信じすぎるんだ。たった一度の間違いで落伍者《らくごしゃ》になってしまうのでは、あまりにも気の毒だからな。しかしこの様子だと、レイサム・マナーに引っ越すという考えは放棄せざるをえないだろう。コーラはあそこのある部屋に目をつけていたんだよ。もっとも、もうすこし狭い部屋でよいなら、まだ可能性はあるかもしれん」

「レイサム・マナーか」ニールはつぶやいた。「言ってくれてよかったよ。その施設のことで質問があるんだ」

「いったいぜんたいレイサム・マナーについてなにを知りたいの？」母親がたずねた。

ニールは引退後の生活の場を捜しているクライアントのヴァン・ヒラリー夫妻のことを両親に話した。「調べておくと約束したのに、ほとんど忘れていたよ。レイサム・マナーとやらの見学予約をしておくんだった」

「あしたのスタートは一時だ」ロバート・スティーヴンスは言った。「それにレイサムはゴルフクラブからそう遠くない。今から電話をして、見学できるかどうか確認してみたらどうだ。それがだめなら、クライアントのためにレイサム・マナーのパンフレットをもらっておいたらいい」

「きょうできることはあすまでのばすな、だろ」ニールはにやりとしながら言った。

「もちろん、マギーに連絡がつけば、そっちを優先させるけどね。もう彼女もうちにいるはずだ」

六回呼び出し音が鳴ったあと、ニールは受話器を置き、むっつりと言った。「まだ外出中だ。仕方ない、電話帳はどこ? レイサム・マナーにかけるよ。こっちから片づけちまおう」

ドクター・ウィリアム・レーンはこれ以上は不可能なほど快活だった。「まことにタイミングのいいときに電話をくださいましたな」ドクターは言った。「最高級のスイートのひとつに空きが出たんですよ——テラス付きの二寝室です。こういうスイートは四つあるのですが、あとの三つは魅力的なご夫婦が利用していらっしゃいます。どうぞ足をお運びください」

44

ロードアイランド州の新任検死医であるドクター・ラーラ・ホーガンは、なにが自分を神経質にさせているのかわからなかった。それにしても、目のまわるような一週間だった。自殺二件、水死三件、殺人一件と、異常死があいついだのである。

だがそのいっぽうで、レイサム・マナーでの女性の死亡はどこをどう見ても普通の死に方だった。それなのに、なにかがドクター・ホーガンを悩ませていた。死亡した女性、グレタ・シプリーの病歴は明瞭《めいりょう》そのものだった。長年ミセス・シプリーを診てきたかかりつけの医者はすでに引退していたが、その同僚がミセス・シプリーは十年前から高血圧症で、すくなくとも一度は無症状の心臓発作を起こしたことがあると証言していた。レイサム・マナーの責任者であり常駐の内科医であるドクター・ウィリアム・レーンは有能そうに見えた。職員は経験豊富で、設備も一流だった。

ミセス・シプリーが殺人事件の被害者であるヌアラ・ムーアの葬儀のミサで軽い発作を起こし、その後二度めの発作を起こした事実は、ミセス・シプリーが受けたショックの深さを裏付けているにすぎない。

ドクター・ホーガンは配偶者に先立たれた高齢の夫なり妻なりが、その数時間後、場合によってはわずか数分後に、あとを追うように死亡するケースを幾度となく見てきた。親しい友人が殺されるという状況にふるえあがった人間であれば、それと同じ致命的なストレスにさらされることは大いに考えられる。

州検死医として、ドクター・ホーガンはヌアラ・ムーアの死をとりまく状況にも通じていたから、犠牲者と親しいミセス・シプリーのような人物にとって、それがいかに大きな打撃であったか容易に想像がついた。致命傷は、ミセス・ムーアの後頭部にくわえられた無数の激しい殴打《おうだ》であることが判明していた。血と頭髪に砂の粒子が混じっていたことから、襲撃者は海岸のどこかで見つけた石かなにかを武器に家にはいったものと思われた。そのことからはまた、家の住人が小柄で華奢《きゃしゃ》な人物であることを襲撃者が熟知っていたこと、または実際にミセス・ムーアと顔見知りだったことがうかがえた。問題はそれだわ、とドクター・ホーガンはひとりごちた。ヌアラ・ムーアの死はレイサム・マナーにおける死と結びついているのではないかという疑問、それがわたしを脅《おびや》かしているのだ。ドクター・ホーガンはニューポート警察に電話をかけて、なんらかの手がかりがつかめたかどうかたずねることにした。

彼女のデスクには週の前半からの新聞が山積みになっていた。死亡欄の短い記事には、ミセス・シプリーが生前、地域活動に熱心なDAR（訳注 独立戦争で戦った父祖の子孫を会員とした婦人団体）の会員であったこと、故人である夫が一流会社の取締役会長であったことなどが記されていた。遺族は三人のいとこで、それぞれニューヨーク・シティ、ワシントンD．C．、デンヴァーに在住している。

そばにいて目配りしてくれる人はいなかったのね、と思いながら、ドクター・ホーガンは新聞をデスクにおろし、山のような書類仕事にとりかかることにした。

ある考えが最後まで意識にひっかかっていた。マーキー看護婦。レイサム・マナーでミセス・シプリーの遺体を発見したのはマーキー看護婦だった。なんとなく虫の好かない女性だ。自分はなんでも知っているのだといわんばかりの、不遜《ふそん》さのせいだろうか。ブラウワー署長はマーキー看護婦ともう一度話をしたほうがよさそうだとドクター・ホーガンは思った。

45

連続講演のための調査研究の一環として、しばらく前からアール・ベイトマンは古い墓石の拓本をテーマにしていた。

「今日では、墓石に記録される情報は必要最低限のものでしかありません」説明のしかたはいつも同じだった。「実際、記されているのは生まれた日と死んだ日だけです。しかし昔はすばらしい歴史を碑銘から読みとることができました。あるものは悪意に満ち、あるものはいささかぎょっとさせられるようなものでした。たとえば、五人の妻とともに埋葬された船長を例にとると、妻たちの中で結婚後七年以上生きていたものはひとりもいなかった、という具合です」

ここで通常はさざ波のような笑いが起きる。

「碑銘がつたえる荘厳《そうごん》なる歴史の中には、畏怖《いふ》をかきたてられるようなものもあります」

そう述べたあと、エリザベス女王一世の亡骸《なきがら》が、その命令によって首をはねられたいとこのスコットランド女王メアリの遺骸《いがい》とわずか数フィートを隔てて埋められているというウェストミンスター寺院の礼拝堂をひきあいに出す。

「十九世紀のアラスカ州ケチャカンに興味深いことがあります」とさらに話をすすめ、「そこの埋葬地であるトゥームストーン墓地には、売春宿に住んでいた若い女たち、通称〝穢《けが》れた鳩《はと》〟のための特別区画があったのです」

さて、金曜の朝のきょう、アールはケーブルテレビのシリーズ番組にそなえてスピーチの原稿を書いていた。ふと、墓石の拓本のことが頭にうかび、おもしろい碑銘をもっと捜すつもりでいたことを思い出した。外を見ると、調査活動には願ってもない上天気だった。アールはさっそくセント・メアリーズ墓地とトリニティー墓地のもっとも古い区画へ出かけることにした。

墓地へいたる道路を車で走っていたとき、黒のヴォルヴォ・ステーションワゴンがあけはなたれたゲートから出てきて、反対方向に曲がるのを目撃した。マギー・ハロウェイが型も色も同じ車に乗っていたはずだった。彼女がヌアラの墓参りにやってきたのだろうか？

古い区画へむかう代わりに、アールは左に曲がり、くねくねした道を丘までのぼった。古い墓石のあいだを何度も散策していたせいで顔見知りになった墓地の清掃員ピート・ブラウンが、ヌアラの墓にほどちかい砂利道の草取りをしていた。

アールは車をとめて、窓をあけた。「このあたりはじつに静かだね、ピート」それは彼らだけに通じるおなじみのジョークだった。

「まったくで、先生」

「ミセス・ムーアの継娘の車を見たように思ったんだが、墓参りにきていたのか？」アールはヌアラの死の詳細は万人の知るところだと確信していた。ニューポートはそれほど殺人事件が頻発するところではない。

「痩《や》せて髪の黒い、若いきれいなご婦人ですかい？」

「そうだ」

「きてましたとも。うちのお客さんの半分は知ってるにちがいないね」ピートはそう言って笑った。「同僚のひとりが、あのご婦人が墓から墓へと移動して花を置いていくのを見たと言ってましたよ。男なら気づかないわけがないやね。たいしたべっぴんだ」

さあて、おもしろくなってきたぞ、とアールは思った。「身体《からだ》に気をつけてな、ピート」アールは手をふって、ゆっくりと走りだした。ピート・ブラウンのなにひとつ見逃さない目が注がれているのを意識しながら、トリニティー墓地の最古の区画へむかってアクセルを踏み、十七世紀の墓石のあいだをあてもなくさまよいはじめた。

46

レティシア・ベインブリッジのレイサム・マナーにおけるスタジオ式個室は、すばらしい海の景色がのぞめる大きな角部屋だった。ミセス・ベインブリッジは誇らしげに広々とした化粧室と浴室を指さし、きびきびと言った。「ここの創立時からのメンバーであることには、それなりの特権が色々あるの。その具体的な歓迎法を知って、グレタとわたしがその場で購入契約をしたことをよくおぼえているわ。トルーディ・ニコルズは躊躇《ちゅうちょ》したせいでわたしたちに先を越されてしまってね、そのあと、この部屋を取られたと言ってわたしはずいぶんとうらまれたものよ。結局彼女は十五万ドル上乗せして、一番大きな部屋のひとつを購入したんだけれど、かわいそうに、わずか二年後には亡くなったの。今はクレンショー夫妻がそこを使っているわ。先日の夜、わたしたちと同じテーブルにいたご夫婦よ」

「おぼえていますわ。とてもすてきな方たちですね」ニコルズ、マギーは考えた。ガートルード・ニコルズ。彼女の墓にもあのベルが置いてあった。

ミセス・ベインブリッジはためいきをもらした。「お友達が亡くなるのはいつも悲しいものだけれど、それが同じテーブルを囲んだ人だと悲しみもひとしおだわね。そういえば、グレタの部屋はエリノア・チャンドラーのものになるそうよ。娘のセアラがきのうわたしをかかりつけのお医者さまのところへ連れていってくれてね、エリノアがここへ引っ越してくるという噂《うわさ》を教えてくれたの」

「お加減でも悪いんですか？」マギーはたずねた。

「あら、わたしならだいじょうぶよ。でもこの年になると、なにが起きるかわからないでしょ。わたしはセアラにドクター・レーンがちゃんと血圧を調べてくださると言ったんだけれど、セアラがどうしてもドクター・エヴァンスに診せたがったの」

ふたりは窓際《まどぎわ》に置かれた脚の短い小型の椅子《いす》にむかいあって腰をおろしていた。ミセス・ベインブリッジは腕を伸ばし、近くのテーブルの上にたくさんある写真の中から写真立てにおさまったスナップショットを手に取った。彼女はそれをマギーに見せた。

「わたしの家族よ」と得意そうに言った。「息子が三人、娘が三人、孫が十七人、曾孫《ひまご》が四人、まだあと三人生まれる予定なの」さも満足そうに微笑した。「そしてうれしいことに、彼らの大部分はまだニューイングランドにいるのよ。一週間のうちにかならず誰かしらきてくれるわ」

マギーはその些細《ささい》な情報を意識的に頭の中におさめた。あとで考慮すべき材料だ、と思った。そのとき、レイサム・マナーのグランド・サロンで撮られた写真に気づいた。

ミセス・ベインブリッジは八人グループの中央にいた。マギーはそれを手に取った。

「特別の会かなにかですか？」とたずねた。

「四年前、わたしの九十回めの誕生日のときの写真よ」レティシア・ベインブリッジは前かがみになって、グループの両端にいる女性たちの名前を説明しはじめた。「左端のそれがコンスタンス・ラインランダー。つい二週間前に亡くなってね。もちろんグレタのことはご存じね。グレタは右の端よ」

「ミセス・シプリーには親しいご家族はいらっしゃらなかったんですか？」マギーはたずねた。

「ええ。コンスタンスもね。でもわたしたちはお互い家族みたいなものだったわ」

ベルについてたずねるときだ、とマギーは決心した。その話題をもちだすきっかけはないものかと、彼女はあたりをみまわした。室内はあきらかにミセス・ベインブリッジの個人的所有物によって飾られていた。華やかな彫刻入りの四柱式ベッド、イギリス製のアンティークな小型円形テーブル、ボンベイ・チェスト（訳注　胴体部分がふくらんだ長持ちのような家具）、繊細な色合いのペルシャ絨毯《じゅうたん》、そのすべてが代々つたわる品であることは一目瞭然だった。

そのときマギーは恰好《かっこう》のものを見つけた。暖炉のマントルピースの上に銀製のベルがのっている。マギーは立ちあがって、そちらへ歩いていった。「まあ、これ、きれいですわね」とベルをもちあげた。

レティシア・ベインブリッジはほほえんだ。「わたしの母がメイドを呼ぶのに使っていたものよ。母はお寝坊でね、毎朝ハティはドアの外でベルの音に呼ばれるまで辛抱強く控えていたの。わたしの孫娘たちに言わせると、〝おもしろーい〟ということになるけれど、そのベルには温かい思い出がたくさんあるのよ。わたしの世代の女性の多くはそういう環境で育ったの」

それこそマギーが求めていたきっかけだった。彼女はふたたび腰をおろすとバッグの中に手をいれた。「ミセス・ベインブリッジ、このベルがヌアラのお墓にあったんです。誰が置いたのか興味があったので、もってきましたの。このあたりでは、友達のお墓にベルを置く習慣でもあるんですか？」

レティシア・ベインブリッジはおどろいたようだった。「そんな話は聞いたことがないわ。誰かがわざとそれをお墓に置いたってことなの？」

「たぶんそうです」

「でも、ひどく気味が悪いわね」ミセス・ベインブリッジは顔をそむけた。

マギーは失望しながらも、なんらかの理由でそのベルがミセス・ベインブリッジを動揺させたことに気づいた。他の墓にもベルを見つけたという事実については、伏せておくことにした。ベルが長年の友人同士が互いに交わしあう贈り物でないことだけはあきらかだった。

マギーはベルをショルダーバッグに戻し、その場をとりつくろった。「見当はついているんです。先日、あの墓地には小さな女の子がいましたの。わたしがヌアラのお墓のまわりに花を置いていると、そばへやってきてわたしに話しかけたんです。わたしがベルを見つけたのは、女の子が立ち去ったあとでしたわ」

レティシア・ベインブリッジはマギーの期待どおりの結論に達して、うれしそうに言った。「あらまあ、じゃ、きっとその女の子のしわざね。だって、大人がお墓にベルを置くなんてこと、思いつくはずがないものね」そのあと、ふと眉《まゆ》をひそめ、「なにを思い出そうとしていたんだったかしら？　いやだわ、なにかが頭の中にはいってきたかと思うと、すぐに消えてしまうんだから。これも年のせいでしょうね」

ドアにノックがあった。「ランチのトレイだわ」ミセス・ベインブリッジは声をはりあげた。「どうぞ」

前の訪問でマギーが何度か会ったことのある、若いメイドのアンジェラだった。マギーはアンジェラに会釈《えしやく》して、立ちあがった。「もうおいとましないと」

ミセス・ベインブリッジも立った。「寄ってくれてほんとにうれしかったわ、マギー。あしたお会いできるわね？」

マギーはその意味に気づいた。「ええ、もちろんです。葬儀場に参りますわ。ミセス・シプリーのミサにも」

一階におりたとき、フォワイエが無人なのを見てマギーはほっとした。みんな食堂に集まっているにちがいない。正面ドアをあけ、車のキーを取り出そうとバッグに手をいれたはずみにベルにふれた。くぐもったベルの音に、彼女は思わず舌をおさえて音を消した。

〈問うてはならぬ、弔いの鐘の鳴るわけを〉。マギーは古い祈禱《きとう》書の一節を考えながら、レイサム・マナーの石段をおりた。

47

ドクター・レーン、ニール・スティーヴンスとその父親は食堂の入り口でレイサム・マナーの見学を終わらせた。会話のざわめきや、おしゃれをした高齢者たちのいきいきした表情、華麗な食堂の全体の雰囲気などにニールは注目した。白い手袋をはめたウェイターたちが給仕をしており、焼きたてのパンのこうばしいにおいが食欲をそそった。

レーンはメニューをとりあげてニールにわたした。「きょうのメインコースはドーヴァー産の舌平目のホワイトアスパラガス添えか、チキンサラダのいずれかになっています」と説明した。「デザートはフローズンヨーグルトかソルベで、どちらも自家製のクツキーがつきますよ」レーンは微笑した。「一言つけくわえさせていただくと、これは典型的な献立なんです。うちのシェフは一流であるばかりでなく、食餌《しょくじ》療法の専門家でもあるんですよ」

「じつにすばらしいですね」ニールは好意的にうなずいた。

「ニール、あと三十分でスタートだ」ロバート・スティーヴンスは息子に思い出させた。「これだけ見せていただいたんだ、もうじゅうぶんじゃないかね?」

「より重要なのは」ドクター・レーンがものやわらかに言った。「今現在空きのあるスイートをあなたがクライアントに推薦する気になられるかどうかということですな。せきたてるつもりは毛頭ありませんが、あのスイートはすぐにふさがってしまいますよ。とりわけご夫婦だと、ああいう大きな部屋に惹《ひ》かれるものです」

「月曜にニューヨークへ戻ったら、クライアントに話してみましょう」ニールは言った。「非常に感銘を受けました。さっそく内容紹介のパンフレットを送付して、自分の目ですべてを見たほうがいいと推薦しておきましょう」

「結構です」ドクター・レーンがにこやかに言うと、ロバート・スティーヴンスがこれみよがしに時計に目をやり、回れ右をして正面玄関のほうへ廊下を歩きだした。ニールとドクター・レーンはそのあとにつづいた。「ご夫婦に入居していただくのは大歓迎なんです」ドクター・レーンはつづけた。「入居者《ゲスト》の多くはご主人に先立たれたご婦人でして、男性がまわりにいると気分が華やぐんです。実際、お独りの入居者同士のあいだにロマンスが芽生えたこともあるんですよ」

ロバート・スティーヴンスが歩調を落として、ふたりの横に並んだ。「いつまでも身を固めないつもりなら、ニール、自分のための申し込みをしておいたほうがいいんじゃないのか。これほどのチャンスはないかもしれんぞ」

ニールはにやにやして、医者に言った。「親父《おやじ》を入居させることだけはしないでください」

「わたしのことなら心配無用だ。ここは贅沢《ぜいたく》すぎて性分にあわんよ」ロバート・スティーヴンスはきっぱり言った。「それで思い出した。ドクター、ミセス・コーラ・ゲイバールという女性から申込書を受け取ったのをおぼえておいでかな?」

ドクター・レーンは眉間《みけん》に皺《しわ》をよせた。「ききおぼえのある名前ですな。ああ、そうだ、いわゆる〝未決定ファイル〟にはいっている方です。たしか一年ばかり前に見学にこられて申込書を提出されましたが、保留にしておいてくれということでした。そういう方には、年に一、二回電話で決心する気になられたかどうか確認するのがきまりになっています。この前わたしがミセス・ゲイバールと電話で話したときは、入居を真剣に検討なさっているという印象を受けましたよ」

「以前ならそうだったでしょうな」ロバート・スティーヴンスはそっけなく言った。

「さて、ニール、失礼しよう」

ニールは自動車電話でマギーにもう一度電話をかけたが、あいかわらず誰も出なかった。

好天の一日で、ゴルフのスコアも上々だったが、ニールには午後が長く感じられた。なにかよくないことが起きそうな不吉な予感をふりはらうことができなかった。

48

帰宅途中でマギーは食料品を買うことにした。波止場の近くにあったこぢんまりしたマーケットまで車を走らせた。グリーンサラダの材料とパスタ用のトマト《パスタ・ポモドーロ》を籠《かご》にいれる。スクランブルド・エッグとチキンスープはもうたくさんだわ、と思った。そのとき、ニューイングランド産のはまぐりでつくった出来立てのクラムチャウダーという表示が目にはいった。

店員は六十がらみの日焼けした顔の男だった。「ここらははじめてだね？」マギーが注文すると、男は愛想よくたずねた。

マギーはにっこりした。「どうしてわかるの？」

「簡単さ。このへんの奥さんたちは、みんな最低一クォートは買うんだ」

「だったら、もう一パイント追加して」

「賢明だね。そういう若い人がおれは好きなんだ」

家へむかいながら、マギーはひとりでにやにやした。あの家を手放さないもうひとつの理由は、ニューポートには高齢の市民がたくさんいるおかげで、自分がまだ当分若者扱いされるということだわ、と思った。

それになによりも、ヌアラの身の回り品を機械的によりわけ、一番の高値であの家を売って、さっさとニューヨークへ戻るわけにはいかない。たとえヌアラが見知らぬ人間によって殺されたのだとしても、未解決の疑問が多すぎる。

たとえば、あのベル。誰がベルをお墓に置いたのだろう？　昔なじみの友人のひとりが人に気づかれるとは夢にも思わずに、自分で置いた可能性はある。たぶんニューポート中のお墓の半数にベルが置かれているのだろう。だが、ベルのひとつは紛失している。誰かが気を変えてベルを置いていくのをやめたのだろうか？

ヌアラの家の車回しに車をとめ、食料品をかかえて勝手口へまわり、中にはいった。袋をテーブルの上に置くと、すぐにドアの鍵《かぎ》をかけた。忘れていたわ、錠前屋に電話をするのだった。今夜リーアムはきっとそのことを聞くだろう。アールがいきなり訪ねてきたという話をとても気にしていたから。

電話帳をさがしていると、ヌアラのお気に入りのひとつだった決まり文句がふと頭に浮かんだ。〝遅くてもやらないよりはましよ〟。ある日曜の朝、マギーと父親が早くから車に乗り込んで待っていると、そこへ走ってきたヌアラが、その文句を口にしたことも思い出した。

それにたいするいかにも父親らしい反応は思い返すのもいやだった。「遅れないほうがずっとましだ。残りの会衆が時刻を守ろうと努力しているなら、なおのことだ」

キッチンの引き出しの奥に電話帳を見つけ、その下に雑多なものが押し込まれているのを見て、マギーは微笑した。レシピのコピー、半分使った蠟燭《ろうそく》、錆《さ》びの浮いたはさみ、クリップ、小銭。

わたしだったら、この家で捜し物をするのはごめんだわ。なんでもかんでもごたまぜなんだもの。そう思った瞬間、マギーは喉《のど》がしめつけられたようになった。この家を荒らしまわったのが何者だったにせよ、目当てのものはまず見つからなかったはずだ。

最初にかけた錠前屋の留守番電話にメッセージを残したあと、マギーは食料品をかたづけて、自分のために一カップのクラムチャウダーを用意した。最初の一口で期待以上の買い物だったことがわかり、うれしくなった。カップを空にすると、三階のスタジオへ行き、待ちきれないように粘土の容器に手をつっこんだ。はじめにつくろうとしたヌアラの胸像をなんとかして形にしたかったが、それが無理なのはわかっていた。表現してと訴えているのは、グレタ・シプリーの顔だった――いや、顔というより、英知をたたえた勇敢で注意深い目といったほうがいいかもしれない。骨組みをいくつか持参してよかったとマギーは思った。

一時間専念すると、粘土は彼女がほんの短いあいだ知っていた女性の容貌《ようぼう》に近づいてきた。心の中に湧《わ》いていた不安がやっと鎮《しず》まると、マギーは手を洗って、一番困難な仕事にとりかかった。ヌアラの絵をよりわける作業である。どの絵を手元に残し、どの絵を画商のもとに持ち込むかを決めなくてはならない。持ち込んだ絵の大半がスクラップ同然の運命をたどり、額から切り離されることになるのは目にみえていた――一部の人々は、時がたつと、一度は高く評価した絵画よりも額のほうを大事にするものなのだ。

三時になったのをしおに、マギーはまだ額におさめられていなかった作品のチェックを開始した。スタジオの大型のクロゼットの中に見つかった何点ものスケッチや水彩画や油絵は、頭がくらくらしそうなほどごちゃごちゃに押し込まれていて、専門家の手助けなしではとうてい評価できそうもないことがすぐにわかった。

スケッチの大部分はただ美しいだけで、油絵にも見るべきものはわずか二、三点しかなかった――けれども水彩画の一部は傑作だった。温かみがあり、喜びにあふれていて、思いがけない深遠さをたたえていた。まるでヌアラのようだ、とマギーは思った。なかでも気に入ったのは冬景色を描いたものだった。雪の重みに枝のたわんだ一本の木が、金魚草やバラ、スミレ、ユリ、ラン、菊をはじめ、季節的に咲くはずのない花々を寒さから守っていた。

作業に没頭していたために、電話のベルが聞こえたような気がして大急ぎで階下にかけおりたときには、もう五時半をまわっていた。

リーアムからだった。「やれやれ、三度めの電話でやっとつかまえた。すっぽかされるんじゃないかとひやひやしたよ」ほっとした声だった。「知ってるかい、今夜ほかにぼくと会いたいと言ってきたのはいとこのアールだけだったってこと」

マギーは笑った。「ごめんなさい。電話のベルが聞こえなかったの。スタジオにいたのよ。どうやらヌアラは親子電話を信用していなかったらしいわ」

「ぼくがクリスマスに買ってあげるよ。あと一時間で迎えにいくけど、いいかな?」

「ええ」

それだけあればお風呂《ふろ》にはいる時間ぐらいある、受話器を置きながらマギーは思った。夜になって冷え込んできているのはあきらかだった。隙間《すきま》風《かぜ》がはいるのか、家の中にいても肌寒く、墓地でふれた湿った土の冷たさがいまだに手にしみついているような気がした。

バスタブにいきおいよく湯をいれていたとき、また電話が鳴ったような気がして、あわてて蛇口をしめた。だが、ヌアラの部屋はしんとしていた。空耳だったか、さもなければ、また電話に出そびれたかだった。

風呂からあがり、ゆったりした気分で二、三日前に買っておいた白いしゃれたセーターとふくらはぎ丈の黒のスカートを身につけたあと、多少は化粧もしたほうがよさそうだと思った。

リーアムのためにおしゃれをするのは楽しかった。彼の前では自分に自信がもてる。

六時半を十五分すぎた頃、居間で待っていると呼び鈴が鳴った。リーアムが片手に茎の長い真っ赤なバラの花束を、もう片手におりたたんだ紙をもって、上がり段の上に立っていた。彼の温かなまなざしと、くちびるの上でつかのま静止した軽いキスがマギーの心をふいに浮き立たせた。

「きみはすばらしい」リーアムは言った。「予定を変更しなくちゃいけないな。どう見たって、マクドナルドじゃふさわしくない」

マギーは笑った。「あら残念！　ビッグマックを期待してたのに」マギーはリーアムがもってきたメモに目をすばやく通した。「これ、どこにあったの？」

「玄関ドアにですよ、マダム」

「あ、そうだったわ。さっきは勝手口から中にはいったんだった」マギーはいったん開いて読んだ紙切れをたたみなおした。それじゃニールはポーツマスにきていて、わたしに会いたがっているんだわ。すてきじゃない？　先週、こちらへ発《た》つ前にニールが電話をくれなかったことでどれだけ自分が落胆したか、マギーは認めたくなかった。そのときは、電話がなかったこともまた、ニールが自分に関心がない証拠だと考えてあきらめていたのだった。

「なにか重要なことでも？」リーアムがさりげなくたずねた。

「いいえ。友達が週末こっちへきていて、わたしに電話をしてもらいたがっているの。あしたかけるわ」でも、かけないかもしれない。それにしても、どうやってわたしの居所を見つけたのだろう。

マギーはバッグを取りに上へあがり、バッグをもちあげたとたん、ベルの余分な重さを意識した。リーアムに見せたほうがいいだろうか？

今夜はよそう。死やお墓の話をしたい気分ではない。マギーはベルをバッグから出した。バッグにいれてから数時間がたっていたにもかかわらず、ベルはあいかわらず冷たくじっとりしていて、マギーはおもわず身震いした。

あとで帰ってきたとき、まっさきにこれが目にはいるのはいやだ、と思いながらクロゼットの扉をあけてベルがすっかり見えなくなるまで奥に押し込んだ。

リーアムはナラガンセット湾のすばらしい眺めを臨むしゃれたレストラン《ブラック・パール》のコモドール・ルームに予約をしていた。「ぼくのコンドミニアムはここからそう遠くないんだが、子供の頃にいた大きな家が懐《なつ》かしくてね。近い将来、おもいきってそういう古い家を買い、修復するつもりなんだよ」声が真剣味をおびた。「そのときまでには身を落ち着けているだろうし、運がよければ、優秀な写真家の美しい奥さんがいるかもしれない」

「そこまでよ、リーアム」マギーは異議をとなえた。「ヌアラならきっと、〝どうかしてる〟って言ったでしょうね」

「どうもしてやしない」リーアムは静かに言った。「マギー、頼むからこれまでとはちがう目でぼくを見てくれないか? 先週からきみのことが片時も頭を離れないんだ。ヌアラを襲ったヤク中の狙《ねら》いがなんだったにせよ、このままじゃきみも同じ目にあうんじゃないかと心配でたまらない。ぼくは身体《からだ》もでかいし、腕っぷしも強い。きみを守ってあげたいんだ。こういう考えが流行遅れなのは百も承知だが、そう思わずにいられないんだ。それがぼくという人間なんだし、それがぼくの気持ちなんだよ」リーアムは口をつぐんだ。「さて、言い過ぎは禁物だ。ワインは問題ない?」

マギーはまじまじとリーアムを見つめ、彼が返事を迫らなかったことに安堵《あんど》して微笑した。「おいしいわ。ねえ、リーアム、どうしても聞きたいことがあるんだけれど、ヌアラを襲ったのはドラッグ中毒の赤の他人だと、本気でそう思う？」

リーアムは彼女の質問におどろいた顔をした。「そうじゃないなら、誰がやったんだい？」

「だって犯人は来客の用意がしてあるのを見たはずなのに、ちっともあわてないで家の中を荒らしまわったのよ」

「マギー、どんなやつだろうと犯人は一回分のドラッグを手にいれようと死にものぐるいだったんだ。だから金か宝石をさがして家を荒らしたんだよ。新聞にはヌアラの結婚指輪が指から抜き取られていたと書いてあった。だからあの犯行の狙いが盗みだったのはまちがいない」

「ええ、たしかに指輪はもちさられていたわ」

「たまたま知っているんだが、ヌアラはほとんど宝石類をもっていなかった。叔父のティムにも婚約指輪なんていらないと言って、受け取ろうとしなかったんだよ。婚約指輪は一生にふたつあればじゅうぶんだと言ってね。おまけにそのふたつともニューヨークに住んでいたときに盗まれてしまったんだ。盗まれたあと、ヌアラが母にもう本物の宝石はいらない、模造でじゅうぶんだと言っていたのをおぼえている」

「あなたのほうがわたしよりくわしいのね」

「したがって、手近にあった現金以外、犯人はたいしたものは盗めなかったわけだ、そうだろう？　すくなくともそう思えば多少は溜飲《りゅういん》がさがる」リーアムの声は陰気だった。だがすぐに暗いムードをうち砕くようににっこりした。「さあ、きみの一週間を話してほしいな。ニューポートも悪くないだろう？　それとも、このままぼくの人生について話そうか？」

リーアムはマギーに語った。寄宿学校では、夏休みにニューポートへ行く日を指折りかぞえて待ちこがれたこと。父親のような株のブローカーになろうと決心したこと。ランドルフ＆マーシャルでの地位を捨てて自分で投資会社を興《おこ》したこと。「一部の優良クライアントがぼくについてきてくれたのは、大きな自信になったよ」リーアムは言った。「独立するのは勇気がいるが、彼らが信頼してくれたおかげで、正しい判断をしたんだと信じることができた。そのとおりだった」

クレーム・ブリュレが運ばれてきたときには、マギーは完全にくつろいでいた。「これまでも何回かディナーを一緒にしたけれど、今夜ほどあなたという人がよくわかったことはないわ」彼女は言った。

「ニューヨークやボストンにいるときとは、ぼくも感じがちょっとちがうのかもしれないな。それと、ぼくがどんなにいい男か、きみにわかってもらいたいということもある。ご存じのとおり、ぼくはあっちでは結婚相手としてはすこぶる上玉と思われているんだよ」

「その話は今はなしよ」きっぱりした口調になろうとしながらも、マギーはほほえまずにいられなかった。

「了解。さあきみの番だ。きみの一週間について話してくれ」

マギーはことこまかな説明をするのは気が進まなかった。今夜の浮き浮きするようなムードをだいなしにしたくなかった。この一週間の話をしたら、マギーは彼女とすごしてどんなに楽しかったかを強調し、レティシア・ベインブリッジとの新しい友情について話した。

「ミセス・シプリーとは知り合いだったんだ。じつに特別な女性だったよ」リーアムは言った。「それにミセス・ベインブリッジ、彼女はもう偉大というしかないね」口調が熱っぽくなった。「このあたりの生ける伝説だよ。ニューポートの全盛期にあったさまざまな出来事について話してくれたかい？」

「すこしね」

「レティシアの母親のマミー・フィッシュについて話してくれるようしむけるといい。ギャングをだまらせるこつを彼女はじつによく知っていた。彼女が主催したディナーパーティーにまつわる愉快な話がある。客のひとりがコルシカ出身のプリンス・デル・ドラゴをパーティーにお連れしていいかとたずねたんだ。もちろんマミーは喜んで許可した。プリンスがイヴニングドレスで正装したサルだとわかったときのマミーの驚愕《きょうがく》、察しがつくだろう？」

ふたりは声をそろえて笑った。「ミセス・ベインブリッジの両親は一八九〇年代に続々と催された有名なパーティーの常連だったんだ。その子供世代の中で、彼女は数すくない生き残りのひとりだろう」リーアムは言った。

「すばらしいのは、ミセス・ベインブリッジには家族のみなさんが大勢近所にいて、心強い支えになっているということだわ」マギーが言った。「ついきのうも、ミセス・シプリーが亡《な》くなったという知らせがあったあと、すぐに娘さんがレイサム・マナーにやってきてミセス・ベインブリッジをかかりつけのお医者さまのところへ連れていったのよ。彼女が動揺したことがわかったのね」

「その娘さんはセアラだね」リーアムはそう言ったあと、にやりとした。「ときにぼくの困ったいとこのアールがばかな真似《まね》をして、セアラをかんかんに怒らせた話をミセス・ベインブリッジから聞いた？」

「いいえ」

「まったくばかな話でね。アールは葬式の習慣をテーマにした講義を大学でしているんだ。聞いたことがあるだろう？　あいつはほんとうに変人だよ。ほかのみんながゴルフやセーリングを楽しんでいるっていうのに、あいつの趣味ときたら墓地を何時間も散策して、墓碑銘の拓本をとることなんだから」

「墓地ですって！」マギーは思わず大声を出した。

「そうさ、だがそんなのはほんの序の口でね。今話そうとしているのは、アールがレイサム・マナーで世界中の国々における葬儀の方法についてスピーチをしたときのことなんだ。ミセス・ベインブリッジは気分がすぐれなかったから出なかったが、見舞いにきていたセアラがそのスピーチを聴いたんだよ。

アールは小話のおしまいに、ヴィクトリア朝時代のベルについての話をした。裕福なヴィクトリア朝時代の人々は生きながら埋葬されることを恐れるあまり、地上に届く通気孔を棺《ひつぎ》の蓋《ふた》にあけて、死人の指に糸を結びつけ、通気孔から外へ出して墓石の上に置かれたベルにゆわえつけた。そして棺の中の人物が万が一意識をとりもどして、ベルを鳴らす場合にそなえて、金で雇われた人間が一週間寝ずの番をしたんだ」

「まあ、こわい」マギーはあえぐように言った。

「まったく。だが一番の聞き所はこれからだよ、アールに関する話だ。信じる信じないはともかく、アールはここの葬儀場のそばに葬儀用のありとあらゆる種類の象徴物や装身具を詰め込んだ博物館まがいの建物を所有していて、ヴィクトリア朝時代のベルの複製をスピーチに使おうという突拍子もないことを思いついたんだ。なんの説明もせずに、あいつはスピーチを聴いていた十二人の女性たち——全員が六十代から八十代までの人たちだ——にベルの複製をくばり、紐《ひも》を彼女たちの薬指にゆわえつけたんだ。そのあと、反対の手にベルをもって薬指を動かし、ここが棺の中で、墓石の見張り番に連絡を取ろうとしているところだと想像してください、と言ったんだ」

「ひどいわ！」

「老婦人のひとりは実際に気絶してしまった。ミセス・ベインブリッジの娘さんはアールのくばったベルを集めると、怒りにかられてアールをベルともども建物の外へ文字通り放り出したんだ」

リーアムはいったん言葉を切ると、真面目《まじめ》な声になってつけくわえた。「厄介なのは、アールがその話を楽しんでいるらしいってことさ」

49

ニールはマギーに何度か電話をかけた。最初はクラブのロッカールームからかけ、帰宅するとすぐにまたかけた。終日外出中か、出たり入ったりしているか、あるいは電話には出ないかだ、と考えた。だが、出たり入ったりしているなら、メモにはまちがいなく気づいたはずだった。

彼は両親のお供で隣家のカクテルパーティーに顔を出し、そこでも七時にダイヤルをまわした。そのあと、ディナーには自分の車で出かけることにした。そうすれば、あとでマギーと連絡がつけば、彼女の家に寄ってお茶を飲めるかもしれないからだ。

《キャンフィールド・ハウス》で開かれたディナーパーティーのテーブルには六人の人々がいた。だがロブスター・ニューバーグが頰が落ちるほど美味で、彼の食事相手で両親の友人の娘であるヴィッキーがボストンのさる銀行の魅力的な管理職であったにもかかわらず、ニールはいっこうに楽しめなかった。

ディナーのあとのバーでの一杯を省略するのは失礼とわかっていたので、他愛《たわい》のない談笑にじっと耐え、十時半に全員がようやく腰をあげると、日曜の朝友人たちと一緒にテニスをどうかというヴィッキーの誘いをどうにかそつなく断った。安堵のためいきをもらして、彼はやっと自分の車に乗った。

時計を見ると、十一時十五分前だった。マギーが帰宅して早々とベッドにはいったのだとしたら、せっかくの眠りをさまたげるようなことはしたくなかった。マギーの車が車回しにあるかどうか見たいだけだ——彼女がまだニューポートにいることをたしかめるだけだと自分に言い訳して、ニールはマギーの家の前を通ってみることにした。

彼女の車を見たときの興奮は、別の車、マサチューセッツ州のナンバープレートをつけたジャガーが家の前にとまっているのに気づいてしぼんでしまった。かたつむりのようにのろのろと進んだおかげで、玄関ドアがあけっぱなしになっているのが見えた。マギーの隣に長身の男が立っているのを垣間見《かいまみ》た瞬間、覗《のぞ》き屋になったような気持ちがして、ニールはアクセルを踏み、オーシャン・ドライヴの角を曲がって、悔しさと嫉妬《しっと》に胸をこがしながらポーツマスへひきかえした。

十月五日　土曜日

50

トリニティー教会でのグレタ・シプリーの追悼ミサには、大勢の参列者があった。なじみのある祈りの言葉に耳を傾けながら、マギーはヌアラのディナーパーティーに招待されていた全員が参列しているのに気づいた。

ドクター・レーンと奥さんのオディールはレイサム・マナーの多数の入居者《ゲスト》たちとともにすわっており、その中には水曜日の夜、ミセス・シプリーと同じテーブルを囲んだ人々――ミセス・ベインブリッジをのぞいて――の顔が見えた。

マルコム・ノートンとジャニスの夫妻もいた。ミスター・ノートンはばつの悪そうな顔をしていた。ノートンはマギーのそばを通りかかったときに足をとめ、ずっと電話をかけていたと言ってから、葬儀のあとで話があると念を押していた。

アール・ベイトマンはミサがはじまる前に、話しかけてきた。「こんなことばかり起きると、きみの意識の中ではニューポートといえば葬式と墓地の記憶だけになるんじゃないかと心配だよ」薄い色つきの丸縁のサングラスの奥の目はふくろうのようだった。

ベイトマンは返事も待たずに、マギーのそばを離れて一列めの空席に腰をおろした。

リーアムはミサのなかほどで到着して、マギーの隣にすわった。「まいったよ」リーアムは彼女の耳元にささやいた。「目覚ましが鳴らなかったんだ」彼はマギーの手をにぎったが、マギーはすぐに手をひっこめた。彼女は自分が好奇の的になっているのに気づいていたので、リーアムとのことであらぬ噂《うわさ》をたてられたくなかった。でも、彼のがっしりした肩が肩に軽くこすれると、孤独感がやわらぐこともたしかだった。

先刻、葬儀場で故人への最後の別れをするために、ほかの人々と一緒に一列になって棺の前を通ったとき、マギーは短いあいだながら大好きだった女性の、透けるように美しい死に顔を一瞬じっと見つめて、今頃グレタ・シプリーとヌアラは親しい友人たちと天国で楽しい再会を果たしていることだろう、と思った。

その思いとともに、またあのヴィクトリア朝時代のベルへの疑問がよみがえった。ミセス・シプリーのいとこたちと紹介された三人が棺の近くに立っていた。彼らの顔にはその場にふさわしい沈痛な表情が浮かんでいたものの、レイサム・マナーでのミセス・シプリーの親しい友人たちの目や顔に認められた、嘘《うそ》いつわりのない深い嘆きの色はうかがえなかった。

わたしが訪れたお墓に眠っている女性たちがいつ、どんな死に方をしたのか、彼女たちの何人に親密な血縁者がいたのか、それをつきとめる必要がある。マギーはそう考えた。血縁者の有無は、ミセス・ベインブリッジをレイサム・マナーにたずねたさい頭に浮かんだ見逃せない要素だった。

そのあとの二時間は、機械じかけで動いているような気分だった——観察し、記録していても、なにも感じない。埋葬式が終わると、リーアムと並んでグレタ・シプリーの墓をあとにしながら、「わたしはカメラだ」とマギーは考えた。

腕に軽く手を置かれて、ふりかえると、背筋のすっきりと伸びた銀髪の美しい女性が立っていた。「ミズ・ハロウェイ、わたくしセアラ・ベインブリッジ・クッシングです。きのう母をたずねてくださったお礼を申しあげたくて。母はとても喜んでいましたわ」

セアラ。ヴィクトリア朝時代のベルに関するスピーチのことでアールと言い争ったミセス・ベインブリッジの娘さんというのが、この人だわ、とマギーは思った。ふたりだけで話をする機会がほしかった。

それが通じたかのように、セアラ・クッシングがその機会を提供してくれた。「いつまでニューポートにいらっしゃるのか存じませんけど、あしたの午前中、母をブランチに連れ出すつもりですの。ご一緒していただけるとうれしいですわ」

マギーは即座に同意した。

「ヌアラの家に滞在していらっしゃるんでしょう？ よろしければ、十一時に迎えにうかがいますわ」会釈《えしゃく》をすると、セアラ・クッシングは後方を歩いていた仲間に合流した。

「静かなランチをとろう」リーアムが提案した。「葬式のあとの集まりはもうこりごりだろう」

「ええ、そのとおりだわ。でもほんとうはうちに帰りたいの。ヌアラの衣類を点検してよりわけなくちゃならないのよ」

「それじゃ、今夜のディナーは？」

マギーはかぶりをふった。「ありがとう、でも分類と梱包《こんぽう》の作業をなんとしてでも終わらせないと」

「そうか、でもあしたの夜ぼくはボストンへ帰る。その前にどうしても会いたい」リーアムはくいさがった。

断ってもすんなりリーアムが受け入れないことはわかっていた。「いいわ、電話して」マギーは言った。「なんとかなるはずよ」

リーアムとは車の前で別れた。エンジンをかけていると、窓をたたく音がして、彼女をおどろかせた。マルコム・ノートンだった。「話しあう必要がある」彼は切迫した口調で言った。

マギーはノートンの時間も自分の時間も無駄にしない決意をした。「ミスター・ノートン、ヌアラの家を売るお話でしたら、当面あの家を売るつもりはまったくないというお返事しかできません。それから、余計なことですが、実質上あなたのより高いオファーがすでにきているんです」

マギーは「申しわけありません」とつぶやきながら、ギアをドライヴにいれた。男のショックにゆがんだ顔を見るのは彼女にとっても苦痛だった。

51

ニール・スティーヴンスと父親は午前七時に第一打をうちだし、正午にクラブハウスに戻った。今度はふたつめの呼び出し音で受話器がとりあげられる音がした。マギーの声を認めてニールは安堵《あんど》のためいきをもらした。

われながらぎごちない口調だと思いつつ、ニールはマギーが金曜日にマンハッタンを発《た》ったあと電話をかけたことや、ジミー・ニアリーの店へ行ってヌアラの名前を聞き出したこと、ヌアラの死を知って心から悼《いた》んでいることなどを話したあと、最後にこう言った。「マギー、きみにぜひ会いたいんだ、きょう」

マギーのためらいがつたわってきた。ニールは、家にこもって継母の身の回り品の整《せい》頓《とん》を完了させなくてはならないというマギーの説明に耳を傾けた。

「どんなに忙しくても、夕食は食べなくちゃならないだろう」ニールは懇願した。「マギー、どうしても外食はしないというなら、ぼくが食料を宅配するよ」そう言ったとたん、ジャガーの男が脳裏に浮かんだ。「ほかの誰かがもうそういうことをする予定になっているのでなければ」

マギーの返事を聞いて、ニールは破顔した。「七時でいいかな？　すばらしい。うまいロブスターを食べさせる店を見つけたんだ」


「おまえのマギーとやらに連絡がついたようだな」クラブハウスのドアの前にニールがやってくると、ロバート・スティーヴンスはそっけなく言った。

「そうなんだよ。今夜一緒に外で食事をすることになった」

「ふむそうか、だったら彼女も一緒に連れてきたらいい。そら、今夜はクラブで母さんの誕生日のディナーを食べることになっているんだからな」

「母さんの誕生日はあしたじゃないか」ニールは抗議した。

「なにを言っとるんだ！　今夜お祝いをしようと言ったのはおまえだぞ。あしたの午後にはマンハッタンに着いていたいと言ったじゃないか」

ニールはじっと考え込むように口に手をあてて立っていたが、やがて無言のままうなずいた。ロバート・スティーヴンスはにやりとした。「母さんとわたしは一緒にいて楽しい人間だというのが、おおかたの評価だ」

「たしかにね」ニールは力なく言った。「きっとマギーも楽しんでくれるよ」

「もちろんだ。さて、うちへ帰ろう。わたしのもうひとりのクライアント、ローラ・アーリントンが二時にくることになっているんだ。彼女の残りの証券のポートフォリオを調べて、収益をあげる方法がないかどうか見てもらいたいんだ。あのろくでもないブローカーのせいで、ローラの財政は危機に瀕《ひん》している」

予定変更を電話でマギーに伝えるような危険はおかしたくない、とニールは思った。事情を聞いたら彼女は辞退するだろう。マギーを迎えにいったその場で、頭をさげて頼み込むしかない。

二時間後、ニールは父親のオフィスでミセス・アーリントンとともに腰をおろしていた。たしかにひどいことになっていた。かつては配当率のいい優良株を所有していたのに、例の突拍子もないベンチャー企業の株を買うためにすべて売り払ってしまったのだ。十日前、ミセス・アーリントンは丸め込まれて、一株五ドルで紙屑《かみくず》同然の株を十万株も買っていた。翌朝、株価は五ドル十五セントに上昇したが、その日の午後には急落しはじめていた。いまや一ドルにもならない。

したがって、最初にあった五十万ドル分の株は買い手がついたとしても、八万ドル程度にしかならない、ニールはそう計算しながら、デスクのむこうの土気色の顔をした女性をいたましい思いで一瞥《いちべつ》した。からみあわせた両手とがっくり落ちた肩が心境を物語っている。母さんと同じでまだ六十六なのに、二十歳は老《ふ》け込んで見える、と思った。

「無惨《むざん》でしょう?」ミセス・アーリントンがたずねた。

「残念ながらそうですね」ニールは答えた。

「そのお金はね、レイサム・マナーのもっと大きな部屋のひとつに空きが出たら、そこを買うための資金だったんですよ。でも、そんな大金を自分だけのために使うのは、ずっと気がひけていたの。わたしには子供が三人いて、ダグラス・ハンセンがとても強引なのと、ミセス・ダウニングが彼のおかげで一週間たらずのうちに大儲《おおもう》けをしたと話してくれたものだから、わたしもお金が倍になれば、レイサム・マナーに住めるだけじゃなく、子供たちにもお金を残せると思ったのよ」

ミセス・アーリントンは懸命に涙をこらえていた。「それがね、間の悪いことに、先週はお金を失っただけじゃなく、翌日には大きな部屋のひとつが空いたという電話があったの。ヌアラ・ムーアが入居する予定だった部屋が」

「ヌアラ・ムーアが?」ニールはすばやく言った。

「ええ、先週殺された女性よ」ミセス・アーリントンはそれ以上こらえきれなくなった涙をハンカチで拭《ふ》いた。「いまは空いた部屋にはいるどころか、子供たちにやれる財産もないし、子供のひとりはわたしを引き取るはめになって四苦八苦することになるかもしれないわ」

ミセス・アーリントンはかぶりをふった。「こうなることは一週間前からわかっていたけれど、今朝届いた株購入の確認書を見るまでは藁《わら》にもすがる思いだったのよ」彼女は目を拭いた。「ああ、とんだことになってしまったわ」

ローラ・アーリントンは立ち上がると、笑みを浮かべようとした。「お父様がわたしたちみんなにずっと言いつづけていらしたけど、あなたはほんとうにそのとおりのすてきな若者だわ。で、わたしの残りの有価証券はそのままにしておくべきだとお思いになる?」

「絶対そうなさるべきです」ニールは言った。「こんなことになって残念です、ミセス・アーリントン」

「〝肥溜《こえだ》めにぶちこむ〟五十万ドルをもってない世界中の人たちのことを考えてごらんよ、って孫息子が言うのよ」ミセス・アーリントンは目をまん丸にした。「なんて言葉づかいをしちゃったんでしょう、信じられないわ! ごめんなさいね」かすかな笑みが口元に浮かんだ。「でもね、悪い言葉を使うと気分がすっとするの。ご両親は母屋《おもや》のほうへも寄ってほしいと誘ってくださったけれど、このまま失礼したほうがよさそうだわ。

わたしの代わりに感謝の気持ちをお伝えしておいてくださいね」

ミセス・アーリントンが帰ると、ニールは母屋に戻った。両親はサンルームにいた。

「ローラは？」母親が気づかわしげにたずねた。

「いまはこっちへきたくないんだろう」ロバート・スティーヴンスが言った。「彼女にとってはなにもかもが一変してしまったんだ。それに慣れるにはまだ時間がかかる」

「品のいい女性だな」ニールは心から言った。「ダグラス・ハンセンとかいう野郎を絞め殺してやりたいくらいだ。だが、月曜の朝になったら真っ先に、そいつの悪行をすみずみまで掘り返してできるかぎりの責任を取らせてやるよ。もしも証券取引委員会に告訴する方法があれば、そっちも実行する」

「それでこそだ！」ロバート・スティーヴンスは熱っぽく言った。

「日を追うごとにあなたはお父様そっくりになってくるわね」ドロレス・スティーヴンスがさりげなく言った。

後刻、ヤンキース対レッドソックス戦の残りをテレビで見ながら、ニールはローラ・アーリントンの証券のポートフォリオになにか見落としたものがあるような落ち着かない気分になっていた。とんでもない投資をした以外に、あそこにはなにか腑《ふ》に落ちないものがあった。だが、なんだろう？

52

ジム・ハガーティー刑事は子供の頃からずっとグレタ・シプリーを知っており、彼女が好きだった。少年時代、彼女の家の戸口まで新聞を配達するたびに、ミセス・シプリーは毎回かならずにこやかに礼を言い、親切にしてくれた。毎週土曜日の朝に新聞代の徴収に行くと、その場で払ってくれたうえ、チップをはずんでもくれた。

支払いを滞納してから六週間分の代金を払い、十セントのチップをつけたすだけのほかの豪勢な家に住むけちん坊とはわけがちがう、とジム少年は思ったものだ。なかでも忘れられないのは、ある雪の日のことだった。ミセス・シプリーは遠慮する少年に、ぜひとも中へはいって暖まっていくようすすめ、みずからココアをいれて、彼がそれを飲んでいるあいだに、手袋と毛糸の帽子をラジエーターの上にのせて乾かしてくれたのだ。

その朝早く、トリニティー教会でのミサに参列したとき、ハガーティー刑事は参列者の多くが、自分と同様の思いを抱いているにちがいないと思った。すなわち、グレタ・シプリーの死は、果たして親しかった友人のヌアラ・ムーアが殺されたショックによって早められたのかどうか、ということだ。

もし犯罪のさなかに被害者が心臓発作を起こしたなら、犯人を殺人容疑に問うことは可能だ、とハガーティーは考えた――しかし、その数日後、被害者の友人が就寝中に死亡した場合はどうなのだろう？

ハガーティー刑事はミサの席でヌアラ・ムーアの継娘であるマギー・ハロウェイがリーアム・ペインと並んですわっているのを見ておどろいた。リーアムは昔から美人に目がなかったな、と思った。この数年来、リーアム・ペインに目をつけている美人は大勢いる。彼はニューポートきっての〝夫にしたい〟独身者のひとりだった。

ハガーティー刑事はアール・ベイトマンの姿も見つけた。大学教授になるだけの教育を受けておきながら、いまだに本領を発揮していない男だ、とハガーティーは考えた。ベイトマンのあの博物館はまるで〈アダムズ・ファミリー〉に出てくるセットそのものだ――そう思って、ハガーティーはぶるっとみぶるいした。アールは家業を継げばよかったんだ。ずっと親の脛《すね》かじりじゃないか。

ハガーティーは退場する人々が列をつくる前にそっと教会の外へ出たが、その頃にはいろいろ考えあわせて、マギー・ハロウェイはミセス・シプリーとかなり親しくなっていたにちがいないと推論していた。そうでなければ、わざわざミサに参列するはずがない。ことによると、ハロウェイはレイサム・マナーにミセス・シプリーを訪問し、ヌアラ・ムーアがマルコム・ノートンへの家の売却を取り消した理由をつきとめたのかもしれない。

ノートンはなにかを隠しているとジム・ハガーティーは直感していた。彼が予告もせずにその日の午後三時にギャリソン・アヴェニュー一番地を訪れたのは、そのことが気になったためだった。

呼び鈴が鳴ったとき、マギーはヌアラの寝室で注意深くたたんだ衣類をいくつかの山にわけているところだった。新品同様のもの、民間慈善団体のグッドウィルに出すための中古衣料、すっかり着古して、端切れ袋にするしかなさそうなもの。病院の中古衣料品店に引き取ってもらえそうな、かなり高価でドレッシーな衣類。《フォーシーズンズ》でのあの夜、ヌアラが着ていた水色のスーツは自分のために取っておいた。それとヌアラの絵を描くときのスモックのひとつも懐《なつ》かしい思い出のために。

ぎゅう詰めのクロゼットの中には、カーディガンが数枚とツイードの上着が数着あった――ヌアラが捨てられなかったティム・ムーアの衣類にちがいなかった。

ヌアラとわたしはずっと似たもの同士だったのだ、アパートメントのウォークイン・クロゼットにしまいこんだ箱を思って、マギーはそんな感慨に浸った。箱の中にはいっているのは、ポールと会った日に着ていたドレス、それにポールの飛行服、お揃《そろ》いのジヨギングスーツだった。

よりわけながら、マギーの意識はひっきりなしに墓に置かれていたベルへ戻っていった。ベルをあそこに置いたのはアールのしわざとしか思えなかった。レイサム・マナーでのスピーチでベルをくばったあとに起きた騒ぎにへそを曲げて、アールがあの施設に関係のある故人にたちの悪いいたずらをしかけたのではないだろうか？

つじつまは合っていた。アールはあの女性たちを全員知っていただろう。なんといっても、レイサム・マナーの入居者《ゲスト》の大多数はもともとがニューポート出身であるか、すくなくとも春と夏の数ヶ月を長年ここで過ごしてきた人々なのだ。

マギーは一枚のローブをもちあげてみて、さんざん着古したものだと判断し、ぼろ用の袋にいれた。でも、ヌアラはレイサムに住んでいたわけではない、と自分に思い出させた。アールは友情のあかしとして、ヌアラの墓にベルを置いたのだろうか？　彼はほんとうにヌアラが好きだったようだった。

だが、墓のひとつにはベルがなかった。なぜだろう？　あの女性たちの名前は全部メモしてある。あした、もう一度墓地へ行って、彼女たちが亡《な》くなった日を書き留めてこよう。新聞の死亡欄にも彼女たちのことが載ったにちがいない。なんと書いてあるのか読んでみたい。

呼び鈴の音は迷惑な妨害だった。いったい誰だろうと不審に思いながら、マギーは一階にむかった。またアール・ベイトマンの思いがけない訪問ではありませんようにと、いつのまにか祈っている自分に気づいた。もしそうだったら、どう対処したらよいのか見当がつかなかった。

ドアの外にいるのが、ヌアラが殺された夜、自分の緊急電話に答えてくれたニューポート警察の刑事のひとりだということに気づくのに、すこし手間取った。彼はジム・ハガーティー刑事だと名乗った。いったん家の中にはいると、ハガーティー刑事は他愛《たわい》のないおしゃべり以外なにもすることがない人間のような様子でクラブチェアに腰をおちつけた。

マギーは刑事とむきあって、カウチの端に浅くすわった。ハガーティー刑事にボディランゲージにたいする理解があるなら、マギーがこの会見をできるだけ短くすませたがっていることがわかっただろう。

刑事はマギーがたずねてもいない質問に答えることで会話をはじめた。「容疑者のめぼしがついているかということになると、まだあいにくと五里霧中の段階でしてね。しかしこの犯罪を迷宮入りにはしませんよ。それだけは約束できます」

マギーは先を待った。

ハガーティーは眼鏡をひっぱって鼻先に落ち着かせた。脚を組み、片方のくるぶしをマッサージした。「昔スキーで痛めたんです。今じゃ、このおかげで風向きの変化がわかるんです。あしたの夜は雨でしょうな」

空模様の話をしにきたのではないはずよ、とマギーは思った。

「ミズ・ハロウェイ、あなたがここへこられてから一週間とちょっとだが、この土地を訪れる人々の多くはあなたを襲ったようなショックとは無縁なんです。ときに、きょうは教会であなたを見かけました。ミセス・シプリーのミサのときです。ミセス・シプリーとはここへきてから親しくなられたようですな」

「ええ、そうです。実際は、ミセス・シプリーとお近づきになったのは、ヌアラが遺書の中でそう望んでいたからなんですが、彼女とのおつきあいは楽しいものでした」

「すばらしい女性でしたよ、ミセス・シプリーは。わたしは子供の頃から知っていましてね。お子さんがおられなかったのが残念だ。ミセス・シプリーは子供好きだったんです。レイサム・マナーで彼女はしあわせだったと思いますか？」

「ええ、もちろんですわ。亡くなられた夜、わたしはミセス・シプリーとディナーをご一緒しましたが、友人づきあいをとても楽しんでいらっしゃいました」

「一番の親友、つまりあなたのお継母《かあ》さんが土壇場《どたんば》になってレイサム・マナーへ引っ越すのをやめた理由について、彼女はあなたに話しましたか？」

「そのことは誰も知らないようです」マギーは答えた。「ドクター・レーンは元気でいればヌアラはいずれまた心変わりして、あそこの一室を買っただろうと自信満々でした。

ヌアラの心理状態が見抜ける人なんていませんわ」

「ミセス・シプリーにならず、予約を取り消した理由をミセス・ムーアも説明したんじゃないかと期待していたんですがね。わたしの理解するところでは、ミセス・シプリーは旧友が同じ屋根の下で暮らす予測に大喜びしていましたからね」

マギーはヌアラがスケッチしたポスターの風刺画、マーキー看護婦が盗み聞きをしているあの絵を思い浮かべた。あのポスターはまだグレタ・シプリーの部屋にあるのだろうか？

「どんな意味があるのかわかりませんけれど」マギーは慎重に切り出した。「でも、ヌアラもミセス・シプリーもある看護婦がそばにいるときは、ずいぶん気をつかってしゃべっていたようですわ。その看護婦はいきなり部屋にはいってくる癖があるんです」

ハガーティーはくるぶしをもむ手をとめた。「どの看護婦です？」そうたずねた口調がこころもちせきこんでいた。

「マーキー看護婦です」

ハガーティーは帰るそぶりをみせた。「家についてもうなにか決めたんですか、ミズ・ハロウェイ？」

「もちろん遺書はこれから検認されなくてはなりませんけれど、でも当面売りに出すつもりはまったくありません。実際のところ、売らないかもしれません。ニューポートは美しいところですし、マンハッタンに住む身としてはすてきな別荘になりますものね」

「マルコム・ノートンはそれを知っているんですか？」

「今朝、そうお伝えしましたから。じつを言うと、売りたくないばかりでなく、もっと条件のいいオファーがあったとまで言ってしまいましたの」

ハガーティーの眉《まゆ》があがった。「古いが魅力的な家ですからね、見かけとは裏はらに、すごい宝が隠されているとわたしが言っても、けなしているんじゃないとわかっていただきたいですな。その宝が見つかるといいが」

「ここに見つかるべきなにかがあるなら、掘り起こしてみせますわ。心から愛していた女性の身にふりかかったことの償いを犯人にさせるまでは、心が安らぎません」

ハガーティーが腰をあげたとき、マギーは衝動的にたずねた。「きょうの午後、新聞社へ行ってなにか役立つ情報がないか見てこようと思っているんですが、土曜日は休みでしょうか？」

「月曜日まで待つしかないでしょう。どうしてきょうが休みなのか知っているのかというと、古い社交欄を見たがる訪問者がいつもいるからなんですよ。彼らはすてきなパーティーの記事を読むのが楽しくてしかたがないんですな」

マギーはだまってほほえんだ。

ハガーティーは車を出しながら、月曜になったら新聞社の社員と雑談して、ミズ・ハロウェイが彼らの参考資料室で捜した情報とはなんなのか聞き出すこと、と頭にたたきこんだ。

マギーはヌアラの部屋に戻った。寝るまでに、クロゼットとドレッサーの中身を残らず調べるつもりだった。ぎゅう詰めの段ボール箱をいくつもひきずって三つめの小さな寝室にはいりながら、ここはさしずめ選別用の部屋だわ、と思った。

昔からヌアラは特別な思い出の品々をまわりに散らかしておくのが好きだった。ドレッサーの上の貝殻、窓下の腰掛けの上の動物のぬいぐるみ、ナイトスタンドの上のレストランのメニューの束、そしてそこらじゅうにばらまかれた安物の土産品を次々に捨てていくと、室内にあったサトウカエデ材の家具のもつ本来の美しさが俄然《がぜん》ひきたった。ベッドはあの壁際《かべぎわ》へ移動させよう。そのほうがいいわ。それからあの古ぼけた長椅子《ながいす》は処分しよう……ヌアラが額にいれて掛けたヌアラの絵は全部取っておこう。絵は彼女の大切な一部だ。あれだけは絶対に手放さない。

六時、マギーは大きなほうのクロゼットに残った最後の衣類――床に落ちていた淡い金色のレインコートを点検していた。先日、ヌアラの水色のカクテルスーツを掛け直したとき、そのレインコートがあぶなっかしく奥に掛かっていたのを思い出して、ひっぱりだしたのだ。

他の衣類のときと同じように、マギーはなにもはいっていないことを確認するためにポケットに手をつっこんだ。

レインコートの左側のポケットはからっぽだった。ところが右のポケットをさぐった指先が砂のようなものにさわった。

マギーはそれをつかんだまま手をひきだした。部屋は長い影に満たされていたので、ドレッサーのそばまで歩いていって明かりをつけた。乾いた泥がひとかたまり、手の中で砕けていた。まさかヌアラがポケットに泥をつっこんだはずはない、とマギーは思った。まさかこのコートを着て庭いじりをしたわけがない。コートは新品同様なのだから。実際、先日わたしが買い物をしたあのブティックにこれと同じコートがあったような気がする。

釈然としないまま、マギーはベッドの上にコートを置いた。ポケットに残っている泥は今はそっとしておいたほうがいい、と直感的に判断した。

この部屋をすっかりきれいにするまでには、あとひとつだけ作業が残っていた。大きなほうのクロゼットの床を埋めつくす靴、ブーツ、スリッパ、これらを片っ端から選別しなければならない。大部分はどうみてもゴミ箱行きだが、何足かはグッドウィルへ寄付できそうだった。

でも、今夜はもうこれくらいにしておこう、とマギーは思った。この作業はあしたにまわそう。

一日のこの時刻になると、きまって待ち遠しくなる熱いお風呂《ふろ》の時間だった。それからニールとのディナーのために服を着替える。日中はほとんど考えることすらなかったのに、今になってそれを心待ちにしていた自分にマギーは気づいた。

53

ジャニスとマルコム・ノートンはグレタ・シプリーのミサと埋葬に連れ立って参列した。ふたりとも生まれたときからシプリーを知っていたが、単なる知り合い以上のつきあいには進展しなかった。死者にたいする頌徳《しょうとく》の言葉が述べられているあいだ、参列者を見まわしたジャニスは、そこにいる多くの人々と自分のあいだに横たわる経済的な隔たりを痛感して、あらためて苦々しい思いにとらわれた。

一方の隅にレジナ・カーの母親が見えた。レジナはいまやレジナ・カー・ウェインだった。レジナはダナ・ホールでのジャニスのルームメイトで、ともにヴァッサーへ進学した仲だった。現在、レジナの夫ウェス・ウェインはクラタス製薬会社の主要株主兼最高経営責任者であり、レジナが実家の家業の会計係でないことは火を見るよりあきらかだった。

アーリーン・ランデル・グリーンの母親が声を殺して泣いていた。アーリーンもニューポートからダナ・ホールへ通ったひとりだった。アーリーンと結婚したときは無名の脚本家だったボブ・グリーンは、いまや押しも押されもせぬハリウッドのプロデューサーだった。アーリーンは今この瞬間にもどこかへクルーズに出かけているのだろう。ジャニスは羨望《せんぼう》のあまり顔をゆがめた。

ほかにも知った顔がたくさんあった。友達や知人の母親たちである。彼女らはこぞって、親しい友人だったグレタ・シプリーに別れを告げにきていた。その後、墓地をあとにする彼女たちにつきそって歩きながら、ジャニスは娘たちや孫たちの多忙な社交生活をならべあげて競いあう自慢話に耳を傾けつつ、嫉妬《しっと》と羨望に身をふるわせた。マギー・ハロウェイに追いつこうと前方へ飛び出していくマルコムを見ながら、ジャニスは憎悪《ぞうお》にも似た感情にとらわれた。わたしのハンサムな旦那《だんな》さま、彼女は苦々しく考えた。けっしてなれないなにかにマルコムを仕立てようと、あんなに時間を無駄にすることさえなかったら。

独身時代のマルコムはすべてをもっているように思えた。ルックスのよさ、申し分のない家柄、すばらしい学歴――ロクスベリ・ラテン、ウィリアムズ、そしてコロンビア法律大学院――IQが百四十以上の天才だけが入会を許可されるメンサのメンバーですらあった。だが結局、そんなものは関係なかったのだ。輝かしい経歴にもかかわらず、マルコム・ノートンは負け犬だった。あげくに、彼はわたしを捨ててほかの女のところへ走ろうとしている、とジャニスは考えた。あの家を売却してもうけるつもりでいる金をわたしとわかちあう気など毛頭ない。煮えたぎるようなジャニスの思考は、レジナの母親がヌアラ・ムーアの死についてしゃべっていると気づいたとたんに中断された。

「ニューポートも変わったわね」レジナの母親は言っていた。「家が荒らされるなんて、考えてもごらんなさいな。何者だか知らないけれど、いったいなにを捜していたのかしら？」

アーリーン・グリーンの母親が言った。「ヌアラ・ムーアは死の前日に遺書を書きかえたそうよ。もしかすると、古い遺書からはじきだされた誰かが新しい遺書を捜していたのかもしれないわ」

ジャニス・ノートンは思わず出かかったあえぎ声をあわてて押さえた。誰かがヌアラが新しい遺書を書こうとしているのを察して、それをはばもうと彼女を殺したのだろうか？　もしも新しい遺書を書く前にヌアラが死んでいたら、マルコムが彼女の家を買い取るという交渉は成立していただろう。同意の署名がきちんとあるのだから、マルコムはヌアラの遺言執行者として家の購入を完了させることができたはずだ。さらに、湿地保護条例の差し迫った変更を知っている者ならだれだってあの土地に関心をもつだろう。

あの家を手にいれるというそれだけのためにヌアラを殺すほど、マルコムは切羽詰まっているのだろうか？　ジャニスはふいに夫が隠そうとしている秘密はそれだけにとどまらないのではないかと怪しみながら自問した。

歩道のつきあたりまでくると、人々は別れの挨拶《あいさつ》をかわしてちりぢりに去っていった。ジャニスは前方でマルコムがのろのろと車のほうへ歩いていくのを認めた。夫に近づいたとき、その顔が怒りにゆがんでいるのを見て、マギー・ハロウェイが家の売却をことわったことがわかった。

車に乗りこむまで、彼らは口をきかなかった。マルコムはしばらく前方をにらんでいたが、やおらジャニスのほうをむいた。「われわれの家を抵当にして借りた金はわたしが返す」マルコムは感情のこもらない声で静かに言った。「ハロウェイは今は家を手放さないし、いずれにしろ、もっと高額の申し出があったと言っている。つまり、彼女の気が変わったとしても、わたしにはなんら得るところはないということだ」

「わたしたちには、でしょう」ジャニスは機械的に訂正してから、くちびるを嚙《か》んだ。今マルコムを苦しめるのは得策ではなかった。

その高額の申し出に妻がかかわっていることを知ったら、マルコムは逆上してわたしを殺しかねない、ジャニスは居心地の悪さを感じながらそう思った。その申し出をしたのはもちろんジャニスの甥《おい》のダグだが、それを知ったらマルコムはそれがわたしの差し金だと気づくだろう。マギー・ハロウェイはわたしをまずい立場に立たせるようなことをマルコムに言わなかっただろうか？

ジャニスの心中を読みとったかのように、夫が顔をむけた。「まさか誰にも話さなかっただろうな、ジャニス？」マルコムは静かに問いかけた。

「すこし頭痛がする」家に着いたとき、マルコムはそう言っていた。よそよそしいが、礼儀正しい口調だった。そのあと彼は二階の自分の部屋にひきあげた。夫婦が寝室をともにしていたのは、はるか昔のことだった。

そのまま七時近くまで彼は下へおりてこなかった。夜のニュース番組を見ていたジャニスは、ファミリー・ルームの戸口で立ち止まった夫を見あげた。「ちょっと出てくる」マルコムは言った。「おやすみ、ジャニス」

ジャニスはテレビ画面に目を注いだまま、玄関ドアが閉まる音に注意深く耳をすませた。マルコムはなにかたくらんでいる、と思った。でもなんだろう？ 夫が立ち去るのにじゅうぶんな時間を与えてから、彼女はテレビを消し、バッグと車のキーをつかんだ。それより早い時間に、夕食は外で食べるとマルコムには告げてあった。最近、夫婦はめっきり互いの行動に無関心になっていたから、ジャニスがマルコムの予定をいちいちたずねるのをわずらわしく思うのと同様、マルコムも妻が誰と会うのか聞いたりしなかった。

　でも、たとえ聞かれても教えなかっただろう、とジャニスは冷たく思いながらプロヴィデンスへ車を走らせた。人目につかぬ小さなレストランで甥が待っている。ステーキを食べ、スコッチを飲みながら、甥は現金入りの封筒を彼女に渡すだろう。コーラ・ゲイバールの財政状況を詳細に調べ上げて教えてやった報酬を。ダグはあのあと満足げにこう言っていた。「あれは正真正銘のボロもうけだったぜ、ジャニスおばさん。これからもどんどん頼むよ！」

54

　ニール・スティーヴンスとのデートにそなえて着替えをしようとしたとき、寝室の窓からはいってくる潮のかおりのする風がいつもより湿気をふくんでいることにマギーは気づいた。このぶんだと、髪がもしゃもしゃになるわ、彼女はあきらめ半分に思った。ブラッシングをしたあとは指でふわっとふくらませるだけにしておこう。こういう夜は、生まれつきのカールが自己主張するのは避けられなかった。

　支度をつづけながら、ニールのことを考えた。この三ヶ月、マギーはニールからの電話を心待ちにし、期待が裏切られると落胆する自分に気づいていた。

だがニールにとって、マギーがときたまのデートの相手であって、それ以上の存在でないことははっきりしていた。ニールの態度がそれを明確に物語っていた。それでも、じつのところマギーはニューポートへ発《た》つ前にニールから電話があることを期待していた。今夜を特別視するのはよそう、と今マギーは決心した。成長した子供たち——特に独身の男性——が両親の家を訪問すると、たえず逃げ出す口実を捜すものだということぐらい彼女にもわかっていた。

それにリーアムがいる、マギーはちらりと考えた。どういう風の吹きまわしで、リーアムが急に自分に関心を示しはじめたのか、マギーにはよくわからなかった。「まあいいわ」彼女は肩をすくめた。

ごてごて塗りすぎた、アイシャドウとマスカラと頬紅をつけ、淡い珊瑚《さんご》色《いろ》の口紅を慎重に塗ったあと、皮肉っぽくそう思った。

ドレスを選ばなくてはならなかった。迷ったあげく、ヌアラのディナーパーティーに着るつもりでいた服を手にとった。あざやかなブルーのシルクのプリントのブラウスと、それにマッチしたロングスカート。母のものだった楕円《だえん》形のサファイアの指輪を別にすると、身につけた宝石は細いゴールドのネックレスとイヤリングだけだった。

下へおりようとヌアラの寝室の前を通りしな、マギーはちょっと中にはいってナイトスタンドの上の明かりをつけた。室内を見まわし、ここを自分の部屋にしようと決めた。あした、ミセス・ベインブリッジとその娘とのブランチから帰ったら、この部屋に移ろう。家具ぐらいひとりで動かせるし、まだ片づけていないのはクロゼットの床に散乱する靴やらなにやらだけで、その作業にはそう長くはかからない。

居間を通りぬける途中、リーアムがもってきてくれたバラの水を取り替える必要があるのに気づいた。キッチンの流しで花瓶にきれいな水を満たし、中身の雑多な引き出しからはさみを取り出して茎を切り、バラを活《い》け直してから居間にもっていった。そのあと部屋中を歩きまわって、クラブチェアの前にあるオットマンをまっすぐに置き直したり、マントルピースやテーブル上にごたごたと置かれた小さな額入り写真の中からヌアラとその夫の一番写りのいい数枚だけを残して、あとの写真をかたづけたり、カウチの上のクッションをふくらませたりして〝せわしなく〟動きまわった。

あっというまに部屋は落ち着きのある、ゆったりした雰囲気になった。マギーはあいているスペースに頭の中で家具を配置しなおした。ヌアラの遺体がその陰にうずくまっていたあのラヴシートは処分するしかなかった。ラヴシートを見ただけで、あのときの光景が脳裏によみがえって消えなかった。

ポールとふたりでテキサスにいたときの、あのちっぽけなアパートメント以来、こんなに〝巣作り〟に熱中したのははじめてだわ、とマギーはひとりごちた。

七時十分前、玄関の呼び鈴が鳴った。ニールが早々とやってきていた。この先自分を待ち受けている数時間について相反する感情がせめぎあっていたことにいまさらのように気づき、マギーはすぐにはドアに出なかった。ドアをあけたときも、愛想はよいがごくあたりまえの口調と笑顔を保つように慎重につとめた。

「ニール、あなたに会えるなんてすてきだわ」

ニールはそれには答えず、気遣わしげな真顔でじっとマギーの顔を観察した。

マギーはドアをさらに大きくあけた。「父の口癖じゃないけれど、〝口がないの？〟。どうぞはいって」

ニールは中へはいると、マギーがドアをしめるのを待った。それから彼女について居間に足をふみいれた。

「すてきだよ、マギー」互いにむきあって立ったとき、ようやくニールは言った。

マギーは眉《まゆ》をあげた。「びっくりした？」

「いや、もちろんそんなことはない。ただ、きみのお継母《かあ》さんの身に起きたことを聞いて、ひどく心配だったんだ。きみはお継母さんと一緒にすごすのを待ちわびていただろう」

「ええ、そのとおりだわ」マギーはうなずいた。「ところで、夕食はどこでするの？」

ニールは口ごもりながら、「よかったら、母の誕生日を祝うために両親と夕食をともにしてもらえまいかとたずねた。

「このデートは別の機会にしたほうがいいんじゃないかしら？」マギーはそっけなくたずねた。「ご両親だって水入らずのお祝いに赤の他人がはいりこむのはお望みじゃないはずよ」

「きみに会いたがっているんだよ、マギー。ことわらないでくれ」ニールは懇願した。

「きみがこなかったら、両親は自分たちのせいだと思う」

マギーはためいきをついた。「選択の余地はなさそうね」

レストランへの道すがら、マギーはニールに会話の主導権をわたし、彼の質問にできるだけ直接的かつ簡潔に答えた。ところが、ニールはいつになくやさしく魅力的で、距離を置いて接しようとしていたマギーの決意はもろくもくずれてしまった。

ニールにたいしては極力抑えた態度を取るつもりでいたマギーだが、彼の両親の心のこもった歓迎と、ヌアラを襲った出来事への嘘《うそ》偽りのない哀悼の気持ちに心がなごみはじめた。

「お気の毒に、ここにはひとりも知り合いがなかったんでしょう」ドロレス・スティーヴンスが言った。「たったひとりでそんな目にあうなんて、さぞかし心細かったわね」

「じつはひとりだけよく知っている人がいるんです――わたしがヌアラに再会した《フォーシーズンズ》でのパーティーに連れていってくれた男性ですの」マギーはニールを

見た。「もしかすると彼を知っているかもしれないわ、ニール。リーアム・ペインよ。リーアムも投資の仕事をしているの。ボストンで自分の投資会社を経営しているけれど、定期的にニューヨークにきているわ」

「リーアム・ペインね」ニールは考えこんだ。「ああ、少々面識がある。優秀な投資家だ。ぼくの記憶が正しければ、優秀すぎて、ランドルフ&マーシャルの彼の元上司たちも歯がたたなかった。自分で会社を興《おこ》すさいに、ランドルフ&マーシャルの最高のクライアントたちをごっそり連れていった男だ」

マギーはニールのしかめ面《つら》を見て、満足をおぼえないわけにいかなかった。リーアムがわたしにとって大事な相手なのかどうか、たっぷり思い悩んでちょうだい。リーアムはもうはっきりとわたしへの気持ちを意思表示しているのよ。

にもかかわらず、ロブスターとシャルドネでしめくくられたうちとけた食事のあいだに、マギーはニールの両親との会話を楽しみ、ドロレス・スティーヴンスがマギーのファッション写真にくわしいと知って喜んだ。

「あなたのお継母さまが亡《な》くなったという記事を新聞で読んだときも」ミセス・スティーヴンスは言った。「そのあとニールがマギーの話をしたときも、あなたとあなたのお仕事がわたしの頭の中では結びつかなかったのよ。ところがきょうの午後、『ヴォーグ』を読んでいたら、アルマーニの見開きページの下にあなたのお名前を見つけたの。大昔のことだけれど――結婚前のね――わたしは小さな広告代理店で働いていて、そこはジヴァンシーの業務を委託されていたのよ。ジヴァンシーが有名になる前のことですけれどね。よく撮影会に行かされたものよ」

「それじゃ、ご存じですわね、ああいう……」マギーはしゃべりだし、きむずかしいデザイナーや扱いにくいモデルをめぐる苦労話を数えあげ、最後にニューポートへくる直前の仕事の話をした。神経質で優柔不断なアート・ディレクターほど写真家にとって始末の悪いものはない、ということで彼女たちの意見は一致した。

さらに話をつづけるうちに、マギーは家を手放したくない気持ちが強まったことをみんなに打ち明けていた。「あまりに急なことで実感もありませんが、しばらくはなにもしないでいるのが一番いいと思うんです。でも、今週あの家に住んでみて、ヌアラが手放すことをしぶったわけがなんとなく理解できましたわ」

ニールにたずねられて、マギーはヌアラがレイサム・マナーの予約を取り消した話をした。「特に希望していた大きな部屋が買えるところだったのに、急に決心がにぶったようなの」マギーは説明した。「そのお部屋には、すぐに別の買い手がつくと思うわ」

「ニールとわたしはきのうあそこへ行ったんだ」ロバート・スティーヴンスが言った。

「クライアントのひとりのために、ニールが下見をしているんだよ」

「ちょうど今売りに出ている部屋が、きみのお継母さんが買わなかった部屋らしいんだ」ニールが口をはさんだ。

「そしてローラ・アーリントンがほしがっていたのと同じ部屋でもある」ニールの父親が言った。「あの施設の部屋に関しては、相当な争奪戦があるような気がするね」

「ほかにもあの部屋をほしがっていた人がいるんですか？」マギーはすばやくたずねた。「その方は気が変わったんですの？」

「いや。口車に乗せられて、信用の置けない株に大金を投資し、不幸にもすっからかんになってしまったんだ」ニールが言った。

そのあとさまざまな話題をめぐって会話がつづく中、ニールの母親はすこしずつマギーの子供時代の話を聞きだしていった。ミセス・アーリントンの気の毒な投資結果をどう調査すべきかについて、ニールと父親が議論をしているあいだ、マギーはドロレス・スティーヴンスに、実母は自分が幼児のときに事故死したこと、ヌアラと一緒にくらした五年間がどんなに楽しかったかを話した。

涙ぐみそうになっている自分に気づき、マギーはとうとう言った。「もう感傷にひたるのはよしますわ。ワインもここまでにします。涙もろくなってしまいましたもの」

ニールは車でマギーを家まで送りとどけると、玄関まで一緒に歩いていって、マギーの手から鍵《かぎ》を取った。「一分たったら帰るよ」ニールはドアをあけながら言った。「ちょっと確認したいことがある。キッチンはどっち？」

「食堂の奥よ」とまどいながら、マギーはあとにつづいた。

ニールはすぐに勝手口に近づいて鍵を点検した。「新聞記事によれば、侵入者はこの勝手口の鍵があいているのに気づいたか、あるいは、きみのお継母さんが顔見知りの何者かのためにドアをあけたかのいずれかだというのが警察の見解だった」

「そのとおりよ」

「第三の可能性もあるな。つまり、鍵がゆるんでいるため、クレジットカードで誰にも簡単にあけられたという可能性だ」ニールは実際にそれをやってみせた。

「錠前屋に電話をしてあるわ。月曜には連絡があるはずよ」

「万全じゃない。親父《おやじ》は半端《はんぱ》仕事の天才でね。ぼくも小さい頃はいやいや手伝わされたものだ。ぼくか、親父とぼくのふたりが、あしたここへきて安全錠をとりつけ、全部の窓を点検しよう」

〝きみさえよければ〟も〝それでいいかい？〟もないのね、マギーはいらだちがふくれあがるのを感じながら思った。ただ〝こうだからこうする〟、それだけ。

「あしたはブランチに出かけるわ」

「ブランチならたいてい二時には終わる。その時間を見込んでくるよ。あるいは、鍵の隠し場所をぼくに教えてくれてもいい」

「いいえ、二時には戻ってるわ」

ニールはキッチンの椅子《いす》のひとつをもちあげて、ドアノブの下につっかいをした。

「すくなくともこうしておけば、侵入者がいれば音がする」そのあともう一度部屋を見まわしてから、マギーにむきなおった。「マギー、きみをおどかしたくはないが、あらゆる情報から判断して、きみのお継母さんを殺した犯人はなにかを捜していたというのがおおかたの見解だ。そして、それがなんなのかも、そいつがそれを手に入れたのかも、依然わかっていない」

「そいつってことは、犯人は男だと想定しているのね」マギーは言った。「でも、あなたの言うとおりよ。まさしくそれが警察の考えていることだわ」

「きみがひとりでここにいるというのが気にかかるんだ」ふたりで玄関のほうへ歩きながら、ニールは言った。

「わたしならへっちゃらよ、ニール。ずっとひとりでやってきたんですもの」

「たとえ平気じゃなくても、きみは絶対ぼくにそれを認めようとはしない。そうだろう？」

マギーはニールを見あげ、返事を待っている真剣な表情をじっと見た。「ええ、そうよ」あっさり言った。

ニールはためいきをつくと、背中をむけてドアをあけた。「今夜はとても楽しかったよ、マギー。またあした」

そのあとしばらくして、ベッドの中でしきりに寝返りをうちながら、マギーはニールを傷つけても満足を得られなかったことに気づいた。彼を傷つけてしまったのはあきらかだった。これでおあいこだわ、と自分に言い聞かせようとしたが、そうとわかっていてもすこしも気分は晴れなかった。ゲームのように人との関係をもてあそぶのは、性に合わなかった。

ようやくうとうとしはじめたとき、無意識の中から、支離滅裂で見当はずれのように思える考えが浮かびあがってきた。

ヌアラはレイサム・マナーの部屋の購入を申請していた。そして申請を取り消してまもなく死亡した。

スティーヴンス一家の友人ローラ・アーリントンは同じ部屋の購入を申請していたが、そのあと全財産を失った。

問題のその部屋は不幸をもたらす部屋なのだろうか、もしそうだとしたら、なぜ？

十月六日　日曜日

55

妻にうながされて、ドクター・ウィリアム・レーンはしばらく前からレイサム・マナーの日曜のブランチには、入居者や招かれた外部の客《ゲスト》たちにまじって席につくようになっていた。

オディールが指摘したとおり、レジデンスは一種の家族として機能しており、ブランチへ招待された客たちはレイサム・マナーをきわめて好ましい施設として考慮してくれる未来の有力な入居者候補だった。

「あそこで何時間も過ごさなくちゃならないと言ってるんじゃないのよ、ダーリン」オディールはおもねるように言った。「だけど、あなたはこんなにも面倒見のいい人なんだし、自分の母親やおばさんやなにやらがこんなにもきちんと世話をしてもらっていると知ったら、たいていの人はいざそういうときがきたら、自分たちもここに住みたいと思うかもしれないでしょ」

オディールがこれほど頭がからっぽでなかったら、ひょっとすると皮肉っているのかとレーンが思ったことは数知れなかった。しかし実際のところ、レーン夫妻が正式なサンデー・ブランチ——これもまた彼女の提案だった——をスタートさせ、ふたりそろってブランチに参加しはじめてからというもの、アンケート用紙の〝将来検討の可能性大〟に丸をつける人々の数はうなぎのぼりに増えていた。

しかしその日曜の朝、オディールとともにグランド・サロンに足をふみいれたドクター・レーンは、マギー・ハロウェイがミセス・ベインブリッジの娘のセアラ・クッシングと一緒なのを見て、すくなからず不快をおぼえた。

オディールもマギーとセアラに気づいた。「マギー・ハロウェイは友達をつくるのがすばやいようね」とレーンにささやいた。

レーン夫妻はときどきたちどまって入居者たちと談笑したり、顔見知りの客に挨拶《あいさつ》したり、見知らぬ顔に紹介されたりしながら、グランド・サロンを横切っていった。

マギーはふたりが近づいてくるのに気づいていなかった。ふたりに話しかけられたとき、マギーは申し訳なさそうに微笑した。「わたしのこと、『夕食にきた男』（訳注 アメリカの劇作家モス・ハートの作品タイトル）みたいだと思っていらっしゃるにちがいありませんわね」マギーは言った。

「ミセス・クッシングがミセス・ベインブリッジと三人のブランチに誘ってくださった

んですけれど、ミセス・ベインブリッジが今朝はちょっとお疲れなので、わたしたちも外へは出ないほうがよかろうということになりましたの」

「いつでも歓迎しますよ」ドクター・レーンは慇懃《いんぎん》に言ったあと、セアラのほうをむいた。「母上の様子を診たほうがいいでしょうかな？」

「いいえ」セアラはきっぱりことわった。「もうじきまいりますわ。ドクター、エリノア・チャンドラーがここに住む決心をしたというのは本当ですの？」

「じつはそうなんです。ミセス・シプリーが亡くなられたと聞いて、電話であの部屋をリクエストしてこられたんですよ。インテリア・デコレーターに改装をさせたがっておいでですから、実際にミセス・チャンドラーが移ってこられるのは数ヶ月先になるでしような」

「そのほうがいいと思いますのよ」オディール・レーンが熱心にくちばしをはさんだ。「それでしたら、ミセス・シプリーのお友達も心の整理がつきますもの、そうお思いになりません？」

セアラ・クッシングはその問いかけを無視した。「わたくしがミセス・チャンドラーについてお聞きした理由はひとつだけ、あの方を母のテーブルにはすわらせないでいただきたいってことだけですわ。手に負えない女性ですよ。ミセス・チャンドラーは耳の遠い方たちと同席させることをおすすめしますわ。そういう方たちなら、彼女の聞くに耐えない意見をすべて聞いてしまう心配はありませんからね」

ドクター・レーンは神経質に微笑した。「座席の取り決めについては、特に心がけておきましょう、ミセス・クッシング。じつは、一昨日二寝室の広い部屋についての問い合わせがありましてね。コネティカットのヴァン・ヒラリーご夫妻に代わって、さる紳士が下見にこられたんです。話がまとまれば、母上にはそのヒラリーご夫妻と同じテーブルを囲んでいただきましょう」

〝さる紳士〟……ニールのことだわ、とマギーは思った。

ミセス・クッシングは片方の眉《まゆ》をつりあげた。「いうまでもなく、わたくしが最初にそのご夫婦にお目にかかりたいですわね。もっとも母は殿方がいればご機嫌ですわ」

「まちがいなく母はご機嫌ですよ」ミセス・ベインブリッジのそっけない声がした。彼らがいっせいにふりむくと、ミセス・ベインブリッジが立っていた。「おくれてごめんなさいね、マギー。近頃は、ほんのちょっとのことをするにも時間ばかりかかってね。グレタ・シプリーのお部屋がもう売れたんですって？」

「そのとおりです」ドクター・レーンがよどみなく言った。「午後にもミセス・シプリーのご親戚《しんせき》が見えて、残っている身の回り品を片づけ、家具を輸送する手配をなさることになっています。ではよろしければ、オディールとわたしはほかのみなさんに挨拶をしてきますので」

レーンとその妻がこちらの声が聞こえないところまで行ってしまうと、レティシア・ベインブリッジは口を開いた。「セアラ、このわたしが永遠に目を閉じても、翌月の一日までは誰もわたしの部屋には近づけないでちょうだい。管理費を払っているんですから、そのくらいの保証はされるはずですよ。なにやら、代わりの入居者が見つかるまでは、冷たくなることもできないみたいだわね」

やわらかなチャイムが鳴って、ブランチの用意がととのったことを知らせた。席につくとすぐにマギーは彼らのテーブルの全員が場所を変えたことに気づき、入居者が亡くなったあとはそれが習慣なのだろうかと思った。

セアラ・クッシングはきょうのこのグループにはなくてはならない人だ、とマギーは思った。母親に似て、セアラは話し上手だった。エッグ・ベネディクトをつつき、コーヒーをすすりながら、マギーはセアラ・クッシングが全員を会話に参加させ、みんなが楽しめるようにはからう巧みな話術に感心しつつ、耳を傾けた。

しかしながら、二杯めのコーヒーが出るころには、話はグレタ・シプリーのことになっていた。夫と並んでマギーの正面にすわっているレイチェル・クレンショーが言った。

「わたしね、いまだに慣れることができないのよ。わたしたちがみんないずれ死ぬことはわかっているし、誰かが長期看護セクションに移動したら、亡くなるのはもう時間の問題にすぎないわ。でも、グレタやコンスタンスの場合は——あまりにも急だったんですもの！」

「それに去年はアリスとジャネットが同じように急に亡くなったわ」ミセス・ベインブリッジがそう言って、ためいきをもらした。

〝アリスとジャネット〟、マギーは思い出した。ミセス・シプリーと一緒に訪れたふたつのお墓に刻まれていた名前だわ。どちらも墓石のそばの地面にベルが埋め込んであった。墓にベルのない女性は、ウィニフレッド・ピアソンという名前だった。さりげなく聞こえるようにつとめながら、マギーは言った。「ミセス・シプリーにはウィニフレッド・ピアソンという親しいお友達がいらっしゃいましたね。その方もここの居住者だったんですか？」

「いいえ。ウィニフレッドは自宅に住んでいたわ。グレタは定期的にウィニフレッドを訪れていたものよ」ミセス・クレンショーが言った。

マギーは口の中がからからになるのを感じた。そしてただちになすべきことを悟った。突然一切が氷解し、そのすさまじいまでの衝撃にマギーはもうすこしで立ち上がりそうになった。グレタ・シプリーの墓をたずね、ベルが置かれているかどうか今すぐ確かめなくてはならなかった。

さよならの挨拶がかわされると、レイサムの入居者のほとんどは、日曜の午後の娯楽としてヴァイオリニストの演奏が予定されている図書室のほうへ三々五々歩きだした。

セアラ・クッシングは母親とともに演奏会にむかい、マギーは玄関へ急いだ。途中、衝動的にマギーは回れ右をし、グレタ・シプリーの部屋めざして階段をあがった。どうか親戚の人たちがいますように、と一心に祈りながら。

部屋のドアはあいていて、荷造りの見慣れた光景が目にはいった。葬儀でも見かけた三人の親戚が作業に余念がなかった。

自分の頼みを簡単に聞いてもらう方法などないことを痛感しつつ、マギーは言葉すくなにお悔やみを述べたあと、おもいきってなにを望んでいるかを話した。「水曜日にミセス・シプリーのところへうかがったとき、ミセス・シプリーはわたしの継母《はは》と一緒に描いた一枚のスケッチを見せてくださったんです。あの引き出しにはいっているんですけれど」とマギーはカウチのそばのテーブルを指さした。「ヌアラが描いた最後のスケッチのひとつですし、もし処分するおつもりなら、わたしにはかけがえのないものなのでゆずっていただけないでしょうか」

「もちろん」「どうぞどうぞ」「おもちになってください」彼らは愛想よく異口同音に言った。

「これまでのところ、あの大机以外、なにも片づいていないんですよ」ひとりがつけくわえた。

マギーは期待をこめて引き出しをあけた。中はからっぽだった。ヌアラが彼女の顔とグレタ・シプリーの顔、それに盗み聞きをしているマーキー看護婦の想像図を描き足したスケッチは、なくなっていた。「ここにはないわ」マギーはひとりごちた。

「それじゃたぶんグレタがどこかよそへしまったか、捨てたかしたんでしょう」ミセス・シプリーに瓜《うり》二つのいとこが言った。「誰かが亡くなると、その部屋にはすぐに鍵《かぎ》をかけて、家族がきて私的な身の回り品を片づけるまではあけないとドクター・レーンから聞きましたからね。でもわたしたちが見つけた場合のために、どんなスケッチなのかぜひ教えてください」

マギーは絵柄の説明をし、電話番号を教えてから、礼を言って部屋を出た。誰かがあのスケッチをもちさったのだ、と思った。でもなぜだろう？

廊下に出たとたん、マーキー看護婦と鉢合わせしそうになった。

「まあ、失礼しました」看護婦は言った。「ミセス・シプリーの親戚の方たちにお手伝いすることはないかどうかお聞きしようと思って。ごきげんよう、ミス・ハロウェイ」

56

アール・ベイトマンがセント・メアリーズ墓地に到着したのは正午だった。日曜の数時間を割いて故人の墓参りにきているのはどんな連中なのか、彼は興味津々《しんしん》で曲がりくねった道をゆっくり走った。

これまでのところ、墓参者の数はすくなかった。老人が数人、中年の夫婦が一組、そして、命日にやってきたと思われる大家族。このあと彼らは道路の先にあるレストランでブランチを食べるのだろう。典型的な日曜の顔ぶれだ。

アールはトリニティー墓地の古い区画を通りぬけたところで車をとめて、外に出た。すばやくあたりに目を配ってから、おもしろい碑文はないかと墓石を詮索《せんさく》しはじめる。ここで拓本を取ったのは数年前のことで、いくつか見落としている見込みがあった。

以来、興味深い銘に気がつく回数が飛躍的に増えたことを、彼は誇らしく思っていた。ケーブルテレビのシリーズ番組にとって墓石はまたとないテーマになる、アールは自信たっぷりにそう考えた。皮切りに『風とともに去りぬ』からの抜粋をもってこよう。タラにある一族の墓地にはその名を等しくジェラルド・オハラという三人の幼児の亡骸《なきがら》が埋められているというあのくだりだ。〝おお、希望よ、夢よ、墓石の碑銘は薄れ、無視され、もはや読むこともできないが、永遠の愛のこだまは消えてはいない。それを思っておくれ――三人の幼い息子らよ！〟。おれのテレビ番組はそうやってはじめるのだ。

むろん、いつまでも悲しいムードに浸ってはいない。故人の事業は息子によってひきつがれたと、ちゃっかり宣伝している墓石をケープ・コッドで見た話をして、雰囲気をもりあげる。あの墓石には新しい住所までしるされていた。

アールはしかめっつらであたりを見まわした。暖かくて快適な十月の一日で、実り多い趣味を心から楽しんでいたにもかかわらず、彼は腹の虫がおさまらなかった。

昨夜は約束どおりリーアムがアールの家に一杯やりにあらわれ、そのあと彼らは一緒に夕食に出かけた。見落とすはずのないバーのウォツカの瓶のすぐ横に、三千ドルの小切手を置いておいたのに、リーアムはわざとらしくそれを無視した。代わりに、墓地を徘徊《はいかい》するかわりにゴルフをやるべきだと、またしてもしつこく言いつのったのだ。

〝徘徊〟とは言い得て妙だ、とアールは陰気に考えた。徘徊とはどういうことか、見せてやるさ。

マギー・ハロウェイには近づくなと再三警告されたのも、癪《しゃく》の種だった。知ったことか。リーアムはマギーに会ったかとたずね、アールが月曜の夜以来、マギーに会ったのは墓地でだけ、いうまでもなくミセス・シプリーの葬儀のときだと答えると、リーアムはこう言った。「アール、また墓地か。心配になってきたよ。おまえ、とりつかれているんじゃないのか」

「リーアムのやつ、おれがなにかよからぬことが起きるような予感がすると説明しようとしたのに、まるで信じようとしなかった」アールは声に出してつぶやいた。「一度だって、おれの話を真剣に聞いたためしがない」彼は急に立ちどまってあたりをうかがった。人っ子ひとりいなかった。もう考えるのはよせ、アールは自分に警告した。すくなくとも、今は。

彼は墓地のもっとも古い区画の小道を歩いていった。小さな墓石がいくつもならんでいる。消えかけた文字を苦心惨憺《さんたん》して読むと、一六〇〇年代の墓がいくつかあった。アールは倒れそうにかしいだある墓石のそばにしゃがみこみ、目をすがめて彫られた文字を読んだ。碑銘があきらかになると、彼は目を輝かせた。〝ロジャー・サミュエルズと婚約せしも、神に召された……〟、そして死亡した日付がはいっている。

さっそくその墓石の拓本をとろうと、道具を出した。昔は年端《としは》もいかぬ大勢の若者が病に倒れた。そういう切り口で、墓石をめぐる話をするのも悪くない。〝冬の寒さにいつしか胸や肺を冒されても、肺炎の特効薬たるペニシリンはまだ発明されていなかったのです……〟。

アールは膝《ひざ》をつき、はきふるしたズボンから肌につたわってくるやわらかな土の冷たく湿った感触を楽しんだ。墓石に刻まれた心に迫る文字を薄く透き通る羊皮紙に写し取ろうと、慎重に作業を開始しながら、ふと自分の下に永遠の土に守られて乙女の遺骸《いがい》が横たわっていることを考えた。

十六になったばかりだったはずだ、とアールは計算した。

きれいな娘だっただろうか？　そうだとも、さぞきれいだったにちがいない。黒いふわふわの巻き毛にサファイア・ブルーの目。華奢《きゃしゃ》な身体《からだ》つき。マギー・ハロウェイの顔が眼前に浮かんだ。

一時半、墓地の入り口へ戻る途中で、アールは縁石に駐車中のニューヨークのナンバープレートをつけた車とすれちがった。みおぼえがあるな、と思ったとたん、それがマギー・ハロウェイのヴォルヴォ・ワゴンなのに気づいた。もうこれで二度めだ。いったいここでなにをしているのだろう？　近くにグレタ・シプリーの墓があるが、葬儀の翌日にふたたび墓参をするほど、マギーがグレタと親しかったはずがない。

車のスピードを落として、アールはあたりを見まわした。遠くにこちらへ歩いてくるマギーを見つけると、彼はアクセルをふんだ。姿を見られたくなかった。なにかが進行中なのはあきらかだった。これについては、考えなくてはならない。

アールはひとつ決心をした。あしたは授業がないから、ニューポートで一日すごそう。リーアムがいやがろうとなんだろうと、マギー・ハロウェイをたずねるつもりだった。

57

マギーはグレタ・シプリーの墓からいそいで立ち去った。両手を上着のポケットにつっこみ、小道を歩きながらも、目はうつろだった。

彼女は心底おびえていた。あれが見つかったのだ。墓石の根本のあたりの土を手でなでまわしてくまなく捜さなかったら見つけそこねてしまいそうなほど、ベルは深く埋められていた。

ベル！　ヌアラの墓から見つけたのとまったく同じベルだった。ほかの女性たちの墓で見つけたのとまったく同じベル。裕福なヴィクトリア朝の人々が生きながら埋葬された場合にそなえて、墓に置いたのと同じベル。

葬儀のあとここへ引き返して、ミセス・シプリーの墓にあれを置いたのは何者だろう？　マギーは狂おしく考えた。それになぜ？

リーアムはいとこのアールがスピーチに使うために、こういうベルを十二個鋳造させたと言っていた。レイサム・マナーでスピーチをしたとき、アールがそれらのベルを老婦人たちにわたし、こわがる彼女たちの反応をおもしろがっていたらしいとも、言っていた。

レイサム・マナーで亡くなった人たちの墓にベルを置いたのは、アールのふざけたいたずらなのだろうか？

ありえないことではないと考えながら、車にたどりついた。ミセス・ベインブリッジの娘によって公然と非難されたのをうらんで、仕返しにベルを置く――それがアールなりの常軌を逸した復讐《ふくしゅう》のしかたなのかもしれない。リーアムによれば、セアラはベルを集めてアールに突き返し、ここから出ていけと命令も同然に申しわたしたらしい。

ぞっとすることではあっても、復讐と考えるのが筋の通った説明だった。ヌアラのお墓からベルをとってきてよかった、とマギーは思った。今からでも引き返して、ほかのベル――特にミセス・シプリーのお墓にあったベルも集めてこようか。

だがマギーはやめることにした。すくなくとも当面は。ベルがアールの子供じみたくだらない復讐にすぎないことを確かめたかった。それがはっきりしてから、またくればいい。それより家に帰らなくてはならない。ニールは二時にはくると言っていた。

家の前の通りまできたとき、二台の車が家の正面にとまっているのに気づいた。車回しにはいると、ニールと父親が道具箱をはさんでポーチの階段にすわっているのが見えた。

ミスター・スティーヴンスはマギーの謝罪を手をふって受け流した。「きみは遅刻してはおらんよ。二時まではまだ一分ある。息子がまちがえたんじゃなければ、その可能性は大いにあるが、われわれは二時にここへくることになっていたんだ」

「ぼくがいくつもまちがいをしているのはあきらかなんだ」ニールはまっすぐマギーを見て言った。

彼女はそれには答えず、餌《えさ》に食いつくようなことはしなかった。「わざわざおそろいできてくださるなんて、恐縮ですわ」心からそう言うと、マギーはドアの鍵をあけて、ふたりを中へ通した。

ロバート・スティーヴンスはみずからしめた玄関ドアを調べた。「隙間《すきま》をふさぐ必要があるな。もうじき海辺の空気はぐっと冷え込んでくるし、それとともに強風も吹くようになる。さしあたっては、ニールの言っていた勝手口からはじめて、そこがすんだら家中の窓の鍵を点検し、どこの鍵を取り替える必要があるか見てみよう。予備を何個かもってきたが、必要ならまたあらためてくる」

ニールはマギーの隣に立っていた。その近さを痛いほど意識してマギーが一歩離れるのと同時にニールが言った。「親父《おやじ》に調子をあわせてやってくれ、マギー。ぼくの祖父は第二次世界大戦のあと、原爆用シェルターをつくった人でね。子供の頃、友達とぼくはそこを遊び場がわりにしたものさ。その頃には、そういうシェルターと核攻撃の関係は、竜巻に日傘をさすようなものだということが知れわたっていたんだ。要するに、親父は祖父の〝最悪の状況を予想する〟メンタリティーを受け継いでいるんだよ。つねに想像もできないことを考えるんだ」

「そのとおり」ロバート・スティーヴンスは同意した。「そしてこの家では、十日前に想像もできないことが起きたというわけだ」

ニールがたじろぐのを見て、マギーはあわてて言った。「きてくださってほんとうに感謝していますわ」

「なにかやりたいことがあるなら、邪魔にならないようにするよ」ロバート・スティーヴンスはそう言うと、ニールをともなってキッチンへ行き、道具箱をあけてテーブルの上に広げた。

「きみもここにいたほうがいいと思うんだ。聞きたいことが出てくるかもしれないしね」ニールはそうすすめたあと、つけくわえた。「ここにいてくれ、マギー」

芥子色《からしいろ》のシャツにチノパンツにスニーカーをはいたニールを見ながら、マギーはカメラがないのを残念がっている自分に気づいた。ニールは都会にいたときはわからなかった一面を見せていた。きょうのニールには〝ぼくの縄張りにははいるな〟というあの人を寄せ付けないきびしさがない。他人の気持ちを心から気遣っているように見える。このわたしの気持ちまで。

額には心配そうな皺《しわ》がきざまれ、ダークブラウンの目はゆうべと同じ、問いかけるような色を浮かべている。

やがて、父親が古いドアの鍵をいじりはじめると、ニールは声を落として言った。

「マギー、なにかがきみを悩ませているのはわかってる。後生だから、ぼくに話してくれないか」

「ニール、そのでかいねじまわしを取ってくれ」父親が命令した。

マギーはふるぼけた曲げ木細工の椅子《いす》に腰をおろした。「ここで見ているわ。役に立つことが学べるかも知れないわね」

一時間近くにわたって父親と息子は部屋から部屋へ移動しながら、窓を調べ、ゆるんでいた鍵を締め、取り替えるべき鍵をチェックした。スタジオにはいると、ロバート・スティーヴンスはトレッスルテーブルの上にあった粘土彫刻を見てもよいかとたずねた。マギーが手をつけたばかりのグレタ・シプリーの彫刻を見せると、ロバートは言った。

「彼女は体調をくずしていたそうだね。最後にわたしが見かけたときはじつに元気だった、活発そのものと言ってもよさそうだったんだがな」

「これがヌアラ？」ニールが別の胸像を指さした。

「まだ手をつけたばかりだけれど、ええ、そうよ、それがヌアラ。わたしが気づかなかったことを手は見ていたような気がするの。ヌアラはいつも陽気で楽しそうだったのに、これにはそんな表情は片鱗《へんりん》もないでしょう」

下へおりる途中、ロバート・スティーヴンスはヌアラの部屋を指さした。「ここへ移るつもりでいるようだね。ゲストルームの二倍の広さがある」

「じつはそうなんです」マギーは認めた。

ミスター・スティーヴンスは戸口で足をとめた。「あのベッドは今ある場所ではなく、窓の反対側にあったほうがいい」

マギーは自分のたよりなさを痛感した。「そのつもりでいるんですけれど」

「誰が手伝ってくれるんだね？」

「自分でひっぱっていこうと思っていましたの。わたし、見かけより力があるんですよ」

「冗談だろう？　このサトウカエデのベッドをひとりで向こう側まで移動させるつもりでいたというのかね？　おい、ニール、このベッドからはじめよう。ドレッサーはどこへ置きたい、マギー？」

ニールがためらったのはほんの一瞬だった。「深く考えないでくれ。親父は誰にたいしてもこういうことをしたがるんだよ」

「気遣っている相手なら誰にでも、だ」父親は訂正した。

十分とたたぬうちに、家具の配置が変わった。マギーはその様子を見守りながら、新しい室内装飾を頭の中で考えた。古い壁紙は取り替える必要がある。それから床は表面を再仕上げすべきだし、色あせたグリーンのカーペットははがして、ところどころにラグを敷いたほうがいい。

また巣作りがはじまったわ、と内心思った。

「ようし、これですんだ」ロバート・スティーヴンスが高らかに言った。

マギーとニールが彼のあとから階段をおりると、ロバートが言った。「わたしは帰るよ。知り合いが一杯やりにくるんだ。ニール、次の週末にまたくるのか？」

「もちろん」ニールは答えた。「金曜はまた休むつもりだよ」

「マギー、後日ほかの鍵をもってまたお邪魔するが、まず電話をするよ」ロバート・スティーヴンスはドアをくぐった。マギーが礼を言おうとしたときには、もう車に乗り込んでいた。

「すばらしい方ね」車が走り去るのを見送りながら、マギーは言った。

「信じられないだろうが、同感だ」ニールはにやにやしていた。「もちろん、親父に会うとくたくたになってしまう人もいるよ」ニールはいったん言葉を切った。「今朝、お継母《かあ》さんの墓参に行ったのかい、マギー？」

「いいえ。どうして？」

「スラックスの膝が泥でよごれているからさ。その服で庭仕事をしていたはずがないからね」

ニールと彼の父親がここにいたあいだは、グレタ・シプリーの墓でベルを発見したときの強いおののきが、消えてなくなりはしないまでも、いくぶんやわらいでいたのにマギーは気づいた。ニールの質問は、たちまち不安をよみがえらせた。

だが今はニールにも、誰にも、そのことを話すわけにはいかなかった。ベルを置いたのがアール・ベイトマンだということがはっきりするまでは。

ニールはマギーの顔つきが変わったのを見て、ためらいをかなぐり捨てた。「マギー、いったいどうしたんだ？」静かだが、強い調子で彼はたずねた。「きみはぼくに腹をたてている。どうしてなのか、ぼくにはわからない。理由があるとすれば、きみがニューポートへくる前にぼくが電話をかけてここの電話番号を聞かなかったということだけだ。そのことをぼくは一生後悔するだろう。きみの居所さえわかっていたら、事件のことを知って、すぐに駆けつけてあげられたんだ」

「そうかしら？」マギーはかぶりをふって、目をそらした。「ニール、わたしいろいろなことを解明しようとしているの、納得のいかないことや、わたしの過剰な想像力の産物かもしれないことを。でも、それはひとりでやるべきことだわ。このことはしばらくそっとしておけない？」

「選択の余地はなさそうだな」ニールは言った。「ぼくはそろそろニューヨークへ戻らないといけない。あしたの朝の重役会にそなえなくちゃならないんだ。だが、あしたまた電話するし、木曜の午後にはまたこっちへくるつもりだ。今度の日曜までここに滞在するんだろう？」

「ええ」マギーは答え、心の中でつけくわえた。そのときまでには、アール・ベイトマンとあのベルについての疑問に答えが出ているかもしれない……。

ふいにレイサム・マナーが意識の中にとびこんできて、思考の糸が絶たれた。「ニール、おととい お父様と一緒にレイサム・マナーに行ったと、ゆうべ話していたわね。クライアントの代理で二寝室のスイートを見てきたって」

「そうだよ。どうして？」

「ヌアラはもうちょっとであのスイートを購入するところだったの。あなたはこう言わなかった？　別の女性がそこを購入する予定だったのに、悪質な投資にひっかかって大金を失ったためにそれができなくなったと」

「そのとおりだ。それだけじゃない、その悪徳ブローカーはレイサムの空き室待ちのリストにのっている親父のもうひとりのクライアントまでだましたんだ——コーラ・ゲイバールという女性でね。今週はそのことも調べる予定なんだ。ふたりの女性をそそのかして金をまきあげた悪党の素性をつきとめるつもりだ。ダグ・ハンセンの責任であることが確実になったら、証券取引委員会に突きだしてやる。マギー、なにをするつもりなんだ?」

「ダグ・ハンセンですって!」マギーは叫んだ。

「そうだ。どうした? やつを知っているのか?」

「知っているというわけじゃないけど、なにかわかったら教えてね」ハンセンの申し出を検討するつもりはないと言い渡したことを思い出しながら、マギーは言った。「噂《うわさ》を聞いたことがあるの」

「とにかく、やつのすすめで投資はしないほうがいい」ニールはひややかに言った。

「オーケイ、もう行かないと」彼は身をかがめてマギーの頬にキスした。「ぼくが出たらすぐにドアに鍵をかけるんだ」

安全錠のかちりという頼もしい音がするまで、マギーの耳にはニールがポーチの階段をおりていく足音は聞こえなかった。

マギーはニールの車が走りさるのを見守った。正面の窓は東に面しており、夕暮れの薄闇《うすやみ》が早くも葉のしげった枝の合間から広がりはじめていた。

家の中が急にがらんとして、しんと静まりかえったように感じられた。マギーはクリーム色のスラックスを見おろして、ニールが見とがめた筋状の泥のよごれをじっと見つめた。

服を着替えて、しばらくスタジオにこもっていよう、彼女はそう決心した。クロゼットの床を片づけたり、ヌアラの部屋に荷物を運びこんだりするのは、あしたの朝にしよう。ヌアラに聞けたらどんなによかったかと思う疑問が山のようにあった。粘土をこねまわして彼女の顔立ちをつくっていく過程は、ヌアラと心を通わせる手段になりそうだった。顔をつきあわせて話しあえなかったことも、指先を通して考えられるかもしれない。

答えてほしかった質問を投げかけることもできそうな気がした。「ヌアラ、レイサム・マナーに暮らすのを恐れるような理由がなにかあったの？」

十月七日 月曜日

58

マルコム・ノートンは月曜の朝、いつもどおり九時半にオフィスをあけ、バーバラ・ホフマンのデスクがドアにむかって置かれている受付エリアの前を通った。しかしバーバラの身の回り品は一掃されていた。三人の子供たちの写真、彼らの家族の写真、季節の花や緑を活《い》けていた細長い花瓶、現在あつかっている案件書類のきちんとした束——その一切がなくなっていた。

ノートンはわずかに身をふるわせた。受付エリアは以前の殺風景で冷たい場所に逆戻りしていた。ジャニスのアイデアによる内装のせいだ、と彼は陰気に考えた。ひややか。不毛。ジャニスそのものだ。

自分そのものでもある、ノートンは苦々しげにそう思いながら自分の部屋にはいった。クライアントはいない。面会の予定もない——活気のない長い一日が待ちうけていた。

ふと、銀行に預けた二十万ドルが頭に浮かぶ。あれを引き出して、蒸発したらどうだろう？

バーバラが一緒にきてくれるなら、すぐさま実行するところだ。ジャニスには抵当にはいった家をくれてやる。相場が上向けば、あの家には抵当のほぼ二倍の値がつくだろう。妻のブリーフケースの中に見つけた銀行明細を思い出しながら、それでうらみっこなしだ、とノートンは考えた。

だがバーバラは行ってしまった。その現実がひしひしと胸にせまってくる。先日ブラウワー署長が出ていったときから、バーバラが去っていくことはわかっていた。自分たちふたりの関係をさぐるようなブラウワーの質問は、バーバラをふるえあがらせていた。バーバラはブラウワーの敵意を感じ、きっぱり心を決めたのだろう――自分とは手を切るべきだと。

ブラウワーはどこまで知っているのだろう、とノートンはいぶかしんだ。彼はデスクにむかい両手を組んだ。万事ぬかりない計画のはずだった。ヌアラの家の売買契約が実を結んでいれば、ノートンは退職年金を現金化して二万ドルを彼女に支払っていただろう。売買が実際に成立するまで三ヶ月はかかっただろうから、そのあいだにジャニスへの財産譲渡契約書にサインし、家の購入費をまかなうためのコールローン（訳注　貸し主の要求があり次第返済するという条件つきの貸付。通常は銀行間でのみおこなわれる）を取り決めるゆとりがあったはずだ。

マギー・ハロウェイのおもわぬ登場さえなければ。

ヌアラが新しい遺書を作成さえしなければ。

湿地保護条例の変更を自分がジャニスにもらしさえしなければ。

まだある……。

マルコムは今朝、バーバラの家の前を車で通ってきた。冬にそなえて避暑客が厳重に戸締まりをしたあとのような、閉ざされたたたずまいが家をおおっていた。窓という窓にはカーテンがひかれていた。ポーチや歩道には掃き集められなかった枯れ葉が吹き寄せられていた。バーバラは土曜日にコロラドへ発《た》ったにちがいなかった。電話はかかってこなかった。別れの言葉もなく、行ってしまったのだ。

マルコム・ノートンは物音ひとつしない暗いオフィスにすわって、次の行動をおもいめぐらした。やるべきことはわかっていた。問題はただひとつ、いつそれをやるかだった。

59

月曜日の朝、ラーラ・ホーガンは検察局のアシスタントに、ミセス・グレタ・シプリーの死体を発見したニューポートのレイサム・マナー・レジデンスに勤める看護婦、ゼルダ・マーキーを調べるよう依頼した。

昼前には最初の報告書があがってきた。それによれば、マーキー看護婦の経歴には一点のしみもなかった。職業上の落ち度から訴えられたことは一度もなかった。マーキー看護婦は長年ロードアイランドに住んでいた。二十年の看護婦生活のあいだ、ロードアイランド州にある三つの病院と四つの老人ホームで働いていた。レイサム・マナーには開設以来勤めている。

レイサムをのぞくと、ずいぶん職場を変えている、とドクター・ホーガンは考えた。「マーキー看護婦のこれまでの勤務先にいた人たちを追跡調査してみて」彼女はアシスタントに指示した。「あの女性にはなんとなく気になるものがあるのよ」

そのあとラーラ・ホーガンはニューポート警察に電話をかけ、ブラウワー署長を電話口に呼びだした。彼女が検死医に任命されてから、ふたりはすぐに互いに好感をもち、尊敬しあうようになっていた。

ラーラ・ホーガンはヌアラ・ムーア殺害事件の捜査状況をブラウワーにたずねた。特定の手がかりはまだつかめていないが、二、三追跡中のことがあり、論理的にあらゆる角度から真相に迫る努力をしている、とブラウワーは答えた。彼らが話しているとき、ジム・ハガーティー刑事が署長のオフィスに首だけつっこんだ。

「ちょっと待っててくれ、ラーラ」ブラウワーは言った。「ハガーティーはヌアラ・ムーアの継娘をちょっと調べていたんだ。なにか嗅《か》ぎつけたような顔をしている」

「そうかもしれないし、ちがうかもしれませんがね」ハガーティーはそう言うと、ノートを取りだした。「今朝十時四十五分、ヌアラ・ムーアの継娘マギー・ハロウェイは〈ニューポート・センティネル〉の参考資料室へ行って、五人の女性の死亡記事を見せてもらいたいと要求しました。五人とも長年ニューポートの住民だったため、各人につきかなり長い記事が書かれていました。ミズ・ハロウェイはコンピューターのプリントアウトをもらって、立ち去りました。ここにそのコピーがあります」

ブラウワーはハガーティーの報告をラーラ・ホーガンに繰り返したあと、つけたした。「ミズ・ハロウェイは十日前、はじめてここにやってきた。したがって、グレタ・シプリーをのぞくと、その女性たちを彼女が知っていたはずがない。わざわざ新聞社に出向くほど興味深いなにかがその死亡記事に隠れているのかどうか、われわれも調べてみる。なにかわかったらこっちからまたかけるよ」

「署長、お願いしていいかしら？　わたしにもそのコピーをファックスしてくださいな、いいでしょう？」

60

レイサム・マナーにおける生活は、つい先頃ひとりの入居者《ゲスト》が死んだことから生じた一時的大混乱をどうにか切り抜けた、というのがジャニス・ノートンの皮肉まじりの感想だった。コーラ・ゲイバールの財産を巻き上げるのに手を貸したジャニスは、甥《おい》から最大級の賛辞を送られたのに気をよくし、ドクター・レーンがデスクに保管している候補者ファイルをもう一度のぞいてみたくてうずうずしていた。

デスクをあけているところを見られないためには、細心の注意を払わなければならなかった。発覚をふせぐために、ジャニスはドクター・レーンの留守中にこっそりオフィスにしのびこむ計画をたてた。

月曜の午後おそい時間は、そんなチャンスのひとつだった。レーン夫妻はボストンで開かれる医療関係のカクテルパーティーとディナーに出かけていた。残りの事務員たちは、ジャニスのこれまでの観察によれば、レーンがいないと、これさいわいとばかりに時計の針が五時を指すとさっさと帰宅する。

そのときこそ、ファイルをまるごと自分のオフィスにもちこんで、注意深く調べる絶好のチャンスだ。

　三時半にジャニスのオフィスに頭だけつっこんで、今から出かけると宣言したとき、ドクター・レーンはばかに上機嫌だった。そのあとレーンが、週末、クライアントの代理で下見にきた誰かがこの施設を推薦してくれたとしゃべるのを聞いて、レーンが浮かれているわけがわかった。ヴァン・ヒラリー夫妻は今度の日曜にそちらに行くと電話をかけてきたようだった。

「わたしの理解するところでは、ヴァン・ヒラリー夫妻は大変な資産家でね、このレジデンスを北東部におけるいわば基地として活用しようと考えているらしい」ドクター・レーンはさも満足そうに言った。「そういう入居者がもっと増えてほしいものだな」

　ほとんど手はかからないし、お金だけはたっぷりはいってくるものね、とジャニスは思った。ヴァン・ヒラリー夫妻がダグとわたしの役に立つということはありそうにないと彼女は判断した。ここを気に入ったら、すでに空き部屋があるのだからいつでも住めるだろう。でもたとえ彼らが空き室待ちリストに名を連ねることになったとしても、莫《ばく》大《だい》な資産をもつ夫婦を食い物にするのは危険すぎる。そういう人物は投資を厳しく見張る財政顧問たちに囲まれているにきまっているからだ。たとえ魅力たっぷりの甥でも、ヴァン・ヒラリー夫妻を手なずけるのは無理だろう。

「そうですね、オディールとご一緒に楽しい夕べをすごしていらしてください、ドクター」ジャニスはそう言って、さっさとコンピューターにむきなおった。柄にもなく軽口をたたいたりしていたら、レーンに怪しまれただろう。

残りの午後は遅々としてすすまなかった。日がなかなか暮れようとしないのは、ファイルを見たいという期待のためばかりでないことをジャニスは感じていた。誰かにブリーフケースの中を見られたような、かすかな不安がつきまとっていたせいでもあった。

ばかばかしい、ジャニスは不安を一蹴《いっしゅう》しようとした。そんなことが誰にできる？　マルコムはわたしの部屋には近寄ろうともしない。彼が覗《のぞ》き屋に変貌《へんぼう》する気遣いは不要だ。そのときあることが頭に浮かんで、ジャニスは苦笑した。そんなばかげた不安にとりつかれたのは、自分が今からドクター・レーンの書類をのぞこうとしているせいにちがいない。それに、マルコムはわたしをスパイしようとするほどの知恵もない男だ。

だがそのいっぽうで、彼がなにかをたくらんでいるというジャニスの直感はゆるがなかった。これからは、マルコムが偶然にでも見つけそうな場所には、銀行の明細書も、ファイルのコピーも一切置かないようにしようと彼女は決心した。

61

月曜の朝早々にふたつの会議があったせいで、ニールがようやく自分のオフィスに戻ったのは十一時すぎだった。さっそくマギーに電話をかけたが、呼び出し音が鳴るばかりだった。

しかたなく彼は次にヴァン・ヒラリー夫妻の番号を押し、レイサム・マナーの印象を手短かに語ったあと、自分たちで判断できるようにそこを訪れてみることをすすめた。

三つめの電話の相手はカーソン＆パーカーのために内密の仕事をしている私立探偵で、ニールは彼にダグラス・ハンセンに関する一件書類を要求した。「徹底的に調べてくれ」ニールは指示した。「問題があることはわかっているんだ。この男は超一流の詐欺師《さぎし》だよ」

次にもう一度マギーにかけ、彼女が受話器を取ったときにはほっとした。マギーは息をきらしているようだった。「たった今帰ってきたところなの」

ニールはマギーの声に動揺と不安をはっきり聞き取った。「マギー、どうかしたのかい？」

「いえ、なんでもないわ」

打ち消しの言葉は、誰かに聞かれるのをこわがっているかのように、ささやき声に近かった。

「誰かいるのか？」ニールの不安が強まった。

「いいえ、ひとりよ。たった今帰ってきたところなの」

同じ言葉を繰り返すのはマギーらしくなかったが、ニールはなにが彼女を悩ませているにせよ、マギーがそれを打ち明けるつもりがないことをあらためて感じた。ニールは彼女を質問責めにしたかった。「どこに行っていたんだ？」「気になると言っていた問題への解答は見つけたのか？」「ぼくに助けられることはないか？」だが、彼は口をつぐんでいた。そんなことをするほど愚かではない。

代わりにニールはぽつりと言った。「マギー、ぼくはここにいる。誰かに話したくなったら、それを思い出してくれ」

「わかったわ」

だが、きみはなにもしはしない、ニールは思った。「オーケイ、今夜また電話するよ」

受話器を置いて、彼はしばらくすわりこんでいたが、やがて両親の家の番号を押した。父親が出た。ニールは挨拶《あいさつ》もせずに、要点だけを言った。「父さん、マギーの窓の鍵《かぎ》だけど、手にはいった？」

「ちょうどそろったところだ」

「よかった。マギーの家に電話をして、きょうの午後鍵をつけかえに行きたいと言ってくれないかな。どうやらなにかが起きて、マギーを動転させているようなんだ」

「まかせてくれ」

ニールは安堵《あんど》しながらも、マギーが自分よりも父親に信頼を寄せるようになるのではあるまいかと複雑な心境だった。しかしなにか問題があるなら、すくなくとも父親がたちどころに感づいてくれるだろう。

電話から手を離したとたんにトリシュがオフィスにはいってきた。片手にメッセージの束をもっている。それをデスクに置きながら、トリシュは一番上のメッセージを指さした。「あなたの新しいクライアントは、所有してもいない株を売ってくれと頼んだようですね」

「なんの話だ？」ニールは聞き返した。

「たいしたことじゃありません。金曜日にコーラ・ゲイバールの代理として売った五万株ですが、為替取引所が知らせてきたところによれば、彼女はそんな株は所有していないんです」

62

マギーはニールからの電話を切ると、レンジに近づき、機械的にやかんに水をいれた。身体《からだ》を暖めてくれる熱い紅茶がほしかった。頭の中をかけめぐる空恐ろしくなるばかげた考えと、死亡記事に書かれていた衝撃的な事実を切り離すのに役立つものが必要だった。

これまでにわかったことを、マギーは頭の中ですばやくさらってみた。

先週、グレタ・シプリーを墓地へ連れていったとき、ふたりはヌアラの墓と、ほか五人の女性の墓に花を手向けてきた。

何者かがヌアラの墓同様、それらの墓のうちの三つにやはりベルを置いていた。マギー自身がそれを見つけていた。

ミセス・ラインランダーの墓のそばの地面にもベルを埋め込んだ痕跡《こんせき》があったが、なぜかベルはなかった。

グレタ・シプリーはそれから二日後の睡眠中に死亡し、埋葬式から二十四時間とたたぬうちに、彼女の墓にもベルが埋められていた。

マギーはテーブルに死亡記事のプリントアウトをのせ、もういちど急いで目をとおした。きのうふと思いついたことを、それらの記事が裏付けていた。墓にベルを置かれていなかった女性のひとり、ウィニフレッド・ピアソンには思いやりのある大家族がいた。彼女はかかりつけの医師に看取《みと》られていた。

自宅で殺されたヌアラを例外として、その他の女性たちは就寝中に死亡していた。つまり、最期《さいご》を看取った者はいなかったということだ、とマギーは考えた。

墓にベルを置かれていた全員が、レイサム・マナーの責任者、ドクター・ウィリアム・レーンに健康管理をまかせていた。

ドクター・レーン。そう言えば、セアラ・クッシングは母親の具合が悪いと見てとると、すかさず外部の医者へ母親を連れていった。ドクター・レーンの腕を信用していないか、疑わしく思っているからだろうか？

それとも、腕がよすぎるから？　心の奥から声が言った。忘れないで、ヌアラは殺されたのよ。

そんなふうに考えないほうがいい、とマギーは自分をいましめた。でも、人がどう見ようと、レイサム・マナーが多くの人にとって縁起でもない場所であることは確かだ。ミスター・スティーヴンスのクライアントのふたりは、レイサムへの入居を待っているあいだに財産を失ったし、レイサムの入居者《ゲスト》だった五人の女性――さほど高齢でもなければ、重病でもなかった——は就寝中に死んでいる。家を売ってレイサムに移り住もうとしていたヌアラの気持ちを変えさせたのはなんだったのだろう？　マギーはあらためて考えこんだ。そしてまた、女性たちに株を売りつけて財産を巻き上げたダグラス・ハンセンが、ここにあらわれてこの家を買いたがった理由はなんなのだろう？　マギーは頭をふった。このふたつにはきっとつながりがあるにちがいない。でもなんだろう？

やかんの湯が沸いて、ピーッと音がした。紅茶をいれようと立ち上がったとき、電話が鳴った。ニールの父親からだった。「マギー、鍵の用意ができたんだ。今からそっちへ行く。外出するなら、鍵のありかを教えてくれたまえ」

「いえ、うちにいます」

二十分後、ロバート・スティーヴンスがあらわれた。「失礼するよ、マギー」と言ったあと、「二階からはじめよう」

ニールの父親が鍵を取り替えているあいだ、マギーはキッチンの引き出しの中身をあけて、その大部分を占めていた不要品を処分した。頭上の足音が心強かった。そのひとときを利用して、マギーはあらためてわかっていることをもう一度考えてみた。これまでに判明したパズルのすべてのピースをつなぎあわせながら、彼女はひとつの決断をくだした。今のところドクター・レーンについての疑惑を口外する権利は自分にはないが、ダグラス・ハンセンのことを話していけない理由はない、ということだ。

ロバート・スティーヴンスがキッチンにおりてきた。「オーケイ、これで安心だ。点検は無料だが、コーヒーを一杯もらえるかな？　インスタントで結構。わたしは味にうるさくないんだ」

彼は椅子《いす》に腰かけた。マギーはロバートに観察されているのを意識した。ニールに頼まれてきたにちがいなかった。わたしが電話口で動転していたのに気づいたのだろう。

「ミスター・スティーヴンス」マギーは切り出した。「ダグラス・ハンセンについてはあまりご存じではないでしょうね？」

「彼が善良な女性たちの生活をぶちこわしたのを知っているだけでじゅうぶんだと思うがね、マギー。もっとも、本人に会ったことがあるかとなると、ノーだ。どうしてかな？」

「今おっしゃった、ハンセンのせいで財産を失った女性がおふたりともレイサム・マナーへ入居するつもりでいたからなんです。つまり、彼女たちには小金があったということになります。わたしの継母《はは》もレイサムへ移り住む予定でしたが、土壇場《どたんば》で思い直していました。先週、ハンセンはここにあらわれて、ヌアラがもうすこしで売るところだった値段より五万ドルも多い額でこの家を買いたいと申し出たんです。調べてみましたら、その金額は実際の価値をはるかにこうわまわっていることがわかりました。

わたしが言いたいのは、ハンセンに言われて投資をおこなった女性たちに彼がどうやって接近したのかということと、どうしてハンセンがこのうちにあらわれたのかということなんです。単なる偶然以上のものがあるにちがいありません」

63

アール・ベイトマンはマギーの家の前を二度車で通りすぎた。三度めに見ると、ロードアイランド・ナンバーの車はなくなっていた。だがマギーのステーションワゴンはあいかわらず車回しにある。アールはスピードを落として車をとめると、もってきた額入り写真を手に取った。

前もって電話をかけて会いたいと告げたら、マギーに断られるのは確実だった。しかしこうすればいやだとは言うまい。中へ通さざるをえないはずだ。

二度めの呼び鈴で、マギーはドアをあけた。アールを見てぎょっとしたのはあきらかだった。おどろくと同時に神経をとがらせたようだ。

アールはすかさず包みを差し出した。「きみにプレゼントだ」熱っぽく言った。「《フォーシーズンズ》でのパーティーで撮ったヌアラのすてきな写真だよ。きみのために額にいれたんだ」

「ご親切に」マギーは不安が消えやらぬまま、微笑しようとした。それから手をのばした。

アールは包みをつかんだまま、手をひっこめた。「中へいれてくれないのかい？」軽い口調でふざけるようにたずねた。

「まさか」

マギーはわきにどいてアールを通したが、彼にとっては不快なことに、ドアは大きくあけはなたれたままだった。

「ぼくなら、ドアはしめるよ」アールは言った。「きみがきょう外出したかどうか知らないが、風が強いんだ」ふたたびマギーの顔に不安がさすのを見て、彼は陰気ににやりとした。「ぼくのいとこがきみになにを話したにせよ、嚙《か》みついたりはしないさ」そしてようやく包みを手渡した。

アールはさっさと先に立って居間にはいり、大きなクラブチェアに腰をおろした。

「ティムが本やら新聞やらをもってここに落ち着き、ヌアラがしきりに世話を焼いていたのが目に浮かぶよ。恋人みたいな夫婦だった！　ときどき夕食に呼んでくれて、ぼくもいつもここへくるのが楽しみだった。ヌアラは掃除は苦手だったが、料理の腕はぴか一だったからね。ティムからよく聞かされたもんだが、夜ふたりきりでテレビを見ているとき、ヌアラはこの椅子のティムの隣で丸くなっていたらしい。かなり小柄だったからな」

アールはきょろきょろした。「なるほど、早くもきみの家らしいたたずまいになってきた。このほうがいい。ぐっと落ち着くよ。あのラヴシートを見るとこわくなるんじゃないか？」

「いずれ処分するつもりよ」マギーの口調は用心深いままだった。

アールは包みをあけるマギーの様子を見守りながら、その写真の利用法を思いついた自分を祝福した。マギーの顔がぱっとあかるくなるのを見ただけで、そのアイデアがいかに秀逸だったかわかるというものだった。

「まあ、ヌアラがとってもよく撮れてるわ！」マギーは熱をこめて言った。「あの夜のヌアラはすばらしくきれいだったもの。ありがとう。ほんとうにうれしいわ」マギーの微笑は本物だった。

「あいにくリーアムとぼくは余計だがね」アールは言った。「なんならエアブラシでぼくたちを消してもかまわないよ」

「そんなこと」マギーはすばやく答えた。「わざわざもってきてくださって、感謝してるわ」

「どういたしまして」アールはそう言って、深々とした椅子にいっそう身を沈めた。

帰るつもりはないんだわ、マギーは落胆した。アールの詮索《せんさく》が彼女を落ち着かない気持ちにさせた。スポットライトを浴びているような気分だった。丸い眼鏡の奥の大きすぎる目は、ぴたりとマギーを見すえていた。さりげなさを装《よそお》ってはいるが、号令がかかるのを待っているかのように身体に力がはいっている。どんな場所だろうとアールがくつろぐことがあるとは想像できないし、自分の身体にさえ違和感をおぼえているように見える、とマギーは思った。

まるで針金のようだわ、ぴんと張りすぎて、今にもぶちっと切れそうな針金。

〝ヌアラはかなり小柄だったからな……。掃除は苦手だった……料理の腕はぴか一……〟

アール・ベイトマンはどのくらい頻繁にここへきていたのだろう? とマギーは思った。どの程度この家をよく知っているのだろう? 彼ならヌアラがレイサム・マナーにはいるのを断念した理由を知っているかもしれない。そのことをたずねようとしたとき、別の考えがマギーを襲った。

〝あるいは、その理由を邪推して——そしてヌアラを殺したのかも!〟

電話が鳴り、マギーは思わずとびあがった。失礼とつぶやき、キッチンに行って受話器を取った。ブラウワー警察署長だった。「ミズ・ハロウェイ、きょうの夕方そちらでお目にかかれないかどうかと思っているんですがね」

「もちろんかまいません。なにかわかりましたの？　ヌアラのことで？」

「ああ、いやとりたてて意味はないんですよ。お話ししたいというだけで。同行者がいるかもしれません。かまわんでしょうな？　うかがう前に電話をいれましょう」

「ええどうぞ」マギーはそう言ってから、アール・ベイトマンが盗み聞きしているかもしれないと思い、心もち声をはりあげた。「署長、いまアール・ベイトマンがきているんです。ヌアラのすばらしい写真をもってきてくれましたわ。ではのちほど」

居間に戻ると、アールの椅子の前のオットマンがわきに寄せられているのが目にはいった。アールが立ち上がっていたしるしである。やっぱり盗み聞きしていたんだわ、とマギーは思った。マギーはにこやかに言った。「ブラウワー署長だったわ」もうご存じでしょうけれどね、と心の中でつけくわえる。「夕方ここへ見えるそうよ。あなたがきていることを話したわ」

ベイトマンはいかめしくうなずいた。「善良な警察署長だ。人々を敬っている。どこかの文化圏の秘密警察とはおおちがいだ。そういうところの国王が死ぬと、どうなるか知ってるかい？　喪があけるまでは、秘密警察が政府を乗っ取るんだ。国王の一族を殺すことすらある。事実、定期的にそういう事態がおきる社会もある。実例ならいくらでもあげられるよ。葬儀の習慣についてぼくが講義をしているのは知っているだろう？」

マギーはなぜかその男に魅せられて腰をおろした。表情がさっきまでとはどこかちがうような気がした。陶然とした表情だ。先刻まではどこかぎくしゃくとした、世事にうとい教授を絵に描いたようだったのに、感情豊かな声をした救世主のようにすら見える。すわっている姿勢まで変化していた。ぎごちない小学生のような雰囲気は消えて、ゆったりとくつろいでいる。左の肘《ひじ》を椅子のアームにつき、わずかに頭をかしげてマギーのほうへすこし身を乗り出していた。その目はもう彼女を見つめてはおらず、マギーの左側のどこか一点にそそがれていた。

マギーは口の中が渇くのを感じた。無意識にラヴシートに腰をおろしたマギーは、アールが見ているのが、ヌアラの死体がうずくまっていた場所であることに気づいた。

「ぼくが葬式の習慣について講義をしているのは知っていた？」再度聞かれて、マギーはぎくりとした。アールの質問に答えていなかったのだ。

「ええ知っているわ」あわてて答えた。「忘れたの？　最初に会った夜にそう話していたでしょう」

「そのことで、きみと話をしたいんだよ」アールは熱をこめて言った。「じつは、あるケーブルテレビの会社がシリーズ番組をやってほしいと依頼してきたんだ。三十分番組を最低十三回分やるだけのテーマを提供できるなら、という条件付きでね。そっちは全然問題ない。資料ならじゅうぶんすぎるほどそろっているんだ。ただ、ぼくとしてはビジュアルな資料も含めたいんだよ」

マギーは先を待った。

アールは両手を組んだ。声がかすれはじめていた。「この手のオファーは、返事を待たせちゃならない。さっさと行動する必要がある。きみは非常に優秀な写真家だ。映像はきみの十八番《おはこ》だろう。きょう、ぼくの博物館を見にきてもらえないかな。家族がかつて所有していたダウンタウンの葬儀社のすぐ隣にある。もちろん、それがどこだか知っているよね。一時間、一緒にすごしてくれないか？　展示物を案内して、説明するよ。プロデューサーに見せるのにどんな展示物が適切か、きみなら助言できるだろう」

アールはいったん言葉を切った。「たのむよ、マギー」

電話を盗み聞きしたのは確実だ、とマギーは思った。彼はブラウワー署長がここにくるのを知っているし、わたしが署長にアールがきていると告げたことも知っている。アールはヴィクトリア朝のベルの複製をもっている、とリーアムは言っていた。十二個もっているはずだ。それが展示されているとしたら、とマギーは考えた。そしてそれが六個に減っているとしたら。そうだとしたら、アールが墓に残りの六個を置いたと考えるのが妥当だろう。

「ぜひ行きたいわ」マギーはすこし間を置いて答えた。「でも夕方にはブラウワー署長がくることになっているのよ。彼が早くきた場合にそなえて、ドアにメモをはさんで行くわ。あなたと一緒に博物館に出かけるけれど、四時までには戻ると書いて」

アールはにっこりした。「名案だね、マギー。それなら時間はたっぷりある」

64

二時、チェット・ブラウワー署長はジム・ハガーティーをオフィスに呼ぼうとしたが、ハガーティーはすぐに戻ると言いおいて二、三分前に出ていったと知らされた。戻ってきたとき、ハガーティーはブラウワーがデスクの上でさっきまで目を通していたのと同じものをもっていた——マギー・ハロウェイが〈ニューポート・センティネル〉で調べていた死亡記事のコピーである。要請に応じて、同じものがプロヴィデンスの検察局にいるラーラ・ホーガンにファックスされたこともハガーティーは知っていた。

「なにを見つけた、ジム?」ブラウワーは問いつめた。

ハガーティーはどさりと椅子にすわりこんだ。「たぶん署長と同じものです。死んだ六人の女性のうち五人までが、あの豪勢な老人ホームに住んでいたということ」

「そのとおりだ」

「その五人には親しくつきあっている親類がいなかったということ」

ブラウワーは我が意を得たりとばかりに部下を見た。「いいぞ」

「五人全員が就寝中に死亡したということ」

「ふーむ」

「そしてどの場合にも、レイサム・マナーの責任者であるドクター・ウィリアム・レーンが立ち会ったということ。つまり、彼が死亡証明書にサインしたってことです」

ブラウワーは目を細めて同意した。「ずいぶんと早く見つけたな」

「さらに」ハガーティーはつづけた。「記事には書かれていないことですが、レイサム・マナーの入居者《ゲスト》が死ぬと、それまで住んでいた部屋なりスタジオなりの所有権は、購入した本人から管理側へ戻されるんです。要するに、空きが出た部屋はまた売りにだすことができるんです、さっさとね」

ブラウワーは眉《まゆ》をひそめた。「そいつは気づかなかった。たった今検死医と話をしたんだ。ラーラも同じことに気づいていた。目下ドクター・ウィリアム・レーンの経歴を洗っている。あそこの看護婦、ゼルダ・マーキーの経歴もすでに調べていたよ。夕方マギー・ハロウェイとの話しあいに同行したがっている」

ハガーティーは沈んだ顔になった。「先週レイサムで死亡したミセス・シプリーをよく知っていたんです。すごくいい人でしたよ。彼女の近親者がまだ町にいるのを思い出して、いろいろ聞いてまわったところ、ハーバーサイド・インに泊まっているとわかったんで、そこへ行ってみたんです」

ブラウワーはつづきを待った。ハガーティーはとらえどころのない表情を浮かべていたが、ブラウワーはそれがなにかに行きあたったときのサインであるのを知っていた。「悔やみの言葉を述べてから、ちょっと話をしましてね。きのう、レイサム・マナーにマギー・ハロウェイがいたことがわかりました」

「どういうわけだ?」ブラウワーは鋭く言った。

「ミセス・ベインブリッジとその娘から、ブランチに招かれていたんです。しかし、ブランチが終わったあと、彼女は上階へ行って、荷造りをしていたミセス・シプリーの親《しん》戚《せき》に話しかけているんですよ」ハガーティーはためいきをついた。「ミズ・ハロウェイは妙な要求をしました。彼女の継母のヌアラ・ムーアはレイサムで絵画教室を開いていたんですが、そのヌアラがミセス・シプリーを手伝って描いたスケッチをもらってもいいだろうかとたずねたんです。ところが、不思議なことに、スケッチはなくなっていた」

「ミセス・シプリーが破いたんだろう」

「その可能性はなさそうです。とにかく、そのあと、ふたりの入居者がその部屋に立ち寄って、ミセス・シプリーの親戚と話をしています。彼女たちもそのスケッチのことをたずねたそうです。老婦人のひとりは、スケッチを見たと言っていました。ふたりの民間人労働者の会話をスパイが盗み聞きしているという絵柄の、第二次大戦のポスターだったそうです」

「どういう理由でミズ・ハロウェイがそれをほしがるんだ？」

「民間人労働者ふたりの顔がヌアラ・ムーアとグレタ・シプリーの顔になっていたからでしょう。スパイの顔は誰になっていたと思います？」

ブラウワーは目を細くしてハガーティーを見た。

「マーキー看護婦なんです」刑事は満足そうに言った。「もうひとつあります、署長。レイサム・マナーでは、死者が出たら遺体はただちに運びだされ、そのあと部屋はすぐに封鎖されて、家族が貴重品類を取りにくるまでは誰も中にいれないという規則があるんです。いいかえれば、何人《なんぴと》たりともそこへはいってスケッチを盗むことはできなかったわけなんですよ」ハガーティーはすこしのあいだだまりこんだ。「妙だと思いませんか？」

65

ニールは約束してあったランチ・デートを取り消して、自分のデスクでサンドイッチを食べコーヒーを飲んだ。この先数日間の予定を積極的に消化するつもりで、緊急の電話以外はとりつがないよう、すでにトリシュに指示してあった。

三時にトリシュが新しい書類の束をかかえて戻ってきたとき、ニールは父親に電話をかけた。「父さん、今夜そっちに行くよ。例のハンセンてやつを電話口に出させようと何度もやってみたんだけど、いつも外出中だと逃げられちゃってね。だからそっちへ行って、直接ハンセンの居所を見つけるつもりだ。あの男、ずいぶん危ない橋を渡っている。老婦人に胡散《う　さん》臭いアドヴァイスをしただけじゃないよ」

「マギーもそう言っていた。彼女にはなにか心づもりがあるにちがいない」

「マギーが！」

「どうやらマギーは、ハンセンとレイサム・マナーに入居を申請した女性たちのあいだには、なんらかのつながりがあると考えているようだ。わたしもローラ・アーリントンとコーラ・ゲイバールと話をしてみた。するとなんの面識もないハンセンがいきなり電話をかけてきたことがあきらかになったんだ」

「どうして一方的に電話を切ってしまわなかったんだろう？　みずしらずの株のブローカーと電話でやりとりするなんて、たいていの人間は避けるはずだよ」

「アルバータ・ダウニングの名前を使ったことが、ハンセンに信用を与えたらしい。なんならダウニングに問い合わせの電話をしてみてはどうかと言ったようだ。ところがそのあと、ここが興味深いところだが、ハンセンは投資をおこなう一部の人々が購買力を失っているのは株価高騰《こうとう》のせいだと説明し、さも偶然らしく見せかけて、コーラ・ゲイバールとローラ・アーリントンがもっている株や債券をその高値の一例としてあげたんだ」

「なるほどね。ミセス・ゲイバールがそれに類似したことを言ったのをおぼえているよ。そのミセス・ダウニングとやらに話をする必要があるな。よからぬことが進行中なのは絶対まちがいない。ところで、マギーに会ったらすぐに父さんが電話をしてくれると思っていたんだよ」心配が声に出ているのは承知の上で、つけくわえた。「マギーのことが気になっていたんだ。元気だった？」

「ハンセンにたいするマギーの意見を聞いたら、すぐにおまえにかけるつもりだったんだ」ロバート・スティーヴンスは答えた。「そっちのほうが、マギーが元気かどうかの報告より重要だと思ったんでな」と辛辣《しんらつ》に言い添えた。

ニールは天井をあおいだ。「ごめん。マギーに会いに行ってくれてありがとう」

「それもただちに行ったんだぞ。たまたまあの若いご婦人のことがおおいに気に入っているんでな。もうひとつあった。ハンセンは先週マギーのところへあらわれて、家を買いたいと申しでたそうだ。わたしは不動産屋のところへ行って、あの家の価値について専門家の意見を聞いてきた。マギーは家の状態からして、ハンセンのオファーは高すぎるのではないかと推測していたが、そのとおりなんだ。というわけだから、ハンセンの素行を調査するなら、やつがマギーを相手になにをたくらんでいるのかもさぐりだしてみたらどうだ」

ハンセンの名前を出したときのマギーのおどろいた反応や、ハンセンを知っているのかとの問いかけに彼女が口を濁したことをニールは思い出した。

だがひとつだけぼくが正しかったことがある。マギーは親父《おやじ》には心を開いた。ニューポートへ着いたら、まっすぐマギーの家へ行って、ぼくがどんないけないことをしたのか聞いてみよう。彼女が話してくれるまでは絶対に帰らない。

電話を切ると、ニールは書類をかかえて立っているトリシュに目をむけた。「そいつはあなたに処理してもらうしかなさそうだ。これから出かける」

「おやまあ」トリシュはからかうように言ったが、その口調には愛情がにじんでいた。「それじゃ、彼女の名前はマギーで、あなたは彼女のことを死ぬほど心配していらっしゃるというわけですわね。あなたにとっては、めったにない有益な経験ですわ」次に彼女は眉をひそめた。「ちょっと待って、ニール。本気で心配していらっしゃるんでしょうね？」

「もちろんだ」

「だったら、なにをぐずぐずしているの？　さっさと行かないと」

66

「ぼくはこの博物館をすごく誇りにしているんだ」アールはステーションワゴンからおりようとするマギーのためにドアをおさえながら、説明した。先刻マギーは、車に同乗してくれというアールの誘いを断っており、彼が拒絶されて腹をたてたのに気づいていた。

アールのグレイのオールズモビルのあとについて町にはいり、ベイトマン葬儀社の前を通過したとき、マギーはこれまでその博物館に気づかなかった理由をさとった。それは広大な敷地の裏を通るわき道に面していて、駐車場も奥のほうにあった。駐車場にある車は一台だけ、隅にとまっている黒光りする霊柩車《れいきゅうしゃ》だった。

アールは博物館のほうへ歩きながら、その霊柩車を指さした。「あれは三十年も昔のものなんだ」と自慢げに言った。「ぼくがカレッジに通いだした頃、父が下取りに出そうとしたんだが、説得してもらいうけたんだよ。普段はここのガレージにしまっていて、夏のあいだだけひっぱりだす。夏はぼくが博物館に見学者を招待する時期だからね。といっても、週末の二時間だけだが。この場所にいわくいいがたい雰囲気を添えていると思わないか？」

「そうね」マギーは曖昧《あいまい》な口調で答えた。この十日間で霊柩車はいやというほど見たわ、と内心思った。彼女は気を取り直して、広々としたポーチと派手な木部をもつ三階建てのヴィクトリア朝様式の家を観察した。ベイトマン葬儀社と同様に、やはり純白のペンキ塗りで、黒い鎧戸《よろいど》が目立っている。正面のドアのまわりに飾った黒いクレープペーパーの吹き流しが、風にたなびいていた。

「一八五〇年に祖父のそのまた祖父によって建てられた家だ」アールが説明した。「うちの一族の葬儀場第一号で、当時は最上階に家族が住んでいた。現在のは祖父が建てたもので、父が建て増ししたんだ。しばらくのあいだ、管理人が使っていたんだよ。十年前に博物館をオープンさせたんだが、今のようになるまでにはずいぶんかかった」

アールはマギーの肘に手を添えた。「きっと楽しんでもらえる。忘れないでくれ、映像としてどんなものを推薦すべきか、そこのところを念頭において、すべてをじっくり見てもらいたいんだ。単なるテレビ用ってことじゃなく、シリーズ番組のはじめと終わりのテーマ画像にもなるようなものも見つけてほしいってことだ」

彼らはポーチに立った。全体にただようさびしい陰鬱《いんうつ》な雰囲気を多少なりともやわらげるのに役だっているのは、広い手すりの上に並んだスミレとマウンテンピンクが満開の、いくつもの鉢植えだった。アールは一番手近の鉢植えをちょっと傾けて、その下から鍵をひっぱりだした。「どんなにきみを信用しているかわかるだろう、マギー？　秘密の隠し場所をこうやって見せているんだ。錠が旧式なもんだから、鍵が重くてもちあるけないんだよ」

ドアの前にたたずんだまま、アールはクレープペーパーを指し示した。「葬式業界では、かつてはこうやってドアを飾り、ここが弔い場所であることを示す習慣があったんだ」

おおいやだ、すっかり楽しんでいるんだわ！　マギーはそう思って、かすかに身ぶるいした。両手が汗ばんでいるのに気づき、ジーンズのポケットに手をつっこんだ。チェックのシャツにジーンズという恰好《かっこう》で嘆きの館《やかた》にはいるのは失礼ではないかというちぐはぐな考えが頭の中をかけめぐった。

鍵はきしりながら回転し、アール・ベイトマンはドアをおしあけて一歩さがった。「さあ、ご感想は？」のろのろとドアをくぐったマギーに、彼は誇らしげにたずねた。

来客を待っていたかのように、黒い仕着せ姿の等身大の男のマネキンがフォワイエに立っていた。

「エミリー・ポーストの一九二二年に出版されたエチケットブックの初版に、彼女はこう書いている、人が亡《な》くなったら、執事は昼間用の服を着用し、黒いお仕着せの召使いが持ち場を交替するまでドアのそばにひかえているべきです」

アールはマギーには見えないなにかをマネキン人形の袖《そで》からさっとひっぱりだした。「見てのとおり、一階の部屋は今世紀における葬式文化を示しているんだ。ここへはいってきたときに、仕着せ姿のマネキンが目にはいるとおもしろいだろうと思ってね。もっとも、いまどき家族の誰かが死んだとき、ドアの前に黒いお仕着せの召使いを立たせておくような人間はいくら金持ちでもほとんどいないだろうね」

マギーの思考は唐突に過去へとび、十歳のときヌアラが家を出るつもりだと言ったあのつらく悲しい日へ逆戻りした。「あのね、マギー」ヌアラは説明したものだ。「最初の主人が亡くなったあと、わたしは長いあいだサングラスが手放せなかったのよ。自分でも当惑するほどあっけなく涙がこぼれたの。目がしらがじんわりしてくると、ポケットに手をつっこんでサングラスをつかみ、〝またしても悲しみをごまかす道具のおでましだわ〟と思ったものよ。あなたのお父さんとわたしも、そんなふうに愛しあえたらよかったのにね。一生懸命努力したけれど、だめだったわ。この先ずっと、あなたのいない人生を思うたびに、また悲しみをごまかす道具のお世話になることになるでしょう」

その日のことを思い出すと、きまってマギーは涙ぐんだ。今ここに悲しみをごまかす道具があればよかったのに、ぬれた頬を拭《ふ》きながらマギーは思った。

「いやあ、マギー、きみは感じやすいんだな」アールがうやうやしく言った。「じつに繊細な神経の持ち主なんだね。さて、このフロアにはさっき言ったとおり、二十世紀の死の儀式の展示室があるんだ」

アールはぶあついカーテンをわきによせた。「この部屋にはエミリー・ポーストの言うつつましい葬式を展示した。どう？」

マギーは中をのぞきこんだ。淡い緑のシルクのローブを着た若い女のマネキンがブロケード織りのソファに横たわっていた。とび色の長い巻き毛が細長いサテンの枕《まくら》の周囲にこぼれている。両手はシルクのすずらんの造花の上で組み合わされていた。

「すてきだろう？　眠っているみたいに見えないか？」アールはささやいた。「それにごらん」と入り口近くにある目立たない銀色の机を指さした。「現在じゃ、あそこは弔問客が自分の名を記帳する場所だが、その代わりにエミリー・ポーストの初版本から、遺族への配慮について書かれている一ページをあそこに記したんだ。読んで聞かせるよ。じつにすばらしいんだ」

アールの声がしんとした部屋にひびいた。

「〝悲嘆にくれる人々は、できうるなら、日当たりがよく、裸火の燃える部屋にすわっていただくのがよいでしょう。自分たちは食卓につくのは不適切であると彼らが感じているならば、ごく少量の食べ物を盆にのせて運んであげましょう。紅茶かコーヒー、もしくは肉汁を一杯、薄いトースト一枚、落とし卵、温かいものがよければミルクかミルクトースト（訳注　熱いミルクに浸したトースト）が結構です。冷たいミルクはすでにひえびえとした心境でいる人にはよくありません。料理人が日頃の彼らの好物をすすめることも一案です……」

アールは朗読をやめた。「たいしたもんだろう？　いかに金持ちだとはいえ、きょうび、遺族の好みまで気遣うコックをかかえている人間がどれだけいると思う？　いやしないさ。しかしこれはすばらしい画像になると思うんだが、どうかな？　もっとも番組のはじめと終わりのテーマ画像にするには、ちょっとインパクトが足りないかもしれないな」

アールはマギーの腕をとった。「あまり時間がないのはわかってるが、一緒に二階へきてくれないか。大昔の古風な告別式で使用された品々の見事な複製が何点かあるんだ。たとえば、宴会用テーブルとかね。死の儀式の最後に宴会やお祭り騒ぎをすべきだというのは、多様な人々が本質的に理解していたことらしい。なぜかというと、深い悲しみというのは個人にとっても、コミュニティーにとっても薄れつつあるからだ。典型的な具体例を提示してある。

それから埋葬セクションもある」アールはマギーと階段をのぼりながら、熱に浮かされたようにしゃべりつづけた。「スーダンの人々のあいだでは年を取ったり、弱ったりした指導者を窒息死させる習慣があったという話、したっけ？　要するに、指導者というのは国の活力の象徴だから死んではならないということなんだ。さもないと、国まで一緒に滅びてしまうからね。そこで、指導者の力があきらかに衰えてくると、彼は密《ひそ》かに息の根をとめられ、泥小屋の壁に塗り込められる。死んだのではなく、姿をくらましたのだと信じることが当時の習慣だったんだ」アールは笑った。

彼らは二階にいた。「この最初の部屋には泥小屋の複製をつくった。ここだけの話だが、埋葬シーンがもっとリアルに見えるような野外博物館の建設にすでに着手しているんだ。ここから十マイルばかり離れたところだ。地面の掘削ももうすんでる。基本的にはブルドーザーでならしただけだけどね。プロジェクト全体がぼくの企画なんだ。しかし完成したら、すごいものになるよ。あるエリアにはミニチュアのピラミッドの複製をつくる予定でね。一部を透明にして、古代エジプト人が金や高価な宝石と一緒に国王《ファラオ》を埋葬したことが見学者にも見えるようにするんだ……」

たがはずれたようにしゃべりっぱなしだわ、マギーはのしかかるような居心地の悪さをおぼえながらそう思った。アールはまともじゃない！　次々に部屋を案内されながら、マギーの頭はめまぐるしく働いていた。どの部屋にも入念にこしらえた舞台装置そっくりの展示物があった。アールはいまやマギーの手をにぎりしめて、すべてを見せ、すべてを説明しようとひっぱりまわしていた。

長い廊下の突き当たり近くまできたとき、マギーは墓で発見したベルに類似したものをまだ見ていなかったことに気づいた。

「三階にはなにがあるの？」

「あそこはまだ見せられる状態じゃない」アールはうわの空で答えた。「倉庫代わりに使ってるんだ」

そのあと彼はいきなり立ち止まってマギーのほうをむいた。目が異様な光をおびていた。そこは廊下のつきあたりで、彼らの前には頑丈そうなドアがあった。「ああ、マギー、これはぼくの最高の展示物のひとつなんだ！」

アールはノブをまわし、芝居がかった手つきでドアを大きくあけはなった。「効果を高めたくて、ふたつの部屋をつないだんだ。古代ローマの貴族の葬式だよ」彼はマギーをひっぱりこんだ。「説明させてくれ。まず棺台をつくらせてから、そこに寝台をのせた。その上にマットレスを二枚敷いたんだ。シリーズ番組のオープニングの映像はこれがいいかもしれない。もちろん、今はトーチはただの赤いライトにすぎないが、実際にトーチを燃やすこともできるわけだからな。この棺台をつくった老人は、正真正銘の職人だった。ぼくがわたした写真を参考に、実物と寸分たがわぬものをつくったんだからな。そこに彫られている果物や花束を見ろよ。さわってみてくれ」

アールはマギーの手をつかむと、棺台をなでさせた。「それにこのマネキンは最高のできばえだ。いかにも死んだ貴族らしい装束だろう。そのきれいな衣装はコスチューム・ショップで見つけたんだ。こういう葬式はさぞかし一見の価値があったにちがいない！　想像してみろよ。開始をふれてまわる者、楽士たち、燃えさかるたいまつ……」

ふいにアールは足をとめ、顔をゆがめた。「この話になると我を忘れてしまうんだ、マギー。許してくれ」

「いいのよ、おもしろいわ」マギーは冷静を装《よそお》いながら、アールがやっと放した手が汗で湿っていたことに、彼が気づかなかったことを祈った。

「そうか、よかった。じゃ、あと一部屋だけ。ここだ。棺の間」アールは最後のドアをあけた。「ここもすごいだろう？」

マギーはたじろいだ。その部屋にははいりたくなかった。つい十日前、ヌアラのための棺をえらんだのは自分なのだ。「アール、わたしもう帰らなくちゃ」

「そうか。ここの展示物を説明したかったのにな。またきてくれよ。週末までに最新の棺をいれることになっているんだ。パンのような形のやつでね。パン職人の死体をおさめるためにデザインされたんだ。アフリカのある文化圏では、人が死ぬと生前の職業を象徴する棺におさめて埋葬する習慣があるんだ。ここニューポートのある婦人クラブでおこなったスピーチのひとつには、その話をいれた」

マギーは自分の求めていたきっかけをアールが与えてくれたのに気づいた。「ニューポートではよくスピーチをするの？」

「もうやってない」アールは立ち去りがたいかのように、棺の間のドアをゆっくりしめた。「預言者は自分の郷里では尊敬されない（訳注 マタイの福音書十三章五十七節）という言葉、聞いたことがあるだろう？　最初は謝礼金もはらわずに預言を聞こうとし、聞いたら聞いたで侮辱するんだ」

レイサム・マナーでのスピーチにたいする反応のことを言っているのだろうか？　マギーはいぶかしんだ。部屋のドアがみなとざされているせいで、光がささず、廊下は薄闇《うすやみ》に包まれていたが、それでもアールの顔が朱をそいだようになっているのが見えた。

「まさか、だれかに侮辱されたわけじゃないんでしょう？」マギーはおさえた口調でたずねた。

「一度だけそういう目にあった」アールは陰気に答えた。「猛烈に腹がたった」

ベルをめぐる騒動について話してくれたのがリーアムだとあきらかにするつもりはマギーにはなかった。「あら、そう言えば」ゆっくりと言った。「レイサム・マナーにミセス・シプリーをたずねたとき、あなたのせっかくのスピーチが不愉快な結果に終わったという噂《うわさ》を聞いたような気がするわ。なにかミセス・ベインブリッジの娘さんに関係のあることじゃない？」

「それだよ」アールはつっけんどんに答えた。「彼女の態度があんまり無礼だったんで、途中で有益なスピーチをきりあげたんだ」

一階まで階段をおり、仕着せ姿の召使いのマネキンの前をとおってポーチに出ると、暗い博物館の中にいたあとだけに、日射《ひざ》しが思いのほか強く感じられた。アールは途中ずっとレイサム・マナーでの一夜の話をし、ヴィクトリア朝のベルの複製を老婦人たちに配ったことを説明した。

「特別に鋳造させたんだ」怒りのあまり、声が険悪になっていた。「十二個。彼女たちにベルをもたせたのは賢明じゃなかったかもしれないが、あの女にあんなふうにあしらわれるいわれはなかったんだ」

マギーは慎重に言った。「みんながみんなそういう反応をしたんじゃないはずよ」

「ぼくたち全員にとって、きわめて不快な出来事だった。ゼルダはかんかんになっていた」

「ゼルダ？」

「マーキー看護婦さ。彼女はぼくの研究を知っている。ぼくがしゃべるのをこれまでにも何度も聞いたことがあるんだ。あそこへ行ったのは、彼女に請《こ》われたからだ。ぼくの講演がいかにすばらしいか、マーキー看護婦がレイサムの文化活動の責任者に話したんだよ」

〝マーキー看護婦〟、マギーは考えこんだ。

アールの目が警戒ぎみに細まった。マギーは観察されているのを感じた。「この話はしたくない。不愉快だ」

「でもきっと興味深い講演だったんでしょうね」マギーは追及した。「番組のはじめと終わりの画像には、そのベルがいいんじゃないかしら」

「だめだ。もういいよ。全部倉庫の箱にしまってある。あるべきところにね」

アールは鉢植えの下に鍵を戻した。「ここにあることは誰にも言わないでくれよ、マギー」

「ええ、言わないわ」

「だがもう一度ここへきたくなって、ケーブル局の連中に提出するのにぴったりの展示物の写真を撮る気になったら、どんどんやってくれ。鍵のありかはわかっているんだから」

アールは車までマギーを送ってきた。「ぼくはプロヴィデンスに戻らなくちゃならないんだ。映像のことよろしく頼むよ。なにか思いつけるかどうか考えてみてほしいんだ。一日かそこらのうちに電話してかまわないかな？」

「もちろんよ」運転席にすべりこんでほっとしながら、マギーは答えた。「案内、ありがとう」とつけくわえたが、鍵を使うつもりも、ここへまたきて企画の手伝いをするつもりも毛頭なかった。

「じゃまた。ブラウワー署長によろしく言ってくれ」

マギーはエンジンをかけた。「さよなら、アール。とても興味深かったわ」

「墓地の展示も興味深いものになるよ。」ああ、それで思い出した。霊柩車《れいきゅうしゃ》をガレージにいれておかないと。墓地。霊柩車。連想っておもしろいもんだな、そう思わないか？」

アールは車から離れていった。

通りに出てバックミラーに目をやると、アールが霊柩車の中にすわって電話をつかんでいるのが見えた。と、アールは首をひねってマギーのほうをむいた。

マギーは彼の大きな光る目が自分にひたとすえられ、車が見えなくなるまで凝視しつづけているのを感じた。

67

五時すこし前、ドクター・ウィリアム・レーンはボストンのリッツカールトン・ホテルに到着した。引退をひかえたある外科医のためのカクテルパーティーとディナーがそこで開かれる予定になっている。妻のオディールは一足先にショッピングにでかけて、お気に入りのヘアドレッサーに予約を取っていた。この種のスケジュールのときの常で、オディールはホテルに午後だけ部屋をとっていた。

車でプロヴィデンスをぬけるうちに、レーンの出発前の陽気な気分は雲散霧消していた。ヴァン・ヒラリー夫妻から電話を受けたあとの満足感はすっかりしぼみ、代わって煙探知機の電池切れが原因のブザーに似ていないこともない警報が心の中で鳴りひびいていた。なにかがおかしいのだが、レーンはその正体をまだつきとめられずにいた。

頭の中で警報が鳴りだしたのは、レジデンスを出発しようとしたとき、セアラ・ベインブリッジ・クッシングが電話で、今からまた母親をたずねていくと言ってきたときだった。それより前にセアラからは、レティシア・ベインブリッジが昼食の直後に電話をしてきて、気分がすぐれないと訴えたこと、マーキー看護婦がノックもせずにいきなり部屋にはいってきたり、出ていったりするせいで、ミセス・ベインブリッジがそうとう神経質になっていることを知らされていた。

レーンは先週、グレタ・シプリーが愚痴をこぼしたあと、マーキーに注意を与えていた。どういうつもりなのかと腹が立ってしかたがなかった。まあいい、マーキーにふたたび警告するつもりはなかった。プレスティージに電話をして、マーキーをやめさせるよう勧告しよう。

リッツに着いた頃には、レーンはすっかり不機嫌になっていた。妻がとった部屋に行くと、フリルだらけのローブをはおったオディールは化粧をはじめたところで、その姿にレーンは激しいいらだちをおぼえた。まさか今までずっとショッピングにうつつを抜かしていたわけでもあるまいに、と気分がむしゃくしゃした。

「ハーイ、ダーリン」レーンがドアをしめて近づいていくと、オディールはほほえんで少女のように彼を見あげた。「この髪どうかしら？　マグダにいつもとちょっとちがうスタイルにしてもらったの。カールが多すぎないといいんだけど」と、茶目っ気たっぷりに頭をふってみせた。

なるほどオディールの髪はほれぼれするほど美しいプラチナ・ブロンドだったが、レーンはそれをほめて妻の機嫌を取るのはうんざりだった。「いいようだがね」彼はいらだちもあらわに言った。

「それだけ？」見開かれたオディールのまぶたがひくひくとふるえた。

「いいかね、オディール、頭痛がするんだよ。この数週間、レジデンスでの毎日が目のまわる忙しさだったことぐらい、きみにもわかっているはずだ」

「そうだったわね、あなた。ねえ、わたしがきれいにしているあいだ、しばらく横になっていたら？」

普通なら〝塗りたくる《ギルド・ア・リリー》〟と言うべきところを〝きれいにする《ペイント・ア・リリー》〟と言うのはオディール一流の婉曲表現で、それがまたレーンを逆上させた。彼女はその言い回しを訂正されるのが大好きで、実際に訂正されると、その表現はしばしば誤って引用されるのであり、現にシェイクスピアは〈純金にメッキをし《トゥ・ギルド・ア・リリー》、百合に色をぬる《トゥ・ペイント・ア・リリー》〉（訳注　『ジョン王』第四幕第二場）と書いたと得々として指摘するのだった。

本物の教養などないくせに、とレーンは歯ぎしりする思いだった。彼は時計を一瞥《いちべつ》した。「おい、オディール、あと十分でパーティーがはじまるぞ。いそいだほうがいいんじゃないのか？」

「まあ、ウィリアム、カクテルパーティーに時間どおりに行く人なんていやしないわよ」またあの舌っ足らずな声でオディールは言った。「どうしてわたしにそう突っかかるの？　心配事があるのなら、話してちょうだい。助けてあげるわ。前にも助けてあげたでしょう？」

オディールは今にも泣きだしそうだった。

「もちろんだ」ドクター・レーンは不憫《ふびん》になって口調をやわらげた。そして妻が喜ぶとわかっているほめ言葉を口にした。「きみは美しい女性だ、オディール」努めてやさしく言った。「そのままでも、じゅうぶんに美しい。今すぐパーティー会場にはいっていったとしても、並み居る女たちをかすませてしまうほどだ」

妻の顔がほころびだすと、さらにつけくわえた。「だが、きみの言うとおりだ。心配なんだよ。きょうの午後、ミセス・ベインブリッジは具合がよくなかった。緊急事態にでもなったらと思うと、気が気じゃない。だから……」

「まあ」そのあとどんな言葉がつづくかを察して、オディールはためいきをもらした。「でも、がっかりだわ！　今夜ここでみなさんに会って、一緒にすごすのをそれは楽しみにしていたんですもの。レジデンスの入居者《ゲスト》は大好きだけど、彼らに生活のすべてをささげているみたいじゃないの」

それは期待どおりの反応だった。「きみをがっかりさせるつもりはないよ」レーンはきっぱり言った。「きみはここで楽しんだらいい。今夜はこの部屋で休んで、あした帰ってきなさい。夜間、ひとりで車を運転して帰ってこられちゃそのほうが心配だ」

「あなたがそれでいいなら」

「いいとも。パーティーには今からちょっと顔を出して、すぐにレジデンスに戻るよ。わたしのことを聞かれたら、よろしく言っておいてくれ」レーンの頭の中の警報はいまや鋭いサイレンになっていた。飛び出していきたい気持ちをおさえて、彼は妻におやすみのキスをした。

オディールはレーンの顔を両手ではさんだ。「ああ、ダーリン、ミセス・ベインブリッジに何事も起きませんように、すくなくともしばらくは。そりゃ彼女は大変な高齢だから、そういつまでも生きられるわけがないけれど、ほんとにいい人ですもの。あなたの手に負えないと思ったら、すぐにミセス・ベインブリッジのかかりつけのお医者さんに電話をしてね。この前ひとり亡《な》くなったばかりで、またうちの入居者の死亡証明書にサインするようなはめになってほしくないのよ」

レーンは妻の両手をつかんで引き離した。オディールを絞め殺してやりたかった。

68

家に帰りつくと、マギーはしばらくポーチに立ったまま新鮮でさわやかな海のにおいのする空気を胸一杯に吸い込んだ。博物館を出てからも、死のにおいが鼻孔にこびりついているように思えた。

アール・ベイトマンは死を楽しんでいる、そう思うと悪寒《おかん》が背筋をかけあがった。死についてしゃべり、死を再現するのを彼は楽しんでいる。

リーアムの話では、アールはベルをわたされたレイサムの入居者《ゲスト》たちがふるえあがったことをうれしそうに説明したという。彼女たちのおびえようがマギーには実感できた。だがアールの話では、レイサムでの出来事に立腹したあまり、ベルは三階の倉庫にしまったということだった。

どちらも本当なのだろう、とマギーは思った。老婦人たちがこわがったのはおもしろかったものの、追い出されたことにはきっとはらわたが煮えくり返る思いだったのだ。

あの奇怪な博物館にあるものすべてを、アールはしきりにわたしに見せたがっていたようだ。だったら、どうしてベルも見せると言い出さなかったのだろう？　マギーはいぶかしく思った。レイサム・マナーでのいやな思い出のせいだけではなさそうだ。レジデンスで死亡した女性たち——あの夜講演を聴いていた——の墓にベルを埋めたからではないかしら？　マギーはふと考えた。ヌアラはあの講演に参加していたのだろうか？

気がつくと、彼女は両腕でしっかり身体《からだ》を抱きしめてふるえていた。家にはいるとき、ブラウワー署長のためにはさんでおいたメモがドアからはずれて下に落ちた。いったん中にはいると、まっさきに目にとびこんできたのは、アールがもってきた額入りの写真だった。

マギーはそれをもちあげた。

「ああ、ヌアラ」声に出してつぶやいた。「フィーヌーアラ」写真をしばらく観察した。余計な人物をとりはらって、ヌアラひとりの写真にするのは可能だった。そうすれば拡大もできる。

ヌアラの彫像に手をつけたとき、マギーは家の中で見つけた一番最近の写真を数枚集めていた。でも、これほど最近のものは一枚もなかった。胸像の仕上げの段階で、これはおおいに助けになるだろう。今、これを上へもっていこう、とマギーは決心した。

ブラウワー署長は夕方立ち寄ると言っていたが、時刻はすでに五時をまわっていた。マギーは待つのをやめて、彫像の製作にとりかかることにした。だがスタジオへあがる途中で、ブラウワー署長がうかがう前に電話をすると言っていたのを思い出した。スタジオにはいってしまうと、電話の音は聞こえない。

寝室の前を通りかかって、思いなおした。クロゼットの床に散乱したヌアラの残りのものを片づけるなら今がちょうどいい。写真をスタジオに置いたら、ここへ戻ってこよう。

スタジオにはいると写真を額からはずして、トレッスルテーブルの横の掲示板に注意深く貼《は》った。

カメラマンが、はい笑って、とみんなに注文をつけたにちがいなかった。笑顔はヌアラにとってごく自然なものだ。この写真に欠点があるとしたら、あの夜ディナーの席でヌアラの目に浮かんでいた表情がわかるほどのクローズアップではないということだ。ヌアラの隣に立っているアール・ベイトマンは居心地が悪いのか、固くなっている。無理に笑っているのはあきらかだ。でも、きょうの午後、わたしが見た異様な執着ぶりを示す雰囲気は微塵《みじん》もない。

マギーはリーアムが一度、ベイトマン一族には狂人の血が流れていると言ったことを思い出した。そのときは冗談だと思ったのだが、今になってみるとわからなくなる。

写真の観察をつづけながら、リーアムの場合は生まれてこのかた写りの悪い写真など一枚もないのではないかと思った。ふたりのいとこのあいだには、顔の輪郭に一族共通のはっきりした類似点が見られる。だが、アールの場合は風変わりに見えるものが、リーアムだとハンサムに見える。

リーアムがあのパーティーにわたしを連れていってくれたのは、ほんとうに幸運だったし、ヌアラを見つけたことは二重の幸運だった。マギーはそう思いながらきびすをかえして階段をおりた。再会がまったくの偶然だったことや、リーアムが親戚《しんせき》のグループを次々に渡り歩いてちっとも顧みてくれないので、もう帰ろうと決心したことを思い返した。あの夜は完全に無視された心境だった。

でも、わたしがこっちへきてから、リーアムの態度はがらりと変わった。

ブラウワー署長がきたら、どこまで話すべきだろうとマギーは自問した。たとえベルを墓に置いたのがアール・ベイトマンだとしても、その行為は本質的に法にふれるものではない。でも、どうしてベルは倉庫にあるなどと嘘《うそ》をつくのだろう？

マギーは寝室にはいってクロゼットのドアをあけた。そこにまだ掛かっているのは、ヌアラが《フォーシーズンズ》でのパーティーであの夜着ていた水色のカクテルスーツと、ニールと父親がベッドを動かしてくれたときにクロゼットに掛けなおした淡い金色のレインコートの二着だけだった。

しかしクロゼットの床は、その大部分がごちゃごちゃにつっこまれた靴とスリッパとブーツで足の踏み場もなかった。

マギーは床にすわりこんで、それらをよりわける作業に取りかかった。何足かの靴は相当すりへっていたので、処分するためにうしろへほうりなげた。けれどもヌアラがパーティーではいていた一足をはじめとするほかの靴は、新品同様であると同時にかなり高価そうでもあった。

たしかにヌアラは整頓《せいとん》好きではなかったが、こんなふうに新しい靴をほうりだしておくような真似《まね》はしなかったはずだ。そう考えたとき、マギーははっと息をのんだ。たんすの引き出しがヌアラを殺した侵入者によって荒らされたのはわかっている。だが犯人はヌアラの靴をひっかきまわすことまでしただろうか？

電話が鳴って、マギーはとびあがった。ブラウワー署長だと思い、署長の訪問をむしろ待っていた自分に気づいた。

ところが予想に反して、かけてきたのはジム・ハガーティー刑事だった。署長が面会を明朝一番に延期したがっているとの知らせだった。「州検死医のラーラ・ホーガンが署長と一緒にそちらへ行きたがっているんですが、ふたりとも目下緊急の用件で外出中なんですよ」

「かまいませんわ」マギーは言った。「午前中はうちにいますから」そのあと、前に会いにきたハガーティー刑事が感じのよい人物だったのを思い出して、アール・ベイトマンについて聞いてみることにした。

「ハガーティー刑事、きょうの午後アール・ベイトマンが博物館へ連れていってくれたんです」マギーは慎重に言葉をえらんだ。「ずいぶんと風変わりな趣味ですわね」

「わたしも行ったことがありますよ」ハガーティーは言った。「たいした場所です。だがアールが四代もつづいた葬儀屋一族の出身だと思えば、風変わりな趣味とは言えないでしょう。彼の父親にしてみれば、息子が家業を継がなかったことは大変な失望の種だったんです。もっとも、アールなりのやりかたで、継いでいるとも言えますがね」刑事はおもしろそうに笑った。

「そうですわね」自分の言おうとしていることを吟味しながら、マギーはまたゆっくりとしゃべった。「彼の講演が大成功をおさめているのは知っていますが、レイサム・マナーでは不運な出来事があったそうです。ご存じですか？」

「知っているとは言えませんが、わたしがあそこに暮らすお年寄りの年齢だったら、葬式の話なんか聞きたくないでしょうな、どうですか？」

「ええ、わたしも」

「わたし自身はアールの講演に行ったことは一度もないんですよ」ハガーティーはそうつづけてから声を落とした。「わたしは噂《うわさ》好きじゃありませんが、ここらの連中はあの博物館はろくでもない考案物だと考えていますね。しかしまあ、ベイトマン一族にはムーア一族の資産の大半を売り買いできる財力があったんです。アールは見かけも、しゃべりかたもそれらしくありませんが、金ならしこたまもっているんですよ。父方から譲り受けたんです」

「そうでしたの」

「ムーア一族はアールを変人呼ばわりしてますが、じつは嫉妬《しっと》しているというのが本音でしょう」

マギーはきょう会ったアールを思いうかべた。わたしを素通りして、ヌアラの死体が横たわっていた場所を凝視していたアール。熱に浮かされたように、展示物から展示物へとわたしをひっぱりまわしたアール。霊柩車《れいきゅうしゃ》の中にすわって、じっとわたしを見送っていたアール。

「あるいは、アールのことを知り抜いているからかもしれませんわね」マギーは言った。「電話してくださってありがとう、ハガーティー刑事」

マギーは受話器を置いてから、ベルのことを話さなくてよかったと思った。それを聞いたら、ハガーティーはきっとそれもまた金持ちの奇矯なふるまいのひとつとして一笑に付しただろう。

マギーは靴を選別する作業に戻った。そして大部分の靴をゴミ袋にいれてしまうのが一番簡単な方法だと、今回は判断した。細くてサイズの小さいはきふるした靴はヌアラ以外の誰にも役立ちそうになかった。

でも内側に毛皮を張ったブーツは、とっておく価値がある。左足は横向きに倒れ、右足は直立していた。マギーは左足をつかんでかたわらに置き、右足に手をのばした。右足をもちあげたとき、ブーツの中からくぐもった金属的な音がした。

「ああ、まさか！」

ひるむ心を叱咤《しった》して、けばだった内側に手をつっこむより先に、マギーはなにを見つけることになるのか悟っていた。指先がひんやりした金属をつかんだ。それをひきずりだしながら、マギーは自分が発見したもの――紛失したベル――こそ、犯人が捜していたものだと確信した。

ヌアラはこれをミセス・ラインランダーのお墓からもってきたのだ。ふるえる手とは裏腹に、マギーの頭は冷静に働いていた。彼女は手の中のものを見つめた。ヌアラの墓からもってきたものと寸分たがわぬベルだった。

縁に乾いた泥が筋状についていた。やわらかな泥のちいさなかけらがくずれて、マギーの指先についた。

金色のレインコートのポケットの中に泥がはいっていたのを思い出し、先日カクテルスーツを掛け直したときに、なにかが落ちたような気がしたことが脳裏によみがえった。

ヌアラはミセス・ラインランダーのお墓からこのベルを取ったとき、あのレインコートを着ていたのだ。ヌアラはベルを見てぞっとしたにちがいない。そしてある理由のために、ベルをポケットにいれた。ベルを見つけたのは、遺書を書き換えた日、つまり死の前日だったのだろうか？

ヌアラがレジデンスについて感じはじめていた疑惑を、なんらかの方法で、ベルが裏付けたのだろうか？

アールは鋳造したベルは博物館の倉庫にしまってあると主張していた。十二個が今でも倉庫にあるのなら、誰かほかの人物がそれとは別のベルを墓に置いたことになる。

アールはプロヴィデンスへ戻ったはずだった。博物館の鍵《かぎ》がポーチの鉢植えの下に隠してあるのはわかっていた。ベルのことを警察に話しても、博物館にふみこんで、アールがあると言った十二個を捜す法的権利は警察にはないだろうし、それにしても警察が彼女の話を真剣に受け止めたとしての話であって、たぶん取り合ってはくれないだろう。

だがアールはいつでも博物館にはいってくれてかまわない、ケーブルテレビの番組にふさわしい写真を撮ってくれと言っていた。カメラをもっていこう。そうすれば、たま誰かに姿を見られてもいいわけがたつ。

でも、誰にも見られたくない、とマギーはひとりごちた。暗くなるまで待って、それから車で出かけよう。真相をつきとめる方法はひとつしかない。ベルのはいっている箱を倉庫でさがすのだ。きっと六個しかないにきまっている。

そして六個しかなかったら、アールは嘘つきということになる。墓にあるベルやわたしがもっているふたつと比較できるよう、写真を撮るのだ。そしてあしたブラウワー署長がきたら、フィルムをわたして、アール・ベイトマンはレイサム・マナーの入居者たちに復讐《ふくしゅう》する方法を見つけたようだと話そう。ゼルダ・マーキー看護婦の手を借りて、復讐をとげていたのだ、と。

復讐？　自分の考えていることに気づいてマギーは凍りついた。たしかに、彼を侮辱した女性たちの墓にベルを置くことは、一種の復讐だろう。でも、アールにとって、それだけでじゅうぶんだったのだろうか？　それとも、もしかすると、彼は女性たちの死にもかかわっているのだろうか？　そしてあの看護婦、ゼルダ・マーキー――あきらかに彼女はアールと結びついている。彼女は共犯なのだろうか？

69

いつもの夕食時間はとっくにすぎていたが、ブラウワー署長はまだ署にいた。二件の悲惨な事件をふくめ、やるせない気持ちにさせられる多忙な午後だった。ティーンエイジャーを満載して走りまわっていた盗難車が老齢の夫婦につっこみ、彼らは今危篤《きとく》状態だった。次は逆上した夫が妻に近づいてはならないという裁判所命令にそむいて、離婚調停中の妻を撃った事件だった。

「すくなくとも、奥さんは助かりそうだ」ブラウワーはハガーティーに言った。「よかったよ。彼女には子供が三人いるんだ」

ハガーティーはうなずいた。

「今までどこにいたんだ?」ブラウワーは不機嫌にたずねた。「ラーラ・ホーガンが明朝何時にマギー・ハロウェイに会えるのか知りたがっている」

「午前中はずっと家にいるそうです」ハガーティーは答えた。「ですが、ドクター・ホーガンに電話するのはちょっと待ってください。セアラ・クッシングにちょっと会ってきたんですが、まずその話をしたいんです。彼女の母親のミセス・ベインブリッジがレイサム・マナーにいるんですよ。子供の頃、わたしはボーイスカウトでセアラ・クッシングの息子と同じグループだったんです。だから彼女のことはよく知ってるんです。いい人ですよ。きれいだし、すごく頭がいい」

こういう話をはじめたら、ハガーティーをせきたてても無駄なことをブラウワーは知っていた。おまけに、ハガーティーはいやに悦に入った顔をしている。ことをさっさと進めるために、ブラウワーは期待どおりの質問をしてやった。「それで、なんでミセス・クッシングに会いにいったんだ?」

「署長に代わってマギー・ハロウェイに電話をかけたときに、彼女が言ったことが気になったんです。アール・ベイトマンの話をしたんですよ。署長、あの若いレディはまったくよくトラブルを嗅《か》ぎつける人ですよ。とにかく、われわれはちょっと無駄話をしたんです」

今みたいにな、とブラウワーは思った。

「ミズ・ハロウェイはベイトマンのことでやけに神経質になっています。まちがいないですよ。おそれていると言ってもいいかもしれません」

「ベイトマンをか？　やつは人畜無害だ」ブラウワーは一蹴《いっしゅう》した。

「わたしもそう思ってました。しかしマギー・ハロウェイは人間の行動の理由を感知する鋭い目をもっているんじゃないでしょうかね。なにせ、写真家なんですよ。それはともかく、彼女はベイトマンがレイサム・マナーで起こした小さな問題のことを口にしたんです。つい最近起きたちょっとした〝事件〟のことです。それで、あそこでいとこがメイドをしているという友達に電話をかけて、いろいろ探りをいれてみました。すると友達はついにベイトマンがある日の午後あそこでスピーチをして、老婦人たちのひとりを失神させたことを話してくれたうえ、偶然そこに居合わせたセアラ・クッシングがベイトマンを怒鳴りつけたことも教えてくれたんです」

ハガーティーは署長の口がぴんと張るのを見た。さっさと要点を言えという合図である。「だからミセス・クッシングに会いに行ったんです。彼女はベイトマンをたたきだした理由を教えてくれました。やっこさんは生きながら埋葬されることをおそれていた人々についての話をして入居者《ゲスト》たちを動転させたうえ、ヴィクトリア朝時代に墓に置かれたというベルの複製をみんなに渡したんだそうですよ。当時はベルには紐《ひも》だかワイヤーだかを結びつけ、紐の一端は死者の指にゆわえつけたらしいんです。紐は棺《ひつぎ》の通気孔から地上へのばされたんです。そうやっておけば、棺の中で息を吹き返しても、指をうごかせばベルが墓の上でちりんと鳴り、雇われて見張りをしていた男が墓を掘り始めるというわけですよ。

ベイトマンは老婦人たちにむかって、紐の一端にある輪に薬指をいれるよう指示し、生きながら埋められたと想定してベルを鳴らしてみてください、と言ったんです」

「冗談だろう！」

「とんでもない。そのとたん、大騒ぎになりました。閉所恐怖症の八十歳のご婦人が金切り声をあげて気絶したんです。ミセス・クッシングはベルをかきあつめて、スピーチを中断させ、ベイトマンをドアの外に追い出したと言いました。そのあと、このベイトマンを推薦したものを見つけだす仕事にとりかかったんです」

ハガーティーは効果をねらって、一瞬だけ間を置いた。「それはゼルダ・マーキー看護婦でした。入居者たちの部屋にこっそり出入りするのが趣味の女性ですよ。セアラ・

クッシングは人づてに、マーキーが数年前にある老人ホームでベイトマンのおばの世話をしたことがあり、一族とごく親しかったことを聞きました。高齢のおばさんを特別よくみてくれた礼にと、ベイトマン一家がマーキーに気前よく謝礼をはずんでいたこともわかったんです」

ハガーティー刑事はくびをふった。「女性ってのは物事をさぐりだす才能にたけてますね、ちがいますか、署長？　あそこの豪勢な老人ホームで就寝中に死んだ女性たちをめぐって、ちょっとした疑問がもちあがっているのはご存じでしょう？　ミセス・クッシングはそのうちのすくなくとも数人が、問題のスピーチを聴いていたのを記憶しています。おまけに、こいつは確実ではないんですが、最近死亡した女性の全員があの場にいたのではないかと考えているんですよ」

ハガーティーの話が終わりもしないうちに、ブラウワーはラーラ・ホーガン検死医に電話をしていた。話の終わりに、ブラウワーは刑事のほうをむいた。「ラーラはごく最近レイサム・マナーで死亡したふたり、ミセス・シプリーとミセス・ラインランダー両名の遺体を掘り起こす手続きをとった。これはほんの手はじめだ」

70

ニールは時計に目を走らせた。八時。ルート九五号線のミスティック・シーポートの出口を通過したところだった。あと一時間でニューポートに着く。もう一度マギーに電話しようかとさきほど考えたが、今夜は会いたくないと拒否されるのがいやで、かけていなかった。マギーが留守だったら、帰宅するまで家の前に車をとめて待つことにしよう、と自分に言い聞かせた。

もっと早めに出てこなかった自分に腹が立った。途中ずっと、帰宅する通勤者の車の渋滞にぶつかっただけでも不運だったのに、まだ足りないといわんばかりに、北九五号線を一時間以上にわたって通行止めにした、あの連結部が急角度に折れ曲がったセミトレーラーのおかげで、にっちもさっちもいかなくなってしまった。

しかし、その時間すべてが無駄になったわけではなかった。父のクライアントで、ハンセンにそそのかされて投資した金のほぼ全額を失ったミセス・アーリントンとの会話について、気になっていたことを徹底的に考えぬくチャンスにやっと恵まれたのだ。株購入の確認書。そのどこかが腑《ふ》に落ちなかった。

思い出したとき、ついに疑問が氷解した。株購入の確認書を受け取ったばかりだという言葉を思い出したとき、ついに疑問が氷解した。そういう文書は取引直後に郵送される。したがって、もっと早く受け取っているのが普通なのだ。

ついで今朝は、ハンセンが代理で一株九ドルで買ったと主張する株を、ミセス・ゲイバールが所有している記録がないことが判明していた。きょう現在、その株価は二ドルまで落ちていた。急降下すると事前にわかっている株を一定価格で買ったと思わせ、しばらく待たせておいて、それが最安値になったら取引する。それがハンセンのやりくちなのだろうか？　その方法なら、ハンセンは差額を着服することができる。簡単ではないが為替交換所が発行する為替の確認書をハンセンが偽造したとすれば。不可能ではない、とニールは考えた。

これがハンセンの不正行為の真相というところか、そう思ったとき、ようやく〈ロードアイランドへようこそ〉の看板の前を通過した。しかし、あのぺてん師がマギーの家をほしがるとは、いったいどういう理由があるのだろう？　なにか別のたくらみがあるにきまっている。

ぼくが着くとき、家にいてくれ、マギー、ニールは心の中で哀願した。きみは動きすぎる。もうひとりでは行動させせない。

71

八時半、マギーはアール・ベイトマンの葬式博物館へ出発した。出かける前に、ヌアラのクロゼットで見つけたベルを、ヌアラの墓の地中から掘り出したベルとくらべてみた。ふたつのベルはスタジオのトレッスルテーブルの上で、頭上からのスポットライトを受けて輝いた。

思いついて、マギーは急ぎの場合に使うポラロイド・カメラを取り出して、ならんだ二個のベルにむかってシャッターを切った。だが、写真のできあがりは待たずに、カメラからプリントをひっぱりだすと、帰ってきたら見ようとテーブルの上にほうり投げた。

それから、カメラ二台とフィルムとレンズをいれたバッグをもって、出発した。あの場所に戻るのかと思うと気が重かったが、求める答えを得るにはこうするしかなさそうだった。

さっさと終わらせるのよ、玄関ドアに二重に鍵をかけてステーションワゴンに乗りこみながら、彼女は自分に言い聞かせた。

十五分後にはベイトマン葬儀社にさしかかっていた。どうやら葬儀社は忙しい夜を送ったらしく、何台もの車が一列縦隊で車回しから出てきた。

あした、またお葬式があるんだわ……でも、すくなくともレイサム・マナーの関係者の葬式ではない、マギーは陰気にそう思った。すくなくともきのうまでは、入居者《ゲスト》は全員元気だったはずだ。

マギーは右折して、葬式博物館がある静かな通りにはいった。駐車場に車をいれ、霊柩車《れいきゅうしゃ》がなくなっているのにほっとしながら、アールがガレージにいれると言っていたのを思い出した。

その古い屋敷に近づいていきながら、一階のカーテンが引かれた窓からかすかな明かりがもれているのを見て、マギーはおどろいた。おそらくタイマーによるもので、もうすこししたら消えるのだろうが、明かりがついていれば足元を見るのに役に立つ。そう考えると、すこしだけほっとした。もっとも、懐中電灯は持参していた。しかし、いくらアール・ベイトマンが好きなときに出入りしてかまわないと言ってくれても、煌々《こうこう》と室内を照らして自分の存在を知らせるような真似《まね》はしたくなかった。

鍵はアールが隠したときのまま、鉢植えの下にあった。旧式な錠に差しこんでまわすと、前回同様、大きくギィーと鳴った。これもまた前回同様、マギーの目が最初にとらえたのは、仕着せ姿の召使いのマネキンだったが、じっと見つめる目は注意深いというより敵意に満ちているように思えた。

逃げだしたかった。若い娘のマネキンがソファに横たわっている部屋には一瞬たりとも視線をむけない覚悟で、マギーは階段へ急いだ。同じように、二階の展示物のことも考えまいとしながら、最初の階段をのぼりきったところで懐中電灯をつけた。光線を下にむけたまま、次の階段をのぼる。にもかかわらず、先刻そこで見たものが脳裏によみがえって、マギーにつきまとった——つきあたりの大きなふたつの部屋。古代ローマの貴族の葬儀の間と、棺の間。どちらもぞっとさせられたが、一部屋にたくさんの棺がならんでいる光景には本当に身の毛がよだった。

三階はヌアラの家の三階——大きなクロゼットや棚にかこまれたスタジオ——のようでありますように、とマギーは念じていた。だがあいにくと、代わりに目にはいったのは、部屋がずらりと並ぶもうひとつのフロアだった。もともとこの屋敷は祖父のそのまた祖父の住まいだったのだとアールが言っていたのを失望とともに思いだした。

びくびくしないで、とみずからを叱咤《しった》しつつ、ひとつめのドアをあけた。用心深く低めにもった懐中電灯の明かりで、そこが展示物を準備中の部屋であることがわかった。片隅に二本の柱が立っていて、その上に木製の小屋のようなものがのっている。それがなにを意味しているのか、あるいはなんのためのものなのかは見当もつかないが、ほかはがらんとしていて、めざすものがそこにないことだけはあきらかだった。

次のふたつの部屋も似たり寄ったりだった。どちらも死の儀式のシーンが部分的に完成していた。

最後のドアが彼女の捜していた場所だった。中は大きな倉庫で、壁をおおう棚には無数の段ボール箱がぎっしり詰め込まれていた。装飾的なローブからボロ同然のものまで、たくさんの服がかかった洋服掛けがふたつ、窓をふさいでいた。一度もあけたことのないらしい頑丈な木箱がでたらめに積み上げられていた。

どこからはじめたらいいのだろう? マギーは途方に暮れた。すべてを調べるには何時間もかかりそうだが、ほんの数分この博物館にいただけで、一刻も早く出ていきたい気持ちがふくれあがっていた。

大きくためいきをつき、飛び出していきたい衝動をこらえて、器材をいれたバッグを肩から床におろした。明かりが廊下にもれ、そこから廊下のつきあたりにあるむきだしの窓から外にこぼれないように、不承不承倉庫室のドアをしめた。

あれだけ大量の衣類が窓の前にぶらさがっていれば、室内の様子が外から見える気遣いはない、と自分に言い聞かせた。それでもなお、その広々とした部屋の中央におそるおそる進みでたときには、身体《からだ》がふるえた。口はからからに渇き、身体中の神経がこまかくふるえて、早くここから逃げろとせきたてているような気がした。

左手に脚立《きゃたつ》があった。棚のてっぺんにものをのせるのに使うものらしい。みるからに古びていて、重そうで、それを動かさないとならないとすると、数フィートごとに息をつき、余計に時間がかかりそうだ。マギーは脚立の真後ろの棚を起点に捜索を開始して、部屋を一周することにした。脚立にのぼって下を見ると、段ボール箱にはすべて蓋《ふた》にきちんとラベルが貼《は》ってあるのがわかった。アールはすくなくとも中身がなにか全部わかるようにしてあるのだと思い、これは恐れていたほど大変な作業ではないかもしれないとはじめてかすかな希望が芽生えた。

とはいうものの、段ボール箱はとりたてて秩序正しく置かれているのではなさそうだった。デスマスクとラベルの貼られたいくつかの箱が、棚の一角を占領していた。ほかは喪服、仕着せ、燭台《しょくだい》の複製、太鼓、真鍮《しんちゅう》のシンバル、葬儀用化粧料、などなど——だがベルはなかった。

絶望的だわ、マギーは落胆した。見つけられっこない。まだ脚立を二度移動させただけなのに、時計をみると、すでにここにきて三十分以上が経過していた。

マギーはそれが床にこすれる耳障《みみざわ》りな音にぞっとしながら、もう一度脚立を動かした。もう一度のぼろうと三段めに足をかけようとして、ふたつの段ボール箱のあいだに隠れるようにしてはさまれた箱がちらりと目にはいった。

それにはラベルが貼ってあった。ベル／生きながらに埋葬されたとき！

マギーはその箱をつかんでひっぱり、やっとのことでそばにひきよせた。よろけそうになりながら、脚立をおりて床におろした。かたわらにしゃがみこみ、無我夢中で蓋をひきむしった。

ふわふわしたポップコーン状のパッキングをはらいのけ、ビニールにくるまれた最初の金属製のベルを発見した。保護されていたせいでぴかぴか光っている。一心不乱にポップコーンをかきわけて、すべての中身を発見した。

これまでにマギーが見つけたベルと同一のベルが六個。それがすべてだった。梱包《こんぽう》したさいの伝票がまだ箱にはいっていた。〝ヴィクトリア朝時代のベル十二個。ミスター・アール・ベイトマンの注文により鋳造〞。

十二個——なのに今は六個しかない。

六個のベルと注文伝票の写真を撮ろう。そうすればここから出られる。マギーはそう思った。アール・ベイトマンは嘘《うそ》つきであり、ことによると殺人犯ですらあるかもしれないという証拠は別にして、にわかにこの場所から離れたくて矢も楯《たて》もたまらなくなった。

自分がもはやひとりではないことを悟らせたのがなんだったのか、よくわからない。ドアの開くかすかな音が果たして聞こえたのだろうか？　あるいは別の懐中電灯の細い光線が目にはいったのだろうか？

おどろいてふりかえったとき、彼が懐中電灯をふりあげ、なにか言うのが耳にはいった刹那《せつな》、懐中電灯が頭にふりおろされた。

そのあとは人声と動き回る気配がしたということ以外なにもわからず、しまいに夢のない忘却にのみこまれて、意識を取り戻してみると、墓場を思わせるぞっとするような静寂と闇《やみ》がマギーを取り囲んでいた。

72

ニールがマギーの家に着いたのは期待していたよりずっと遅く、九時をだいぶまわった頃だった。スタジオの煌々たる明かりのひとつがついているのに気づいて一瞬ふくらんだ希望は、彼女のステーションワゴンが車回しにないのを見るなり激しい失望に押しつぶされた。

車は点検に出してあるのかもしれない、と自分に言い聞かせたが、執拗《しつよう》に呼び鈴を鳴らしても応答がないとわかると、ニールは車に引き返して待つことにした。真夜中、ついに彼はあきらめて、ポーツマスの両親の家へむかった。

家にはいってみると、母親がキッチンで熱いココアをつくっていた。「なぜかしら眠れなかったのよ」母親は言った。

ニールがもっと早くくるものと母親が期待していたのを知って、彼は心配させたことに罪悪感をおぼえた。「電話すべきだったよ。でも母さんこそどうして自動車電話にかけなかったの?」

ドロレス・スティーヴンスはほほえんだ。「くるのが遅いというだけで、母親のでしゃばりを喜ぶ三十七歳の男性なんていないからよ。たぶんマギーのところに寄ったのだと思ったの。だからじつはそれほど心配していたわけじゃないわ」

ニールはむっつりと首をふった。「マギーの家には寄ったよ。留守だった。今まで待っていたんだ」

ドロレス・スティーヴンスは息子をしげしげと見て、やさしくたずねた。「夕食はたべたの?」

「いや、でもわざわざ作ることないよ」

息子の言葉を無視して、ドロレスは冷蔵庫をあけた。「マギーはデートがあったのかもしれないわね」考えこみながら言った。

「自分の車に乗っていったんだよ。しかも月曜の夜に」ニールはそう答えたあと、だまりこんだ。「母さん、彼女のことが心配なんだ。帰宅したとわかるまで、一時間ごとに電話をしてみるつもりだよ」

腹はへっていないと抗議したにもかかわらず、ニールは母親のこしらえたぶあついクラブサンドイッチをたいらげた。一時になると、マギーの番号にかけてみた。

一時半にまたかけ、二時、二時半、そして三時にふたたびかけるあいだ、母親はずっとそばにすわっていた。

三時半、父親がやってきた。「何事だ？」眠そうな目でロバート・スティーヴンスはたずねた。わけを聞くと、彼は一喝した。「なにをぼやぼやしとるんだ、警察に電話して、事故の報告がはいっていないかどうか聞いてみろ」

応対に出た警察官はいたって静かな夜だとニールに請け合った。「事故は一件もありませんよ、サー」

「彼にマギーの特徴を説明するんだ。どんな車に乗っているかも話せ。おまえの名前とここの電話番号を教えておけ」ロバート・スティーヴンスは矢継ぎ早に命令した。「ドロレス、おまえはずっと起きていたんだ。すこし眠りなさい。わたしがニールと一緒にいるよ」

「でも——」

「案外あっけない結果になるかもしれんよ」夫はやさしく言った。妻がキッチンを立ち去り、話し声が耳にとどかないとわかると、ロバートは言った。「おまえのお母さんはマギーをとても気に入っているんだ」と息子を見た。「おまえとマギーとのつきあいがそう長くはないのはわかっているが、それにしてもどうして彼女はおまえにそっけないんだ？　つれないとすら思えることがときどきあるのはなぜなんだ？」

「わからない」ニールは本心を言った。「マギーはいつも気持ちをおもてに出さないんだ。ぼくもそうかもしれない。でもぼくたちのあいだに特別な感情があることだけはまちがいない」ニールはかぶりをふった。「何度も考えてみたんだ。マギーがニューポートへくる前に電話番号をきかなかったせいじゃないことだけはたしかだ。マギーはそんな些細《ささい》なことにこだわったりしない。車でこっちへくる途中ああでもないこうでもないと考えるうちに、ひとつ思いあたったことがあるんだ」

ニールは父親に映画館で泣いていたマギーを見たときの話をした。「首をつっこむべきじゃないと思ったんだ。あのときは、立ち入らないほうがいいと判断したんだよ。でも今思うと、マギーはぼくがいたのを知っていたのかもしれない。だから、声もかけなかったことをうらんでいるんだ。父さんだったら、どうした?」

「わたしだったらどうしたか、教えてやろう」父親はすぐに言った。「おまえの母さんがその状況にいるのを見たら、彼女のそばに行って肩に手をまわしただろう。言葉はかけなかったかもしれんが、わたしがそこにいることを彼女に知らせたと思うね」

ロバート・スティーヴンスはきびしい目でニールを見すえた。「彼女を愛していようといまいと、わたしならそうしただろう。だがいっぽう、彼女を愛していることを自分に否定しようとしていたり、あるいはまた、かかわりあいになるのをおそれていたら、その場を逃げ出したかもしれん。手を引くことについては、聖書から出た有名な出来事があるぞ」

「よしてくれよ、父さん」ニールはつぶやいた。

「そしてもしわたしがマギーで、おまえがそこにいるのに気づいており、おまえの救いを求めていたにもかかわらず見捨てられたとしたら、おまえのことはあきらめただろう」ロバート・スティーヴンスはそうしめくくった。

電話が鳴った。ニールが父親より先に受話器をひったくった。

警察官だった。「サー、お捜しの車輛《しゃりょう》がマーリー・ロードに駐車しているのを発見しました。人里離れた場所でして、付近には人家もないため、目撃者がいないんですよ。それがいつから放置されていたのか、放置したのがミズ・ハロウェイなのか、別の誰かなのかもわかりません」

十月八日　火曜日

73

火曜日の朝八時、マルコム・ノートンは寝室から階下へおりて、キッチンをのぞいた。ジャニスがもうそこにいて、テーブルにむかってコーヒーを飲みながら新聞を読んでいた。彼女はめずらしくマルコムにコーヒーをつぎ、そのあとたずねた。「トーストは？」

彼は一瞬ためらってから言った。「もらおうか」そしてジャニスとむきあってすわった。

「きょうはずいぶん出かけるのが早いんじゃない？」ジャニスが聞いた。

神経質になっているのがその様子から見てとれた。ジャニスはまちがいなくマルコムがなにかするつもりでいるのに気づいていた。

「ゆうべは遅い時間に食事をしたみたいね」湯気のたつカップをマルコムの前に置きながら、ジャニスはつづけた。

「まあね」妻の不安げな顔色を楽しみつつ、マルコムは答えた。真夜中に帰宅したとき、ジャニスが起きていたのはわかっていた。

コーヒーをふたくちほどすすってから、マルコムは椅子《いす》をうしろへ押した。「やっぱり、トーストはやめておくよ。それじゃ、ジャニス」

オフィスに着くと、マルコム・ノートンはしばらくバーバラのデスクにすわっていた。自分にとって彼女がどんな意味をもっていたか、それを思い出させるようなことをバーバラ宛《あ》てに書ければいいのだがと思ったが、それはフェアではなさそうな気がした。このことにバーバラの名前をひきずりこみたくなかった。

彼は自分の部屋にはいり、ジャニスのブリーフケースに見つけた書類のコピーと、ジャニスの銀行明細書のコピーをあらためて見た。

ジャニスがなにを計画していたか、容易に察しがついた。先日の夜、尾行したジャニスがレストランであのろくでなしの甥《おい》と落ち合い、封筒を渡されるのを見たときから見当はついていた。ジャニスの預金高の記載は、マルコムの疑念を裏付けたにすぎなかった。

ジャニスはレイサム・マナーの入居申請者たちに関する資産情報をハンセンに流し、ダグ・ハンセンが小金持ちの老婦人をだます片棒を担《かつ》いでいる。詐欺《さぎ》未遂の容疑がかかることはないだろうが、もうこの町にはいられまい。いうまでもなく、今の仕事も失うだろう。

天罰だ、マルコムは思った。

マギー・ハロウェイに高値のオファーをしたのはハンセンだ。マルコムはそう確信していた。ジャニスは近々法が改正されることをハンセンにこっそり教えた。ハロウェイが売るまで価格をつりあげるつもりだったのだろう。

マギー・ハロウェイが登場して計画のすべてをぶちこわすことさえなかったら、と彼は苦々しげに思い返した。そうすれば、あの家で大儲《おおもう》けできただろうし、バーバラをつなぎとめる方法も見つかったことだろう。

大儲けか。マルコムは陰気にほほえんだ。金持ちになれたのだ！

いうまでもなく、もはやどうでもいいことだった。あの家を買うことはない。バーバラと人生を歩むことはない。彼にはもう先がなかった。人生はもう終わったのだ。だがすくなくとも、負け犬は自分だけではない。ジャニスもハンセンも、マルコムが長年冷笑されてきたような見かけだおしの人間でないことを思い知るだろう。

ブラウワー署長に宛てたマニラ封筒を、彼はデスクの片隅へ押しやった。それをよごしたくなかった。

底の深い引き出しに保管していた銃をつかんだ。それを取り出して、しばらく握ったまま、考えこむようにじっと見つめた。次の瞬間、彼は警察署の電話番号を押して、ブラウワー署長を呼びだした。

「マルコム・ノートンだ」銃を右手にもち、頭にむけたまま、彼は快活に言った。「ここへきたほうがいい。自殺するところだ」

「やめろ！」最後の一言が耳に達したとき、マルコムは引き金を引いた。

74

マギーは頭の横の髪が血で固まっているのを感じた。手をふれるとまだずきずきした。「落ち着くのよ」マギーはささやきつづけていた。「落ち着かなくちゃ」

わたしはどこに埋められているのだろう？　たぶん誰にも見つからない森の奥かどこかだ。薬指にゆわえられている紐《ひも》をひくと、重い手応《てごた》えがあった。

彼がヴィクトリア朝のベルのひとつを紐の一端に結びつけたにちがいない、と考えた。紐を通している管の内側を人差し指でなでてみた。固い金属の感触で、直径は一インチほどだった。泥でこの管がつまらないかぎり、そこからはいってくる空気のおかげで息はできるはずだった。

でも、彼はどうしてわざわざこんなことをしたのだろう？　ベルに舌がついていないことはあきらかだった。ついていれば、ほんのすこしでも音が聞こえるはずだ。舌がついていなければ、いくら紐をひっぱってもベルは鳴らず、誰にもわたしがここにいることはわからない。

ここは本当の墓地なのだろうか？　もしそうなら、人々が墓参りにきたり、葬儀に参列したりする可能性があるだろうか？　車の音がわずかに聞き取れたりするだろうか？

計画を練るのよ！　マギーは自分に命令した。計画を練りなさい。指の皮がすりむけるまで紐をひっぱりつづけよう。人通りのあるところに埋められているなら、動くベルが注意をひきつける見込みはおおいにあった。

十分間隔ぐらいで、助けを求めて大声で叫ぶこともしよう。もちろん、声が管をつたって地上まで達するかどうか知る術《すべ》もないが、やってみるしかない。でも、すぐに声をからしてしまってはならない。誰かが通る音が聞こえても、声がかれていては注意を引くことができない。

彼は戻ってくるだろうか？　彼が正気を失っていることだけは確かだった。わたしの叫び声を聞いたら、空気孔をふさいで、わたしを窒息死させるかもしれない。用心しなくては。

もちろんこうした努力がすべて無駄ということもある。人里離れた場所に埋められている見込みのほうがずっと高い。ヴィクトリア朝時代の人々が生きながら埋められたと悟ったときにしたと言われているように、わたしが棺《ひつぎ》の蓋《ふた》の内側をかきむしり、紐をひっぱることを、まずまちがいなく彼は計算にいれている。ただ、当時の人々には、あやまって埋められた者からの合図を聞こうと待っている人間がいた。マギーの埋められている場所がどこだろうと、彼女がまったくのひとりぼっちであることは確実だった。

75

午前十時、ニールと父親はブラウワー署長のオフィスに緊張のおももちですわり、沈痛な声でマルコム・ノートンの自殺メモの内容をあきらかにする署長の話に耳を傾けていた。「ノートンは哀れな失意の男でした」署長は言った。「彼が書き残したものによれば、環境保護法の改正のせいで、ミズ・ハロウェイの地所は相当な高値がつくらしいですな。ヌアラ・ムーアの家の購入を申し出たとき、ノートンはあきらかに本当の価格を隠して彼女をだますつもりだったんです。したがって、彼女が気を変えて売却をとりやめたとき、ノートンが逆上して彼女を殺した可能性はおおいにあります。書き換えられた遺書を捜そうと、家中荒らしまわったのかもしれん」

ブラウワーは言葉を切って、長いメモの一段落にあらためて目を通した。「予定がことごとく狂ったのは、ひとえにマギー・ハロウェイのせいだとノートンが考えたのはあきらかです。そうは言っていないが、ノートンがミズ・ハロウェイに復讐《ふくしゅう》した可能性はあります。彼の細君がのっぴきならぬ立場に追い込まれたのは、ノートンが仕組んだことですから」

悪い夢を見ているにちがいないとニールは思った。肩に父親の手が置かれると、それをふりはらいたい気持ちをこらえた。マギーを助けるのだという決意が、同情によってぐらついてしまいそうで不安だった。そんなことがあってはならないのだ。ニールは絶対あきらめないつもりだった。マギーは生きている。彼はそう確信していた。死んでいるわけがない。

「ミセス・ノートンと話をしました」ブラウワーはつづけた。「きのう、ノートンは普段どおりの時間に帰宅したあと、また外出して真夜中まで帰ってこなかったそうです。今朝、どこへ行ったのかつきとめようとしたようだが、ノートンは答えなかったらしい」

「マギーはこのノートンという男をどこまで知っていたんです？」ロバート・スティーヴンスが聞いた。「なぜマギーはノートンに会うことに同意したんでしょう？　その男がマギーをむりやり車に押し込み、警察が車を発見した場所まで行かせたのだと思いますか？　しかしそうだとしたら、彼はマギーをどうしたんでしょう。また彼女の車をそこに置き去りにしたのなら、どうやって家に帰ったんです？」

ブラウワーはスティーヴンスがしゃべっているあいだ、首をふっていた。「そういうことはまずありえんと思いますが、むろん真偽のほどは確かめねばなりません。警察犬たちにミズ・ハロウェイのにおいを追跡させましょう。彼女があの付近にいれば、見つかるはずだ。しかし、あそこはノートンの自宅からはそうとう離れています。共犯がいなければむずかしかったでしょう。さもないと、通りがかりの車に家まで乗せてもらうしかないわけですから。だが、率直に言って、どちらも可能性としては低いでしょう。ノートンが熱をあげていたこのバーバラ・ホフマンという女性は、コロラドに住む娘の家にやっかいになっていましてね。彼女のことはすでに調べました。週末以来、ずっと娘の家にいます」

インターコムが鳴り、ブラウワーは電話をつかんだ。「つないでくれ」一瞬間を置いて言った。

ニールは両手に顔をうずめた。マギーの死体を発見したのでありませんように、無言で祈った。

ブラウワーの会話は一分足らずで終わった。受話器を置くと、彼は言った。「ある意味では、これはいいニュースかもしれません。マルコム・ノートンは昨夜バーバラ・ホフマンが住んでいた家の近くの小さなレストラン《ログ・キャビン》で晩めしを食っていました。どうやらホフマンとノートンはしばしばそこで食事をしていたらしい。経営者の話では、ノートンが腰をあげたのは十一時をとっくにまわっていたそうです。ということは、彼はそのまままっすぐ家に帰ったにちがいありません」

つまり、マギーの失踪《しっそう》とはほぼ確実に無関係ということだ、ニールは思った。

「これからどこへ行くんです？」ロバート・スティーヴンスがたずねた。

「ミズ・ハロウェイがわれわれに指摘した人物の事情聴取をおこないます。アール・ベイトマンとゼルダ・マーキーです」

ふたたびインターコムが鳴った。だまって耳を傾けたあと、ブラウワーは受話器を置いて立ちあがった。「ベイトマンがどんなお遊びをたくらんでいるのか知らんが、たった今彼から電話がありました。葬式博物館から昨夜棺がひとつ盗まれたそうです」

76

ドクター・ウィリアム・レーンはこの火曜日の朝、妻に合わせる顔がなかった。オディールの石のような沈黙は、彼女でさえ愛想をつかすことができるということを物語っていた。

昨夜オディールが家に帰ってきて、あんな自分を発見することさえなかったら、とレーンはほぞを噛《か》んだ。もう何十年も昔のことに思えるが、最後の職場でのある出来事以来、彼は一滴も酒を飲んでいなかった。今の仕事に就くことができたのは、オディールのおかげだった。彼女はあるカクテルパーティーでプレスティージ・レジデンス株式会社の経営陣に出会い、当時修復中だったレイサムの責任者の地位にレーンを売り込んだのである。

プレスティージ社はレイサム・マナーを所有・経営するのではなく、フランチャイズ化された老人ホームのひとつとする計画をたてていた。だが、経営陣はレーンとの面接に同意し、その後、彼の履歴書をフランチャイズ権を取得した人物にゆだねた。おどろくべきことに、レーンは採用された。

すべてオディールのおかげであることを、彼女は折にふれて彼に思い出させた。

昨夜の失態が、プレッシャーにさらされているしるしであるのをレーンは知っていた。部屋をすべて満室にしておけという命令。一ヶ月たりとも売れないままにするな。それができなければ解雇するという暗黙の脅し。解雇。レイサムをクビになったら、この先どこで雇ってくれるというのか。

昨夜の出来事のあと、オディールはあと一度でも酔っている彼を見たら、出ていくと申し渡していた。

その予測は魅惑的だったが、そんなことをさせるわけにはいかなかった。現実問題として、レーンには妻が必要だった。

どうしてオディールは昨夜ボストンに泊まらなかったのだろう？

なぜならば、彼がパニックを起こしかけているのではないかと疑ったからだ。いうまでもなく彼女の勘はあたっていた。マーキー看護婦が盗み聞きをしているところを描いたヌアラ・ムーアのスケッチを、マギー・ハロウェイが捜していたと知ったときから、レーンは戦々恐々としていた。

あの女をクビにする方法をとっくの昔に見つけておくべきだったのだ。だが、マーキーはプレスティージが送り込んできた人間で、おおむね優秀な看護婦だった。入居者《ゲスト》の多くも、彼女を高く評価していた。じっさい、優秀すぎるのではないかとときどきレーンは思った。事柄によっては、彼女のほうがレーンよりくわしいように思えた。

いずれにしても、オディールと自分の間がどうなろうと、さしあたりレジデンスへ出向いて、朝の巡回をしなければならないことをドクター・レーンは知っていた。

妻はキッチンでコーヒーを飲んでいた。じつにめずらしいことに、今朝の彼女はほんの最小限の化粧をする手間さえかけていなかった。化粧っけのない顔はやつれて見えた。

「ゼルダ・マーキーから今電話があったわ」そう告げるオディールの目が怒りに燃え上

がった。「警察が事情聴取をさせてもらいたいと言ってきたそうよ。マーキーはなんのことかととまどっているわ」

「事情聴取？」レーンは緊張が全身を駆け巡り、筋肉という筋肉をがっちりつかむのを感じた。もうおしまいだ。

「セアラ・クッシングがマーキーもあなたも、彼女の母親の部屋にははいらないでくれと厳しく命じてきたとも言っていたわよ。ミセス・ベインブリッジは加減がよくないらしくて、ミセス・クッシングはただちに病院へ母親を移転させる手筈《てはず》をととのえているわ」

オディールは非難をこめてレーンを見た。「ゆうべ、あなたはミセス・ベインブリッジを診るために、あわてて帰ったんじゃなかったかしら。だからといって、あなたがミセス・ベインブリッジに近づくのを許されたとは思えないけど、十一時近くまでレジデンスには姿を見せなかったそうね。それまでいったいなにをしていたの？」

77

ニールとロバート・スティーヴンスはマギーのステーションワゴンが駐車してあると

いう遠くの道路へ車を走らせた。着いてみると、ワゴンの周囲には警察のテープがはりめぐらされ、車からおりると、近くの森から捜索犬の鳴き声がした。

警察署を出てから、ふたりとも口をきいていなかった。ニールはその時間を使って、これまでにわかっているすべてを徹底的に考えてみた。それはあまりにもすくなく、自分の無知を痛感すればするほど、行き場のないいらだちが彼を苦しめた。

思いやりにあふれた父親の存在が胸にしみた。それはニールがマギーに与えられなかったものだった。そう思うと、自分が情けなかった。

鬱蒼《うっそう》たる木々と濃い葉むらを通して、すくなくとも十二人の姿が見きわめられた。警察官か、それともボランティアだろうか？　これまでのところなにも発見されず、捜査範囲はさらに広げられていた。彼らが捜しているのはマギーの死体なのだと思いあたって、ニールは絶望の底にたたきつけられた。

両手をポケットにつっこみ、首をうなだれた。彼はついに沈黙を破った。「マギーが死んでいるはずがない。死んでいたら、ぼくにわかるはずだ」

「ニール、行こう」父親がそっとうながした。「どうしてここへきたのかもわからん。ここにいても、マギーの役にはたたんよ」

「ぼくはどうすればいいんだ？」ニールの声には怒りといらだちがにじみでていた。

「ブラウワー署長の話からすると、警察はまだこのハンセンという男とは話をしていないが、昼頃にはプロヴィデンスのオフィスに出勤してくるとわかったらしい。現時点では、警察はハンセンは小物だと考えている。ノートンが地区検事宛《あ》てのメモに書き残した詐欺師《さぎし》の情報は、いずれ警察が調べるだろう。しかし、ハンセンが出勤するときわれわれがオフィスにいても悪いことはあるまい」

「父さん、今はとても株取引の心配などする気にはなれないよ」ニールは腹立たしげに言った。

「そうだろう。わたしも今はそんなことなどどうでもいい。しかしおまえは、コーラ・ゲイバールが所有していない五万株の売却を指示したんだぞ。ハンセンのオフィスに行って、返事を要求する権利ならりっぱにある」ロバート・スティーヴンスはうながした。

彼は息子の顔をのぞきこんだ。「わたしが言わんとしていることがわからんのか？ハンセンのなにかがマギーをひどく不安にさせたんだ。ただの偶然で、ハンセンが彼女の家にオファーをしてきたとはわたしには到底思えん。株の件でおまえはハンセンを守勢に立たせることができる。しかし、わたしが今すぐハンセンに会いたいと思うのは、マギーの失踪についてすこしでも彼が知っているかどうかつきとめるためだ」

首をふりつづけるニールを見て、ロバート・スティーヴンスは森を指さした。「マギーの死体があのどこかにあると思っているなら、捜索にくわわってこい。わたしは彼女はまだ生きていると期待——いや、信じている。生きているなら、犯人が車の近くにマギーを放置したはずはない」ロバートはきびすを返した。「誰かに乗せてもらえ。わたしはプロヴィデンスへ行ってハンセンに会う」

彼は車に乗り込んで、いきおいよくドアをしめた。エンジンをかけたとき、ニールが助手席に飛び込んできた。

「父さんの言うとおりだ」息子は認めた。「ぼくたちがどこでマギーを見つけることになるにせよ、ここじゃない」

78

十時半、アール・ベイトマンは葬式博物館のポーチでブラウワー署長とハガーティー刑事を待っていた。

「棺《ひつぎ》はきのうの午後はあったんだ」ベイトマンは熱をこめていった。「それはわかってる、ここを一周して、その棺を指さした記憶があるんだから。こんなかけがえのないコレクションをただのいたずらで冒瀆《ぼうとく》するほど失礼なやつがいるなんて、信じられないよ。ぼくの博物館にあるものはすべて、細部まで調べたのちに買い入れたものばかりなんだ。もうじきハロウィーンだ」ベイトマンは言葉を継ぎながら、右手を固め、左の手のひらに神経質に打ちつけた。「数人の子供たちがこの離れ業をやってのけたにちがいない。もしそうだったら、訴えてやる。〝子供らしいいたずら〟なんて言い訳は通用しない、いいか？」

「ベイトマン教授、中へはいって話しませんか」ブラウワーは言った。

「いいとも。オフィスにその棺の写真があるかもしれない。特別興味深い一点でね、事実、建設中の博物館の新しい展示物の目玉にすえようと計画していたんだ。こっちだ」

ふたりの警察官はアール・ベイトマンのあとからフォワイエをとおりぬけ、実物大の黒い服をきたマネキンの前をとおって、元はあきらかにキッチンであった部屋にはいった。流しに冷蔵庫、むこうの壁にはいまだにレンジが並んでいる。奥の窓の下に膨大なファイルがあった。部屋の中央にばかでかい昔風の机が置かれ、青写真やスケッチがその上をおおっていた。

「屋外展示場を計画中でね」ベイトマンはふたりに言った。「近くに、すばらしい候補地になりそうな地所をもっているんだ。さあ、すわってくれたまえ。あの写真を捜してみる」

やけにハイになってるな、とジム・ハガーティーは思った。レイサム・マナーからたたきだされたときも、こんなふうに興奮ぎみだったのだろうか？　案外、ベイトマンはおれが思っていたような無害な変人じゃないのかもしれないぞ。

「写真を捜す前に、二、三おたずねしたいことがあるんですが」ブラウワーが言った。

「ああ、いいよ」ベイトマンは机の椅子《いす》を乱暴に引き出すと、腰をおろした。

ハガーティーはノートを取りだした。

「ほかになにか盗《と》られたものはありますか、ベイトマン教授？」ブラウワーが聞いた。

「いや。ほかはどこも荒らされなかったようだ。ありがたいことに、めちゃくちゃにされたわけじゃない。棺台も消えているから、これが単独犯のしわざらしいことは、あんたがたも見当がつくだろう。キャスター付きの棺台があれば、ひとりでも棺を運びだすのは簡単だったはずだ」

「棺はどこにあったんですか？」

「二階だが、重い品を運ぶためのエレベーターがある」電話が鳴った。「失敬。いとこのリーアムからだろう。さっきこのことを知らせようと電話をかけたら、会議中だったんだ。彼ならおもしろがるだろうと思ったもんでね」

ベイトマンは受話器をつかんだ。「もしもし」予想どおりの電話だったことを示すためにうなずいて見せながら、ベイトマンは相手の言葉に耳をすませた。

ブラウワーとハガーティーは、泥棒にはいられたとリーアムに知らせるベイトマンの話に聞き入った。

「大変な値打ちのあるアンティークなんだ」ベイトマンは興奮ぎみに言った。「ヴィクトリア朝時代の棺なんだよ。一万ドルも払ったが、それでも安いものだった。この棺にはもともと空気孔があいていて、それで——」

話に邪魔がはいったかのように、ベイトマンは突然しゃべるのをやめた。それからショックにうわずった声で叫んだ。「マギー・ハロウェイが行方不明だってどういう意味だ？　そんなことあるわけがないだろう！」

受話器を置いたあと、ベイトマンは放心状態に見えた。「大変だ！　いったいマギーになにが起きたんだ？　ああ、やっぱりそうだったか。彼女の身に危険が迫っているのはわかっていたんだ。悪い予感がしたんだ。リーアムはすっかり動転している。あのふたりはごく親しい間柄でね。自動車電話からの電話だった。ニュースでたったいまマギーのことを知って、ボストンからこっちへむかってる」そこまで一気にしゃべってから、ふと眉《まゆ》をひそめ、非難がましく言った。「あんたがたはマギーが行方不明になっているのを知っていたんだな？」

「そうです」ブラウワーは短く答えた。「きのうの午後、彼女があなたとここにいたことも知っていますよ」

「ああ、そうだ。ついこのあいだの一族の親睦会《しんぼくかい》のパーティーで撮ったヌアラ・ムーアの写真をぼくがマギーのところへもっていったんだ。彼女、すっかり感激していた。マギーは優秀な写真家だから、葬儀の習慣を取り上げるテレビのシリーズ番組に協力してもらえないかと思ってね。ぼくの頼みで、この展示物を見にきたんだよ」ベイトマンは熱っぽく説明した。

「マギーはほぼすべてを見ていった」彼はつづけた。「カメラ持参じゃなかったのにはがっかりしたよ。だから、帰りぎわにいつでも好きなときにきてほしいと言って、鍵《かぎ》の隠し場所を教えておいた」

「それがきのうの午後ですね」ブラウワーが口をはさんだ。「マギーは昨夜ここへきたんですか?」

「それはないと思うね。どうして夜ここにきたりする? 女なら誰だっていやがるさ」

ベイトマンは動転した顔つきになった。「よくないことが起きたんじゃないといいが。マギーはいい人だし、じつに魅力的だ。実際、彼女にはかなり惹《ひ》かれたよ」

ベイトマンはかぶりをふり、さらにこう言った。「いや、マギーが棺を盗んだんじゃないことは絶対たしかだ。なにしろ、きのうここを案内したときも、棺の間には足をふみいれようともしなかったからな」

冗談のつもりだろうか? ハガーティーは首をひねった。こいつ、いつでも説明ができるように準備しておいたのだ。マギー・ハロウェイが行方不明であることを十中八九すでに聞いていたにちがいない。

ベイトマンが立ち上がった。「写真を捜してくる」

「まだ話は終わっていませんよ」ブラウワーが言った。「まず、レイサム・マナーでスピーチをしたときに起きたちょっとしたトラブルについて、話していただきたいんですがね。なんでも、ヴィクトリア朝時代のベルにまつわることで、出てゆくよう言われたそうですな」

ベイトマンは腹立ちまぎれに机にこぶしをふりおろした。「その話はしたくない！　みんなでよってたかってなんだ？　ついきのうも、マギー・ハロウェイに同じことを話さなくてはならなかったんだぞ。あのベルはぼくの倉庫にしまってあるし、今もそこにあるはずだ。その話はまっぴらだ。わかったか？」彼の顔は怒りに青ざめていた。

79

空模様が変化しはじめ、急激にひえこんできた。朝のうち照っていた太陽が雲間にのみこまれ、十一時をまわる頃には空は鉛色に閉ざされていた。

ニールと父親は、ダグラス・ハンセンのオフィスの受付エリアにある唯一《ゆいいつ》の家具——秘書のデスクと椅子をのぞいて——である背もたれのまっすぐな木の椅子にすわっていた。

ただひとりの従業員である秘書は二十歳ぐらいのむっつりした若い女で、ミスター・ハンセンは木曜の午後からずっとオフィスに顔を出していないし、十日ほどたったら出社すると言っていたので、自分はそれしかわからないと無関心そうに告げた。奥のオフィスに通じるドアが開いているため、そこが受付エリア同様ろくな家具がそろっていないのが丸見えだった。デスク、椅子、ファイリング・キャビネット、それに小型コンピューター、それがニールと父親に見えたすべてだった。

「繁盛《はんじょう》している証券会社のようには見えんな」ロバート・スティーヴンスが言った。「じっさい、移動しながら不法賭博《とばく》をおこなう賭場そっくりだ――誰かが合図の口笛を吹いたら、いち早く町から逃げ出すためのな」

なにをするでもなく、そこにただ漫然とすわっているのがニールには耐えられなかった。〝マギーはどこにいるんだ?〟彼は自問しつづけた。

マギーは生きている、生きている、ニールは断定的にくりかえした。ぼくが彼女を見つける。父親の言っていることに努めて意識を集中したあと、ニールは答えた。「ハンセンがここを有望なクライアントに見せるとは思えないな」

「見せちゃおらんよ」ロバート・スティーヴンスは言った。「高級なランチやディナーに連れだすのさ。コーラ・ゲイバールとローラ・アーリントンから聞いた話では、なかなか魅力的になれる男らしい。だが、投資のことについてはかなり詳しいような口振りだったと言っている」

「それじゃどこかで速成コースでも受けたんだ。ハンセンの経歴を調べたうちの保安課の職員が、ハンセンはふたつの証券会社を無能であるという理由で解雇されていたと言ってた」

外側のドアの開く音に、ふたりはすばやくふりむいた。彼らを見たとき、ダグラス・ハンセンの顔をよぎった驚愕《きょうがく》の表情を彼らは見逃さなかった。

ぼくたちを刑事だと思っている、とニールは直感した。おじの自殺をすでに聞き及んでいるにちがいない。

彼らは立ちあがった。ロバート・スティーヴンスが最初に口を開いた。「わたしはミセス・コーラ・ゲイバールおよびミセス・ローラ・アーリントンの代理をつとめる者です」ロバートはあらたまった言い方をした。「彼女たちの要望で、あなたが最近彼女たちのためにおこなったと称する投資について話しあいにきました」

「そしてぼくはマギー・ハロウェイの代理だ」ニールは怒りをつのらせながら言った。「昨夜はどこにいた？　彼女の所在不明についてなにを知っている？」

80

身体《からだ》がこらえようもなくふるえはじめた。わたしはどのくらいここにいるのだろう？

マギーは自問した。いつのまにか眠っていたのだろうか、それとも意識を失っていたのか？　頭が猛烈に痛んだ。口の中が砂を押し込まれたようにざらざらしていた。最後に助けを求めて大声をあげてからどのくらいたったのだろう？　誰かわたしを捜してくれているだろうか？　わたしが行方不明であることを知っている人が誰かいるだろうか？

ニール。彼は今夜電話をすると言っていた。時間の感覚をとりもどそうとしながら、いいえ今夜ではない、もうきのうの夜になるのだ、とマギーは考えた。わたしは九時に博物館にいた。ここに何時間も閉じこめられているのはまちがいない。今は朝だろうか、それとも午後？

ニールが電話をしてくれたはずだ。

そうだろうか？

わたしはずっと、気遣わしげな彼の視線を拒絶してきた。もしかしたら、ニールは電話をしなかったかもしれない。わたしはずっと彼に冷たかった。もうわたしとつきあうのはよそうと決めたのではないだろうか。

　そんなことはないわ、マギーは祈った。ニールはそんなことはしない。ニールならわたしを捜してくれる。「わたしはここよ、ニール。お願い、わたしを見つけだして」マギーはそうつぶやいたあと、涙をこらえようと目をしばたたいた。

　ニールの顔が心の中に大きく浮かびあがった。不安そうで、気遣わしげな顔。わたしのことを心配している顔。墓で見つけたベルの話をニールにしてさえいたら。博物館へ一緒に行ってくれないかと、わたしがニールに頼んでさえいたら。

　〝博物館〟、ふと、記憶がよみがえった。背後から聞こえた声。

　頭の中でマギーは襲われたときのもようを再現してみた。ふりかえって、彼の顔つきを見たとたん、頭に懐中電灯をふりおろされたのだ。邪悪で、冷酷な顔。

　ヌアラを殺したときも同じ顔をしていたにちがいない。

　キャスター。キャスター付きのなにかに乗せられたとき、マギーはまだいくらか意識があった。

　女の声。聞きおぼえのある女の声が彼に話しかけているのが聞こえた。それが誰の声だったか思いだして、マギーはうめいた。

　ここから出なくてはならなかった。死ぬわけにはいかなかった。このことを知ったからには、死んではならないのだ。彼女は彼のためにまた同じことをするだろう。そうにちがいない。

「助けて」マギーは金切り声をあげた。「わたしを助けて」

もうやめたほうがいいと思うまで、何度もマギーは叫んだ。パニックを起こしてはだめよ、自分に警告した。なによりもパニックを起こすことだけは避けなくてはならなかった。

ゆっくり五百数えてから、三回叫ぼう、と決心した。ずっとそれをつづけよう。

頭上から間断のないくぐもった音が聞こえ、やがて手に冷たいしずくがしたたるのが感じられた。雨がふりだし、通気孔をつたって落ちてきた。

81

十一時半、ブラウワー署長とハガーティー刑事はレイサム・マナーにはいっていった。なにかよからぬ事態が起きたことを入居者《ゲスト》たちが知っているのはあきらかだった。彼らはエントランス・ホールと図書室に小さなグループをつくってかたまっていた。

メイドに案内されてオフィスのある棟へむかいながら、ふたりの警官は好奇にみちた目が自分たちを追っているのを意識した。

ドクター・レーンが丁重に彼らを迎えた。「どうぞおはいりください。ご用件をうかがいましょう」レーンは椅子を示した。

充血した目や口のまわりに刻まれた灰色の皺《しわ》、額に吹き出た汗のつぶを見てとって、ハガーティーはひどい顔だと思った。

「ドクター・レーン、現時点では二、三お聞きするだけで、それ以上のことはしません」ブラウワーが口を開いた。

「それ以上とは、おかしなおっしゃりかたですな」レーンは微笑を浮かべようとしながら言った。

「ドクター、あなたはこの職に就かれる前、数年間失業なさっていた。それはどういう理由によるものだったんでしょう？」

レーンは一瞬だまりこんだが、静かにこう言った。「その答えはもう知っていると思うが」

「ご当人の口から説明をうかがいたいのです」ハガーティーが言った。

「わたしの口から、かね。当時わたしが責任者だったコロニー老人ホームで突然流感が発生し、四人の女性を病院へ移さなくてはならない事態が起きた。したがって、それ以外の入居者たちに流感に似た症状があらわれたとき、わたしは迷うことなく同じウイルスにやられたのだと考えた」

「だがそうではなかった」ブラウワーが静かに言った。「じつは、流感に似た症状の出た人々の棟にあるヒーターに欠陥があったんです。彼らは一酸化炭素中毒でした。そして三人が死亡した。そうですね？」

レーンは目をそらしたきり、答えなかった。

「そして、中毒症状を起こした老婦人の息子が、あなたに母親の意識の混濁は流感の症状とは異なるのではないかと言い、一酸化炭素中毒の可能性がないかどうか調べてほしいとまで言ったんじゃありませんか？」

レーンは口をつぐんだままだった。

「著しい怠慢を理由に、医師免許は停止されたはずだが、あなたはこの地位を確保することができた。どうしてです？」ブラウワーはたずねた。

レーンの口が一本の直線のように伸びた。「それはプレスティージ・レジデンス株式会社の経営陣がきわめて公正で、わたしが定員以上の入居者をつめこんだ低予算の施設の責任者として一日十五時間働いていたことや、大勢の入居者が流感にかかっていて誤診も無理からぬ状況であったことを認め、わたしの診断にけちをつけた男が湯の温度からドアのきしみ、隙間《すきま》風《かぜ》のはいる窓にいたるありとあらゆる事柄に文句をつける手合いであることを知っていたからだ」

レーンは立ちあがった。「こんな質問をするとは、侮辱もはなはだしい。すみやかにお帰り願いたい。あなたがたがあらわれただけで、入居者たちは大変動揺している。誰か、警察がくることを全員に知らせる必要性を感じた者がいるのはあきらかだ」

「そんな人間がいたとしたら、おそらくマーキー看護婦でしょうな」ブラウワーは言った。「どこで彼女が見つかるか、教えていただきましょう」


彼女のオフィスとして使われている二階の小部屋でブラウワーとハガーティーの両警官とむきあってすわったとき、ゼルダ・マーキーはみるからに挑むような顔つきだった。鋭くとがった顔は憤怒《ふんぬ》に赤く染まり、目は怒りで冷たく光っていた。

「わたしは患者さんたちに必要とされているんです」彼女は嫌味たっぷりに言った。「ジャニス・ノートンのご亭主が自殺したことはみなさん知っていますよ。ジャニスがここで不法行為をしていたという噂《うわさ》も聞いています。ミス・ハロウェイが行方不明だと知って、ますます動転しています。彼女に会った人はみんな彼女が大好きだったんです」

「あんたも好きだったのかね、ミズ・マーキー」ブラウワーはたずねた。

「わたしはそういう気持ちをもつほどミス・ハロウェイとは親しくありませんでした。でも、一、二度話をしたときは、とても感じのいい人だと思いましたよ」

「ミズ・マーキー、あんたはアール・ベイトマンの友人だそうだね」

「わたしにとって、友情は親密さを意味します。むろんベイトマン教授のことは知っていますし、尊敬していますよ。彼は、一族全員がそうだったように、おばさんのアリシア・ベイトマンのことをたいそう気遣っていました。彼女はわたしの以前の職場だったシーサイド老人ホームにいたんです」

「実際、ベイトマン一家はあんたにひどく気前がよかったそうだが？」

「格別よくアリシアの世話をしたということで、ご親切に報酬をはずんでくだすったんです」

「なるほど。死がテーマの講演にレイサム・マナーの入居者たちが興味をもつと、どうしてあんたが思ったのか、そのわけを知りたいんだがね。まもなく彼ら全員が死に直面することは考慮しなかったのか？」

「ブラウワー署長、ここの人々が〝死〟という言葉を恐れているのはよくわかってます。でももっと年配の人たちは、現実を見すえて割りきっているんですよ。うちの入居者のすくなくとも半数は自分自身の最期《さいご》について特別な指示を残しているし、実際、そのことでしょっちゅう冗談をとばしてさえいるんです」

マーキー看護婦はためらった。「ですが、ベイトマン教授のテーマは大昔の王室の葬儀についてだとばかり思っていました。それだったら、とても興味深い話題ですからね。

彼がその話題に徹してさえいたら……」マーキー看護婦はちょっとだまりこんでから、また先をつづけた。「あのベルを使ったのがみなさんを動転させたことは認めます。でも、それにしてもミセス・セアラ・クッシングのベイトマン教授への態度、あれはひどすぎました。悪気はなかったのに、彼女はベイトマン教授をひとでなしのように扱ったんです」

「ベイトマン教授は相当立腹したと思うかね？」ブラウワーは穏やかにたずねた。

「屈辱を感じたと思います。屈辱がおさまったあとは、たぶん腹をたてたでしょう。講演をしていないときのあの方は本当に内気なんです」

ハガーティーはノートから目をあげた。看護婦の口調と表情にまぎれもないやさしさが忍び込んでいた。おもしろい。ブラウワーもまちがいなくそれに気づいていた。

〝友情は親密さを意味します〟か。〈思うに、あのご婦人はしきりに異議を唱えておる〉（訳注『ハムレット』第三幕第二場）とハガーティーは思った。

「マーキー看護婦、ミセス・ヌアラ・ムーアがミセス・グレタ・シプリーと一緒に描いたスケッチについてなにを知っている？」

「なんにも」マーキー看護婦はつっけんどんに言い返した。

「そのスケッチはミセス・シプリーの部屋にあったんだ。彼女の死後消えてしまったらしい」

「そんなことは絶対ありえません。入居者が亡《な》くなると、部屋にはすぐに鍵《かぎ》がかけられます。誰でも知っていることです」

「ところで」ブラウワーは打ち明ける口調になった。「マーキー看護婦、ここだけの話だが、あんたはドクター・レーンをどう思う？」

彼女は鋭くブラウワーを見たが、すぐにしゃべりだした。「たとえ大好きな人を傷つけることになっても、わたしは嘘《うそ》はつきません。それで仕事をなくすなら本望です。ドクター・レーンには自分の猫だって診てもらいたくありません。これまでいろんな経験をしましたが、あの人ぐらいばかな医者と一緒に仕事をしたのははじめてです」

マーキー看護婦は立ちあがった。「すばらしいお医者さまと仕事をさせていただいたこともあります。だから不思議でたまらないんですよ。どうしてプレスティージはドクター・レーンなんかにここの運営を任せているんでしょう。聞かれる前に答えておきますが、わたしが気にかかる入居者たちの様子をしょっちゅう見てまわるのは、そのためなんです。彼らに必要なケアはドクター・レーンにはできないだろうと思ってね。ときどき入居者が怒っているのは知ってますけど、よかれと思ってやっているだけなんです」

82

ニールとロバート・スティーヴンスは一路ニューポート警察本部へ車を走らせた。

「おまえがきのうのうちにあの差し止め命令を出しておいたのは、不幸中のさいわいだったよ」ロバートは息子に言った。「あの男はひそかに逃げ出す準備をしていたんだ。すくなくともこれでやっこさんの銀行預金は凍結されたわけだから、コーラの資産を、というよりそのいくばくかを取り戻すチャンスが出てきた」

「だが、ハンセンはマギーの失踪《しっそう》とは無関係だ」ニールは苦々しげに言った。

「ああ、そのようだ。ニューヨークで五時におこなわれた結婚式に花婿《はなむこ》付添人として出席し、式には最後までいたと宣誓してくれる人々の名前をいくつもあげてみせる人間が、それと同時刻にここにいられるはずがない」

「株の売買についてはだんまりをきめこんだくせに、アリバイのこととなるといやにべらべらしゃべりやがった。父さん、あいつがポートフォリオを扱っていたことを示すものがあのオフィスにはまったく見あたらないね。一通の財務報告書でも、一通の趣意書でも見たかい？　ぼくのオフィスにあるようなものがひとつでもあった？」

「いや、なにもなかった」

「まちがいない、ハンセンはあのみすぼらしいオフィスで実際に仕事をしているわけじゃないんだ。問題の業務取引は別の場所でおこなわれているんだよ。たぶんそこがこの不正行為の本拠地なんだ」ニールは口をつぐみ、窓の外を陰気に見つめた。「くそ、いやな天気だ」

肌寒いうえに土砂降りになっていた。マギーはどこにいるのだろう、とニールは思った。どこかこの雨の下にいるのだろうか？　おびえているだろうか？

死んでいるのか？

ニールは再度その考えをはねつけた。死んでいるはずがない。助けてと自分を呼ぶ声が聞こえるような気がした。

警察署に着いてみると、ブラウワー署長は外出中だったが、ハガーティー刑事が彼らを迎えた。「ご報告できそうなことはなにもありません」マギーについての差し迫った矢継ぎ早の質問に、ハガーティーは率直に答えた。「昨夜町であのヴォルヴォ・ステーションワゴンを見た記憶のある者がいないんです。ミズ・ハロウェイの隣人にも連絡してみました。夜の七時に彼らが食事に出かけようと、彼女の家の前を通ったときには、ステーションワゴンは車回しにあったそうです。九時半ごろ帰宅したときには、なくなっていました。したがって、ミズ・ハロウェイはその二時間半のあいだにどこかへ出かけたと考えざるをえません」

「それしかわかっていないんですか？」ニールは信じられないようにたずねた。「ちくしょう、もっとなにかあるはずだ」

「あればいいんですがね。月曜の午後、例の葬式博物館に出かけたことはわかっています。ミズ・ハロウェイが出かける前と、帰ってきたあとに、話をしましたから」

「葬式博物館？　マギーらしくないな。そんなところでなにをしていたんだろう？」

「ベイトマン教授によれば、彼が出演予定のテレビ番組にふさわしい写真を撮る手伝いをしていたそうです」

「ベイトマン教授によれば、と言いましたな」ロバート・スティーヴンスが鋭く問いただした。

「そうでしたか？　いや、教授を疑う理由はわれわれにはありません。少々変わり者かもしれませんが、ここで生まれ育った人物ですし、地元の人間なら誰でも彼を知っています。むろん、トラブルを起こした記録もありません」ハガーティー刑事はためらった。「率直に言いましょう。じつはミズ・ハロウェイはベイトマン教授のことで、気になることがあると言っていたんです。われわれが調べてみたところ、警察が関与するほどのことではなかったんですが、彼はある日の午後レイサム・マナーでひと騒動起こしていたことがわかりました。結局、入居者《ゲスト》たちに外へつまみだされたようです」

またレイサム・マナーだ！　とニールは思った。

「ベイトマンはまた、マギーは博物館の鍵の隠し場所を知っているし、いつでも写真を撮りにきてくれてかまわないとすすめたことも、進んでしゃべりました」

「実際にマギーがゆうべあそこへ行ったと思いますか？　ひとりで？」ニールは信じられない思いだった。

「それはないでしょう。いやじつは、昨夜博物館に泥棒がはいったらしいんですよ——信じるかどうかはともかく、棺《ひつぎ》がひとつ紛失しているんです。目下、以前にトラブルを起こした付近のティーンエイジャー数人に事情聴取をおこなっています。たぶん、その連中のしわざでしょう。彼らがミズ・ハロウェイに関する情報をもっている見込みもあります。彼女が博物館の中にいたとしたら、ステーションワゴンがあるのを連中が見たはずですからね。しかし子供たちが中へ忍びこむ前に、彼女は立ち去ったんだと思いますよ」

ニールは立ちあがった。いつまでも警察にすわってはいられなかった。なんとかしなくてはならなかった。今聞いたこと以外、なにも判明していないのも承知の上だった。しかしレイサム・マナーに行ってみることはできるし、あそこでなにかがわかるかもしれなかった。ヴァン・ヒラリー夫妻の入居の可能性について責任者に話を聞きたいといえば、りっぱな言い訳になるだろう。

「あとでまた連絡します」ニールはハガーティーに言った。「これからレイサム・マナーへ行って、あそこの人たちとちょっと話をしてみます。どんな些細《ささい》な情報が役にたつかわかりませんからね。訪問の理由ならりっぱなのがあるんですよ。ぼくの投資クライアントである夫妻の代理で、設備その他について問い合わせるために、金曜日にあそこへ行ったんです。また聞きたいことがふえたのでね」

ハガーティーは眉《まゆ》をつりあげた。「あっちへ行けば耳にはいるでしょうが、われわれもすこし前にレイサムへ行ったんですよ」

「どうしてだね?」ロバート・スティーヴンスがすばやくたずねた。

「責任者と、看護婦のひとりで、ベイトマン教授の親しい友人だというゼルダ・マーキーと話をしたんです。それ以上のことは言えません」

「父さん、自動車電話の番号は何番だった?」ニールが聞いた。

ロバート・スティーヴンスは名刺をとりだすと、その裏に走り書きした。「これだ」

ニールは名刺をハガーティーに渡した。「なにか進展があったら、この番号にかけてください。ぼくたちも一時間ごとに連絡をいれます」

「いいでしょう。ミズ・ハロウェイは親しい友達なんですね?」

「それ以上だ」ロバート・スティーヴンスはぶっきらぼうに言った。「われわれは家族だと思ってもらいたい」

「おおせのとおりに」ハガーティーはあっさり答えた。「わかりますとも」ニールを見た。「女房が行方不明になったら、わたしだって相当取り乱すと思います。ミズ・ハロウェイにはお会いしたことがあります。大変洗練された方ですね、それに機知にあふれた方だと思います。自力で窮地を脱する手段があるならば、ミズ・ハロウェイならやってのけますよ」

ハガーティーの顔に浮かんでいる嘘いつわりのない同情を見て、ニールはその人のいない人生など想像できないほど大切な女性を自分が失いかけていることを痛感した。突然喉《のど》にこみあげてきたかたまりをのみくだした。口を開く自信がなく、ニールは会釈《えしゃく》をして立ち去った。

車に戻ると、彼は言った。「父さん、あのレイサム・マナーがすべての中心にあるような気がするんだ、なぜだろう？」

83

「マギー、助けを求めて叫んでいるんじゃないだろうね？　賢明じゃないぞ」

ああ、まさか！　彼が戻ってきた！　うつろにひびくその声は、マギーの頭上の地面をたたく雨音にかき消されそうになりながらも、かろうじて聞き取れた。

「そこはぬれはじめているんだろうな」彼は呼びかけた。「好都合だ。きみには寒くて、ぬれていて、おびえていてほしい。さぞかし腹もへっているだろう。それとも喉が渇いているだけかな？」

答えちゃだめよ、マギーは自分に言い聞かせた。彼にすがってはだめ。そんなことをしたら、むこうの思うつぼだわ。

「きみがすべてをだいなしにしたんだ、マギー、きみとヌアラがな。彼女はなにかを疑いはじめていた。だから死んでもらったのさ。万事すこぶる順調にいっていたんだ。レイサム・マナー――あれはぼくが所有しているんだよ。管理運営している連中が、ぼくの正体を知らないだけでね。ぼくは持株会社をもっているんだ。ベルについては、きみの推理どおりだ。あの女たちは生きながら埋められたわけじゃない。神の意志より少々早くあの世へ行っただけだ。本当ならもうすこし生きられただろう。だから、墓にベルをおいたのさ。ちょっとしたジョークだよ。実際に生きながら埋められるのはきみだけだ。

彼女たちの死体が掘り返されたら、人々はドクター・レーンを非難するだろう。薬がごちゃまぜになったのはレーンの責任だと考えるだろう。どっちにしろ、彼は過去に汚点をもつ藪医者《やぶいしゃ》だ。アルコール依存の問題もかかえている。だからレーンを雇わせたんだ。ところがきみがでしゃばってきたせいで、死の天使に命令して、ご婦人がたを寿命より早くあの世送りにすることができなくなった。それは非常にまずいんだ。ぼくは金がほしいんだよ。レイサム・マナーの空き部屋を転売することで、どのくらいの利益がころがりこむか知ってるか？　莫大《ばくだい》な額だよ。莫大な」

マギーは眼前に浮かびあがる彼の顔を追い払おうと、固く目をつぶった。実際に彼が見えるようだった。彼は狂っていた。

「きみの墓に置かれたベルに舌がないことは気づいただろうね？　そろそろこれにも気づいておいたほうがいい。通気孔が詰まったら、どのくらいもつかということさ」

手の上にいきなり大量の土が落ちてきたのがわかった。マギーは必死の思いで指で穴をほじくろうとした。さらにたくさんの土が落ちてきた。

「そうそう、もうひとつあったよ、マギー」急に声がいっそう聞き取りにくくなった。「ほかの墓に置いたベルはとりのぞいておいた。そのほうがいいと思ってね。彼女たちの死体が再度埋葬されたら、また戻しておくつもりさ。楽しい夢でも見るんだな」

空気孔になにかがぶつかる音がしたかと思うと、それっきりなにも聞こえなくなった。

彼は立ち去っていた。マギーはそう確信した。通気孔は詰まっていた。マギーは助かるためにできる唯一《ゆいいつ》のことをした。薬指に結びつけられている紐《ひも》が泥に埋まって動かなくならないように、左手を曲げては伸ばした。そして祈った。神さま、お願いです、ベルが動いているのを誰かに見せてください。

酸素がなくなるまで、あとどのくらいだろう? 数時間? 一日?

「ニール、助けて、助けて」マギーはささやいた。「あなたが必要なのよ。愛してるわ。わたしは死にたくない」

84

レティシア・ベインブリッジは断固病院へ行くのを拒否し、娘にむかって辛辣《しんらつ》に言った。「救急車はキャンセルすればいいじゃないの、さもなければ、自分で乗っていったらどう。わたしはどこへも行きませんよ」

「だけどお母さま、体調が悪いんじゃなかったの」母親と言い争っても無駄なのを重々承知のうえで、セアラ・クッシングは反論した。母親がてこでも動かないラバのような顔になったら、それ以上はなにを言っても無意味なのだ。

「九十四歳で元気もりもりの老人なんてどこにいます?」ミセス・ベインブリッジは言い返した。「セアラ、あなたの気遣いはありがたいけれど、ここは今大変なことになってるのよ。それを見逃すなんてまっぴらですよ」

「せめてお食事ぐらいもってこさせたら？」

「いいえ、下へおりるわ。つい二、三日前、ドクター・エヴァンスに診ていただいたばかりじゃないの。わたしは五十歳なみに元気ですよ」

セアラ・クッシングはしぶしぶ主張をひっこめた。「わかったわ、でもひとつ約束してくださらなくちゃ。もし気分が悪くなったら、またドクター・エヴァンスのところへ行きますからね。ドクター・レーンにはお母さまを診てほしくないのよ」

「同感だわ。人の部屋に断りもなくはいってくるマーキー看護婦がね、先週グレタ・シプリーの様子に異変を感じて、レーンに手を打たせようとしたのよ。いうまでもなく、彼はまったくの無力だったわ。レーンがまちがっていて、マーキーが正しかったのよ。警察がマーキー看護婦と話をしていたのはなぜなのか、誰か知っている人はいないの？」

「さあ」

「見つけていらっしゃい！」ミセス・ベインブリッジは声をはりあげた。それから一転して静かにつけくわえた。「あのすてきなお嬢さん、マギー・ハロウェイのことがとても心配だわ。最近の若い人たちときたら、わたしみたいなおいぼれにはまるで無関心か、こらえ性がないかだけれど、彼女はちがうものね。わたしたちみんな、マギーが見つかるよう祈っているの」

「ええ、ほんとうに」セアラ・クッシングはうなずいた。
「さあ、それじゃ下へ行って、最新情報を仕入れていらっしゃい。まずアンジェラに聞いたらいいわ。彼女はなにひとつ見落とさない子だから」

ニールは自動車電話でドクター・レーンに連絡を取り、今からそちらに立ち寄って、レイサム・マナーに興味を示しているヴァン・ヒラリー夫妻の話をしたいと申しでた。同意するレーンの声は妙に生気がなく、ニールは不思議に思った。

ニールと父親は前回と同じ魅力的なメイドによってレイサム・マナーへ通された。ニールはメイドの名前がアンジェラだったことを思い出した。彼らが到着したとき、アンジェラは六十代なかばと思われる端正な女性と話をしていた。

「お見えになったことをドクター・レーンに知らせてまいります」アンジェラは落ち着いた声で答えた。彼女がエントランス・ホールを横切ってインターコムに近づくのと入れ替わりに、その初老の女性がニールたちのほうへやってきた。

「さしでがましいようですが、警察の方ですか?」女性はたずねた。

「いや、ちがいます」ロバート・スティーヴンスがすぐに言った。「どうしてです? なにかあったのですか?」

「いいえ。というより、なにもないといいんですけれど。わけをお話ししますわ。セアラ・クッシングと申します。わたしの母のレティシア・ベインブリッジがここに入居しておりますの。母はマギー・ハロウェイという若い女性にとても好感をもっているんですが、その女性が行方不明になって、彼女のことでなにか知らせはないかとたいそう気をもんでいるんです」

「ぼくたちもマギーが大好きなんです」ニールはまた喉がふさがりそうになった。今度こそ、平常心がくずれそうな気がした。「ドクター・レーンとの話しあいのあと、ミセス・ベインブリッジにお目にかかってもかまいませんか？」

セアラ・クッシングの物問いたげな目に気づいて、ニールは説明したほうがいいと思った。「マギーの居所をつきとめる助けとなるようななにかを、彼女が無意識に誰かにしゃべっているかもしれません。どんな小さな手がかりでも見過ごしたくないんです」

ニールはそれ以上なにも言えなくなって、くちびるを噛《か》んだ。

セアラ・クッシングはニールをじっと見つめ、彼の苦悩を感じた。冷ややかなブルーの目がなごんだ。「いいですとも。母にお会いになってください」彼女はきびきびと言った。「図書室でお待ちしていますわ。母のところへお連れしましょう」

メイドが戻ってきた。「ドクター・レーンがお目にかかります」

前回同様、ニールとロバートのスティーヴンス親子はアンジェラのあとからレーンのオフィスへむかった。ドクターに関するかぎり、自分はヴァン・ヒラリー夫妻の話をしにここへきているのだ、とニールは自分に念を押した。代理人としてたずねるつもりでいるいくつかの質問を忘れまいとした。レイサム・マナーはプレスティージによって所有され、運営されているのか、それともフランチャイズ化されているのか？　潤沢な予備金があるのかどうかもたずねる必要があった。

ヴァン・ヒラリー夫妻が趣味にあわせて室内を改装したり、装飾したりすることは可能なのか？

ドクター・レーンのオフィスに着いたとき、ふたりはそろってショックを受けた。デスクにむかっている男の急激な変わりようは、まるで別人を見ているようだった。先週彼らが会った慇懃《いんぎん》で礼儀正しいにこやかな責任者の面影はどこにもなかった。

レーンは具合が悪そうで、憔悴《しょうすい》して見えた。肌はくすみ、目は落ちくぼんでいた。大儀そうに椅子《いす》をすすめたあと、レーンは言った。「質問がおありなのはわかっています。喜んでお答えしますよ。もっとも、週末あなたのクライアントをお迎えするのは新任の責任者になりそうです」

解雇されたのだ、とニールは考えた。なぜだろう？　しかしニールは委細かまわず切り出した。「こちらでなにが進行中か知りませんし、あなたが辞める理由をお聞きするつもりもありません。だが、こちらの経理担当者が開示すべきでない資産情報を流していたことはわかっています。それが懸念《けねん》事項のひとつです」

「おっしゃるとおり、つい最近になってその事態があきらかになりました。当レジデンスでは二度とふたたびそのようなことは起きないと断言します」

「理解できない事情ではありません」ニールはつづけた。「あいにくと、投資ビジネスでもつねにインサイダー取引という問題に直面しますからね」父親が興味深げに自分を見ているのはわかっていたが、レーンが解雇されたのがそのためなのかどうか確かめる必要があった。ニールはひそかに、数名の入居者《ゲスト》の突然死となんらかの関係があるのではないかとかんぐった。

「そういうことは、わたしも知らないわけじゃありません」レーンは言った。「家内が以前、わたしがこの職に就く前ですが、ボストンの証券会社——ランドルフ&マーシャルです——で働いていましたから。悪い人間はどこにでもいるようですな。では、なんなりとご質問ください。レイサム・マナーはすばらしいところですし、入居者のみなさんにもたいへんご満足いただいていますよ」

十五分後にオフィスを出たあと、ロバート・スティーヴンスは言った。「ニール、あの男はひどくおびえているぞ」

「わかってる。仕事のせいだけじゃないね」ぼくは時間を無駄にしている、とニールは思った。マギーの名前を出したときも、レーンが示したのは、彼女の無事を願う礼儀正しい気遣いだけだった。

「父さん、ここで人に会うのはもうやめたほうがいいかもしれないよ」エントランス・ホールに着いたとき、ニールは言った。「ぼくは今からマギーの家に行って、手がかりになるようなものが残されていないかどうか捜してみる。ゆうべ彼女がどこに出かけたかわかるかもしれない」

しかしセアラ・クッシングが彼らを待っていた。「母に電話をいれましたわ。ぜひお目にかかりたいと申しています」

ニールは断ろうとしたが、父親の目くばせに気づいて、口をつぐんだ。ロバート・スティーヴンスが言った。「ニール、おまえがお会いしてきたらいい。わたしは車から電話をかけてくるよ。言おうと思っていたんだが、マギーの家のドアにとりつけた新しい錠前の予備の鍵《かぎ》をうちに保管してあるんだ。おまえの母さんに電話をして、それをもってマギーの家にきてもらおう。母さんとはあそこで落ち合おう。ハガーティー刑事にも電話をしておく」

母親がマギーの家に着くまでには三十分かかるだろう、とニールは計算した。彼はうなずいた。「ぼくもぜひミセス・ベインブリッジにお会いしたいです、ミセス・クッシング」

レティシア・ベインブリッジの部屋にむかう途中、ニールはレイサム・マナーでアール・ベイトマンがおこなったスピーチについてミセス・クッシングにたずねることにした。ベイトマンはきのうマギーに会ったことを認めた最後の人物だ。マギーはあとでハガーティー刑事にその話をしているが、彼女を見たと報告してきた者はひとりもいない。

その点を誰か考えてみたのだろうか？　きのうの午後、博物館を出たあとまっすぐプロヴィデンスへ行ったというアール・ベイトマンの話が事実かどうか、誰かがきちんと確認したのだろうか？

「ここが母の部屋ですわ」ミセス・クッシングが言った。ノックをし、おはいりという返事があると、ドアをあけた。

きちんと着替えをしたミセス・レティシア・ベインブリッジはウィングチェアにすわっていた。彼女はニールを招きいれると、一番近くの椅子を指さした。「セアラの話からすると、あなたはマギーの恋人でいらっしゃるようね。さぞかしご心配でしょう。わたしたちみんなも心配していますよ。わたしたちがどんなお役に立つのかしら？」

セアラ・クッシングが七十近いことからして、この潑剌《はつらつ》たる目をした、澄んだ声の女性は九十か、それ以上の高齢にちがいないことにニールは気づいた。だが、じつに矍鑠《かくしやく》として、なにひとつ見落としそうにない。手がかりになりそうなことを彼女が話してくれますように、とニールは祈った。

「ミセス・ベインブリッジ、これからお話しすることが率直すぎて、お気を悪くされないことを祈ります。ぼくにはいまだにわからないんですが、マギーはどういう理由からか、ここで最近亡《な》くなられた方々の死について大きな疑問をもちはじめていたんです。ついきのうの朝も、彼女は新聞で五人の女性の略歴を調べていました。そのうちの四人はここに入居していて、最近亡くなった方々なんです。しかも就寝中に、付き添いもない状態で死亡し、親しい親戚《しんせき》がない方ばかりでした」

「まあ、なんてこと！」セアラ・クッシングの声にはショックがにじんでいた。

レティシア・ベインブリッジはひるまなかった。「それがここの怠慢のせいか、あるいは殺人だとでもおっしゃるの？」

「わかりません。ただマギーが調査をはじめ、それがきっかけになって、死亡した女性のうちすくなくともふたりの遺体を掘り返す命令が下されたことはわかっています。そこへマギーが行方不明になるという事態が起きました。たった今聞いたのですが、ドクター・レーンは解雇されたそうです」

「わたしもいましがたそれを知ったのよ、お母さま」セアラ・クッシングが言った。

「でも、経理担当者のせいだとみんな思っているわ」

「マーキー看護婦はどうなの？」ミセス・ベインブリッジは娘にたずねた。「警察が彼女に事情聴取をおこなったのはそのせい？　つまり、ここでたてつづけに入居者が死んだせいなの？」

「誰もはっきりとは知らないけれど、マーキー看護婦はかなり動転しているわ。いうまでもなく、ミセス・レーンもね。ふたりともマーキー看護婦のオフィスにこもりっきりだそうよ」

「ああ、あのふたりはいつも内緒話をしているのよ」レティシア・ベインブリッジは軽い軽蔑《けいべつ》をこめて言った。「なにをそんなにしゃべることがあるんだか、想像もつかないわ。マーキーにはまったくいらいらさせられるけれど、すくなくとも彼女はばかじゃないわ。だけどもうひとりは頭がからっぽね」

これじゃいつまでたっても埒《らち》があかない、とニールは考えた。「ミセス・ベインブリッジ、あと一分しかいられないんです。もうひとつお聞きしたいことがあります。ベイトマン教授がここでおこなったスピーチに参加されましたか？　大騒ぎを引き起こしたらしいあのスピーチのことですが？」

「いいえ」ミセス・ベインブリッジはじろりと娘をにらんだ。「あの日もセアラが休んでいろとうるさく言ったものだから、わたしはすっかりあの興奮を経験しそこねてしまったのよ。でもセアラは参加したわ」

「いいこと、お母さま、あのベルのひとつを手渡されて、生きながら埋められたと想像するよう言われてごらんなさい、なにが楽しいもんですか」セアラ・クッシングはきっぱりと言った。「なにがあったのか正確にお話ししますわ、ミスター・スティーヴンス」

セアラ・クッシングの目から見た事の顚末《てんまつ》を聞きながら、ベイトマンは頭がおかしいにちがいないとニールは考えた。

「あんまり腹が立ったものですから、あの男をきつく叱《しか》りつけたあとも、薄気味悪いベルのはいった箱をすんでに彼の背中に投げつけるところでしたの」セアラ・クッシングはつづけた。「はじめは当惑して、恥じているような顔をしましたけれど、そのうちおそろしい顔つきになって、ぞっとしましたわ。きっとひどく癇癪《かんしゃく》もちなんでしょう。もちろんマーキー看護婦は図々《ずうずう》しくも彼を弁護しましたよ！　そのことであとで彼女と話をしたんです。まったくあつかましいといったらありませんでしたわ。わたくしにこう言ったんですよ、ベイトマン教授はすっかりご立腹で、当分ベルを見るのも耐えられないとおっしゃっている。せっかく鋳造させたのに、大金をどぶに捨てたも同然だ、なんて」

「いまでも、そのスピーチを聞けなかったのが悔やまれるわ」ミセス・ベインブリッジが口をはさんだ。「それにマーキー看護婦については」と、考えこみながらつづけた。「私見抜きで言うと、入居者の多くが彼女は優秀な看護婦だと考えているのよ。わたしは、図々しくて恩着せがましいと思うから、可能なかぎりはそばにきてもらいたくないけれどね」いったん口をつぐんで、また言った。「ミスター・スティーヴンス、ばかげて聞こえるでしょうけど、でもわたしは、欠点や失敗はあっても、ドクター・レーンはとても親切な人だと思ってますよ。そしてね、わたしは他人の性格を言い当てるのがとても上手なの」

三十分後、ニールと父親はマギーの家へ車を走らせた。ドロレス・スティーヴンスはすでにきていた。彼女は息子を見ると、両手で息子の顔をはさみ、きっぱりと言った。

「わたしたちで彼女を見つけましょう」

胸がいっぱいになって、ニールはうなずいた。

「鍵はどこだ、ドロレス？」ロバート・スティーヴンスが問いつめた。

「ここよ」

鍵は勝手口の新しい錠前にぴたりと合い、彼らはキッチンへはいった。マギーの継母が殺されたとき、すべてがここではじまったのだ、とニールは考えた。

キッチンは片づいていた。流しに置きっぱなしになっている皿はなかった。皿洗い機をあけると、中にカップとソーサーがいくつかと、小皿が三、四枚はいっていた。「マギーは昨夜外で夕食を食べたのかな」

「それともサンドイッチをつくったかだわね」母親が言った。彼女はさっき冷蔵庫をあけて、中にハムがあるのを見ていた。皿洗い機の調理器具入れにはいっている数本の包丁を指さした。

「電話のそばのメモ用紙がない」ロバート・スティーヴンスが言った。「われわれはマギーに心配事があるのを知っていた」彼は吐き捨てるように言った。「自分に腹が立ってならん。きのうここへ戻ってきたとき、マギーを脅してでもうちに泊まらせたらよかったんだ」

食堂と居間もきちんと整っていた。ニールはコーヒーテーブルの花瓶にバラが活《い》けてあるのを見て、誰が送ってよこしたのだろうと考えた。おそらくリーアム・ペインだろう。夕食のとき、マギーが彼のことを言っていた。ニールはペインとは数回会ったことがあるだけだったが、金曜の夜マギーの家のポーチに立っていたのは、ペインにちがいなかった。

二階の一番小さな寝室の様子は、マギーがそこで継母の身の回り品を箱に詰めていたことをうかがわせた。きちんと名札をつけた衣類、バッグ、下着類、靴が積み上げられている。彼女がおもに使っていた寝室は、彼らが窓の鍵を直したときのままだった。

彼らは主寝室にはいった。「マギーは昨夜はここで寝るつもりだったようだな」ロバート・スティーヴンスがきれいに整えられたベッドを指さした。

それには答えず、ニールはスタジオへの階段をのぼりはじめた。昨夜、マギーの帰宅を待って外に車をとめていたときに気づいた明かりがまだともったまま、掲示板に鋲《びょう》でとめた写真を照らしていた。ニールはその写真が日曜の午後にはなかったことを思い出した。

トレッスルテーブルの上でまばゆいスポットライトをあびているのは、二個の金属のベルだった。

夜は昼のあとにくるとわかっているのと同じくらい、このふたつが、アール・ベイトマンがレイサム・マナーでの不名誉なスピーチで使ったベルと同一のものであるのはあきらかだった——さっさと片づけられて、二度と日の目を見ることのなかったベルと。

85

手はずきずきとうずき、泥にまみれていた。管がふさがらないようにと、マギーは休みなく手を前後に動かしつづけていたが、通気孔からはもう泥は落ちてこないようだった。雨水のしたたりもとまっていた。

たたきつける雨音も、もはや聞こえなかった。気温がさがりだしたのだろうか、それとも悪寒《おかん》がするのは棺《ひつぎ》内部のじっとりした湿気のせいだろうか、とマギーは思った。

だが、そのいっぽうで寒さを感じなくなりはじめていた。寒いどころか、身体《からだ》がほてった。

熱が出ているのだ、と朦朧《もうろう》としながら考えた。

頭がぼうっとしていた。通気孔がふさがってしまったのだ。もう酸素が尽きかけているにちがいない。

「一……二……三……四……」

眠りにひきこまれまいと、マギーは声に出して数をかぞえた。五百までかぞえたら、ふたたび叫んでみるつもりだった。

彼がまた戻ってきて、わたしの声を聞きつけても、状況は変わらないはずだ。通気孔をふさいだ以上、もうできることはなにもない。

マギーの手はあいかわらず曲げたりのばしたりを繰り返していた。

「こぶしをにぎって」マギーは声に出して言った。「いいわ、ゆるめて」それは、幼い頃、採血をするときに看護婦たちがマギーに言ったことだった。「こうしたほうが楽なのよ、マギー」彼女たちはそう言っていた。

ヌアラと一緒に暮らすようになってから、マギーは針をこわがらなくなっていた。ヌアラがうまく気持ちをまぎらわせてくれたからだ。「さっさとすませちゃって、映画に行きましょうね」ヌアラはそう言ったものだ。

マギーはカメラ器材をいれたバッグのことを考えた。彼はあれをどうしただろう？ わたしのカメラ。カメラは友達だった。あれで撮るつもりの写真がまだまだたくさんあった。試してみたいアイデア、撮影したい対象が山ほどあった。

「百五十……百五十一……」

あの日、映画館でニールがうしろにすわっているのをマギーは知っていた。彼は二度咳《せき》をした。特徴のある小さな空咳でニールだとわかったのだ。ニールが彼女に気づいていたこと、泣いている彼女を見たことも、知っていた。

わたしはニールの心を試してみたのだ、と思った。わたしを愛しているなら、わたしがあなたを必要としていることがわかるはずよ――ニールが無言の呼びかけを聞き、そばにきてくれることをマギーは祈った。

しかし映画が終わって、場内があかるくなってみると、ニールはいなくなっていた。

「あなたにもう一度チャンスをあげるわ、ニール」マギーは今度は声に出して言った。「わたしを愛しているなら、わたしがあなたを必要としていることがわかるはずよ、わたしを見つけだして。

四百九十九、五百！」

マギーはもう一度大声で助けを求めはじめた。今度は喉《のど》がひりひりするまで叫んだ。いまさら声帯をいたわったところで意味がない。時間がないのだ。

それでも、彼女はあきらめずにふたたびかぞえはじめた。一……二……三……四……。

左手がカウントに合わせてリズムを刻んだ。曲げる……のばす……。

全身全霊をもって、マギーは睡魔と戦った。眠ってしまえば、二度と目がさめないのはわかっていた。

86

父親が警察本部に電話をかけに下へおりていくあいだ、ニールはしばしためらって、掲示板に貼《は》ってあった写真を観察した。

裏書きにはこうあった。「スクワイア・ムーア生誕記念。九月二十日。アール・ムーア・ベイトマン、ヌアラ・ムーア、リーアム・ムーア・ペイン」

ニールはベイトマンの顔をじっと見た。嘘《うそ》つき野郎の顔だ、と苦々しく思った。生きているマギーを最後に見た男。

無意識にマギーはもう生きていないと考えた自分に愕然《がくぜん》として、ニールはベルのとなりに写真をほうりだし、いそいで父親を追いかけた。

「ブラウワー署長が出た」ロバート・スティーヴンスは言った。「おまえと話したがっている。ベルのことを言ったんだ」

ブラウワーは挨拶《あいさつ》ぬきですぐさま要点にはいった。「その二個のベルが、ベイトマンが博物館の倉庫に保管してあると主張するベルなら、ベイトマンを出頭させて尋問することができます。問題は彼が尋問に答えるのを拒否する可能性があるということと、弁護士を呼ぶだろうということなんですよ。そんなことをされたら、捜索が足踏み状態になってしまいますからな。最善の策は、おもいきってベイトマンにベルをつきつけてみることです。ことによると、馬脚をあらわすようなことをうっかり口走ってくれるかもしれん。今朝、ベルの話をもちかけたときは、いきなり怒鳴りだしたんですよ」

「そのときはぼくも同席します」ニールは言った。

「葬儀社の駐車場からパトカーが博物館を見張っています。ベイトマンが出てきたら、尾行しますよ」

「ぼくたちも行きます」そう言ってから、ニールはつけくわえた。「そうだ、署長、ティーンエイジャーたちに事情を聞いたんでしょう。なにかわかりましたか？」

答える前にブラウワー署長が躊躇《ちゅうちょ》するのがわかった。「あまり信用のおけないことですがね。お目にかかってから話しましょう」

「今聞きたいんです」

「ではわれわれがその話は眉唾《まゆつば》だと考えていることをお含み置きください。子供のひとりが昨夜博物館の近くにいたことを認めたんです。もうすこしくわしく言うと、通りをはさんで反対側にいたんです。十時頃、二台の車輛《しゃりょう》――ステーションワゴンをしたがえた霊柩車《れいきゅうしゃ》――が博物館の駐車場から出てくるのを見たと言い張るんですよ」

「どんなステーションワゴンです？」ニールはせきこんでたずねた。

「よくわからなかったそうですが、色は黒だったと断言しています」

87

「落ち着けよ、アール」リーアム・ムーア・ペインがそう言ったのは、一時間でそれが十回めだった。

「誰が落ち着いてなどいられるか。ムーア一族がベイトマン家をどれだけばかにしているか、とりわけぼくをどんなに陰であざ笑っているか、よくわかってるんだ」

「誰もおまえをあざ笑ってはいないよ、アール」リーアムはなだめるように言った。

ふたりは博物館のオフィスにすわっていた。そろそろ五時になろうかという時刻で、オールドファッションな球形のシャンデリアが乳白色の光を部屋全体に広げていた。

「酒でも飲んだほうがいいんじゃないのか」

「飲みたいのはそっちだろう」

リーアムはそれには答えず、立ちあがって流しの上の食器棚からスコッチの瓶とグラスを取り出し、冷蔵庫から製氷皿とレモンを出した。

「スコッチのオンザロックのダブル、レモン添え、ぼくたちふたりにはこれがぴったりだ」

スコッチが前に置かれるまで待ってから、アールはやや落ち着きを取り戻して言った。

「立ち寄ってくれてよかったよ、リーアム」

「電話をかけてきたとき、おまえはかなり動転していたからな。それにもちろん、ぼくもマギーのことではおまえ以上に動転している」リーアムはいったん口をつぐんでから先をつづけた。「なあ、アール、ぼくは去年あたりからマギーと軽い気持ちでつきあってきたんだ。わかるだろう、ニューヨークに出向いたときは、ぼくから電話をかけ、夕食に出かけたりしていたんだよ。ところが《フォーシーズンズ》でのあの夜、マギーがぼくに一言もいわずに会場を出ていったと知ったとき、なにかが起きた」

「おまえがパーティーで誰かれかまわず握手をしてまわっていたから、マギーを無視することになっただけの話じゃないか」

「そうじゃない、ぼくはあのときはじめて、自分がいかにひどい男かってことに気づいたんだ。マギーに地獄へうせろと言われたら、埋め合わせのために、這《は》いつくばってでも地獄へいっただろう。だが、もうひとつわかったことがある。それはマギーがぼくにとってかけがえのない存在だということなんだ。あの夜の出来事から推測して、マギーはきっと無事だと思う」

「どういう意味だ？」

「動転したマギーが一言の断りもなく会場を出ていったという事実さ。ニューポートにきてから、彼女にとっては動転の連続だったことはわかりきっている。たぶんここがいやになっただけだ」

「マギーの車が乗り捨てられて見つかったのを忘れているようだな」

「たぶん飛行機か列車に乗ったんだろう。どこかに車を置き去りにしたのを、誰かに盗まれたのさ。少年たちが盗んで走りまわったのかもしれない」

「その話はやめてくれ。ゆうべここへ泥棒にはいったのも、そういう連中にきまってるんだ」

呼び鈴の甲高い音がふたりをぎょっとさせた。アール・ベイトマンはいとこの無言の問いに答えた。「人がくる予定はないんだが」そう言ってから、ベイトマンはにっこりした。「もしかすると、警察が棺が見つかったと知らせにきたのかもしれない」

ニールと父親は葬式博物館の駐車場でブラウワー署長に合流した。署長はニールに、余計な口ははさまず、質問は警察にまかせるよう注意した。マギーの家にあったベルは靴箱にいれて、ハガーティー刑事がそれとなくかかえていた。

アールが四人を博物館のオフィスへ通したとき、ニールはそこにリーアム・ペインがすわっているのを見ておどろいた。ライバルの存在に急に居心地が悪くなり、ぞんざいにならない程度にそっけなく挨拶したが、アールもリーアムも彼とマギーの関係を知らないとわかってほっとした。ニールと父親は、ニューヨークからきたマギーの友人として簡単に紹介された。

ベイトマンとペインは四人のために、正面の部屋の葬儀のシーンから椅子《いす》をもってきた。戻ってきたとき、ベイトマンの顔にはいらだちがはっきりあらわれていた。彼はいとこに嚙《か》みついた。「リーアム、靴が泥だらけじゃないか。あのカーペットは高級品なんだぞ。おかげで帰る前に、あの部屋全体に掃除機をかけなくちゃならない」

そのあと、急に態度を変えて警官たちを見た。「棺のことでなにか知らせでも？」

「いや、あいにくと、ベイトマン教授」ブラウワーは言った。「しかしあなたのものと思われる別の展示品についてお知らせしたいことがあります」

「それはおかしい。あの棺以外、紛失したものなどひとつもないよ。調べたんだ。知りたいのはあの棺のことだ。あれのためにどんな計画をたてていたか、あんたがたには見当もつくまい。前に話した屋外展示場だよ。あの棺はそこでもっとも重要な展示物のひとつになる予定だったんだ。黒い羽根飾りをつけた馬の人形まで注文したし、ヴィクトリア朝時代の人々が使った葬儀用の車の複製も作らせたんだ。あっとおどろく展示になる」

「アール、落ち着けよ」リーアム・ペインがなだめた。彼はブラウワーのほうをむいた。「署長、マギー・ハロウェイについてなにか新しい情報はあるんですか？」

「いや、残念ながら」

「マギーは先週から今週にかけてのひどいプレッシャーから逃げ出したかっただけじゃないかとぼくは思うんですが、どうでしょう？」

ニールは軽蔑《けいべつ》をこめてリーアムを見た。「あなたにはマギーがまるでわかっていない」ニールは言った。「彼女は災難を避けるような人じゃない。正面からむきあう人だ」

ブラウワーはふたりを無視して、ベイトマンに話しかけた。「教授、現時点でわれわれは二、三の事柄をあきらかにしようとしているところでしてね。われわれの質問に答えたくなければ、それでも結構です。よろしいですね？」

「なんでぼくが警察の質問に答えたがらないんだ？　隠すことなどひとつもないぞ」

「いいでしょう。われわれの理解するところ、生きながら埋葬されるのを恐れたヴィクトリア朝時代の人々をテーマにしたスピーチのために、あなたが鋳造させたベルですが、あれは残らずしまいこんであるんでしたね？」

アール・ベイトマンの顔にはっきり怒りが浮かんだ。「あのレイサム・マナーの出来事には二度とふれたくない」怒鳴るように言った。「前にそう言ったはずだ」

「わかっています。しかし、質問には答えていただけませんか」

「イエスだ。ベルはしまってある」

ブラウワーの合図で、ハガーティーが靴箱の蓋《ふた》をあけた。「教授、ミスター・スティーヴンスがマギー・ハロウェイの自宅でこのベルを見つけたんです。あなたがおもちのベルと似ていませんか？」

ベイトマンは青ざめた。ベルのひとつを手にとり、子細に調べた。「あの女は泥棒だ！」わめいた。「ゆうべここに戻ってきて、この二個を盗んだにちがいない」

ベイトマンははじかれたように立ちあがると、ホールから二階へ駆け上がった。残りの面々もあとを追った。三階の倉庫のドアをあけ、右手の壁ぎわにある棚に走りよった。上に手を伸ばして、ベイトマンは二個の段ボール箱にはさまれている箱をつかんでひっぱりだした。

「軽すぎる。中を見なくてもわかる」ベイトマンはつぶやいた。「いくつかなくなっている」彼はポップコーンのようなパッキングをひっかきまわして箱の中身を確認した。

背後に立っている五人をふりかえったとき、ベイトマンは真っ赤な顔をして、目をぎらつかせていた。「ここには五個しかない。七個がなくなっている！　あの女が盗んだにちがいない。きのうしつこくベルの話をしていたのは、そのせいだったんだ」

ニールはやりきれない気持ちで首をふった。この男はいかれている、と心中ひそかにつぶやいた。自分の言っていることを本気で信じている。

「ベイトマン教授、署へご同行願います」ブラウワー署長があらたまった口調で言った。「あなたはマギー・ハロウェイ失踪《しっそう》の容疑者であることをお知らせしなければなりません。あなたには黙秘する権利があり——」

「ミランダ警告などどうでもいい」ベイトマンはわめいた。「マギー・ハロウェイはここへしのびこんで、おれのベルを盗んだんだぞ。棺まで盗んだのかもしれん。それなのに、おれを非難するのか？　冗談じゃない！　彼女に手を貸した人間をこそ捜すべきじゃないか。ひとりじゃ絶対できなかったはずだ」

ニールはベイトマンの上着の襟をひっつかんで、叫んだ。「黙れ。マギーがそれを盗まなかったことぐらいわかりそうなもんじゃないか。その二個のベルをマギーがどこで見つけたにせよ、それは彼女にとって非常に重要ななにかを意味していたんだ。ぼくの質問に答えろ。ゆうべ、子供が霊柩車とマギーのステーションワゴンが十時頃ここを出ていくのを目撃してる。どっちをおまえが運転したんだ？」

「黙ってろ、ニール」ブラウワーが命令した。

警察署長の憤慨した顔が目にはいると同時に、ロバート・スティーヴンスがニールをアール・ベイトマンから引き離した。

かまやしないじゃないか、とニールは思った。この嘘つきの顔色をうかがっている暇などないんだ。

「おれの霊柩車って意味か？」ベイトマンが詰めよった。「そんなことはありえない。あれはガレージの中だ」

階段を駆け上がったときを上回るすばやさでベイトマンは一階へ駆け下り、外のガレージへ直行した。もどかしげに扉をひきあけ、中へ走りこんだ。あとの五人もすぐあとにつづいた。

「誰かが使ったんだ」ベイトマンは霊柩車の窓から中をのぞきながら叫んだ。「あれを見ろ。カーペットに泥がついてる！」

ニールはその男の喉を締めあげて、真相を吐かせたかった。どうやってマギーにあの霊柩車のあとをついていかせたのか？　それとも、彼女のステーションワゴンを運転していたのは別人だったのか？

リーアム・ペインがいとこの腕をつかんだ。「アール、心配するな。ぼくが警察までついていってやるよ。弁護士を呼ぼう」

ニールと父親は帰宅を拒否した。ふたりは警察署の待合所にすわっていた。ときおりハガーティー刑事がくわわった。「あの男は弁護士を呼ぶことを拒否しました。聞かれることには片っ端から答えています。昨夜はプロヴィデンスにいたと主張していて、夜のあいだアパートメントからかけた電話でそれを証明できると言い張っています。現時点では、証拠もないわけで、身柄を拘束するわけにはいきません」

「しかし、彼がマギーになにかをしたのは確実じゃないですか」ニールは抗議した。「せめてマギーを見つける手がかりになりそうな情報ぐらいは進んで提供すべきだ！」

ハガーティーはかぶりをふった。「彼はミズ・ハロウェイのことよりも、あのおんぼろ霊柩車の中の泥や、棺のほうが心配なんですよ。ミズ・ハロウェイが何者かを連れてきて、棺とベルを盗む手助けをさせ、その何者かが霊柩車で棺を運びさったのだと考えています。霊柩車のキーは、オフィスのフックに無造作にかかっていました。まもなくいとこが彼を博物館に連れて帰ることになりそうです」

「ベイトマンを帰すなんてむちゃくちゃだ」ニールは抗議した。

「帰さないわけにはいかないんですよ」

ハガーティーはためらってから言った。「これはどうせわかることですし、あなたが知ったら興味をもたれるかもしれません。あの自殺した弁護士の残したメモのおかげで、われわれがレイサム・マナーの不正行為を告発しようと調査中なのはご存じですね。われわれが署を留守にしているあいだに、署長宛《あ》てにメッセージが届いたんです。署長はレイサム・マナーの本当の所有者をつきとめることを最優先事項にしていたんですよ。所有者は誰だと思います？　ベイトマンのほかならぬいとこ、ミスター・リーアム・ムーア・ペインなんです」

ハガーティーはペインが背後にあらわれるのを恐れるかのように、用心深くあたりに目を配った。「ミスター・ペインはまだ中にいるようですね。いやじつは、尋問中もベイトマンについていると言ってきかなかったんですよ。それで、われわれはあなたがレイサムの所有者なのかと聞いたんです。すぐに認めました。投資の一種だと言ってね。しかしそのことはおおやけにしたくないようです。人に知れたら、入居者《ゲスト》から苦情やら頼み事やらの電話がじゃんじゃんかかってくるだろうからまっぴらだと言ってましたよ。まあ無理もないでしょうがね」

そろそろ八時というとき、ロバート・スティーヴンスが息子のほうをむいた。「行こう、ニール、帰ったほうがよさそうだ」

彼らの車は警察本部前の通りの反対側にとめてあった。スティーヴンスがエンジンをかけたとたん、電話が鳴った。ニールが出た。

ドロレス・スティーヴンスからだった。彼女はニールたちが博物館に出発したとき、自宅に戻っていた。「マギーのことでなにかわかったの?」彼女は不安のにじむ声でたずねた。

「いや。ぼくたちもそろそろ帰るよ」

「ニール、いましがたミセス・セアラ・クッシングという方から電話があったのよ。彼女のお母さまのミセス・ベインブリッジがレイサム・マナーの入居者で、あなたとはきょう話をしたとおっしゃっていたわ」

「そうなんだ」ニールは好奇心が頭をもたげるのを感じた。

「そのミセス・ベインブリッジが、もしや重要なのではないかと思われることを思い出して電話をかけていらしたとかで、あなたをつかまえようとミセス・クッシングがうちの電話番号を調べてわざわざかけてきてくださったのよ。ミセス・ベインブリッジの話では、マギーがお継母《かあ》さんのお墓で見つけたベルのことでなにか言ったことがあるそうよ。ええと、そういうふうにお墓にベルを置くのは、なにかの習慣なのかとたずねたんですって。マギーがベイトマン教授のヴィクトリア朝時代のベルのひとつについてもしゃべっていたような気がするとおっしゃるの。それがどういうことなのかよくわからないけれど、すぐにでもあなたが知りたいんじゃないかと思ったの」ドロレス・スティーヴンスは言った。「それじゃね」

ニールは電話のくわしい内容を父親に話した。「どういうことだと思う？」ロバート・スティーヴンスは息子に問いかけながら、ギアをドライヴにいれようとした。

「ちょっと待って、父さん。まだ出さないで」ニールはせきこんで言った。「そうか、なるほど。思いあたることが色々ある。ぼくたちがマギーのスタジオで見つけたベルは、きっと彼女のお継母さんの墓と、ほかの誰か、おそらくレジデンスに住んでいた女性のひとりの墓からもってきたものだよ。そうじゃなかったら、どうしてマギーがそんな質問をしたと思う？　仮にマギーがゆうべ博物館へ引き返したのだとしたら、ぼくにはいまだに信じられないけど、それはベイトマンが箱にしまったと主張したベルの一部が紛失していないかどうかを確かめるためだったんだ」

「彼らがきたぞ」ロバート・スティーヴンスがつぶやいたのと同時に、ベイトマンとペインが警察署からあらわれた。見ていると、ふたりはペインのジャガーに乗り込み、しばらくすわったまま身振り手振りをまじえてしゃべっていた。

いつのまにか雨はあがり、早くも街灯のともった署の周辺を満月があかるく照らしていた。

「ペインはきょうボストンからくるときに泥道を通ったにちがいないな」ロバート・スティーヴンスが言った。「あのホイールとタイヤを見ろ。靴も相当よごれていた。ベイトマンがそのことでペインを怒鳴りつけたのをおまえも聞いただろう。ペインがあの老人ホームの持ち主だというのにもおどろいたな。あの男はどうも虫が好かん。マギーは彼と真剣につきあっていたのか？」

「そうじゃないと思う」ニールはむっつりと答えた。「ぼくもペインは好きじゃないが、うまくやっているのはあきらかだね。あの老人ホームは一財産の値打ちがあるよ。ペインの投資活動を調べてみたんだ。現在は自分の会社をもっている。ランドルフ&マーシャルを辞めるさいに、抜け目なく最高の顧客を数人ひっぱってきてる」

「ランドルフ&マーシャルか。ドクター・レーンが、奥さんがかつてそこで働いていたと言っていなかったか？」

「今なんて言った？」

「聞こえただろう。レーンの奥さんがランドルフ&マーシャルでかつて働いていたと言ったんだ」

「ずっとひっかかっていたのはそれだったんだ！」ニールは叫んだ。「わからないかな？リーアム・ペインは今度のすべてとつながりがあるんだよ。彼はレイサム・マナーを所有している。ドクター・レーンを雇うときに、最後の決定をくだしたのはきっとペインなんだ。ダグラス・ハンセンも短期間とはいえ、ランドルフ&マーシャルで働いていた。ハンセンには為替交換所を通して業務をおこなう足場があるはずなんだ。ハンセンは別のオフィスから業務をおこなっているにちがいないとぼくがきょう言っただろう。あの女性たちをだます計画を編み出すほど彼が利口じゃないのはあきらかだとも言っただろう。ハンセンはただの隠れ蓑《みの》だったんだ。誰かがハンセンをあやつっていたんだよ。その誰かが、リーアム・ムーア・ペインだったんだ」

「しかしそれでもまだつじつまが合わん部分があるぞ」ロバート・スティーヴンスは異議を唱えた。「もしペインがレイサム・マナーの所有者なら、なにもハンセンやハンセンのおばのジャニス・ノートンをひきずりこまなくとも、資産についての情報ならいくらでも手にいれられたはずだろう」

「だが前面に出ないほうがずっと安全だ」ニールは指摘した。「そうすれば、なにかまずい事態になっても、ハンセンをスケープゴートにできる。わからない、父さん？ ローラ・アーリントンとコーラ・ゲイバールの入居申請書は未決定のままだった。彼はレイサム・マナーの部屋の販売をしてただけじゃなかったんだ。空き部屋もないのに、申請者たちをだましていたんだよ。

ベイトマンがペインに相談をもちかけているのはあきらかだ」ニールはつづけた。「ベイトマンが怒っていたのは、マギーにレイサム・マナーでの一件を聞かれたからだとしたら、ベイトマンはペインにその話をするんじゃないかな？」

「たぶんな。だが、どういうことだ？」

「ペインがすべてのキーとなる男だということさ。彼はレイサム・マナーの所有者であることを秘密にしている。そこに入居していた女性たちは、ごく普通と思われる状況で死んでいるけど、最近あそこで死んだ人の数を考えてみてよ。その人たちにはいくつかの共通項があったんだ。全員が身寄りがないも同然で、訪れる親戚《しんせき》もいなかった。あやしいじゃないか。それだけじゃない、彼女たちが死ぬことで得をするのは誰だい？ レイサム・マナーさ。空きの出た部屋を順番待ちのリストにある次の名前にあらためて売るという手段によってね」

「つまりあの女性たちを殺したのはリーアム・ペインだと言うのか？」ロバート・スティーヴンスはあっけにとられてたずねた。

「それはまだわからない。警察はドクター・レーンとマーキー看護婦が共謀して、あるいはそのどちらかが単独で、入居者たちを殺したのではないかと疑っているが、ぼくがミセス・ベインブリッジと話したとき、彼女はドクター・レーンは〝親切〟だし、マーキーは優秀な看護婦だと言っていた。ぼくの勘だと、ミセス・ベインブリッジは自分がなにを言っているかちゃんとわかっていたよ。観察眼の鋭い人なんだ。あの女性たちを殺したのが誰かわからないが、マギーも彼女たちの死について同じ結論に達したんだと思う。核心に近づきすぎたために、殺人犯も静観できなくなったんだ」

「しかしベルはどうかかわってくるんだ？　それにベイトマンは？　わからんな」ロバート・スティーヴンスはなおも不審そうだった。

「ベル？　誰にもわからないよ。たぶん殺人犯なりの点数のつけかたなんだろう。しかし、もしマギーがあのベルを墓で発見し、その女性たちの経歴を調べたのだとすると、彼女は実際に起きたことをうすうす感づいていたんだ。ベルはその女性たちが殺されたしるしなのかもしれない」ニールはいったん黙り込んだ。「ベイトマンに関しては、彼はこういう計算ずくの計画に加担するには、あまりにも浮世離れしているような気がする。やっぱりあやしいのはリーアム・ムーア・ペインだ。彼がマギーの行方不明についてくだらない意見を述べたのを聞いたでしょう」ニールは愚弄《ぐろう》するように鼻を鳴らした。「まちがいなくペインはマギーの身になにが起きたか知っていて、捜査の手をゆるめようとしているんだ」

ペインが車をスタートさせたのに気づいて、ロバート・スティーヴンスは息子のほうをむいた。「追跡するんだろうな」

「もちろん。ペインがどこへ行くか見たい」ニールはそのあと無言で祈りを捧《ささ》げた。どうかやつがマギーのところへぼくを導いてくれますように。

88

ドクター・ウィリアム・レーンはレイサム・マナーの創設時からのメンバーとテーブルを囲んでいた。オディールが一緒でないことにふれ、家内は親愛な友人たちとの別れにうちひしがれていると説明した。自分自身については、かくも快適な経験だったものを途中で断念しなければならないのが心残りだが、格言にあるように、〝自分の責任は自分で果たす〟のが信念であると語った。

「このような不祥事は今後二度と起きないと断言しますよ」ジャニス・ノートンの情報漏洩《ろうえい》について、レーンはそう約束した。

レティシア・ベインブリッジはドクターのテーブルで食事をするという招待に応じていた。「マーキー看護婦はあなたにたいし倫理的苦情を申し立てて、事実上あなたが入居者《ゲスト》の死亡に手を貸したと言っている、そう解釈してよろしいの？」

「そのようです。もちろん、それは事実ではありません」

「奥様はそのことをどう考えていらっしゃるのかしら？」ミセス・ベインブリッジは追及した。

「そのことでも家内はひどく悲しんでいます。マーキー看護婦は仲のよい友人だと思っていたんですよ」まったくばかなことだ、とレーンは心中つけくわえた。

ドクター・レーンの別れの言葉は丁重にして適切なものだった。「ときには別の手が手綱を取るのがよいこともあります。わたしはつねに最善を尽くそうとしてきました。すこしでも罪悪感をおぼえることがあるとしたら、それは盗人を信用してしまったことであって、注意力に欠けたことではありません」

マナーと自宅とのあいだの短い距離を歩きながら、ドクター・レーンは考えた。これからどうなるかわからないが、ひとつだけ確実なことがある。今後は独力で就職先を決めるということだ。

なにが起きようとも、レーンはこの先一日たりともオディールと一緒に暮らすつもりはなかった。

二階へあがると、寝室のドアが開いていて、オディールが電話をしていた。金切り声をあげているが、相手は留守番電話らしい。「よくもわたしにこんな仕打ちができるわね！　こんなふうにわたしをポイと見捨てるなんて許さないわ！　電話して！　わたしの面倒を見てくれなくちゃ困るわ。そう約束したじゃないの！」オディールは力まかせに電話を切った。

「誰に電話をしていたんだね？」レーンは戸口からたずねた。「たぶん、ひどい汚点をものともせずに、わたしをこの地位につけた謎《なぞ》の後援者なんじゃないのかね？　彼だか彼女だか知らないが、わたしのためにその人物をこれ以上わずらわせるのはやめたほうがいい。なんであれ、おまえの援助は必要ない」

オディールは涙で腫《は》れあがった目をあげた。「ウィリアム、本気でそんなことを言っているんじゃないわね」

「本気だとも」レーンは彼女の顔を観察した。「心底おびえているようじゃないか？　どうしてだね。頭がからっぽのふりをして、おまえはなにかをたくらんでいるんじゃないかと、わたしはずっと疑ってきたんだ。

だからといって、関心があるわけじゃない」レーンはそう言いながら、クロゼットをあけてスーツケースをとりだした。「ちょっとした好奇心だよ。昨夜長年やめていたアルコールを飲んだあと、わたしはいささか朦朧《もうろう》としていた。しかし頭がはっきりしているときに、いろいろ考えてみて、何本か電話をかけたんだ」

レーンは面とむかって妻を見すえた。「昨夜おまえは夕食の時間には、すでにボストンにはいなかったらしいな、オディール。どこへ行ったのか知らないが、その靴は泥まみれじゃないか」

89

もはや数字をかぞえつづけるのは不可能だった。無駄だった。

あきらめちゃだめよ、マギーは自分を叱咤《しった》して、意識を失うまいと努めた。無意識の世界へひきこまれていくのはとても簡単だった。目を閉じ、自分の身に起きていることから意識をしりぞかせるのは、いともたやすいことだった。

アールがくれた写真――リーアムの表情にはどことない胡散《うさん》臭さがあった――うわっつらの微笑、計算された誠実さ、練習したあたたかさ。

リーアムが突如示しはじめた親愛の情には、どこか不自然なところがあると気づくべきだった。カクテルパーティーでマギーをほったらかしにしたときのほうが、ずっと本来のリーアムらしかった。

マギーは昨夜聞いた声を思い返した。オディール・レーンがリーアムと言い争っていた。マギーはそれを聞いていたのだ。

オディールはおびえていた。「もうわたしにはできないわ」彼女は泣き声を出した。「あなたは狂ってるのよ！ あそこを売ったら、もうこの件からは手をひいてもかまわないって約束したじゃないの。マギー・ハロウェイはいろいろ質問をしすぎると警告したじゃないの」

意識が鮮明になった。一瞬だけ、朦朧とした頭が晴れ渡った。

マギーはもうほとんど手を曲げることができなかった。また助けを求めて叫ぶ時間だった。

しかしいまや彼女の声はささやきでしかなかった。これでは誰にも聞こえないだろう。

曲げて……伸ばして……浅く息をする、マギーは自分に思い出させた。

だが意識はともするとたったひとつのことへ戻っていった。かつておぼえこんだ子供の頃の祈りへと。〈今こそ横たわりて眠りにつかん……〉

90

「せめてレイサム・マナーの所有者だってことぐらい、話してくれたってよかったじゃないか」アール・ベイトマンはいとこを非難した。「ぼくはなんでもしゃべってるんだぞ。なんでそう秘密主義なんだ?」

「あれはただの投資なんだよ、アール」リーアムはなだめるように言った。「それだけさ。あそこの日常的運営にはまったくノータッチなんだ」

リーアムは葬式博物館の駐車場にはいり、アールの車の隣に車をとめた。「うちに帰ってぐっすり休め。おまえにはそれが必要だよ」

「そう言う自分はどこへ行くんだ?」

「ボストンに帰る。どうして?」

「きょうはぼくに会うだけのために、駆けつけてきたのか?」アールは腹にすえかねた様子のまま、たずねた。

「おまえが動転していたからきたんだ。マギー・ハロウェイとつながりがあるからきたんだ。だが、説明したように、彼女のことは心配してない。そのうちあらわれるさ」

アールは車をおりかけて、動きをとめた。「リーアム、おまえ、ぼくが博物館の鍵《かぎ》をどこに保管しているか知っていたし、霊柩車《れいきゅうしゃ》のキーのありかも知っていたよな？」

「なにを言おうというんだ？」

「別に。そのことを誰かに教えたんじゃないかと思ってさ」

「教えるわけがないだろ。アール、おまえは疲れているんだ。うちに帰れよ。そうすりゃぼくも安心してボストンに帰れる」

アールは車をおりて、いきおいよくドアをしめた。

リーアム・ムーア・ペインはすぐさま駐車場を出て、横道の突き当たりへむかった。縁石から一台の車が離れ、右折した自分のあとを適当な距離を置いてつけてくるのには気づかなかった。

すべてがあかるみに出ようとしている、リーアムはむっつりと考えた。おれがレイサム・マナーを所有していることもわかってしまった。アールはすでに、昨夜博物館にいたのはおれだったのではないかと疑いはじめている。死体が掘り返されたら、女たちが不適切な薬を投与されていたことがわかってしまうだろう。おれに運があれば、ドクター・レーンのせいになるだろうが、オディールはシラを切りとおせそうもない。あやしいとにらんだら、警察はすぐさまオディールを尋問し、真相を引き出すだろう。それにハンセンは？　自分を救うためなら、あいつはなんでもやる。

となると、残るはおれ次第だ、とリーアムは考えた。あれだけ入念に練った計画が水の泡とは！　権力と金をほしいままにする第二のスクワイア・ムーアになる夢は消えてしまった。クライアントたちの有価証券を盗み、わずかな元手でレイサム・マナーを購入して金をつぎこみ、スクワイアらしいやり方で他人の金をまきあげるという数々の危険を冒したというのに、結局は、おれも敗残したムーアのひとりにすぎなかったのだ。すべてが指の隙間《すきま》からこぼれおちようとしていた。

それにひきかえあの死にとりつかれたアールの馬鹿《ばか》野郎には、うなるほど金がある。しかしアールはばかだが、愚かではない。まもなくアールはあれこれ推論して正しい結論をひきだし、どこに行けば棺《ひつぎ》が見つかるかつきとめるだろう。

だが、たとえ棺のありかがわかっても、生きたマギー・ハロウェイを見つけることはできっこない、とリーアムは考えた。

彼女の時間は尽きたのだ、それだけはまちがいない。

91

ブラウワー署長とハガーティー刑事が一日を終えて帰宅しようとしたとき、アール・

ベイトマンから電話がはいった。

「あいつらはみんなぼくを憎んでいるんだ」ベイトマンはしゃべりだした。「ベイトマン一家の職業をばかにし、ぼくの講演をばかにしたくてたまらないんだ――だが、心の底じゃぼくたちが金持ちなのがねたましくてたまらないのさ。ぼくたちは何代にもわたって金持ちだった、スクワイア・ムーアが最初の汚れた一ドルを見るずっと前からな！」

「要点を言ってくれませんか、教授？」ブラウワーが言った。「なんの用です？」

「屋外展示場の予定地で落ち合いたい。いとこのリーアムとマギー・ハロウェイが共謀して、ぼくにくだらない冗談を仕掛けているような気がするんでね。あのふたりがぼくの棺を展示場に掘った墓穴のひとつに埋めたのは絶対たしかだ。それを見つけるとき、そばにいてもらいたいんだ。ぼくは今から出かける」

署長はペンをつかんだ。「その展示場予定地の正確な所在地は、教授？」

受話器を置くと、ブラウワーはハガーティーに言った。「ベイトマンはちょいといかれていると思うが、マギー・ハロウェイの死体を見つけることになるような気もするんだ」

92

「ニール、あれをみろ！」

彼らはジャガーを尾行して細い泥道を走っていた。本道に出ると、ニールはヘッドライトを消し、リーアム・ペインに自分たちの存在を気づかれまいとした。今、ジャガーは左折し、そのヘッドライトが照らし出した表示にロバート・スティーヴンスは目をこらした。

〈ベイトマン屋外葬式博物館予定地〉表示はそう書かれていた。「盗まれた棺が重要な展示物の一部だとベイトマンが言っていたのは、きっとここのことだな。棺はここにあると思うか？」

ニールは答えなかった。全身が総毛立つような恐怖に意識が耐えられなくなっていた。棺。霊柩車。墓地。

もしリーアム・ペインがレイサム・マナーの入居者《ゲスト》たちの殺害命令をくだし、彼女たちの墓に象徴的なベルを置いたのだとしたら、その邪魔をし、自分を危険な立場におこもうとする相手にたいしてどんなことをするだろう？

昨夜リーアムが博物館にいて、マギーを見つけたのだとしたら？　リーアムともうひとりの人物だ、とニールは考えた。マギーの車と霊柩車を運転するには、ふたり必要だ。

彼らはマギーを殺し、あの棺にいれて運びだしたのだろうか？

ああ、神よ、まさかそんなことではありませんように！

「ニール、リーアムはわれわれを見つけたようだぞ。Uターンしてこっちへ戻ってくる」

ニールは瞬時に決断した。「父さんは尾行を頼む。警察に電話するんだ。ぼくはここに残る」

とめる間もあらばこそ、ニールは車から飛び降りた。

ジャガーが猛スピードで横を通りすぎた。「行くんだ」ニールは叫んだ。「早く！」

ロバート・スティーヴンスはあぶなっかしくUターンすると、アクセルペダルを踏み込んだ。

ニールは走りだした。激しい焦燥感が身体中《からだじゆう》の神経をたかぶらせ、彼は背中を押されるように予定地に駆け込んだ。

ブルドーザーが掘り返したぬかるんだ広がりを、月光が照らしていた。木が何本も切り倒され、したばえがとりのぞかれて、小道がつくられているのが見えた。そして墓穴が掘られていた。いくつもの穴が一見てんでんばらばらにぽっかりと口をあけており、そのうちいくつかの穴の横に泥が山積みされていた。平らにならされた一帯はとてつもなく広く、ニールの目に映るかぎりどこまでも広がっているように見えた。マギーがこのどこかにいるのだろうか？　彼女をいれた棺をこの開いた墓穴にいれ、上から土をかぶせるほどペインは狂っているのだろうか？

イエス、彼はあきらかにそこまで狂っているのだ。

ニールはマギーの名を叫びながら、予定地を横切りはじめた。ぽっかり口をあけた墓穴のひとつのそばで足をすべらせ、中にころげおちて、爪先《つまさき》を土にくいこませて這《は》い出すのに貴重な数分を無駄にしたが、その最中も、叫ぶのをやめなかった。「マギー……マギー……マギー……」

夢を見ているのだろうか？　マギーは目をこじあけた。ひどく疲れていた。努力ももはやこれまでだった。ひたすら眠りたかった。

もう動かそうにも手が動かなかった。感覚がなくなり、腫れあがっていた。叫びたくても声が出なかったが、それはどうでもよいことだった。声を聞きつけてくれる人などいなかった。

〝マギー……マギー……マギー……〟

自分の名前が聞こえたような気がした。ニールの声のように聞こえた。だがもう手遅れだった。

叫ぼうとしても、喉《のど》からはなんの音も出てこなかった。できることはひとつしかなかった。あらんかぎりの力で右手の指で左手をつかみ、むりやりそれを上に下に動かした。上に下に……。

紐《ひも》がゆるんではぴんと張る気配から、ベルが動いているにちがいないことがかろうじてわかった。

〝マギー……マギー……マギー……〟

また名前が呼ばれているような気がしたが、それはさっきより小さくなり、はるか彼方《かなた》へ遠ざかっていくようだった……。

ニールは今すすり泣いていた。彼女はここにいる。マギーはここにいるんだ！　ニールはそれを確信していた。彼女の存在を感じることができた。だが、どこなのか？　どこにいる？　もう手遅れなのか？　ブルドーザーで掘り返された場所にはもうあらかた足を運んでいた。マギーはあの泥山のひとつの下に埋められているのかもしれない。あれを掘り返し、土をどかすには機械が必要だ。しかも、その数が多すぎる。

時間がなかった。それはニールにとってだけでなく、マギーにとっても同じだった。

彼はそれを痛いほど感じた。

「マギー……マギー……」

ニールは立ちどまって、絶望しながらあたりを見まわした。そのとき、ふいにあることに気づいた。

夜は静まりかえっていた。葉一枚動かす風すら吹いていない。それなのに、予定地の遠くの一角で、巨大な泥山にほとんど隠れるように、月明かりの中でなにかがきらめいている。それは動いていた。

ベルだ。前後に動いている。誰かが墓の中から合図を送ろうとしているのだ。マギー！

口をあけた穴に足をとられながらニールは走りづめに走ってベルのそばにたどりつき、それが管にゆわえつけられているのを見た。管の開口部は泥でほとんど詰まっていた。

ニールは両手で管のまわりの泥をかきだしはじめた。泣きながらかきむしらんばかりに泥を掘っていった。

目の前で、ベルが動きをとめた。

ロバート・スティーヴンスからの電話の内容が転送されてきたとき、ブラウワー署長とハガーティー刑事はパトカーの中にいた。「うちのふたりの署員がジャガーの追跡を開始しました」配車係が言った。「しかしスティーヴンスは行方不明の女性は、例の屋外博物館予定地に埋められているかもしれないと考えています」

「われわれはもうちょっとでそこに着く」ブラウワーは言った。「至急、救急車と緊急装備の手配だ。運がよければ両方いるぞ」ブラウワーは身を乗り出して命令した。「サイレンを鳴らせ」

予定地に到着した彼らは、両手をシャベル代わりに湿った土をかきだしているニールを発見した。すぐにブラウワーとハガーティーもかたわらに膝《ひざ》をつき、たくましい両手で土をかきだしはじめた。

表面下の土がゆるみだした。ついになめらかな木が見えてきた。ニールは穴の中にとびおりて、棺の表面の泥をこそぎおとし、払いのけた。やっとのことで、詰まっていた管をひっこぬき、通気孔のまわりをきれいにした。

幅広の棺の側面へ移動し、棺の蓋《ふた》の下に手をかけると、ニールは超人的力でその一部をこじあけた。左の肩でもちあがった蓋を支え、両手を中にのばしてマギーのぐったりした身体をつかむと、一刻も早くひきあげようと上から伸ばされている四つの手のほうへマギーをもちあげた。

彼女の顔が顔にこすれたとき、そのくちびるが動いているのが見え、かぼそい声が聞こえた。「ニール……ニール……」

「ぼくはここだよ、愛する人」ニールは言った。「もう絶対に離さない」

十月十三日　日曜日

93

それから五日後、マギーとニールはミセス・ベインブリッジに別れを告げにレイサム・マナーへ足を運んだ。

「わたしたち、感謝祭の週末にはまたこちらへきて、ニールのご両親と一緒に過ごす予定なんです」マギーは言った。「でも、このままお目にかからずにニューヨークへ帰るのがしのびなくて」

レティシア・ベインブリッジの目は涙でうるんでいた。「ああ、マギー、あなたの無事を祈ってわたしたちがどんな思いでいたか、知らなかったでしょうね」

「お気持ちはじゅうぶんつたわっていましたわ」マギーは断言した。「わたしがヌアラのお墓で見つけたベルのことをニールに話してくださったおかげで、わたしは助かったのかもしれないんですもの」

「あれが決め手になったんです」ニールも同意した。「あれでぼくはリーアム・ペインがかかわっていることを確信したんですよ。ペインを尾行していなかったら、手遅れになっていたでしょう」

ニールとマギーはミセス・ベインブリッジの部屋にならんですわっていた。マギーを捜しまわった悪夢からまださめきれていないニールは、遠くにやってしまうのを恐れているかのようにマギーの手を片手でつつみこんでいた。

「こちらではみなさんすっかり落ち着かれました？」マギーがたずねた。

「ええ、そのようだわね。わたしたち年寄りは、あなたが考えているよりずっと回復力が強いのよ。プレスティージ側はこのレイサム・マナーを買い取る段取りをつけたんですってね」

「リーアム・ペインは殺人を犯して手にいれた金の大半を弁護士たちを雇うのにつぎこむことになるでしょうが、腕ききの弁護士でも手のうちようがないと思いますね」ニールは力をこめて言った。「ペインのガールフレンドもしかりです。もっとも彼女は国選弁護人で我慢することになりそうです。現実的に見て、彼らのいずれも複数の殺人容疑をのがれるチャンスはまずないでしょう。オディールはリーアムからの命令で、故意に薬を切り替えていたことを認めたようです」

マギーはリーアムとオディールによって命を奪われたヌアラとグレタ・シプリーを思

い、直接会うことのなかったそのほかの女性たちを思った。彼女たちを助けることはできなかったが、すくなくともそれ以上の殺人を阻止する手助けだけはできた、と自分をなぐさめた。

「ふたりとも罪をつぐなうのが当然だわ」ミセス・ペインブリッジは容赦なく言った。「ジャニス・ノートンとその甥《おい》のダグラスはこれらの死に関係していたの？」

「いいえ」ニールは答えた。「ブラウワー署長が話してくれたんですが、ダグラス・ハンセンとジャニス・ノートンがかんでいたのは、レイサム・マナーの入居申請者たちから金を巻き上げるというリーアムの計画の一部だけだったようですね。オディールですら、あのふたりがやっていたことを知らなかったんです。そしてジャニス・ノートンは甥がリーアム・ペインを通じて仕事をしていたとはつゆ知りませんでした。ジャニス・ノートンとダグラス・ハンセンにかけられている容疑は殺人ではなく、詐欺《さぎ》行為です」

「ブラウワー署長によれば、オディールは温情処置を得ようと、もっと口がまわらないのがもどかしいような早口で真相を打ち明けているらしいですわ」マギーは沈痛なおもちで言った。「彼女とリーアムが手を結ぶようになったのは、オディールがリーアムの勤めていた証券会社の社員だった当時のことで、ちょうどリーアムがこのレイサム・マナーを購入しようとしていたときなんです。オディールは夫であるドクター・レーンが最後に勤めていた老人ホームで起きたことをリーアムに打ち明け、リーアムにこの計画をもちかけられて、それに飛びついたんです。ドクター・レーンは脛《すね》に傷をもつ医師というわけで、責任者にすえるにはちょうどいい人材だったんでしょう。ゼルダ・マーキーはとても孤独な人なんです。オディールはそこにつけこんで彼女と親しくなり、レイサム・マナーの入居者の相次ぐ不審死の矢面に自分が立たないように巧妙にたちまわっていたんです」

「いつもマーキー看護婦としゃべっていましたもの」レティシア・ベインブリッジはうなずきながら言った。

「そうやってマーキー看護婦から情報を引き出していたんですわ。オディールは看護学校を中退していますが、成績不良のせいではありません。彼女はどの薬が心臓発作を引き起こすか知悉《ちしつ》していたんです。リーアムが狙《ねら》いをつけた数人の女性が死をまぬがれたのは、どうやらマーキー看護婦がなみはずれて見回りに熱心だったからのようですね。オディールはミセス・ラインランダーの薬に手を加えることだけはさせないでくれとリーアムに泣きついたのに、リーアムは欲に目がくらんで耳を貸さなかったと主張しています。ヌアラが希望する二寝室の空きがあるなら、マナーに入居しようと決心していた時期がちょうどその頃でした」

「ヌアラが疑わしく思ったのは、コニー・ラインランダーの死がきっかけだったの？」ミセス・ベインブリッジは悲しそうにたずねた。

「そのとおりです。そして、ミセス・ラインランダーのお墓にベルを見つけるにおよんで、ヌアラはマナーでなにか恐ろしいことが起きていることを確信したにちがいありません。きっとマーキー看護婦に核心にふれるような質問をし、なにも知らないマーキー看護婦がオディールにそのことを報告したんでしょう」

「そしてオディールがリーアムに知らせたんだわ」マギーは言った。ああ、フィヌアラ。ミセス・ベインブリッジは口をぐっとひきむすんだ。「スクワイア・ムーアの神は金だったわ。ムーアは正直に金を稼ぐより、人をだまして金を巻き上げるほうがずっとおもしろいと吹聴《ふいちょう》しているとよくわたしの父が言っていましたもの。リーアム・ペインにもまったく同じ悪《あ》しき血が流れているわけだわね」

「そういうことになりますね」ニールはあいづちをうった。「だますつもりのないクライアントにたいしては、リーアムは優秀な投資ブローカーだったんです。さいわいミセス・ゲイバールとミセス・アーリントンが失った金はペインの個人資産で埋め合わせてもらえそうですよ」

「最後にもうひとつありましたわ」マギーが言った。「ヌアラとミセス・シプリーが描いた例のスケッチはオディールが盗んだんです。メイドのひとりがスケッチを見て、そのことで冗談を言っていたことから、人々に余計な疑惑を与えまいとしたんでしょうね」

「ドクター・レーンが今度のことには無関係でほっとしたわ」レティシア・ベインブリッジはためいきをもらした。「そうそう、言っておかなくちゃ。新しい責任者がきのう到着したのよ。ずいぶんと愛想がいいらしくて、すっかり人気者になっているの。ドクター・レーンのような魅力はないけれど、すべてを期待するわけにはいかないわ、ねえ？　奥さんはオディールとはタイプがちがうから新鮮で結構よ。ロバがいななくような笑い声がちょっと気になるけれど」

出発の時間だった。マギーとニールはそれぞれの車で一緒にニューヨークへ帰るつもりだった。

「十一月にここへ戻ってきたら、またふたりでお邪魔にあがりますわ」マギーはそう約束すると、身をかがめてレティシア・ベインブリッジの頰にキスした。

「今から待ち遠しいわ」ミセス・ベインブリッジは元気よく言ってから、ためいきをもらした。「あなたはほんとに美人だわ、マギー、とても思いやりがあるし、才色兼備とはこのことだわね」と、ニールを見、「大切になさいよ」

「彼はわたしの命を救ってくれたんですもの。それぐらいわかってくれてますわ」

十五分後、ふたりはニューヨークへ発《た》つばかりになっていた。マギーのステーションワゴンはすでに荷物を積んで自宅の車回しにとまっていた。家には鍵《かぎ》がかけられた。マギーは一瞬足をとめて家を見つめながら、つい二週間前にここに到着した夜のことを思い返した。

「休暇や週末にここへくるのは楽しいでしょうね」

ニールがマギーに片腕をまわした。「ほんとうにいやな思い出が多すぎるということはないのかい?」

「ないわ」マギーは深く息をすいこんだ。「助けが必要なとき、あなたがそばにいてわたしを掘り出してくれるかぎりは」

マギーは声をたてて笑った。「そんなにぎょっとした顔をしないで。何度かつらい時期があったから、ブラックユーモアがしみついちゃっているのよ」

「これからは、きみを助けるのがぼくの仕事になりそうだ」ニールはステーションワゴンのドアをマギーのためにあけながら言った。「いいかい、スピードの出しすぎはだめだぞ」と注意した。「ぼくはすぐうしろについてるからね」

「お父様そっくりの言い方ね」マギーはそう言ってから、つけくわえた。「わたしは好きよ」

解説

宇佐川晶子

一年ぶりのメアリ・ヒギンズ・クラークの長編、『月夜に墓地でベルが鳴る』(Moonlight Becomes You 1996)、お楽しみいただけただろうか。

スウィング・ジャズで有名なグレン・ミラーのレパートリーの中に、この原題とまったく同名の曲があるが、あちらはロマンティックな恋の曲。本書は、Moonlight Becomes You（あなたには月光がお似合い）という原題からは想像もつかないサスペンス・ストーリーである。

今回、メアリ・ヒギンズ・クラークが恐怖の隠し玉として投げてよこしたのは、〝生き埋めの恐怖〟だ。冒頭早々、読者は生き埋めにされた者の激しい恐怖と深い絶望をいやでも味わうことになるが、じつは、〝生き埋めの恐怖〟に関しては偉大な先達がいる。エドガー・アラン・ポーである。ポーの短編『早すぎる埋葬』には生きながらに埋められる恐怖がいくつか語られており、その一部を引用するとこんなふうになる。

死ぬ前の埋葬ということほど、このうえもない肉体と精神との苦痛を思い出させるのにまったく適した事件が他にないということは、なんのためらいもなく断言してよかろう。肺臓の堪えがたい圧迫——湿った土の息づまるような臭気——（中略）——絶対の夜の暗黒——（中略）——このようなことと、また頭上には空気や草があるという考え……（新潮文庫『モルグ街の殺人事件』より。佐々木直次郎訳）

墓場の匂《にお》いまで嗅《か》げそうな、おどろおどろしい描写ではないか。もっとも、本書でこれと同じ恐怖に耐えるヒロインは、マンハッタンでファッション・カメラマンとして働くばりばりのキャリアウーマンで、引用したポーの短編中に登場する、か弱くて、はかなげな女性とはまさに陰と陽である。

このヒロイン、マギー・ハロウェイがとあるパーティーで、かつての継母《けいぼ》と再会したことから、本書の悲劇の幕は切って落とされる。それから先は、めまぐるしい場面転換と、こみいった筋立てという、おなじみのアップテンポでストーリーが展開していく。事件発生から結末までわずか半月ほどだが、緊迫感を高めるひとつの手段として、物語全体をできるだけ短い期間におさめることも、毎回クラークが心を砕いていることのひとつであるようだ。

メアリ・ヒギンズ・クラークは七十歳を越えた現在も、年に一冊という執筆ペースをくずしていない。これまでの主人公には、美しく知的な若い女性と、その女性を助ける誠実でハンサムな男性というパターンが多かったが、本書では若い男女よりも、その親の年齢に相当する登場人物のほうがずっと魅力的に描かれている。長年クラークにおつきあいしていると、登場人物にもこうした変化が見えてきたりするのがまた楽しい。もしや今後はエルダーを主人公にした作品が書かれるのかもしれない。

余談になるが、生き埋めにならないための対策として、ヴィクトリア朝の人々が指に糸を結び、それを棺《ひつぎ》の通気孔から地上へ伸ばして、ベルに結びつけ、うんぬんというエピソードは先の『早すぎる埋葬』にも見られる。事実としてこういう習慣があったのかどうかは不明だが、この点だけは現代に生まれたことを喜んでよさそうだ。

最後に、アメリカの批評家、オットー・ペンズラーがメアリ・ヒギンズ・クラークについてこんな短文を書いているので、以下にご紹介しておこう。みずから編集したアンソロジー『復讐《ふくしゅう》の殺人』(Murder For Revenge　ハヤカワ・ミステリ文庫　二〇〇一年一月刊行予定)からの抜粋である。

……こうした筋立てに、悪事や裏切りや突然の死を忍びこませ、意外なひねりをひとつふたつプラスすれば、新たなベストセラーを生み出す材料はすべてそろう。これをたくみにまとめあげてファンの心をとらえ、朝のひととき、ページをめくる手をとまらなくさせるのは、一見簡単そうだが、じつはそうではない。過去も現在も、同じ材料さえそろえれば、ベストセラーをつくりだせると確信する模倣者はあとをたたないが、メアリ・ヒギンズ・クラークならではのレシピには、じつはだれもかなわないのである。

（二〇〇〇年十一月）

新潮文庫最新刊

月《つき》夜《よ》に墓《ぼ》地《ち》でベルが鳴《な》る

新潮文庫　ク－4－15

Published 2001 in Japan
by Shinchosha Company

平成十三年一月一日 発行

訳者 宇《う》佐《さ》川《がわ》晶《あき》子《こ》

発行者 佐藤隆信

発行所 株式会社 新潮社

郵便番号 一六二―八七一一
東京都新宿区矢来町七一
電話 編集部(〇三)三二六六―五四四〇
読者係(〇三)三二六六―五一一一

価格はカバーに表示してあります。

印刷・株式会社光邦　製本・株式会社大進堂

ISBN4-10-216615-7 C0197